Ein halbes Jahr Askese

Tino Rosendahl

Roman

EIN HALBES JAHR ASKESE

Roman von Tino Rosendahl

Erste Auflage Oktober 2019

Umschlagmotiv:
Carly W. Blumenthal
www.carlywynn.com

Verlag:
Tino Rosendahl
Steinhausgäßchen 4
40878 Ratingen

Druck:
epubli, ein Service der neopubli GmbH, Berlin

ISBN 978-3-750245-78-5

When God made time, he made plenty of it.

Irisches Sprichwort

Jahr der Handlung: 2003

1

Leo Kowalski hatte keine Flugangst. Statt sich Gedanken über Materialermüdung, Terrorismus oder Unwetter zu machen, gab er sich bereitwillig den Fliehkräften hin und erfreute sich an der Modellbahnlandschaft weit weit unten.

Dass Fliegen ein unvernünftiger Vorgang war, dessen schadloses Überstehen man gar nicht genug würdigen konnte, wusste auch Kowalski, doch die Höhe, die Geschwindigkeit oder die unermessliche Sprengkraft der Treibstoffmengen in den Tragflächen waren seine Sorge nicht. Erst wenn die betont ruhige Stimme des Piloten im Lautsprecher erklang, erst dann, erst jetzt, wurde es ungemütlich.

Die Stimme stellte sich zunächst als Kapitän Neumann vor und hieß alle sehr freundlich willkommen, und war es nicht Neumann, dann war es Klein oder Schuster, sie klangen alle wie Neumann. Nachdem der Kapitän die sehr sehr präzisen Angaben über die Flughöhe machte, begann der Teil, den Kowalski übel nahm, wenn auch nicht übel im Sinne der vorsorglich bereitgestellten Tüten. Herr Neumann tat es wie alle seine Kollegen sehr sehr hoch über der ganzen Welt und meinte es sicher gut. Nun wusste Kowalski nicht, wozu man die Passagiere, mit und ohne Flugangst, metergenau an ihren Abstand zur Erdoberfläche erinnerte, aber bis hierhin war ihm auch das einerlei.

Dann aber wechselte die Lautsprecherstimme immer in die Zukunftsform, um die vor allen liegende Reise zu beschreiben. Unser Flug *wird* soundso lange dauern, wir *werden* bei bestem Wetter landen, wir *werden* vorher München, Saloniki und andere Städte überfliegen, wir *werden* eine warme Mahlzeit servieren etc. In der dünnen Luft hätte man ihm einen dicken Gefallen getan mit einer Schätzung, wie lange es eben dauern *soll* oder wie bilderbuchartig man landen *will.* Schlichte Aufrichtigkeit wie *voraussichtlich* oder *nach menschlichem Ermessen. Erwartungsgemäß.* Irgendetwas, um ihm zu beweisen, dass man bis zum Stillstand des Jets alle erdenkliche Vorsicht walten ließ, die kühne Voraussage auch Wirklichkeit werden zu lassen. Neumanns Orakeln im Futur bewies ihm das nicht. Sollte doch der Käpt'n sein eigenes Schicksal herausfordern, wenn es gerade nicht unlöslich mit Kowalskis verknüpft war.

Am Boden war ihm solcher Argwohn fremd. *Wir erreichen in Kürze Essen Hauptbahnhof* hieß für ihn nicht, dem Schaffner ausgeliefert zu sein, und das mochte wohl an der geringeren Reisehöhe, ganz sicher aber an der sanfteren Gegenwartsform liegen. Und kein Taxifahrer hatte sich je bei ihm namentlich vorgestellt, nachdem er die zulässige Höchstgeschwindigkeit erreicht hatte.

Manche nannten das Aberglaube, aber Kowalski wusste es besser. Nach seinem Empfinden war das uneingeschränkte Futur reserviert für andere Dinge. Bloß weil Ereignisse in der Zukunft lagen, fern oder nah, hieß das nicht, dass sie einfach nur so dalagen, träge verharrend wie Flusspferde im Morast, die ungerührt zusahen, wie die Gegenwart in einem Boot auf sie zu dümpelte. Gab es vielleicht ein Hochwasser oder leckte das Boot, was wurde dann aus der sorglos verwendeten, Unsinkbarkeit suggerierenden Zukunftsform? Dafür gab es doch Ereignisse, die wirklich unverrückbar feststanden. *Die Sonne wird irgendwann verglühen.* Bei der Sonne konnte schwerlich was dazwischenkommen.

Bei der sicheren Landung schon. So gesehen musste sich Neumann das Futur erst noch verdienen.

Kowalski glaubte, dass alle deutschen Piloten so sprachen. Mit ihrem falschen Ton wollten sie die Massen in Sicherheit wiegen. Und wenn eine kleine Gruppe von Menschen mit der Macht der Mikrofone es für nötig hielt, sich einer Propaganda zu bedienen, dann nötigten sie ihm die Frage auf, ob sie etwas zu verbergen hatten oder zu beschönigen oder wozu man Propaganda eben einsetzte.

Die Beschäftigung mit solchen Fragen verkürzte ihm die Flugzeit, doch war er im Flieger damit allein, das wusste er. Die Menschen waren fasziniert vom Fliegen, oder verängstigt, manche aufgeregt, viele gelangweilt - sprachlich gepeinigt fühlte sich nur einer.

Kapitän Neumann gab nach getaner Prophezeiung die aktuelle griechische Ortszeit durch. Kowalski verstellte seine Uhr um eine Stunde.

„Jetzt gerade übernimmt Schröder mein Seminar", sagte er zu Ruth neben sich. Sie kaute einen Kaugummi wegen des Druckausgleichs im Ohr oder so ähnlich. Kowalski nannte das Aberglaube, aber sie wusste es besser. Sie blätterte beengt in der Hochglanz-Bordzeitschrift.

Schröder. Ohne seine Hilfe würde Ruth alleine fliegen. Oder vielleicht mit Schröder. Sein Opfer war nicht so groß - einmal Kowalskis handzahme Studenten übernehmen für 90 Minuten. Ein Klacks für einen, der mit Themen wie *Tempuswechsel, Rückblende und retrospektive Erzähltechniken gestern und heute* erst tatsächlich Studenten anlockte, um dieselben dann ein Semester lang zu ertragen. Kowalski brauchte selber Themen für das kommende Wintersemester. Er versuchte sie aus seinem Notizbuch heraus zu wringen.

Ihren gemeinsamen Start etwa hätte er bis zuletzt nicht ins uneingeschränkte Futur kleiden mögen. Um im Bild zu bleiben - das Boot war mehr als morsch, das Flusspferd abgetaucht. Dass sie es überhaupt geschafft hatten, das Abenteuer ihrer Abreise zu überstehen, erleichterte Kowalski sehr, war aber leider auch nicht der Stoff von der Sorte, mit der man ein Seminar füllen konnte, jedenfalls nicht in der Anglistik. Kowalski wandte sich Ruth und ihrem Kaugummi zu:

„Ich finde ja, der Tempuswechsel ist Vergangenheit."

Sie lächelte ohne aufzublicken ein Lächeln, das der Flugbegleiterin entliehen war, die gerade mit einer durch die gesamte Maschine strahlenden Zuversicht im Gang die Schwimmweste vorführte.

„Verstehst du, Tempus - Vergangenheit?"

Er machte es nur noch schlimmer. Da fuhr er doch besser fort, die nahe Rückenlehne nach findigen Seminarthemen abzusuchen und sein Notizbuch zu kneten. Rechts am Fenster saß ein wortkarger alter Mann, mit dem er seit dem Anschnallen schon ein oder zwei Armlehnen-Konflikte ausgetragen hatte.

„Wenn Gott gewollt hätte, dass wir fliegen", versuchte Kowalski zu witzeln, „hätte er uns nur einen Arm gegeben."

Der Mann grunzte bemüht höflich. Zu beiden Seiten wusste man Kowalskis Humor heute nicht hinreichend zu schätzen.

Das Fliegen und er standen sich weiß Gott nicht

freundschaftlich gegenüber, aber Flugangst wurde das nicht genannt. Der Name für die Abneigung, Mächten mit zweifelhaftem Sprachgebrauch ausgeliefert zu sein? Kowalski kannte ihn nicht.

2

Beide Kunststoff-Aschenbecher auf dem Schreibtisch des Griechen sind voll, innen mit den Resten von Zigaretten, außen mit den Resten von Ouzo-Werbung. Kowalski versucht den Mann durch den Nebel in seinem Laden direkt anzusehen. Er hat kräftiges Haar, leicht ergraut und leicht zurückgewichen. Auch seine Haut geht ins Gräuliche, was vermutlich vom Rauchen kommt. Ganz bestimmt sogar. Die tiefen Lachfalten geben ihm zusammen mit den dunklen Augen und seinem wohlgenährten, zufriedenen Korpus etwas Verschmitztes. Zu verschmitzt, wie Kowalski findet.

„Jetzt sagen Sie das nochmal", bittet er, doch genau genommen legt er keinen Wert auf eine Wiederholung. Eine Berichtigung würde jetzt passen, ein Dementi, vielleicht sogar in lückenlosen Sätzen.

„Hinflug ist eine Woche früher."

„Wie meinen Sie das?"

„Ihre Flug ist 7. Mai."

„Hatte ich nicht den 14. gebucht?"

„14. war nichts mehr frei. Ist 7. jetzt. Gut?"

„Und dazwischen?"

„Nach Araxos nur Mittwoch."

„Sie haben meinen Urlaub um eine Woche verlegt?" Kowalski hat das Gefühl, hier nur Fragen zu stellen. „Und wenn ich da noch arbeiten muss?" Schon wieder.

Der Mann lehnt sich zurück; das bringt seinen Stuhl leicht zum Knirschen. „Nur die Hinflug ist verlegt, die Aufenthalt ist verlängert. Gut?"

So wie Kowalski fühlt sich ein geschundenes Instrument, auf dem ein Anfänger immer dieselbe Sequenz spielt - dieses bekannte griechische Stück mit der stetigen Steigerung, von diesem bekannten griechischen Komponisten, aus diesem bekannten Film. Kowalski braucht jetzt bestimmt keine Wiederholung mehr. Er knirscht sich auf dem harten Stuhl nach vorn. Die Möblierung scheint von jenem Teil der Siebziger übriggeblieben zu sein, der nicht wieder in Mode kommt. Auf einem vergilbten Plakat an der vergilbten Wand ist ein steinerner Kopf mit leeren Augen abgebildet, der in der ägäischen Sonne liegt und an dem Efeu emporkriecht. Darunter steht in voller Breite GRIECHENLAND. Aufenthalt verlängert, denkt Kowalski.

„Hören Sie", beginnt er dann, um wieder Aussagesätze zu formulieren, „alles was ich will, ist ein bisschen Urlaub machen. Wir sprachen von zwei Tickets für drei Wochen."

Er hält erst zwei, dann drei Finger hoch, um seiner Schilderung die rechte Unmissverständlichkeit zu verleihen.

„Was soll ich mit diesem Verlängerungsquatsch?"

„Die Flug ist gebucht und kostet Stornogebühr jetzt. War keine andere Flüge mehr frei und ich konnte Sie nix erreichen. War die letzte Plätze. Entweder diese vier Woche oder gar keine Flug."

Theodorakis. Der Komponist heißt Mikis Theodorakis.

„Und mein Reiseziel mussten Sie auch ändern? Omsk oder gar keinen Flug? Wie kommen Sie auf die Idee, dass ich vier Wochen bleiben will? Oder kann?"

Der Grieche entblößt freundlich einen goldenen

Eckzahn. Unangebracht, wie Kowalski findet. „Weil Griechenland ist sehr schön Mai. Schöner nur noch Sommer." Er dreht sich samt Stuhl Richtung Regalwand. „Oder Herbst." Dann zieht er mit den Worten „Sie trinken eine Ouzo?" klirrend eine einst furnierte Schublade auf.

~

Später vor dem Reisebüro fällt Kowalski das blauweiße Schild auf, das er so ähnlich im Branchenbuch gesehen hat: *Hellas Express - Der Griechenland-Spezialist.*

3

Kowalski war kein Feinschmecker. Zwar aß er ausgesprochen gerne, aber er konnte eine Pizza ebenso genießen wie ein Sternemenu. Ob sein Essen raffiniert war oder traditionell, war ihm nicht wichtig, und in Tausenden Metern Höhe schon gar nicht. Wo kluge Verpflegungsexperten sich in den Kopf gesetzt hatten, mit beträchtlichem Aufwand ein Mittagessen vorzutäuschen, hätte Kowalski ein aufrichtig belegtes Brot genügt.

Arthur Hailey wurde angeblich auf einem Langstreckenflug Essen serviert, das ihn zu seinem Erfolgsdrehbuch *Flight Into Danger* inspirierte. Dort setzte es gleich die ganze Besatzung außer Gefecht und machte Hailey zum reichen Mann. Das war lange her, und die Verpflegungsexperten der Welt hatten Haileys Wink mit dem Zaunpfahl bis heute ignoriert.

Kowalski machte auch dieser Teil des Fluges keine Angst. Damit, dass er bei Tempo 800 höhere Ansprüche an sprachliche als an kulinarische Standards stellte, war er naturgemäß in der Minderzahl, so gering, dass sie mit ihm aussterben würde. Die Dosen, in denen die Gänge des Menus gereicht wurden, zu begutachten, zu öffnen und auf dem genau berechneten Raum zu verschieben und zu stapeln, beschäftigte recht angenehm, wie ein Baukasten das frisch beschenkte Kind.

Die Annehmlichkeit wurde von rechts unterbrochen.

„Achtung, kurz austreten. Bitte Platz zu machen."

Kowalski bemerkte neben der Tatsache, dass der

Mann das völlig ironiefrei von sich gab, sein beträchtliches Alter. Sein langer Körper steckte in einem korrekten Anzug, dünnes kurzes weißes Haar trug er streng zurückgekämmt. Seine Mundwinkel folgten der Schwerkraft und zeigten auf je einen Hautlappen an seinem Unterkiefer. Sein Blick ging erst durch eine massige Hornbrille, dann durch die gegenüberliegende Bordwand. Seine knochigen, nikotingelben Hände krallten sich in die Rückenlehne. Sie sahen mit den braunen Flecken aus wie winzige Weltkarten.

Statt Kowalskis Reaktionszeit abzuwarten, begann er mit den Worten „Bedanke mich", sich gleich vorzuarbeiten und die Behälter auf den Klapptischen ins Wanken zu bringen. Kowalski konnte Ruth, die Kopfhörer trug, gerade noch aus ihrem Sitz schaufeln und dem Kerl Platz machen, wie man einem bizarren Kriechtier Platz macht, um die Bewegung zu beobachten. Auf dem Weg zur Toilette begegnete es zwei Stewardessen mit ihren Servicewagen und hätte warten müssen. Da sie sich nicht sofort in Luft auflösten, begann der Alte einen Streit, von dem Kowalski die beachtliche Lautstärke, heftige Gesten, dann das Rütteln des Mannes am Wagen und den Absturz von Whiskyminiaturen auf den Teppich bestaunen konnte. An Rüstigkeit schien er weit mehr ins hohe Alter gerettet zu haben als an gutem Benehmen. Er schloss umständlich die Toilettenfalttür. Kowalski schloss den Mund.

Von allen an Bord hatte der alte Mann am wenigsten Ähnlichkeit mit einem Touristen, direkt gefolgt allerdings von Kowalski mit seiner Aktentasche. Die klemmte vor ihm unter dem Sitz und war überfüllt mit seiner gesamten Schreibtischlast aus der Anglistik, die er gestern noch schnell mit ausladenden Bewegungen hineingeschaufelt hatte. Sein übriges Gepäck hatte er zuletzt gesehen, als es mit einer Papierfahne geschmückt auf ein Transportband plumpste. Kowalski bewunderte die technische und logistische Meisterleistung, die sicherstellte, dass er Tausende Kilometer entfernt nur den Arm ausstrecken musste, wenn ihm sein befahntes Stück pünktlich auf einem respektablen Endlosband entgegenfuhr.

Die Rückkehr des Greises von seiner geglückten Entleerung bedeutete noch ein Scharmützel beim Getränkewagen. Die Stewardessen blieben die Zuversicht selbst; sie trugen das Meckern und Schubsen mit einer Fassung, dass es ihnen im Grunde gut stand. Vermutlich machte *Deeskalation in den Wolken* viele Doppelstunden auf der Flugbegleiterschule aus.

Nun war es unvermeidlich, dass der Mann wieder an seinen Platz kam. Seine kantige Förmlichkeit allerdings hatte er in der Aufregung eingebüßt. Stattdessen gab er bei der Ankunft in der Sitzreihe etwas von sich, das erst spät bei Kowalski als sprachliche Äußerung ankam, weil es jeglicher Vokale beraubt zu sein schien und dadurch mehr wie eine reißende Naht klang oder ein verrenkter Rücken. Was es noch übler machte, war die Tatsache, dass er dabei einatmete. So klang es wie:

„Mchnspltz."

Sein Geräusch war verkürzt und verfremdet, als wäre es das Äußerste dessen, wozu sich der Geräuschemacher herabzulassen bereit war. In den Kommunikationsmodellen, die Kowalski kannte, mit Sender und Empfänger und Codierung und allem, war es nur mit Mühe unterzubringen. In der Theorie hätte man für die Decodierung viel Zeit einplanen müssen, die aber das tumbe Vorrücken des Mannes nicht erlaubte.

Es gab eine These bei den Kollegen von der Sprachwissenschaft, nach der Konsonanten-Häufungen wie in *schnarchst* oder *schimpfst* mehr als eine Silbe zählen sollten. Kowalski hatte nie verstanden, wem solche Vorschläge etwas nützten, als bräuchten die vom Aussterben bedrohten Silben einen Schutzpatron. Aber etymologisch gesehen steckten da früher ein oder zwei Vokale mehr drin. Auch dem fähigsten Literaturwissenschaftler konnte die Sprachwissenschaft manchmal aus der Klemme helfen. So war er dankbar, den Mitlauten dieser Welt nicht schutzlos ausgeliefert zu sein und ein paar Selbstlaute an passenden Stellen einfügen zu können. *Machen Sie Platz* musste es wohl lauten.

Kaum hatte er die Kommunikation vor dem Scheitern gerettet, kam schon das nächste Rätsel aus dem Mann, wieder bei eingezogener Luft:

„Mchnsschn."

Man lernte das recht schnell. Ein ‘a‘ hier, ein ‘i‘ da - *Machen Sie schon.* Daran gewöhnen mochte sich Kowalski nicht. Er entschied, dass er den Mann nicht mochte. Eine so schlechte und weit zurückliegende Kinderstube machte die Entscheidung ausgesprochen leicht.

So sehr Platznehmen im Flugzeug auch einem Kennenlern-Spielchen glich, mit dem Alten gespielt verfehlte es seine kommunikative Wirkung. Er zwängte sich durch die Sitzreihe hinter seinen gedeckten Tisch, mit großer Selbstherrlichkeit, die Ruth und Kowalski durch ihr Aufstehen noch zu nähren gezwungen waren.

Mit einem Sitznachbarn wie diesem war es natürlich nichts mit der gedanklich verkürzten Flugzeit, ganz im Gegenteil. Und Kowalski konnte auf Smalltalk ohne Selbstlaute verzichten. Während er noch über die kuriose Paarung von Förmlichkeit und Streitlust staunte, begann der Fensterplatz, mit seinem Tablett zu reden. Es dauerte, bis Kowalski enträtselt hatte, dass er dem Essen mitteilte, wie wenig er es mochte. Luftlose Fetzen von „scheußlich" und „ungenießbar" drangen herüber. Seinem Weinfläschchen warf er vor, keinen deutschen Wein zu enthalten. Wenn das so war, hatte das Hauptgericht, angepriesen als Bœf Bourguignon, bei ihm natürlich keine Chance.

„Fräulein!" entwich ihm wie Überdruck einem Ventil, das ganze Wort, laut und durch die gesamte Kabine, als wollte er allein dadurch noch mehr Miniaturen vom Wagen kippen. Dazu winkte er mit der Flasche. Kowalski war selbst nicht direkt eingenommen von der Kost, fand aber doch, dass Drehbuchschreiben die angemessenere Reaktion war.

Eine Stewardess fühlte sich angesprochen, was Kowalski erstaunte. Sie kam vorbei mit einem Herrn in Uniform, was Kowalski noch mehr erstaunte. Wenn das Neumann war, sollte er sich lieber in der Kanzel um seine Weissagungen kümmern. Er tippte kurz an seine Mütze, und beide waren nicht zum Scherzen aufgelegt.

„Sie werden bitte sofort Ruhe geben", sagte die Uniform streng und freundlich zugleich. „Sollten Sie weiter den Flugbetrieb stören, werden Sie eine Anzeige bekommen wegen Gefährdung der Flugsicherheit. Die griechischen Behörden werden Sie behalten und Sie irgendwann mit dem Zug zurückschicken. Das wird teuer werden."

Kein Zweifel, das musste Neumann sein. Hier gefiel Kowalski der Gebrauch des Futurs einmal ganz besonders.

„Es liegt in meinem Ermessen, in München zwischenzulanden und ohne Sie wieder zu starten. Das wird *sehr* teuer werden."

Er blickte Kowalski konspirativ ins Auge. „Hat der Passagier Sie belästigt?"

Was nach einem verlockenden Angebot klang, die Herrschaft über die Armlehne zu bekommen, würde doch bedeuten, dass Neumann seine eigene Prognose kaputt machte, die er noch vorhin über den Lautsprecher verbreitet hatte. Das wollte Kowalski auch vor den übrigen Passagieren, von denen einige nun die Hälse reckten, nicht verantworten.

Der Alte starrte und schwieg. Was wollte man mehr.

„Ich denke", sagte Kowalski, „wir werden planmäßig landen, Kapitän."

Das hatte er sich verdient.

4

Schröder ist Nichtraucher, wie Kowalski auch. Außerdem ist er Professor der Amerikanistik und hat sich vor Jahren über ein paar Bier mit Kowalski angefreundet. Er kennt den Universitätsbetrieb lange und gut, und wenn man irgendwas wissen will, muss man nur Schröder fragen. Sie haben sich verabredet in einem Kaffeehaus im Österreich-Stil. Schröder setzt sich an Kowalskis Tisch, stützt sich mit einem Arm auf die Lehne und sieht ausgeglichen aus wie meistens.

„Nun, Lohse ist zwar Lohse, aber du kannst ihn ruhig um eine Extrawoche bitten", sagt er erfahren. „Er wird dir sowieso nicht zuhören. Und wenn du weg bist, versteh mich richtig, wird er es noch nicht einmal bemerken."

Leider kennt Schröder nicht die ganze Geschichte. Eine Tasse Kaffee später kennt er sie. Er wird sehr nachdenklich. Er wirft Kowalski den kritischen Schröderblick zu. Andere gucken so nur beim Friseur in den Spiegel.

„Kowalski", sagt er langsam, „du hast ein Problem." Er konsultiert seine Tasse. „Wieso hast du dich darauf eingelassen?"

„Dimitri hat -"

„Dimitri?"

„Der Grieche im Reisebüro. Er hat Vettern in der Gegend, einer hat ein Hotel. Ich kriege Tipps und Adressen und gute Preise."

„War da vielleicht Ouzo im Spiel, bei Dimitri?"

Sein Talent, Zusammenhänge herzustellen, macht Schröder zu einem so guten Ratgeber.

„Was hat Ruth gesagt?" fragt er.

„Hätte ich doch auf Mutter gehört."

Schröder kennt Ruth vom Sekretariat schon länger als Kowalski. Er betrachtet hoch konzentriert sein Gesicht im Löffel, den er leicht schwenkt.

„Du willst also Lohse, deinen Professor Lohse, um eine weitere Woche Urlaub bitten. In der Vorlesungszeit."

„Das ist richtig."

„Du willst gleichzeitig für Ruth fragen, sonst nützt es euch nichts."

„So ist es."

„Und du brauchst möglichst bald eine Antwort."

„Noch am Montag. Bis Montag nimmt Dimitri die Tickets höchstwahrscheinlich zurück."

„Wie nimmt man höchstwahrscheinlich ein Ticket zurück? Hör zu." Schröder überlegt nicht lange. „Du solltest ihn noch heute anrufen", schlägt er vor.

„Hab' ich schon versucht, vergebens." Kowalski kann sich ohnehin nicht vorstellen, dass eine private Störung am Sonntag Lohses Entscheidung in seinem Sinne beeinflusst. Was, wenn er gerade eine Patience legt oder pfeiferauchend eine Fregatte aus Streichhölzern zusammenklebt oder womit auch immer einer wie er seine Wochenenden verbringen mag? Das Klingeln des Telefons bringt im entscheidenden Augenblick die Takelage ins Wanken, und Kowalskis Anliegen säuft ab in einem Brei aus Leim, Kordel und Tabak.

Schröder kommt offenbar zu einem Entschluss. Zum Zeichen wirft er den Löffel vernehmlich auf den Tisch und lehnt sich zurück. „Dann vergiss es", sagt er kategorisch. „Vergiss es einfach. Warum fliegt ihr nicht *last minute* auf die Seychellen? Ich habe gehört -"

„Das ist dein Rat?" Kowalski gibt sich entsetzt. „Mensch, Schröder! Ich denke, du bist der Kenner der Szene, der alte Hase, das Urgestein."

Schröder guckt ihn traurig an. „Lohse! An einem Montag! Du hast vielleicht Nerven."

„Ich kann ihn doch mal fragen, oder?"

„Mein Junge, du weißt nicht, worauf du dich einlässt. Das ist kein Spaß. Der letzte, der das versucht hat ..."

Als erst gestern die hellenischen Götter der Aeronautik und der alkoholischen Gärung, getrieben von Mikis Theodorakis, seine Urlaubsplanung übernahmen, suggerierten sie Kowalski, wie leicht es sein würde, die Regie des entsprechenden Gesprächs mit seinem Chef, Professor Lohse, an sich zu reißen und in einer alle beglückenden Katharsis mit der Geliebten in Wochen voller Romantik, Leidenschaft und Sorglosigkeit zu entschwinden. Vier Wochen. Inzwischen sieht er die Konflikte seines Dramas und seinen Gegenspieler etwas klarer.

Nicht, dass es generell leicht oder erstrebenswert wäre, Lohse zu konsultieren. Speziell sein Abtauchen am Wochenanfang jedoch hat in der Fakultät mystischen Status.

Einige von Kowalskis Kollegen, auch Kowalski selber, können montags vormittags bisweilen noch nicht die erforderliche Energie aufbringen. Professor Lohse aber, der niemals in den Verdacht geraten würde, Wochenenden für soziale Kontakte, geistige Getränke oder lange Nächte zu nutzen, ist immer pünktlich, auch montags. Früh ist sein Parkplatz besetzt, früh sein Postfach geleert und seine Bürotür verschlossen. Und das bleibt sie auch. Immer wieder behauptet ein Student oder Dozent, dahinter Geräusche zu hören, doch kommt jemand dazu, herrscht Stille. Sein Büro diente einst als Verbindungsgang und besitzt zwei Zugänge von unabhängigen Gebäuden. So ist es von der Anglistik ebenso erreichbar wie von den Sportlern, und im Kollegium herrscht Einigkeit, dass die Tür zur Anglistik gerade montags nicht eben überstrapaziert wird.

Kowalski weiß, dass Professor Lohse nicht forscht, sich nicht auf dem Laufenden hält, seine Studenten kaum betreut und keine neuen Seminarthemen erarbeitet. Wie aber einer, der jeden Montag nur für maximal neunzig Minuten sichtbar ist, sich *Professor* Lohse nennen kann, das weiß er nicht, und das weiß wohl noch nicht mal Schröder. Dass er sich dabei ausgerechnet Kowalskis Professor nennt, ist die Laune einer Budgetkürzung, die in diesem unglücklichen Fall Sprach- und Literaturwissenschaft an denselben Lehrstuhl brachte.

„Aber Schröder, du weißt doch bestimmt was. Du weißt doch immer was. Lass mich nicht hängen."

Schröder sieht Kowalski an mit den Augen eines Mannes, dem man große Verantwortung aufbürdet. Er bestellt sich noch einen Kaffee. Dazu einen Cognac. Er geht zu den Leuten am Nachbartisch und kommt mit einer Zigarette wieder, die er so ernst mit den Kaffeehausstreichhölzern anzündet, wie man eine Zigarette ernst anzünden kann. Er inhaliert. Ein großer Cognac kommt. Er schwenkt den Cognac. Rauch und schwülstige Geigenklänge tränken das Lokal.

„Zunächst mal weiß ich, dass du ihn nicht finden

wirst", sagt er.

„Aber er hat doch sogar eine Vorlesung um neun," sagt Kowalski.

Schröder sieht ihn scharf an. „Vergiss die Vorlesung, hörst du? Lohse existiert nicht nach der Vorlesung. Er löst sich in Luft auf. Versuche bloß nicht, ihn nach der Vorlesung anzusprechen. Hast du verstanden?"

„Ist ja gut."

„Ich sehe nur eine Möglichkeit", qualmt Schröder, als mache nur seine Weisheit seine Bürde erträglich. Die Zigarette zeigt vielsagend zwischen Kowalskis Augen. „Lohse kommt immer unmittelbar zum Vorlesungsbeginn. Kreuzt einfach auf, keiner weiß, woher."

„Aber Superschröder weiß es?"

„Langsam. Ist es dir deinen Job und deinen Ruf wert?"

„Jetzt sag mir doch einfach -"

„Du riskierst Kopf und Kragen."

„Das tun Raucher auch."

Schröder verengt seine Augen im Qualm. „Vielleicht kenne ich da jemanden. Aber sag nicht, ich hätte dich nicht gewarnt."

„Schröder."

„Einer von den Sportdozenten, extremer Frühsportler. Er sieht ihn manchmal montags morgens."

„Wo?"

„Er ist aber nicht jede Woche da."

„Nicht jede Woche wo?"

„Am Kopierer."

Kowalski kennt Lohses Vorliebe für das kopierte

Wort. In seinen Seminaren zur Sprachwissenschaft verteilt er die Beispiele und Übungen zu diversen grammatischen Gegebenheiten im Format DIN A3. Dass diese unter Studenten *Kopfkissenbezüge* heißen, hat Kowalski schon früh auf den Zustand der Aufmerksamkeit in Lohses Hörsaal schließen lassen. Wenn Schröder vielleicht die Auswahl der hundert Kopierer auf dem Campus noch etwas einschränken könnte ...

„Welcher Kopierer?" fragt er ungeduldig.

„Ich sollte dir das nicht sagen, in deinem Interesse."

„Ich geb dir noch einen Cognac aus."

„Komm nicht zu mir, wenn du danach einen neuen Job brauchst."

„Schröder."

Schröder lehnt sich weit vor, als misstraue er den Nachbartischen.

„Fachbibliothek Sport", sagt er leise und beobachtet Kowalskis Reaktion.

„Schön. Danke."

Offenbar lässt das den gewünschten konspirativen Jargon vermissen. „Kowalski! Du kannst da nicht einfach reinspazieren und 'schönen guten Tag Herr Professor da sind Sie ja' sagen. Es muss wie ein Zufall aussehen! Und auf keinen Fall -"

Er greift Kowalski fest am Arm.

„Sprich auf keinen Fall das Thema Vertretung an. Wenn Lohse wittert, dass er dich vertreten soll, ob Seminar oder Sprechstunde, bist du verloren. Daran darf er nicht mal denken. Hast du mich verstanden?"

„Ja doch."

Schröder lässt ihn los und sieht ihn sorgenvoll an.

„Was war mit dem einen?" fragt Kowalski.

„Mit wem?"

„Du weißt schon, der letzte, der ihn montags sprechen wollte."

Schröder presst den Filter in den Aschenbecher. „Es gab ein Handgemenge, und Lohse hat ihn verklagt. Er ist von der Uni geflogen, vorbestraft, zahlt sich dumm und dämlich, soll sich irgendwo als Tagelöhner durchschlagen."

Für altmodische Wörter hat Kowalski etwas übrig. *Handgemenge* und *Tagelöhner* gefallen ihm nicht.

5

Kowalski hatte kein gutes Personengedächtnis. Auch nicht für Namen, zumindest nicht gleich beim ersten Mal. Ein oder zwei Folgetreffen brauchte er schon, um sich an jemanden zu erinnern, obwohl er wusste, dass es oberflächlich oder teilnahmslos wirken konnte. Studenten wollten von ihrem Dozenten erkannt werden, Kowalski aber musste viele enttäuschen. Er befürchtete manchmal, sich damit einen gewissen Ruf zu erwerben, aber er konnte nichts dagegen tun. Zu viele wollten in sein Langzeitgedächtnis, und jedes Semester kam dieselbe Zahl hinzu.

Zwar waren da unterschiedlichste Charaktere, die guten und schlechten Studenten, die fleißigen, faulen, schüchternen, forschen, aber in einem ständig wiederkehrenden Turnus, manche mit Haaren und Namen so lang und unaussprechlich, dass das Aussehen nicht beim Einprägen des Namens half und umgekehrt. Die meisten gaben Kowalskis Gedächtnis keine Chance, wenn sie im Seminarraum ein Semester lang stumm blieben wie ein Schwarm Fische, um gegen Ende ein einziges Mal wegen des Seminarscheins vor seinem Büro aufzutauchen. Die Zahl der Studenten war zu groß, die Zahl ihrer Begegnungen zu klein und die Begegnungen selbst zu austauschbar.

Ein paar waren jedoch immer wieder dabei, die kamen für einen Kaffee oder um sich ein Buch zu borgen oder ein Seminar zu schwänzen. Die konnte er sich merken. Kaffee trinken, Bücher verleihen oder Stunden schwänzen schienen seine besten Eselsbrücken zu sein.

Viele Gedächtnisse funktionierten so wie Kowalskis, und was seinen Job anging, kam er damit zurecht. Nur dass manche Kollegen die Studentennamen natürlich immer schon im ersten Semester durch die Flure rufen konnten, gab ihm manchmal zu denken. Lohse war davon ausgenommen, der kannte an neun von zehn Tagen nicht einmal Kowalskis Namen.

Immerhin war aber demselben Gedächtnis zu verdanken, dass Kowalski Ruth kennenlernen durfte, als er sie im Grunde schon kannte. Er lud im Supermarkt gedankenlos sein Gemüse in den Einkaufswagen - in ihren. Als sie es merkte, staunte er über ihren vertrauten Ton, der es ihm leicht machte, mit ihr zu plaudern, während sie glaubte, dass er sie auf diese Weise ziemlich direkt zum Essen einladen wollte, hatten sie sich doch schon an ihrem neuen Arbeitsplatz getroffen, dem Sekretariat des Anglistischen Instituts. Das dämmerte ihm an der Gemüsetheke nur langsam, und er hatte sie bis heute nicht überzeugt, dass sie nicht von einem mutigen und raffiniert-originellen Charmeur verführt worden, sondern in eine trottelige Gedächtnislücke gefallen war.

Die Sitznachbarn seiner wenigen Flüge hätte Kowalski, wären sie ihm auf der Straße begegnet oder in der Kneipe, nicht wiedererkannt. Vielleicht hätte er auch nicht bemerkt, wenn man ihm einen davon noch einmal hingesetzt hätte, denn der gemeinsame Kaffee im Flugzeug taugte gewiss nicht als Eselsbrücke.

Der schräge Alte hatte seine eigenen Methoden. Er brach mit schwerem Gerät ins Gedächtnis und blieb dort, indem er ohne Vorwarnung von Steifheit auf Streitlust umschaltete, und allein schon durch seinen sturen Gesichtsausdruck. Falls ihm noch ein anderer zur Verfügung stand, hatte er ihn für besondere Gelegenheiten aufgespart, und neben Kowalski zu sitzen war wohl keine. Es genügte Kowalski völlig, zu wissen, dass er neben einem Sicherheitsrisiko saß, es musste sich gar nicht pausenlos wie eins benehmen. Davon, dass der Greis seinen Reiseführer und seine Landkarte, die er hervorgeholt hatte, genauso wenig zu mögen schien wie sein Essen, ging wohl keine unmittelbare Gefahr aus.

Wenn er nun jünger wäre, nur knapp 40 oder 50 Jahre jünger, hätten die ihn bestimmt vorhin geknebelt oder was sie in solchen Fällen machten. Sie hätten nicht Kowalski entscheiden lassen, ihn in München an die Luft zu setzen oder eben nicht. Sie hätten die Anschnallleuchten angeknipst und kurzerhand zur Landung angesetzt. Dabei hätten sie eine außerplanmäßige Durchsage gesprochen, von Zukunftsformen durchdrungen.

Literaturwissenschaftler nannten ein Vorwegnehmen des späteren Verlaufs Vorausdeutung. Anders als in Kapitänsdurchsagen blühte sie in der Literatur häufig im Verborgenen und wurde erst erkennbar, wenn man zurückblätterte. Kowalski war natürlich klar, dass es Vorausdeutungen nur in fiktiven Texten gab und geben konnte und selbst ihr Erkennen nichts am Verlauf der Ereignisse änderte. Blätterte er aber einige Wochen zurück und erinnerte sich, welchen Aufwand er betrieben hatte, nur um in ausgerechnet diesem Flieger zu landen neben diesem Kerl, dann wünschte er, er hätte rechtzeitig die Zeichen erkannt.

6

Kowalski ist nicht Philip Marlowe. Sonst würde er dem nassen Aprilmorgen mit trockenen Vergleichen trotzen, wie sie Chandler, sein Erfinder, so gut beherrscht hat. Marlowe, dessen einzige Freunde Sonnenbrille, Hut und Kragen heißen auf der Fahrt zum Campus. Marlowe, der bemerken würde, dass Lohses Motorhaube noch warm ist, und der daraus messerscharfe Schlüsse ziehen würde.

Er würde Lohse im Labyrinth der Bibliotheken routiniert aufspüren, ihn in einem seiner unnachahmlichen Wort-Turniere stellen und zerbröseln. Würde alles von ihm bekommen – Urlaub, Gehalt, sogar seine Aufmerksamkeit für die gesamte Dauer des Gesprächs.

Marlowe ist, soweit bekannt, Frühaufsteher. Kowalski dagegen verabscheut das Konzept des frühen Morgens an sich. Sein Körper teilt ihm in deutlichen Sprachen mit, dass es eine gesunde, wohltuende, gutem Aussehen und langem Leben förderliche Alternative zum frühen Aufstehen gibt, für die er verlockenderweise rein gar nichts tun muss, er aber muss vorgeben, keine der Sprachen zu verstehen. Nicht die Bewegungsunfähigkeit, nicht die Reizüberflutung, nicht die zu diesem Zeitpunkt gerade optimierte Symbiose mit den Federn.

Wer hat eigentlich die ohnehin zweifelhafte Erfindung der Uhr mit der Idee für einen Wecker krönen müssen? Muss man wirklich die Erdrotation messen, und auch noch so präzise und so diktatorisch, ohne Rücksicht auf individuelle Biorhythmen und Symbiosen?

Mag der Globus auch messbar durchs All gesaust

sein, Kowalskis Körper ist nicht ganz mitgekommen. Es ist mit Schröder nicht beim Kaffeehaus geblieben, und er fühlt sich gerade, als sei er nach etlichen Runden aus der Bahn geflogen. Es fehlt ihm nicht an den üblichen guten Argumenten, im Bett zu bleiben, die alle der Biologie entstammen. Leider muss er sich ihnen verschließen und sich dem Diktat der Astrophysik beugen, solange sich nicht ein schwarzes Loch auftut und Lohse verschluckt. Gegen die Himmelskörper kann so ein menschlicher Körper nichts ausrichten.

Sein Frühstück: zwei Aspirin. Er hätte mehr genommen, aber seine Packung ist am Ende. Auch seine Kaffeedose gähnt ihn an. Katermittel gibt es ja viele, die meisten aber wirken kaum oder gar nicht. Sich den Kater zu holen, das klappt fast immer.

Marlowe hat immer Kaffee, schwärzer als schwarz, und hat immer Eier mit Speck dazu und ein frisches Hemd. Was Kowalski bleibt, ist eine Wechseldusche, die sich ungefähr so anfühlt wie das Gespräch, das ihm mit seinem Chef bevorsteht. Kowalski konnte noch so eiskalt einsteigen, es würde lauwarm zurückkommen. Wie sollte er anfangen?

'Ach, Herr Professor, so ein Zufall ...' Zu durchsichtig.

'Mensch Lohse, Sie treiben auch Sport?' Zu aufdringlich.

'Na, nochmal die Kopfkissen aufschütteln?' Mist.

Unterwegs zum Campus gefällt es den Scheibenwischern, das leise Brummen in seinem Schädel in einen mäßigen Kopfschmerz zu verwandeln. Ein Tag, der mit der Schadenfreude von Scheibenwischern beginnt, kann nur besser werden.

Um 8.15 Uhr durchschifft er die Pfützen des Parkplatzes. 8.15 Uhr ist früh für Kowalski, nicht für Lohse. Das Auto des Professors steht schon da wie es eigentlich immer da steht. Er wollte früher hier sein, doch leider hat *Du trinkst besser keinen mehr* nicht zu Schröders unentbehrlichen Ratschlägen gehört.

Kowalski sprintet durch den Regen zur Anglistik. Erika Schmick, Ruths ältere Kollegin aus dem Sekretariat, steigt mit ihm in den Aufzug. Während eine Menge Wasser von ihm auf den Kabinenboden tropft, ruht sein Blick auf ihrem Haar, das sie sich offenbar am Wochenende sehr blond gefärbt hat.

Er fragt: „Neue Schuhe? Irgendwas ist anders", und erntet ihr bestes Lächeln.

„So früh dran?" fragt sie.

„Muss Lohse sprechen."

„Was, heute?"

„Ja ja, ich weiß."

Oben strahlt Lohses Büro die übliche Grabesruhe aus und schickt ihn zu den Sportlern. Die Fachbibliothek Sport ist noch nicht lange geöffnet und wirkt verschlafen, Kowalski nicht ganz unähnlich. Er ist zum ersten Mal hier, haben doch normale Anglisten hier wenig zu suchen, wenn sie nicht gerade dem unnormalsten aller Anglisten nachspüren. Trotzdem ist ihm die Kälte, die die nackten Betonwände und die schmucklosen Metallregale ausstrahlen, von den anderen Bibliotheken vertraut. Das Refugium eines großen Sprachwissenschaftlers stellt man sich anders vor.

Kann schon sein, dass Marlowe selbst hier eine gute

Figur machen würde, aber Marlowe hätte schließlich auch gefrühstückt. Kowalski schlurft quer durch das gestapelte Sportwissen, und auch erschwert durch den laut prasselnden Regen irrt er vergebens auf der Suche nach Geräusch oder Bewegung.

Doch Schröder hat recht. Als Kowalski schon halb entkräftet ist, sichtet er tatsächlich das unentwegt karierte Sakko, geräusch- und bewegungslos, in einem langgezogenen Winkel, der ihm von fern entgegengähnt. Im Sakko steckt Lohse, im leicht geöffneten Maul eines Kopierers daneben steckt ein Buch.

Es dauert faszinierend lange, bis der Professor den Startknopf wie zum allerersten Mal findet und drückt, worauf die Maschine unter mäßigem Rattern groß dimensioniertes Papier auszuscheiden beginnt. Auf einem Tisch vor dem Fenster formt er ebenso große Blätter umständlich zu Stapeln, was seine gesamte Aufmerksamkeit in Anspruch nimmt. Wenn sich hier mal nicht die Monotonie der Vorbereitung mit dem Inhalt des Seminars vermengt, denkt Kowalski.

Schröder hat recht, und damit das so bleibt, nimmt sich Kowalski im Vorbeigehen das erstbeste Buch aus dem Regal. Es muss wie ein Zufall aussehen, hat er gesagt. Er wirft einen Blick darauf - *Umwelteinflüsse auf sportliche Leistungen bei internationalen Wettkämpfen.* Zufälliger wird es nicht mehr, denkt Kowalski. Ich sollte hier verduften, solange es noch geht. Ihm ist unklar, wie er mit solch einem Buch in der Hand und regenzerzaustem Haar Lohse bezwingen soll.

Eine Heldentat für Ruth und Schröder ließe sich zur Not auch erfinden, vielleicht noch mit einem kleinen

Handgemenge wegen der Spannung. Kowalski zieht alle Register, unterliegt aber hoffnungslos dem sprichwörtlichen Gleichmut seines Chefs, bevor er noch sein unerhörtes Ansinnen vorbringen kann. Warum sich in der Realität eine blutige Nase holen, wenn man in der Fiktion unversehrt bleibt? Bitter, wenn man zugleich Autor und Held einer Geschichte ist, deren langweiliges Ende man schon kennt und die einem trotzdem vor Spannung den Schweiß treibt.

Über den tatsächlichen Hergang, ob fiktiv oder nicht, würde mit Lohse als einzigem Augenzeugen sowieso nie jemand ein Wort wechseln. Nun ist aber Kowalski kein guter Schauspieler und sich seiner Defizite auf diesem Gebiet durchaus bewusst, vor allem Ruth gegenüber. Die Seychellen reizen ihn auch nicht so sehr, nicht dieses Jahr.

Inzwischen kann er den Toner des Gerätes in der Nase spüren. Er öffnet den Mund zur Begrüßung, als Lohse zwecks Nachschubs für seine Stapel eine träge Drehung vornimmt, die Kowalski in sein Blickfeld bringt oder den Gesetzen der Optik zufolge bringen müsste. Er hält inne. Es ist weiter keine Regung in Gestik oder Mimik des Professors wahrzunehmen, der Gegenstand einer urplötzlichen Versteinerung zu werden scheint. Vielleicht, denkt Kowalski, basiert sein Sehvermögen auf Bewegung; ich könnte mich also entweder einfach nicht rühren, oder mit der Hand vor den trüben Augen hin und her wedeln.

Die Maschine beendet den Satz Kopien und verstummt. Zeit vergeht. Man könnte einen Kopfkissenknopf fallen hören.

„Ah, Dr. ...", gibt die Versteinerung schließlich von sich.

„Kowalski."

„... guten Morgen, guten Morgen." Sein Gesicht ist dem einer Schildkröte ähnlich, faltig und hakennasig. Er wird langsam von so etwas wie Leben erfüllt, von Lohse. Er nimmt mit beiden Händen das durchhängende Papier und klatscht es auf einen der Stapel wie ein Jäger das selbst erlegte Abendessen. Kowalski nimmt zur Kenntnis, dass Lohse offenbar weder ihre Begegnung reglos ausharren will, noch sich in seinen Panzer zurückziehen. Auch die Fluchtgefahr scheint beim gegenwärtigen Tempo seiner Bewegungen gering. Geduldig öffnet er den Kopiererdeckel, um in der Vorlage umzublättern und einen neuen Satz Duplikate samt Geratter zu starten.

Lohse sagt: „Man kann ja seine Seminare nicht früh genug vorbereiten, Herr Kollege."

Kowalski ist anderer Ansicht. Nicht nur, was extreme Tageszeiten und deren eigentliche Bestimmung angeht, sondern auch, wieviel Lohses Kopierwut mit Seminarvorbereitung zu tun hat, wenn sie auf die Studenten die Wirkung eines Sedativums ausübt. Üblicherweise aber bringt er keinen Widerspruch über die Lippen, jedenfalls nicht mit Lohse in Hörweite, stattdessen verbirgt er die naheliegenden Äußerungen hinter Belanglosigkeiten. Lohse, der in den zwei Jahren von Kowalskis Dozentendasein noch so gut wie nichts Fachliches oder Interessantes mit ihm ausgetauscht hat, versteht es immer wieder, ihn auf sein Niveau herunterzuziehen. Wie viele nie geführte Dialoge stauen sich wohl auf der Welt zwischen Sprachzentrum und Rachenraum und finden nie den Weg hinaus in die Akustik? Was Lohse angeht, ist Kowalski gerne bereit, die Zahl der Stauungen intelligenten Materials niedrig anzusetzen. Er kann sich zunächst mal nur laut räuspern.

„Ganz recht, ganz recht, der frühe Vogel fängt den Wurm", spricht Lohse, wobei er sich über die frischen Großformate beugt und Kowalski im Zwiespalt lässt, ob er sich mit ihm oder dem Papier unterhält.

Es sind Gespräche wie dieses, die Kowalski haben resignieren lassen, Gespräche, in denen seine Beiträge bestenfalls eine Statistenrolle spielen, mit Text oder ohne.

Jetzt lass dir aber mal etwas einfallen, denkt er, und zwar schnell.

„Guten Morgen, Professor", bringt er hervor. Einfallsreich. Er läuft Gefahr, das Nicht-Gespräch wieder zum Nicht-Anfang zurückzudrehen, von wo es die willkürlichsten Wendungen nehmen könnte, falls er sich jemals Zugang zu Lohses Gehör erarbeitet. Da er aber mit einem Freund der Förmlichkeiten spricht, kann er sich den Gruß genauso wenig schenken wie den Professor, auf den der Professor bekanntermaßen Wert legt.

„Ich bin selten so früh hier", ergänzt er. Nie so früh, denkt er dabei, und nie hier. Wenn sein Chef das mal nicht als Widerspruch zu seiner Wurm-Theorie auffasst.

Zum Glück muss Lohse ihn nun komplett ignorieren, um auf den neuesten Kopien oben und unten auszumachen, bevor er seine Türme weiterbauen kann. Es sind die Bewegungen eines Mannes, der immer und für alles sehr viel Zeit hat und sie auch benötigt.

„Ich bin auch nur zufällig hier", sagt Kowalski, um etwas zu sagen. Seine eigenen Äußerungen beginnen ihn zu langweilen. Lohse hat inzwischen ein paar stattliche Türme beisammen. Vielleicht baut er ja auch Streichholz-Burgen zu Hause.

„Es ist die Ruhe, Kowalski. Die Ruhe am frühen Morgen, aus der ich meine Kreativität schöpfe."

Gott der Gerechte.

„Die würdevolle Stille einer Hochschule am frühen Morgen, wissen Sie?" Der Kopierer rackert laut weiter, und Kowalski versucht, die Begriffe Kreativität, Würde, Stille und Hochschule mit Lohse in Einklang zu bringen. Das ist ihm in zwei Jahren nicht gelungen, und es wird auch heute nichts werden. Er fragt sich, wie er wenigstens zeitweise einen oder zwei von Lohses Sinnen für sich gewinnen kann. Er könnte ihm erzählen, woraus *er* seine Kreativität schöpft, angefangen bei ausreichendem Schlaf und der Beschäftigung mit der Realität, aber das sollte er lieber nicht tun. Was aber soll er tun?

„Interessantes Buch, das Sie da haben, Kollege", sagt der Professor zwischen zwei Stapeln. Furchtbar interessant, denkt Kowalski, eine Wahrnehmung wie eine Lotterie mit lauter Nieten. „Ich selbst habe ja mit meiner Gattin schon Olympia bereist, müssen Sie wissen, die Heimat aller Wettkämpfe."

Lohse?

„Sie waren in Griechenland?" fragt Kowalski geistesgegenwärtig.

„Dort war es sehr heiß."

„So ein Zufall", versucht Kowalski dranzubleiben.

„Keineswegs, Kollege", sagt Lohse, von Geistesgegenwart Lichtjahre entfernt. „Das mediterrane Klima ..." Er kann sich inmitten seines Papiers nicht entschließen, den

Satz zu beenden.

„Ich meine, dass Sie in Griechenland waren", sagt Kowalski in der Hoffnung, noch einmal Einfluss auf Lohses Äußerungen nehmen zu können. Den Mann zu finden, war ein Klacks dagegen gewesen. „Hat es Ihnen gefallen?"

„Für die Sportler damals ..." Lohse lässt auch den Satz unvollendet. Es bleibt offen, ob dies noch ein Gespräch wird. „Ich selbst bin einem kleinen Kräftemessen von Zeit zu Zeit nicht abgeneigt. In meinem Alter natürlich eher auf geistiger Ebene, Sie verstehen."

Kowalski versteht nur zu gut. Wenig kommt ihm unsportlicher vor als ein geistiges Kräftemessen mit dem Professor.

„Natürlich, Professor. Aber wo wir gerade von Griechenland sprachen", beginnt er erneut.

„Sie kennen doch Frau Professor Lohse", sagt Lohse.

Er kennt sie nicht, aber sie hat sein Mitgefühl. „Eigentlich -"

„Es war unsere Hochzeitsreise, warten Sie mal, das muss nun schon über 30 Jahre her sein."

Vor Erfindung des großformatigen Kopierens? „Professor -"

„Ein Volk mit unvergleichlicher Kultur. Ganz imposant, diese Säulen."

„Es wäre nett -"

„Delphi. Und erst die Akropolis."

Wenn sie noch steht, bis ich mal hinkomme, denkt Kowalski.

„Wie meinen Sie?" fragt Lohse, als könne er Gedanken hören.

Der Apparat kommt erneut zum Stillstand.

Lohse wendet sich dem Resultat zu und greift wieder angestrengt nach dem Papier. Er dreht sich mit vollen Händen von Kowalski weg.

„Sie kennen doch Frau Ruth Amberg?" fragt Kowalski, in plötzlicher Ermangelung eigenen Vokabulars. Lohse wird wohl seine Sekretärin kennen.

In Lohse regt sich etwas, schwer zu sagen was, wobei er selber weiterhin ganz dem Papier gehört. „Frau Amberg, tüchtige Kraft."

Das glaubt mir die Kraft nie, denkt Kowalski.

„Wir fliegen im Mai hin, Sie wissen schon, Olympia, Delphi, Athen." Er versucht es mit schlichten, kurzen Sätzen. Er fragt sich, ob er von den Orten auch nur eine Säule sehen wird.

„Gratuliere, gratuliere."

Was meint Lohse damit?

„Wir würden gerne am 7. fliegen, am Tag nach meinem letzten Seminar."

Lohse streicht versonnen übers Papier.

„Das ist zwar noch während des Semesters," erinnert ihn Kowalski vorsichtig.

„Ganz imposant."

„Ich würde aber meine Sprechstunde vorverlegen." Kowalski sucht verzweifelt den Blick des Professors. "Wenn Sie einverstanden sind. Herr Professor?"

Sein Chef findet großen Gefallen an der Berührung des Papiers.

„Mit den vier Wochen für Frau Amberg und mich?"

„Gewiss, gewiss."

Die größten Chancen scheint man in der Lohse-Lotterie zu haben, wenn man Ruths Namen erwähnt. Bleibt die Frage, ob das eben eine Zusage gewesen ist, und ob sich Lohse morgen an das Geringste wird erinnern können.

„Dann kann ich Frau Schmick Bescheid sagen?"

„Wirklich tüchtig."

Seine Aufmerksamkeitsspanne wird wohl gerade überdehnt. Mit einer fossilen Mischung aus der Zufriedenheit des kleinen Kindes mit seinem Turmbau und der Großzügigkeit des erfahrenen Pädagogen türmt der Professor kreuzweise die einzelnen Stapel. Obendrauf kommen die Bücher, gekrönt von seinem spitzen Kinn. Und das jeden Montag, denkt sich Kowalski, den wackelnden Artisten Richtung Ausgang begleitend. Nach ein paar Schritten sagt Lohse:

„Haben Sie nicht etwas vergessen?"

Kriegt er noch ein Schutzgeld, von dem Schröder pikanterweise nichts gesagt hat?

„Die Kopien, Dr. Kowalski."

Es dauert Sekunden, bis Kowalski versteht. Offenbar geht Lohse davon aus, dass er sich dem Kopierer einer Bibliothek mit einem Buch in der Absicht genähert hat, davon Kopien anzufertigen. Er hat sich sogar seinen Namen gemerkt.

„Oh ja, natürlich. Also schönen Tag noch, Professor." Kowalski zieht sich wieder in die Kopiernische zurück. Er muss sich fragen, ob das wirklich alles ist, was von Schröders Mantel- und Degen-Konspiration übrig bleibt. Einmal früh aufstehen am Montag, zweimal Ruths Namen nennen, und fertig ist der verlängerte Traumurlaub mit der ihn unablässig bewundernden Gefährtin - das widerspricht sämtlichen Lebens- und Lohseerfahrungen.

Verblüfft vom unverhofften Ausgang seines Dilemmas, beflügelt vom Gedanken an die Gesichter von Ruth und Schröder und um Lohse bis zu seinem Abgang eine reale akustische Kulisse zu liefern, kopiert er zufrieden ein paar Seiten umweltbeeinflusster Sportergebnisse. Der Toner reicht nicht mehr lange.

~

Falls es eine Rangreihe der menschlichen Glücksfahrten gibt, egal womit und egal wohin, so würde sie vermutlich angeführt von verschütteten Kumpeln, wenn sie nach aussichtslosem Einschluss unter Tage doch noch an die Oberfläche gezogen werden. Das Team von Apollo 13 auf dem Weg nach Hause auf Platz zwei. Noch vor jeder Spritztour mit dem neuen Cabrio bei Traumwetter oder der ersten Tandemfahrt mit der schnuckligen Geliebten zum einsamen Picknickplatz nach Wochen des Werbens aber käme Kowalski in dem abgenutzten Aufzug auf dem Weg von der Sportbibliothek mit seiner kleinen Rolle kopierter Buchseiten.

Sein virtuoses Spiel mit den Knöpfen bewegt die Kabine rhythmisch schaukelnd erdwärts. Er testet die Gesangsakustik und befindet sie für gut. Vom sonnendurchfluteten Foyer nimmt er beschwingt den Fußweg zur Philosophischen Fakultät, auf dem Reste des Regenwassers verdunsten. Zwei Anstreicher tragen fröhlich pfeifend eine bunt besprenkelte Leiter vor ihm her. Hummeln brummen lebensfroh um sein Ohr. Vor dem Schwung der feucht glänzenden Wiesenhügel erzählen sich die Studenten von Liebe und Frieden, als er die Stufen zur Anglistik hinauf tänzelt.

Aber was wissen schon die Kumpel und die Astronauten von meinen Torturen, denkt er auf der obersten Stufe angelangt, auf der Höhe der Wirklichkeit. Schnell einen Kaffee, bevor ich noch Lohse für einen Professor halte. In seinem Büro lässt er den Schlüsselbund und die Papierrolle, die er Lohse wegen produziert hat, auf den vollen Schreibtisch gleiten und will sich seiner Kaffeemaschine widmen, als das Telefon klingelt.

„Kann ich bitte sprechen mit Dr. Leo Kowalski?"

„Das bin ich."

„Ah, guten Morgen, hier ist Chrysostomos."

„Wer ist da?"

„Dimitris, Dimitris von Hellas Reisebüro. Waren Sie schon bei Ihre Chef?"

„Alles bestens. Ich komme die Tickets heute nachmittag abholen."

„Ist kleine Problem", sagt der Grieche. Es klingt wie 'keine Problem', der Unterschied ist nicht groß genug aus einem Munde wie Dimitris. Nichts gegen den griechischen Akzent, aber doch nicht so. Kowalski setzt sich auf seinen Drehstuhl.

„Wie klein?"

„Ist 6. jetzt."

Kowalski meint das Knistern von Zigarettentabak und Papier zu hören, an deren Glut kräftig gezogen wird. Das weckt ungute Assoziationen.

„Dimitri", sagt er. Er versucht, es möglichst erbarmungslos klingen zu lassen. Er will alle nur denkbaren Express-Änderungen von vornherein abschmettern. „Mittwoch der 7. Mai. Zwei Tickets. Vier Wochen. Araxos und zurück. Dieses Jahr." Was konnte sonst noch Dimitris Akzent zum Opfer fallen? „Nichtraucher", fügt er hinzu. Dann fällt ihm noch etwas ein.

„Ich denke, nach Araxos geht's nur mittwochs."

„Ist Militärflughafen. Verteidigungsministerium muss sparen und hat die Flüge verlegt auf Dienstag. Ich wollte umbuchen auf Athen, aber ist Problem, weil ist Saison."

„Ich kann nicht am Dienstag."

„Und wenn Sie fragen Ihre Chef?"

„Ausgeschlossen. Sie kennen meinen Chef nicht."

„Ich habe mit meine Vetter gesprochen. Sie kriegen die beste Zimmer von beste Hotel umsonst. Aber ist dringend."

Kowalski kann nicht erkennen, worin die Ersparnis für das griechische Verteidigungsministerium besteht, wenn er seinen Job verliert. Er kann nicht erkennen, was er, abgesehen von der Wahl des Reisebüros, für einen Fehler begangen hat, dass er die Patzer von Dimitri und seiner Regierung ausbaden soll.

„Bitten Sie um Erstattung", sagt er.

„Die Fluggesellschaft erstattet nix, weil sie erst verklagt Ministerium. Das kann dauern. Solange muss ich übernehmen die Kosten."

Kowalski sollte einfach auflegen. Dimitri ist ein Trickbetrüger, und einen Flugplatz namens Araxos gibt es gar nicht.

„Doktor, sind Sie noch da? Meine Vetter hat die schönste Hotel in schönste Ort direkt am Meer. Vier Woche umsonst. Ist dringend."

Erst Lohse bezwungen, um darauf Dimitri zu unterliegen, das würden Schröder und Ruth niemals glauben. Vier Wochen Hotel umsonst, das würde er ihnen schon beibringen. Kowalski blickt auf seine Wanduhr. Auf dem schwarzgoldenen Zifferblatt steht *Time For A Guinness*.

„Ich ruf Sie wieder an." Er knallt den Hörer auf.

Dringend. Natürlich ist es dringend, mehr noch als Dimitri sich zeitlebens unter dringend vorstellen kann. Schröders Vorlesung beginnt jetzt, um Punkt 9.00 Uhr, Lohses in einer Viertelstunde. Diese akademische Viertelstunde den diversen Dozenten zuzuordnen ist eine der ersten Herausforderungen an jeden Universitätsneuling. Dem Erstsemesterstatus einmal entronnen, lassen es sich viele Studenten dann später nicht nehmen, an das Dozentenviertel noch ihr eigenes anzuhängen.

Kowalski hat noch nicht mal einen fertigen Plan, schon springt er auf, fegt den Schlüsselbund vom Tisch, hebt ihn im Hinauseilen hastig auf, stößt sich die Stirn an der halboffenen Tür, gibt einen Schmerzensschrei von sich und kollidiert im Gang schlüsselklirrend mit Ruth, die pünktlich zur Arbeit erscheint.

„So in Eile, Superheld? Hast Du Lohse erwischt?"

„Ich komme gleich wieder."

„Er hat den 7. nicht geschluckt, stimmt's?"

„Der 7. geht schon klar, bloß -"

Sie breitet die Arme aus. „Dann fliegen wir für vier

Wochen?"

„Ja. Nein. Ich weiß nicht." Er hat sich das Auskosten seines Sieges anders vorgestellt. Noch bevor ihre Hände sinken können, nimmt er sie in den Arm, küsst sie fest und filmreif und verschwindet. Drei Studenten spenden Applaus.

Die Wege zwischen den Gebäudetrakten der Philosophischen Fakultät können sehr lang sein. Im Dauerlauf versucht Kowalski so etwas wie einen Plan zu schmieden. Er würde Schröder brauchen und noch eine gute Portion seines strapazierten Glücks. Er keucht, als er vor Schröders Seminarraumtür ankommt, durch die gedämpft seine Stimme dringt, beim Einführen der Studenten in die amerikanischen Kurzgeschichten. Noch zweimal Röcheln, und er drückt beherzt die Klinke.

Die Köpfe von knapp fünfzig der treuen Schröderschen Studenten drehen sich ihm zu; Schröder auch. Seine Hand presst reglos für Sekunden ein Stück Kreide mitten im Wort gegen die Tafel. Kowalski erkennt ein paar von seinen Studenten, wenn auch nicht mit Namen. Er entschuldigt sich zwischen zwei tiefen Atemzügen für die Störung und wird von Schröder in den Gang zurückgeschoben.

„Hat Lohse dich so zugerichtet?" fragt Schröder und schließt die Tür von außen. „Braucht einer von euch einen Arzt?" Er muss mal wieder übertreiben. Kowalski hat doch keine Zeit für sowas.

Ein paar Meter entfernt hängt ein altes großes Waschbecken im Flur mit einem alten großen Spiegel. Schröder verfrachtet Kowalski dahin. Im Spiegel steht ein schlanker Mann Anfang dreißig, dem das feuchte Hemd zur

Hälfte aus der Hose hängt. Einzelne Strähnen seines vollkommen zotteligen Haars kleben an der schweißnassen Stirn, verbergen aber kaum eine blutige und geschwollene senkrechte Wunde. Auch seine Oberlippe wirkt blutig und dick.

Ruths morgendlicher Lippenstift, denkt der Original-Kowalski. Meine Tür. Der Regen. Was für ein Morgen.

„Schröder, ich kann dir das jetzt unmöglich erklären, ich hab vielleicht noch zehn Minuten." Er wühlt hastig Papierhandtücher aus dem Spender. „Bitte rette mein Leben und übernimm am Dienstag, 6. Mai meine Vertretung."

Schröder öffnet den Mund, beobachtet, wie sich Kowalski die vermeintliche Schwellung von der Lippe wischt, und schließt ihn wieder. Er sieht aus wie ein Mann mit vielen Fragen, dem seine Weisheit den Verzicht auf die Antworten gewährt.

„Wer könnte einer lebenden Leiche etwas abschlagen", sagt er nur.

„Danke." Kowalski hat sich provisorisch wiederhergerichtet. „Wünsch mir Glück." Er setzt sich wieder in leichten Trab.

„Du wirst es brauchen", gibt ihm Schröder auf den Weg.

An Lohses Bürotür braucht Kowalski es jetzt nicht zu versuchen, es ist zu spät. An Lohses Bürotür gibt es nur zu früh oder zu spät. Er läuft direkt durch zum Hörsaal. Lohses Montagsvorlesung hat seit Jahren dasselbe Thema, er hat seit Jahren denselben Raum. Und seit Jahren machen es sich die Studenten um diese Zeit dort gemütlich.

Für den Zeitpunkt kurz vor Veranstaltungsbeginn

ist es im Gang vor dem Hörsaal eigentlich ungewöhnlich leer, stellt Kowalski fest, selbst für ein Seminar des fraglichen Sprachwissenschaftlers. Und die Tür steht nicht weit offen wie sonst, sie liegt gegen die Wand gelehnt neben dem Eingang. Kowalski muss erst Atem holen. Im Saal hantiert ein weiß gekleideter Mann mit Mütze virtuos pfeifend mit einer Fellrolle. Zwischen Tapeziertischen, Plastikfolien, großen ovalen Eimern und einer Leiter voller Farbkleckse gibt er *Ein Schiff wird kommen* zum Besten. Ein zweiter rührt in einem der Eimer.

Dass es keine dummen Fragen gibt, hat Kowalski schon oft gehört. Üblicherweise wird es im gleich darauf folgenden Moment widerlegt, nicht selten von Kowalski selber, wo doch alle Welt weiß, dass es in Wirklichkeit von dummen Fragen nur so wimmelt.

„Wo ist Professor Lohse?" fragt er die Maler mit schwerem Atem.

Der flötende Mann zieht mit geübtem Schwung Farbbahnen an die Decke. Er unterbricht sein Flöten: „Kenn ich nicht, auch wenn mich noch zehn von euch fragen. Von 'ner Vorlesung weiß ich auch nix. Hätte mal einer eine Nachricht aufhängen sollen." Flöten. Er schafft mühelos den hohen Refrain.

Der Mann hat recht. Jeder andere Dozent hätte eine entsprechende Notiz schon in der Vorwoche angebracht. Wieso hat Ruth ihm nichts gesagt? Dumme Frage, woher hätte sie von Dimitris Kreuzfeuer wissen sollen.

Kowalski guckt gar nicht erst auf die Uhr. Er hastet sofort den Weg zum Sekretariat hinauf, einen weiten Weg, der viel Atem verbraucht. Die Türklinke muss ihn stützen, er kann zunächst nichts außer keuchen. Erika Schmick sitzt am Schreibtisch und hält einen Taschenspiegel in der Hand.

„Wo ... ist ... Lohse?" bringt er heraus.

Sie sieht ihn befremdet an, wie einen verhaltensauffälligen Doppelgänger seiner selbst.

„Du weißt schon, welchen Wochentag wir haben, oder?" fragt sie zurück.

„Bitte, ich hab doch keine Zeit."

„In vier Minuten betritt er seinen Hörsaal."

„Nein, da komm' ich gerade her."

Sie raschelt mit Papieren. „Lohse, Lohse ... stimmt, da sind die Anstreicher. Er hat heute Raum 1.18."

Natürlich ist auch Raum 1.18 weit entfernt. Falls er es überhaupt noch schafft, ist eine Beschleunigung seines halben Planes notwendig. Er schnappt sich zwei Formulare aus einem der Fächer und einen Stift und kritzelt hektisch darin herum. Er muss einige von Lohses hervorstechenden Eigenschaften nutzen und sie zu seinen Verbündeten machen. Neben Impertinenz und Ignoranz vor allem vermeintlichen Zeitmangel und Bequemlichkeit.

Ruth kommt aus dem Nebenraum, aber er hat keine Puste für Erklärungen. „Bis gleich" muss genügen.

Der Sprint hinunter zu Raum 1.18 ist keine Meisterleistung, Kowalski stolpert und rempelt und versucht, die überall vorbeiziehenden Wanduhren zu missachten, so gut es geht. Die Flure werden immer länger. Als er in den entscheidenden Gang biegt, sieht er am fernen Ende Riesenkaros kommen, halb verdeckt von Riesenpapier. Er braucht keine Uhrzeit, Lohses Schritte sind jetzt die einzige Maßeinheit, die zählt. Viele werden nicht bleiben, bis der Seminarraum ihn für heute unwiederbringlich verschluckt. Kowalski beginnt sich ernsthaft urlaubsreif zu fühlen. Er galoppiert auf Lohse zu, der ihn nicht mal bemerkt.

„Herr Professor", japst er, „danke nochmal für Ihr Entgegenkommen wegen meiner Reise."

Ohne seinen Schritt zu verlangsamen, hebt Lohse echsengleich den Kopf, wie es nur Lohse kann - und eben die Echsen seit Millionen von Jahren. Augenscheinlich braucht er einige kostbare Meter, bis er sich eines mit einer Reise verbundenen Entgegenkommens entsinnen kann.

„Dr. ...", ist alles, wozu er fähig ist, gerade so, als wäre er derjenige, der meilenweit durch die Fakultät gejagt ist.

„Um Ihnen die Sache zu erleichtern", sagt Kowalski atemlos, „habe ich die Urlaubsanträge gleich mitgebracht."

Sie kommen jetzt der Tür sehr nahe, und damit den allerletzten entscheidenden Zeiteinheiten.

„Ab 6. Mai, Professor Schröder vertritt mich. Wenn Sie unterschreiben, gebe ich das Frau Schmick, dann ist das erledigt."

Direkt neben dem Türrahmen hält er keuchend die Anträge an die Wand. Lohse guckt, als durchflöge ein lästiges Insekt seinen Weg, das es schnellstens zu verscheuchen gilt. Dafür wedelt Kowalski suggestiv mit dem Stift, den er Erika entliehen hat.

Zwischen Lohse und seinen jungen Opfern liegt jetzt nichts weiter als zwei von seinen unleserlichen Schlenkern auf dem Papier. Kowalski kann nur hoffen, dass die Zeit ausgereicht hat, den Professor die Schlichtheit der Situation erfassen zu lassen. Um es eindeutig zu machen, nimmt er ihm eines seiner schweren Kopierpakete vom rechten Arm, denn Lohse ist Rechtshänder. Dies ist der entscheidende Moment. Er soll den Weg des geringsten Widerstandes finden. Er soll ihn beschreiten. Er soll nicht weiter drüber nachdenken. Er soll das tun, was er am besten kann.

Während seine Mimik wie immer nichts erkennen lässt, platziert er leidenschaftslos je zwei Kringel dort, wohin andere ihre Unterschrift setzen würden. Dann tauschen die Kollegen das Papier, vier Wochen Urlaub für zwei gegen neunzig Minuten Schlaf für dreißig. Kowalski findet das einen sehr sehr guten Tausch, aber nach Tänzeln ist ihm nicht mehr zumute.

Zur Feier seines Triumphes steuert er die geräumige Herrentoilette an und versucht, sich grob wiederherzurichten. Hoffnungslos, mit nichts als gekrümmten Fingern als Kamm. Die Kacheln sind voll von Tabulosigkeiten und Belanglosigkeiten jenseits der Rechtschreibung. Als junger Student ist Kowalski überrascht gewesen, dass die Wände des akademischen Lokus als Teil dieses Hortes der Weisheit, des Denkens und des Wissens dasselbe Niveau bieten wie jede Kneipe und jede Kaserne.

Er fühlt sich schwer gezeichnet. Der Spiegel wirft ihm alle Stationen seiner Reisevorbereitung spöttisch zu. Griechenland als Ziel ist einer Laune Ruths entsprungen, nach einem Fernsehbericht mit gekälkten Windmühlen, malerischen Hafenzeilen und traumhaften Stränden. Dauer, Verlauf, Aufenthaltsort oder Kosten scheinen Dimitri und seine Vettern im Griff zu haben und wer weiß wer sonst noch. Kowalski darf erst des Schlafes beraubt, durchnässt, gehetzt, misshandelt, vor Kollegen und Studenten entwürdigt und auf Lohses Folter gespannt, nun endlich auf Reisen gehen.

Höchste Zeit für ein Frühstück Marke Philip Marlowe.

7

Kowalski war kein verschwenderischer Mensch. Er kam mit seinem bescheidenen Dozentengehalt gut über die Runden, weil er sich keine teuren Hobbys, Autos oder Kleidung leistete. Wenn er es sich mal gut gehen ließ, dann nicht über seine Verhältnisse. Und weil sein Gehalt bescheiden war, sagte er nicht gleich nein, wenn er an der Unterkunft einer kleinen Reise sparen konnte.

Am Flughafen von Araxos allerdings schien Sparsamkeit geradezu die Devise zu sein. Was den einen Wochentag für das Ministerium günstiger machte als den anderen, und warum der eine ausgerechnet der Dienstag war, erschloss sich dem Passagier bei der Einreise nicht. Kowalski hätte gedacht, dass eine vermehrte zivile Nutzung den Betrieb lohnender machte, nicht eine verschobene, aber das dürfte der Minister ja durchkalkuliert haben. Es blieb Kowalski jedenfalls nicht verborgen, dass man mit Ausgaben für die Infrastruktur sehr zurückhaltend umging, von dem Moment an, da er die kleine Bühne der Gangway unter dem tosenden Beifall der Triebwerke im Leerlauf betrat.

Gespart wurde schon an einem Bus für den Passagiertransport. Es ging von der alten Treppe am Flugzeug, von deren Seitenteil schon seit geraumer Zeit die Buchstaben *Olympic Airways* abblätterten, direkt auf die Piste, wo alle einer Dame des Bodenpersonals in altmodischer blauer Uniform hinterherwatschelten. In der vor Hitze flimmernden Luft hing ein übermächtiger Treibstoffgeruch, der es leicht hatte, übermächtig zu sein, weil man sich auch jede Bepflanzung gespart hatte und weit und breit außer Unkraut nichts wuchs, was Düfte verströmen konnte. Es gab ein Spinnennetz von Start- und Landebahnen, Militärmaschinen in Tarnfarben vor Baracken in Tarnfarben und einen uralten Tankwagen, dessen Nachfolger man sich schon viele Jahre sparte.

Die einzige Zivilmaschine war ihre. Ruth und Kowalski bemühten sich, auf dem langen Fußmarsch den Abstand zu dem alten Querulanten wachsen zu lassen, der auf dem unsichtbar sich schlängelnden Pfad kerzengerade einige Plätze vor ihnen ging. Sein Haarschnitt war auch im Nacken akkurat, sein Lederbeutel alt und gepflegt. Kein Vergleich zu Kowalskis überfüllter Ruine.

Gespart wurde an dem Hauptgebäude, falls das, worauf sie zusteuerten, das Hauptgebäude war. Es war durch die fehlenden Investitionen gut getarnt. Durch ein Tor im Maschendrahtzaun, und an dem hatte man rund um das riesige Gelände nicht gespart, entließ die Bodendame die Prozession in eine kleine, nackte Betonhalle ohne Aufschrift. Kowalski überlegte, ob sie ab jetzt vielleicht bis nächsten Dienstag frei hatte, um Personalkosten zu sparen.

Sie gelangten in die übervolle, gar nicht kühle Ankunfthalle, die gleichzeitig Abflughalle war, außerdem Zoll, Shop, Cafeteria, alles auf kleinstem Raum wie in einer studentischen Einraumwohnung. Die Übergänge zwischen den Bereichen waren fließend. Die Plastikmöblierung des Cafés reichte bis in die Zollkontrolle, wo zwei Beamte mit der Lehne nach vorn und mit Perlenketten spielend eine Miniaturtasse Kaffee einrahmten. Teile des Sortiments aus dem Duty-Free-Shop, Spirituosen und Souvenirs, wurden auch auf der Theke des Flugschalters daneben ausgestellt, vor der eine Menschenmenge mit Taschen und Koffern aus Platzgründen alles andere als eine Schlange formte. Das Gewühl und das Stimmengewirr waren groß. Der Hintereingang war auch Hinterausgang. Ruth und er mussten sich durch die Menge sonnengebräunter Abreisender kämpfen, die ungeduldig auf Einlass in das seltene Flugzeug warteten. Den alten Mann verloren sie aus den Augen.

Vergeblich suchten sie den Einraumbazar nach einem Gepäckband oder einem entsprechenden Schild ab. Als einzig erkennbar abgetrennten Raum machte Kowalski anhand von Symbolen eine Toilette aus, die im Moment nebensächlich war. Einer stark gestörten Lautsprecherdurchsage konnten sie mit Mühe die englische Sprache, aber nichts Verwertbares entnehmen. Sie kämpften sich durch zu den beiden Beamten, die vielleicht alle observierten, vielleicht Kaffeepause machten.

„Excuse me, do you speak English?" wollte Ruth zunächst wissen.

Der eine legte den Kopf schief und drehte die freie Hand ein wenig. Es sah zu gleichen Teilen aus wie *schießen Sie los* und wie *verstehe kein Wort.* Ruth fragte ihn nach der Gepäckausgabe und bekam als Antwort eine Bewegung mit der Perlenkette zum Vordereingang, in deren Knappheit, wenn Kowalski sich nicht sehr täuschte, sehr viel von der Vorrangigkeit einer ungestörten zollbeamtlichen Observierung mitschwang.

„Luggage?" sagte Ruth beharrlich und hielt ihr Bordgepäck hoch.

Die darauf folgende Geste machte neben der Tatsache, dass sich dort drüben unverändert der Vordereingang befand, vor allem klar, dass nun aber die Flughafensicherheit unmittelbar auf dem Spiel stand. Blickkontakt konnte nicht mehr riskiert werden. Eine Evakuierung des Gebäudes, so viel wurde deutlich, konnte Ruth nur noch verhindern, indem sie den Mann unverzüglich mit seinem Kollegen und der heiklen Aufgabe alleine ließ.

Kowalski bedankte sich unter Aufbietung seines ganzen Griechisch und schob Ruth in die empfohlene Richtung. Konnte ja sein, dass es draußen etwas Spannendes gab.

Der Vordereingang führte auf einen ausgedörrten Schotterplatz mit einem weiß-blauen Reisebus, einem blauweißen Linienbus und zwei Taxis mit dem Wort „ΤΑΞΙ" auf dem Dach. Dahinter Felder und Ödnis, so weit das Auge reichte. Hinter der Windschutzscheibe des Linienbusses klemmte schräg eine Papptafel, die in lateinischer Schrift die Route über Patras und weiter beschrieb. Der Fahrer saß rauchend und seine Sonnenbrille putzend auf dem Trittbrett seines betagten, rundlichen Modells. Dies war ihr Bus.

Zwischen den Fahrzeugen liefen Touristen umher und wühlten Staub auf. Wo sich hier Gepäck materialisieren sollte, konnten sie wohl so wenig erkennen wie Kowalski.

„Ich versuche mal, einen Blick auf das Flugzeug zu werfen", sagte er zu Ruth und ging zur Gebäudeecke.

Um die Ecke standen Autos, Getränkekisten mit Leergut und zwei Müllcontainer in der prallen Hitze. Wespen schwirrten um die Flaschen und den Abfall herum. Hier war noch ein Tor in dem verschwenderisch langen Zaun. Kowalski sah in der Ferne die Passagiermaschine schimmern, umgeben von ein paar Fahrzeugen und emsiger Betriebsamkeit. Aus der Entfernung war Einladen, Ausladen oder Reinigen nicht zu unterscheiden.

Während Kowalski überlegte, ob Fälle bekannt waren, da das gesamte Gepäck einfach wieder zurückgeflogen wurde, tauchte hinter einer nahen Baracke ein kleiner Traktor auf und hielt auf ihn zu. Er zog einen Stahlrohr-Anhänger, der kräftige Schlagseite hatte, weil er mit Gepäckstücken völlig überladen war. Der Fahrer zappelte vielsagend in Kowalskis Richtung, und sein Gestenreichtum war das Gegenteil vom abweisenden Minimalismus der Zollbeamten. Entweder war an der Wartung seiner Bremsen gespart worden, oder vorzeitiges Bremsen würde übel enden.

Als Kowalski den Riegel vom Tor in die Hand nahm, überschlug sich der Mann förmlich vor Begeisterung, wie ein Fan auf dem Fußballplatz. Kowalski stieß das Tor auf, und das Gespann knatterte durch.

Mit den Bremsen war offenbar alles bestens, denn der Mann brachte den Trecker nach wenigen Metern rumpelnd zum Stehen. Ein Hartschalenkoffer polterte auf den Schotter. Eine große Wolke aus Straßenstaub und Abgasen verschluckte alles. Als sich die Wolke lichtete, hantierte der Mann gekonnt mit der Anhängekupplung, klappte die Seitenteile der Pritsche herunter, schwang sich wieder auf den Bock und reckte Kowalski im Davonfahren anerkennend seinen Daumen entgegen. Noch ein oder zwei Taschen fielen von dem Wagen.

Kowalski streckte seinen Kopf um die Ecke. „Kann sein, dass ich unser Gepäck gefunden habe", rief er Ruth zu.

Sie schaute ihn angestrengt an, wohl nicht nur wegen der Sonne. Sie kam näher. Mit ihr wurden auch andere von dem Karren angelockt wie Archäologen von einem bedeutsamen Fund. Bevor die Ausgrabungen begannen, umkreisten die Leute das Monument ehrfürchtig auf der Suche nach eigenen Koffern und Taschen. Irgendwann begannen die ersten, an erreichbaren Gepäckstücken zu zerren, aber die waren in dem großen Berg schwer zu bewegen. Einige plumpsten in den Staub. Ein Mann kletterte auf die Deichsel, ein anderer auf das Heck, um sich zum eigenen Koffer durchzuwühlen. Zwei rupften an Griffen derselben Tasche. Koffer fielen, Frauennamen wurden gerufen, es herrschte Sommerschlussverkauf.

Kowalski wollte sich an dem Spektakel erst beteiligen, wenn seine oder Ruths Habe sichtbar wurde oder herunterfiel. Bisher war nichts zu sehen. Mittlerweile verließen Reisende erschöpft und mit deformierten und verstaubten Fundstücken die Szene Richtung Bus. Ein paar dieser flughafentypischen Handwagen waren aufgetaucht, ließen sich aber im groben Schotter nicht schieben. Die Leute kamen ins Schwitzen. Während die Menschenmenge immer noch größer wurde, nahm die Zahl der verbleibenden Teile bedenklich ab. Als auch Kowalskis alter Freund und Sitznachbar um die Ecke bog, war die hölzerne Ladefläche schon sichtbar, mit ein paar bislang verschmähten Stücken obendrauf wie die Reste eines opulenten Mahls. Große Brocken waren über den Tellerrand gepurzelt und lagen mit der Butterseite im Schotter. Der Greis blieb sich treu und guckte entrüstet, als sei die Behandlung weit unter seiner Würde.

Die letzten Stücke fanden ihre erleichterten Besitzer, und inzwischen war den übrig gebliebenen Leuten eine gewisse Spannung anzumerken. Es bewegte sich keiner vom Fleck, denn man befand sich hier an der Stelle im sparsamen Araxos, die einem Gepäckband am nächsten kam, und einen solchen Tribünenplatz gab man nicht ohne Weiteres auf.

„Schön hier", sagte Kowalski.

„Ich hoffe, wir müssen nicht vier Wochen dieselben Sachen tragen", sagte Ruth.

Davon und vom besten Zimmer im besten Hotel im besten Ort würde in der Tat abhängen, ob sie vier Wochen Askese oder vier Wochen Müßiggang vor sich hatten. Unter den Umständen fühlte sich Kowalski für das Gelingen mitverantwortlich.

Erst die krächzende Hupe des Treckers brachte Bewegung in die Masse, und auch nur so viel, wie nötig war, um noch zwei Stahlrohr-Wagen auf dem Schotter Platz zu machen. Der vordere war noch voller als der von vorhin, der hintere trug zwei große Holzkisten. Wieder fiel Gepäck in den Dreck, als Kowalskis Trecker-Kumpel die Seitenteile herunterklappte. Staub und Abgas wehten während seiner Manöver zum Ankoppeln des leeren Hängers. Er gab einem Unrasierten hinter der Menge Zeichen und dieselte davon.

„Deine Garderobe", sagte Kowalski mit einer präsentablen Handbewegung, wofür er einen freundlichen Boxhieb bekam. Solange es freundliche Boxhiebe gab, konnte ihm so ein Sommerschlussverkauf nichts anhaben.

Der Wühltisch war wieder eröffnet. Die Fledderei war kaum richtig in Gang gekommen, als Kowalski seine Tasche sah, von allen Seiten eingemauert. Er wuchtete einen Schalenkoffer herunter, dann eine Reisetasche, dann zwei alte Lederkoffer. Er hätte es wissen müssen.

Lederkoffer waren nicht das gewöhnliche Utensil des Mittelmeer-Reisenden, und die einzigen zu ergreifen und freundlicherweise vom Wagen zu heben, konnte nicht folgenlos bleiben.

„Hören Sie. Helfen Sie mir bei – “, setzte die bekannte Stimme von schräg hinten an. Da erkannte der Mann das Paar Koffer und das Paar Sitznachbarn und machte den stechenden Blick.

Nach kurzer Schrecksekunde zog er wieder heftig Luft ein. „Lssnsds", stümmelte er.

„Was genau meinen Sie?" fragte Kowalski mit ehrlichem Interesse.

„Sie ruinieren die Außenhaut. Das merken Sie doch."

Es war bemerkenswert, was er allein dem Wort *Außenhaut* antat, abgesehen davon, dass er damit allen Ernstes einen Koffer beschrieb. Die Kollegen von der Sprachwissenschaft nannten den Doppelvokal am Anfang Diphthong, aber das hier hätten sie anders nennen müssen.

Kowalski sagte: „Ich hatte nicht vor, Ihnen die hinterher zu schleifen. Der Service endet hier."

„Unverschämtheit. Die Koffer sind unersetzlich. Sowas wird nicht mehr hergestellt."

Auch *unersetzlich* war beispiellos.

„Umso besser, dass ich sie nicht beschädigt habe." Kowalski blickte ihm in das empörte Auge. „Um andere Auslaufmodelle ist es nicht so schade, wenn Sie mich fragen."

Schwer von Begriff war der Mann nicht. Er legte noch mehr Empörung ins Auge.

„Aber wie Sie wollen", sagte Kowalski. „Gegen ein kleines Trinkgeld packe ich sie wieder nach oben."

Er langte nach dem Griff, der mit einem Knarzen reagierte, wie es nicht mehr hergestellt wurde.

„Hände weg!" keifte der Alte. *Wck*. "Fräulein!"

Er schien so viel Widerstand nicht ohne Verstärkung gewachsen zu sein. Er schubste ein paar verblüffte Leute auf der Suche nach einem Fräulein, als von der Seite eine Stimme mit Akzent fragte:

„Sind Sie deutsch?"

Kowalski drehte den Kopf. Es war der Unrasierte aus dem Abseits, dem der Treckerfahrer Zeichen gegeben hatte.

„So wie wir uns benehmen ...", gab Kowalski zurück.

Doch damit konnte der Mann verständlicherweise nicht viel anfangen. „Deutsch? Deutsch?" fragte er nochmal.

„Ja", gestand Kowalski.

„Sie können mir helfen kurz abladen?" Der Mann zeigte breit lächelnd auf die Kisten auf dem zweiten Wagen, auf denen schwarze Brandzeichen prangten wie Totenköpfe - Regenschirme, Weingläser und Pfeile. Die weißen Stoppeln des Mannes glänzten selbstsicher in der sengenden Sonne. Die Kisten sahen schwer aus, dafür bedurfte es keines Symbols.

Etwa nur weil ich Deutscher bin, dachte Kowalski. „Schaffen wir das denn? Wo sollen die hin?"

„Hier meine Auto." Neben den Wagen parkte ein abgenutzter Pick-Up-Truck. In die verbeulte Heckklappe war unnötig groß DATSUN geprägt. Dasselbe stand auf

Gummilappen, die hinter den Reifen vom Heck hingen.

„Versuchen wir's", beschloss Kowalski und gab Ruth seine Aktentasche.

Die Männer kletterten rauf. Zu zweit konnten sie eine Kiste so gerade heben. Die Schwierigkeit bestand darin, die Last sanft unten ankommen zu lassen, ohne einen von beiden darunter zu begraben. Der Mann sprang ab und leerte einen Getränkekasten, um ihn umgedreht als Tritt zu benutzen. Mit ausgestreckten Armen stemmte er seine Fracht von unten und wankte gefährlich nach links und rechts. Weil er von der geringen Höhe des Kastens keine Gewalt über seine Lieferung hatte, konnte er den auch nicht verlassen. Einer musste aber oben schieben. Kowalski sah sich außerstande, mit gekrümmtem Rücken und mehr als vollen Armen tief auf einen Bierkasten runterzuspringen, auf dem bereits ein Mensch stand, der am anderen Ende derselben Last schleppte. Im chinesischen Staatszirkus scheiterten sie an solchen Nummern.

Sie brachen die Aktion ab. Der Datsun-Fahrer entleerte kurzerhand zwei weitere Kästen. Leere Flaschen klirrten und klirrten. Er stapelte beide neben den ersten und konnte oben seine Kiste gut annehmen. Leider kippte beim Versuch, einen Fuß hinunter zu setzen, der Kastenturm um und der Mann landete jäh im Schotter. Kowalski konnte die auf die Ladekante knallende Kiste nur unter Einsatz seines gesamten Körpergewichtes oben halten, um das Leben des Mannes zu retten. Er klammerte sich mit allen Vieren an den rohen Latten fest, während der Grieche aufsprang, und auch Ruth dazuhechtete, um von unten zu stützen. Wenn ich doch Finne oder Russe wäre, dachte Kowalski mit zusammengepressten Zähnen. Sie schoben das Ding über den Schwerpunkt zurück.

„Ihr bringt euch um", sagte Ruth, und sie würde recht behalten, wenn ihnen nicht etwas Besseres einfiel. „Gibt's hier keinen Gabelstapler?"

Bei der herrschenden Sparsamkeit glaubte Kowalski das kaum. Er kam auf eine simplere Idee. „Fahren Sie doch Ihr Auto hier ran", schlug er vor. Der Mann lachte begeistert, stieg ein und begann umständlich zu rangieren. Der Höhenunterschied zwischen den beiden Pritschen war gering. Zwar ächzten sie noch unelegant mit den Federbeinen des Pick-Up um die Wette, konnten aber beide Kisten hinunterlassen, ohne jemanden in Lebensgefahr zu bringen.

Kowalski war tropfnass, und seine Hände schmerzten. Der Grieche wollte ihm zum Dank die Hand schütteln, aber es steckten zu viele Splitter drin. Nach Kowalskis Empfinden fehlten da doch ein oder zwei Brandzeichen auf dem Holz.

„Wie eine Grieche", sagte der Mann mehrmals, „wohin fahre Sie? Sie fahre mit mir."

Seine Stoppeln strahlten. Sein Schweiß perlte.

„Danke", sagte Kowalski, „aber wir müssen uns um unser Gepäck kümmern." Er machte eine nebensächliche Geste zum anderen Anhänger, während er sich seinen perforierten Händen widmete. „Dann nehmen wir den Bus da Richtung Patras."

„Ich fahre auch über Patras", freute sich der Grieche. „Das ist Ihre Gepäck?"

Tatsächlich hatte er gute Chancen, ihr Zeug zu identifizieren, denn inzwischen lagen nur noch Ruths und

Kowalskis Taschen im Staub, platt wie gefallene Soldaten, neben den beiden antiken Lederkoffern. Da der Grieche zum Gepäck eilte, beeilte sich Kowalski zu sagen:

„Nicht die Koffer. Die sind unersetzlich."

Die möglichen Folgen einer Berührung wollte er dem Mann ersparen. Noch bevor er widersprechen konnte, waren ihre Taschen neben die Kisten auf dem Pick-Up gewuchtet. Der alte Griesgram gab hinten dem Busfahrer und der ortskundigen Frau vom Bodenpersonal eine Vorstellung seiner selbst. Vielleicht verstanden sie mit Mühe seine Konsonantenlawine, seine Erregung verstanden sie nicht. Der Fahrer sah keine Veranlassung, sein Brilleputzen zu unterbrechen, um ihm mit seinen Koffern zu helfen. Der Bus war abfahrbereit und der Motor lief bereits.

Der Unrasierte knallte wiederholt die Ladeklappe zu.

„Steigen Sie ein. Ist besser als die alte Bus."

Neu oder komfortabel war sein Auto nicht. Dennoch wusste er gar nicht, wie recht er hatte, denn er hatte die Bekanntschaft des Alten nicht gemacht, von dessen Gegenwart befreit zu werden die Begriffe neu und komfortabel vergessen ließ. Ruth und Kowalski mussten kaum mehr als einen kurzen Blick tauschen, um zu vergessen.

Der Grieche stopfte erstmal ein Bündel bunt bestempelter Frachtpapiere in ein Handschuhfach ohne Klappe. Die Autotüren quietschten schwergängig, und die Sitzbank war eigentlich nur für zwei, aber als sie staubintensiv zurücksetzten und dann an dem Bus vorbeirollten, vor dem der Zausel noch immer palaverte, wusste Kowalski, dass die meisten Fahrgäste sofort tauschen würden, hatte Zausel den Bus erst einmal bestiegen.

8

Kowalski war kein Schwergewicht. Deshalb musste er bloß seine Beine am langen Schaltknüppel vorbei strecken, damit der Platz für drei reichte. Der Schaltknauf und der Lenkradkranz waren durch häufige Berührung die einzig staubfreien Oberflächen im Auto. Auf alles andere blies durchs offene Fahrerfenster unablässig neuer herein. Die Hitze minderte das nicht merklich, denn das Auto hatte länger in der Sonne gestanden. Sie dümpelten in einer schaukelnden und quietschenden Sauna dahin. Sein Hemd klebte ihm am nassen Körper, und so war es ihm ganz recht, dass Ruths Fenster geschlossen blieb und kein Durchzug entstand. Auf ihrer Seite fehlte die Kurbel, wie auch andere Schalter oder Armaturen nur Stümpfe oder Löcher waren. Der Tacho war komplett. Er zeigte beständig auf null, was dem wahren Tempo recht nahekam. Dafür strengte der Drehzahlmesser sich doppelt an, indem er bei gleichmäßiger Fahrt unaufhörlich in den roten Bereich und wieder zurück taumelte. Am Rückspiegel schwankte hypnotisch eine Perlenkette, und neben den Instrumenten klebte ein rundes Heiligenbild aus Plastik, verstaubt.

Die schmale Straße führte vom Flugplatz schnurgerade zwischen meist brachliegenden Feldern durch. Viele Grillen saßen auf Platanen oder Olivenbäumen am Wegesrand und verwandelten sie in krächzende Schallsäulen. Kowalski wusste nicht, ob sie das aus Wohlbefinden oder Unwohlsein taten. Wenn er Insekt wäre, hätte er die Anstrengung in der brutalen Hitze vermieden.

Das Gemüt vom Fahrer glich der Wettervorhersage

von Käpt'n Neumann: Es blieb sonnig.

„Ich bin Spiros Achalinotopoulos. Spiros für euch."

Ein dankenswertes Angebot. Äußerlich war Spiros eine verkaterte Version von Reisebüro-Dimitri. Die beiden waren nur eine Rasur, ein frisches Hemd, einen Goldzahn und ein paar Jahre voneinander entfernt. Beide prägte die gleiche gegerbte Vitalität. Was Spiros vielleicht an Alkoholkonsum voraus hatte, machte Dimitri mit abertausenden von Zigaretten wett.

„Leo Kowalski."

„Ruth Amberg."

„Wohin fahrte ihr?"

„Der Ort heißt, äh, Karfitsa." Kowalski kramte in seinem erhitzten Hirn. „Ich habe eine Wegbeschreibung hinten in der Tasche. Hinter Patras kommt -"

„Karfitsa? Du willst Spiros erklären, wo liegt Karfitsa?" Er lachte ein begeistertes Lachen. „Ich wohne zehn Minuten von da. Ist wunderschöne Dorf, Paradies. Nix wie hier."

Geringschätzend streckte er seine Hand aus dem Fenster. Röhrendes Mehrklanghupen beförderte sie blitzschnell wieder rein. Der Reisebus überholte sehr nah und sehr zügig und blies ordentlich Staub ins Auto. Spiros war beidhändig bemüht, auf dem knapp bemessenen löchrigen Asphalt die Spur zu halten. Er fand das zum Lachen.

Nur zu gerne hörte Kowalski, dass auch der Grieche hübschere Gegenden kannte und dass vor allem ihr Ziel dazugehörte. Mitverantwortlich für das Gelingen der Reise, war er froh, nun auf dem Weg ins Paradies zu sein. Alleine der garstigen Gesellschaft im Bus entgangen zu sein hatte schon belebende Wirkung. Beim Überholvorgang hatte er noch keine Rauferei an Bord erkennen können.

„Wo wohnte ihr? Bei Jannis oder bei Jorgos?"

Wenn das die beiden respektablen Hotels von Karfitsa waren, waren sie unter den Vornamen jedenfalls nicht buchbar.

Ruth antwortete: „Es heißt Hotel Ilios. Es soll sehr schön und in der Nähe vom Meer sein."

„Ah, bei Jorgos. Ist eine gute Freund von mir. Ihr seid erste Mal in Griechenland?"

„Ja, zum ersten Mal", sagte Kowalski und untersuchte seine Hand.

„Für zwei Woche? Drei?" Spiros machte eine von den Zollbeamten-Handbewegungen.

„Wir bleiben vier Wochen." Kowalski zog sich noch einen Splitter raus.

„Vier Woche! Bravo! Wie Griechen, ich habe sofort gemerkt. Ist sehr schön jetzt. Das Meer, die Berge, die Sonne. Zwei Woche viel zu wenig."

Kowalski wollte jetzt nicht zu tief in die Nicht-verlegt-sondern-verlängert-Thematik vordringen, oder warum Spiros' Freund wohl wenig Geld für die Unterbringung von ihnen sehen würde. Die Chancen standen gut, dass Spiros auch Dimitri kannte.

„Was ist in den Kisten?" fragte er stattdessen.

„Sind, wie heißt das, wie Kühlschränke, zum Einfrieren, sehr groß, sehr kalt."

„Und sehr schwer", ergänzte Kowalski, was den Griechen zum Lachen brachte. „Kühltruhen."

„Kühltruhe, richtig. Die Deutschen machen die

beste Maschine. Viele Geld, ja, lange, wie heißt das, lange Zeit -"

„Lieferzeit."

„Lange Lieferzeit, oh ja, aber ich brauche die beste, ich habe Taverne in Nachbardorf. Heißt Agios Nikolaos. Wenn wir da sind, wir essen Fisch bei mir." Es folgte eine sehr südländische Geste des Wohlgeschmacks. „Die beste Barbouni."

Kowalski war sofort überzeugt, dass es sich um das konkurrenzlos allerbeste Fischgericht handeln musste. Er hatte ein reines Gewissen, wenn Spiros die kulinarische Initiative ergriff, und er fühlte sich auch nur ein kleines bisschen bevormundet. Er hatte keine Eile herauszufinden, ob Agios Nikolaos der Name der Taverne oder der des Dorfes war.

„Vielen Dank", sagte Ruth. „Woher kannst du so gut Deutsch?"

Der Grieche musste lachen. „Ich hatte Taverne in Deutschland. Beste Taverne. Ist viele Jahre her. Ich war jung." Lachen. „Ich habe viel gearbeitet und Geld verdient. Heute es gibt so viele Restaurant in Deutschland."

Sie durchfuhren eine Ansammlung von Häusern, die nur halb fertig, aber bewohnt aussahen. Dabei scheuchten sie magere Hühner von der Fahrbahn. Kowalski fragte sich, ob das Wort Araxos eine ins Deutsche übersetzbare Bedeutung hatte und ob die Wesenszüge der Gegend sich etymologisch niedergeschlagen hatten. Falls ja, schloss er Freudenstadt oder Schöneberg aus.

Vor einem unbeschrankten Bahnübergang kam Spiros praktisch zum Stehen, aber nicht, um nach einem Zug

Ausschau zu halten. Wo Asphalt und Schiene aufeinandertrafen, waren Unebenheiten, die den belasteten Datsun selbst im Schrittempo noch ärger schaukeln und quietschen ließen. Solche Verkehrsberuhigung konnte einem auch bei mäßiger Fahrt glatt die Ladefläche leeren.

„Aber ihr habt gute Straße", sagte Spiros und lachte, während ihre Oberkörper hin und her geschüttelt wurden. „Was arbeitest du?"

„Ich bin Anglistikdozent."

„Was Dozent?"

„Englisch, englische Literatur."

„Ah, Romeo und Julia?"

„Das auch. An der Universität."

„Ah, du bist eine Professor."

„Nein, nur ... Dozent eben."

„Wir sagen Professor."

Ruth hatte es etwas einfacher. „Ich bin im Sekretariat an derselben Universität."

„Ihr seid kluge Leute. Nix wie Spiros."

Er klatschte sich mit der flachen Hand vor den Schädel mit der Selbstironie des Zufriedenen und lachte laut.

„Du verdienst gut?" fragte er.

„Öhm", machte Ruth, weniger bescheidenen Verdienstes als der Direktheit der Frage wegen. „Es reicht", rang sie sich ab, was Kowalski mit der Wahrheit vervollständigte: „Für vier Wochen bei Jorgos."

Spiros quittierte mit einem seiner Lacher.

Kowalski wurde langsam hungrig, verstärkt noch durch die Trostlosigkeit der wenigen, halbfertigen Dörfer inmitten von fast nichts, die die Strecke lang und länger erscheinen ließ und die Zivilisation und den weltbesten Fisch in noch weitere Ferne rückte. Nach einer Ewigkeit bog Spiros einer verwitterten Beschilderung nach *Πατρα* folgend in eine verkehrsreiche Landstraße ein. Er hielt sich äußerst rechts und wurde laufend von alten bunten Lastwagen überholt. Links und rechts der Straße, die Spiros Autobahn nannte, priesen gigantische Werbeflächen in den Feldern Mutationen von Weinflaschen und Zigarettenschachteln an. Lohse hätten die Formate gefallen.

Bergsilhouetten in der Ferne verhießen ein Ende des platten Landes, und die Straße teilte bald ein Meer von Wohnhäusern. Dosenförmige Sonnenkollektoren glänzten auf jedem Dach. Kowalski hatte eine Vorstellung von der Temperatur im Innern. Die Straße wurde breit und mehrspurig und lockte noch mehr Werbung an, Hafenkräne winkten von weitem. Wenn das Patras war, dann roch es ausgesprochen schlecht.

„Stinkt", lachte Spiros, ließ den Unterarm kreisen, zog die Brauen hoch und schloss kurz die Augen. Er machte den Gestank förmlich sichtbar. „Wir machen Kaffeepause hinter Patras."

Der Mann steckte voller feiner Ideen.

Die Luft war längst besser und die Straße wieder schlechter geworden, als Spiros' Arm mit Stolz das aktuelle Panorama durch die Windschutzscheibe präsentierte. Er ließ keinen Zweifel, dass er von den Gesichtern seiner Fahrgäste die angemessene Würdigung erwartete. Und wirklich, die Farben waren kräftig, die Rundungen angenehm, das Spiel der Elemente harmonisch. Die Straße zeichnete die weiche

Küstenlinie nach, die dem Golf von Korinth gehörte. Das Festland jenseits des Golfs erschien im klaren Licht sehr nah, obwohl es mehrere Kilometer entfernt war. Zusammen mit den stoischen Landmassen strahlten die behäbigen Strömungen des Meeres und der Straße Ruhe aus, südländische Ruhe vielleicht.

Was sich ihrer Aufmerksamkeit aber als erstes bemächtigte, war eine gigantische Hotelwerbung auf einer der Anhöhen. Auf einer Betonruine in der Ferne prangten auf gekälkter Front die drei Zeilen CHRIS PAUL HOTEL, DIAKOPTON und AIR CONDITION. Sie prangten in den größten, breitesten und schwärzesten Buchstaben und glichen damit ihre Distanz wirksam aus.

„Diakopton", sagte Spiros, als könne man es übersehen. „Ist bei Karfitsa. Nix mehr weit."

Wieder einmal bekam Kowalski das Gefühl, von einer Vorausdeutung heimgesucht zu werden. Wenn er seinen Studenten Sinn und Zweck von Vorausdeutungen erläuterte, dann ging es darum, einen Text mit Spannung anzureichern und dem Gewebe Dichte und Bedeutsamkeit zu verleihen. Spannend am Chris Paul Hotel war, ob dessen Werbung, die entlang der Straße jetzt häufiger auf Brückenpfeilern und Mauerresten kam, Rückschlüsse auf die Qualität *ihres* Hotels zuließ, von dem nirgends Werbung zu sehen war. Bedeutsam mochte sein, dass das Chris Paul, egal wie aufwendig es seine Vorzüge anpries, nicht das Ilios von Jorgos und somit eigentlich nicht das beste Hotel sein konnte.

9

Es war Spiros' Dorf, das Agios Nikolaos hieß, nicht sein Lokal. Das hatte keinen Namen und war ganz am Ende als einziges erhöht in den Berghang gebaut, so dass man von seiner ausladenden Balkonkonstruktion den ganzen Ort auf der grünen Landzunge überblickte, bis hinüber zu Karfitsa direkt am Golf. Karfitsa, von dem sie noch keinen Baum gesehen hatten und auf das sie gespannt bleiben durften, wie auch auf Hotelwirt Jorgos, sein *Ilios* und sein bestes Zimmer.

Spiros' Auffahrt war steil genug, Kowalski um die Kühltruhen auf der Ladefläche fürchten zu lassen, aber allem Anschein nach war die Heckklappe solide verschraubt.

Spiros war ein Mann der Geste. Er setzte sie ein wie ein Varietékünstler, der nach jedem kurzen Jongliertrick Zwischenapplaus erwartet. Zur Hitze heute. Zur Aussicht, zur Bergluft, zum Hauswein, zum Fisch namens Barbouni. Sie waren so früh am Abend die einzigen Gäste. Ziegenglocken bimmelten, Grillen zirpten, in einem billigen Lautsprecher zupfte jemand melancholisch eine Bouzouki, und Kowalskis T-Shirt stank dazu leicht nach dem Diesel des Flughafen-Traktors. Es war idyllisch.

Spiros' Frau, die einen großen Teil des Essens gebracht hatte, hatte mit ihrem Mann die Vorliebe fürs Lachen gemeinsam. Es war ihre wesentliche Verständigung mit den Fremden. Sie hatte strahlende Augen, kräftiges graues Haar und die Hände einer Bäuerin. Außerdem verbrachte sie die meiste Zeit in der Küche. Ihre Mahlzeiten waren ehrlich und taten gar nicht erst, als wären sie zu schaffen.

Das Lokal war recht groß, und seine fraglos zufällige, dabei konsequente Vermeidung eines einheitlichen Stils fand Kowalski fast schon wieder stilvoll, falls solche Begriffe hier jemals eine Rolle spielten. Die Holzstühle, die Salz- und Pfefferstreuer und die Aschenbecher streiften ebenso sämtliche Epochen wie das Besteck; sämtliche seit Erfindung der Aluminiumgabel.

„Und wie heißt der Fisch auf Deutsch?" wollte Ruth wissen.

Spiros überlegte kurz und lachte. „Ich weiß das nicht. Ist Barbouni." Und mit nicht mehr als einer Handbewegung trennte er in prägnanter Form die Spreu vom Weizen, wobei Spreu das in der Ferne gebrauchte Wort für einen Mittelmeerfisch war, Weizen sein Genuss direkt am Mittelmeer.

„Wo können wir in der Gegend ein Auto mieten?" fragte Kowalski arglos.

Spiros kaute. Mehr Regung schien sogar er gerade nicht parat zu haben. Irgendetwas an der Frage hielt er für so abwegig, dass er Kowalski bloß starr und aufmerksam fixieren konnte. Entweder Kowalski hatte was Falsches gesagt, oder Spiros' Zunge war auf der Suche nach einer Gräte.

„Auto mieten?" widerholte der Grieche, als sei dies ein verrückter Hörtest. Aus dem Paradies war schließlich nicht einmal die Erfindung des Rades überliefert, wozu also gleich ein ganzes Auto.

„Nur ein paar Tage", hörte sich Kowalski bitten. „Ein bisschen die Gegend erkunden."

Spiros warf den Kopf zurück und wehrte mit beiden Händen ab. „Kannst haben meine Datsun. Ich habe noch eine Auto."

Es hätte Kowalski gefallen, im japanischen Pick-Up griechischen Fahrspaß zu erleben, doch abgesehen von Defiziten bei Klimaanlage oder Verkehrstüchtigkeit sollte die Inanspruchnahme von griechischen Gefallen ruhig ein Ende finden.

„Danke, aber das geht wirklich nicht."

„Gibt eine Autovermietung in Egion. Ich glaube. Aber ist teuer."

Beides wollte Kowalski gerne selber herausfinden.

„Wenn ihr Auto braucht, kommt ihr zu mir."

„Danke, Spiros."

Und Ruth und Kowalski versuchten auszusehen, als lehnten sie kategorisch ab. Doch gegen die Art, wie Spiros mit nichts weiter als einem sparsamen Blick und dem Griff zum Weinglas jedem Nichtgriechen überlegen klarmachte, wie abwegig er ihre Idee fand, waren sie chancenlos.

~

Hotelwirt Jorgos sprach Englisch, und seine Schwächen in Grammatik wog er durch unverdrossenen Wortreichtum auf. Schon bei der Ankunft hatten seine Frau und er die kleine Rezeption in einen Freudentaumel verwandelt. Und nachdem Spiros, der sie gebracht hatte, Kowalskis Hilfsbereitschaft bei den Kühltruhen geschildert hatte, kannte die Begeisterung keine Grenzen mehr, als sei ihre bloße Anwesenheit unschätzbar.

Jorgos war Mitte vierzig und hatte auffallend dichtes, schweres Haar. Seine Züge waren gutmütig und unbekümmert - weil ihn niemals Haarausfall sorgte vielleicht, oder vielleicht auch umgekehrt. So hatte sein Hals mehr zu tragen als die meisten Hälse, jedenfalls war er dicker und kürzer als die meisten, als säße sein Kopf direkt auf den Schultern.

„Heiß heute", begann er, als er sich am Abend auf der Hotelterrasse zu ihnen setzte. Die Sonne war dunkelrot hinter dem Festland verschwunden, und auf der Terrasse begann der Betrieb nur langsam. Man sah erste Lichter der kleinen Bucht von Tavernen und Fischerbooten.

„Ich habe Dimitris angerufen. Er sagt, Sie sind ein Professor." Beeindruckt schenkte Jorgos Wein aus.

„Ich bin Englisch-Dozent. *Lecturer*", relativierte Kowalski.

„Was machen Sie?"

„Ich unterrichte englische Literatur."

„Ah, *Romeo and Juliet.*"

„Auch."

„Dann sind Sie Lehrer?"

„Nein. Ich bin an der Universität."

„Genau wie Dimitri sagt, Professor."

Es schien Kowalski, als könne er das heute Abend nicht mehr zurechtrücken. Er trank Jorgos' Wein und verschob es auf irgendeinen passenden Zeitpunkt in den kommenden vier Wochen, den schmarotzenden Professor wieder abzulegen.

„Kennen Sie vielleicht eine Autovermietung in der Nähe?" fragte Ruth.

Sie kannten Jorgos erst seit Kurzem, aber sein

Schweigen konnte eigentlich nur bedeuten, dass er eigene Gedanken zum Nutzen eines teuren Autos im Paradies hatte.

„Nur für ein paar Tage", ergänzte Kowalski.

Es sah nicht so aus, als könnten sie Jorgos davon abbringen, dass sie ihre vier Wochen niemals besser als in Fußweite vom Ilios verbringen konnten. Trotzdem siegte seine Hingabe zur Ausführlichkeit, und er verwies sie in die Stadt Egion, an einen Herrn namens Dimitris. Es beschlich Kowalski sofort ein ungutes Gefühl bei dem Namen.

Jorgos begann eine Wegbeschreibung, die seinem Naturell gemäß nicht kurz ausfiel, so dass seine Frau, eine stille, vollschlanke Person mit Schürze, und ein junger dünner Kellner wie von selbst die anderen Gäste übernahmen. Noch während Jorgos ihnen die markanten Punkte eintrichterte, die von hier bis zur Autovermietung „Moto Jim" lagen, begann Kowalski gedanklich abzuschweifen. Jorgos fing sogar noch an, die markanten Punkte auf der Papiertischdecke nachzuzeichnen.

Sterne funkelten schon über der plätschernden Bucht, während Kowalski abdriftete zur Lautverschiebung von *Dimitris* zu *Jim*, und weiter zum Paradies ringsherum. Zwar hatte er gewusst, dass er Windmühlen auf dem Peloponnes vergebens suchen würde, aber die architektonische Nähe des Hotel Ilios zum Flughafengebäude war doch auffallend. Überall vernachlässigte man das malerische Mauerwerk und den rustikalen Putz, wie sie in Ruths Fernsehbericht oder auf Plakaten in Reisebüros verbreitet wurden, sehr zugunsten von Beton, dem bevorzugten Material für fast alles. Die meisten Bauten wurden einfach wörtlich in die

Landschaft gegossen und so belassen, ob Einfahrt, Uferstraße oder Hotelterrasse. Das Paradies hatte sich Kowalski nach alttestamentarischer Darstellung mit weniger Flüssigbaustoff vorgestellt. Wenn Eva mit Adam in Zimmer 8 des Ilios untergebracht gewesen war, durfte man ihr die Vertreibung aus dem Garten Eden vielleicht nicht ganz so übel nehmen.

~

Zimmer 8 war nicht groß. Ein Doppelbett, zwei Stühle. Um ein paar Sachen aus ihren plattgedrückten, staubigen Taschen ausbreiten zu können, mussten sie zunächst den Holztisch vom Balkon hereinholen, der dort den gesamten Platz einnahm. Es war mühsam, den massiven Tisch durch die knappe Öffnung zu wuchten. Drinnen war nun gar kein Platz mehr. Sie mussten entweder die Zimmertür oder die Tür zum Bad blockieren.

Ruth befand diese für die erste Liebesnacht in der Fremde. Nicht mit Worten befand sie es, sondern mit ihrem Talent, ihren Einkaufswagen auch ohne Aufforderung füllen zu lassen. Kowalski hatte gelernt, ihre echte von der gespielten Gleichgültigkeit zu unterscheiden. Kleidung fiel und Bettzeug raschelte.

Einen Großteil ihrer Sachen waren sie los, als Ruth weniger lasziv fragte: „Was ist das?"

Sie fragte es mehr die Dunkelheit als Kowalski, dem nicht bewusst war, ihr etwas Unbekanntes in den Einkaufswagen geladen zu haben.

„Wenn du mich so fragst, ich glaube, man nennt es -"

„Nicht das, du Lustmolch, hör doch mal hin."

„Klingt wie Griechen, die sich auf der Hotelterrasse betrinken", sagte er und versuchte weiterzumachen, wo er aufgehört hatte.

„Mensch Kowalski. Ich meine hier im Zimmer."

Er nahm es längst hin, mit dem Nachnamen angesprochen zu werden, ob im Supermarkt oder beim Liebesspiel. Wenn überhaupt waren es Unterbrechungen, die er nicht brauchte.

„Ruth, mit uns ist das Zimmer voll", versuchte er beim Wesentlichen zu bleiben und an ihr zu knabbern.

„Das macht mich nervös", flüsterte sie.

„Ich dachte, es gefällt dir ganz gut."

„Mensch Kowalski", sagte sie noch, um dann doch wieder dem Wesentlichen zu erliegen. Leider nur für kurze Zeit.

„Bist du das?" unterbrach sie leise.

Die Frage war nun wirklich fehl am Platz. Besonders ihr Flüsterton, als wolle sie die Nachtruhe der zahlreichen Zimmergenossen nicht stören.

„Nur deine schmutzige Phantasie. Ich schlafe schon", sagte er.

„Mensch, ich meine das Geräusch."

Die Unterbrechung war jetzt vollkommen. Ruth setzte sich auf die Bettkante und horchte. Sie ging auf die Toilette, vorsichtig um sich und hinter die Tür spähend. Das Gurgeln und Zischen des Spülkastens dauerte für einen Spülkasten doch zu lange, und es gipfelte in einem mörderisch laut vibrierenden Tuten, das jedem Nebelhorn ähnlicher war als einer Toilettenspülung. Eine sinnliche Atmosphäre klang anders.

„Hörst du denn nichts?" fragte sie, zurück auf dem Bett.

„Nein, nichts", sagte er, nachdem das Tuten aus seinem Ohr verklungen war, denn da war nichts. Bis auf ein nagendes Kratzen.

„Du hörst nicht das kratzende Nagen?" fragte sie.

„So würde ich es nicht nennen", sagte er und bemerkte, dass es, Nagen oder Kratzen, sogar lauter wurde.

So klein und überfüllt, wie der Raum war, war das Geräusch schwer zu orten. Es kam nicht von draußen, nicht vom Spülkasten und nicht aus ihren Taschen, die sie ganz ausräumten. Es machte Pausen, die Ruth und ihn die Ohren spitzen und erstarren ließen wie beim Stopptanzen auf einer durchgedrehten Party, mitten in der Nacht, splitternackt, mitten in Griechenland. Es wurde so laut, dass weder an Sex noch an Schlaf zu denken war. Zweifellos würden sie kein Auge zutun, bis sie es gefunden hatten. Es erschwerte die Suche, dass sie nicht wussten, wonach sie suchten.

„Eine Schlange?" fragte Ruth.

„Sind Schlangen denn Nager oder Kratzer?" fragte er. „Ein Skorpion?"

„Sehr witzig."

Er hatte nicht witzig sein wollen, er war kein Zoologe. Er durchkämmte weiter das Zimmer, im Adamskostüm schutzlos den Nachtbestien ausgeliefert. Ruth zog sich etwas über, als wären sie nicht mehr allein. Er bewaffnete sich mit einem Schuh und kippte seinen Kulturbeutel, ein Geschenk von Ruth, auf dem Tisch aus. Sein Waschzeug polterte heraus, aber kein Skorpion. Vom Tisch rieselte etwas Staub auf den Boden. Es nagte und kratzte unvermindert.

Im schwachen Schein vom Bad kamen seine Utensilien auf der Tischplatte zur Ruhe, so dass auch das Staubrieseln getrost wieder aufhören konnte. Das Rieseln schien aber anderer Ansicht zu sein, denn es rieselte einfach weiter. Nicht nur das; jetzt, wo es Kowalskis Interesse einmal geweckt hatte, entpuppte es sich als Holzmehlrieseln, das von Kowalskis Zahnbürste oder Kamm so wenig beeinflusst wurde wie das Nagenkratzen. Bei Licht besehen, also bei dem gelblichen bisschen, das Jorgos' Glühbirne hergab, waren die Unterseite vom Tisch und große Teile der Beine eine Mondlandschaft.

„Der Holzbock", sagte Ruth langsam. Auch sie war keine Zoologin, ihr Onkel aber war Schreiner. „Laut, gefräßig und so groß wie Spiros' kleiner Finger. Der Tisch muss raus, sonst machen wir kein Auge zu."

Man lernt doch nie aus, dachte Kowalski bei sich, als er wieder auf dem engen Balkon mit dem schweren Stück kämpfte: Der Tisch hatte aus gutem Grund draußen gestanden, denn hier lag sehr viel Holzmehl am Boden. Ruth mochte Delikatessen in ihrem Einkaufswagen, aber keine fiesen Geräusche. Er war noch immer splitternackt.

10

Kowalski hatte keine Orientierungsnöte. Er fand sich in der Fremde meist gut zurecht, besonders Städte fielen ihm leicht. Es wimmelte von markanten Punkten, Straßennamen und von Menschen, die man fragen konnte. Er brauchte nicht unbedingt einen Reiseführer, um sich den Charakter einer Stadt zu erschließen, weil sich viel vom Charakter zwischen den Zeilen fand. Ein skurriles Geschäft. Eine Garküche. Eine Autovermietung. Soviel Kowalski wusste, war für die Kleinstadt Egion kein Reiseführer erhältlich und Jorgos' Tischdecke ein Unikat. Nach ein paar Häuserblocks in Egion kam er zu dem Schluss, sie würden sich ohne das Unikat souveräner bewegen.

~

Am Morgen hatten sie ihre dieselgedünsteten Sachen in ihren kleinen Einbauschrank gepackt, der seinerseits streng roch. Die Matratze war so platt wie die toten Mücken an den Wänden, aber müde wie sie waren, hatten sie durchgeschlafen. Im Bad warf Kowalski einen Blick auf die Installation. Eine völlig normale Toilette, wenn man von dem unglaublichen Lärm des Spülkastens absah und von der Position der Schüssel, die die Tür im Winkel von gut 45 Grad stoppte.

Bei Größe und Ausstattung von Zimmer 8 reichten vielleicht 30 Sekunden für die Besichtigung und die Schlüsselübergabe. Der wortgewaltige Jorgos kam damit nicht aus. Gerade zum Umgang mit dem Toilettenpapier hatte er viel zu sagen. Es war ihm wichtig, dass alles in dem winzigen Tretmülleimer landete - touristisches Hinunterspülen würde in aufwendigen, kostspieligen Säuberungen mit schwerem Gerät enden, weil es die Abwasservorrichtungen verstopfte oder sprengte oder sonstwie ruinierte. Weder Jorgos' noch Kowalskis Englischkenntnisse reichten für die sanitärtechnischen Einzelheiten aus, aber wie gewohnt in die Schüssel damit wäre schlecht, soviel war sicher.

Leider war die Miniatur von einem Eimer kleiner und leichter als jede bessere Bierdose. Ohne Jorgos' Vortrag hätten sie das Ding leicht übersehen. Das übergroß wirkende Pedal hatte gegen den Leichtplastikkörper keine Chance, den Deckel auch nur einen Spalt zu heben. Mit erbärmlichem Plopp fiel das arme Tönnchen bei jedem Tritt wehrlos um. Liegend öffnete sich das Maul sofort und stieß einen unschönen Hauch aus.

Immerhin hatte Jorgos ihnen dazu keine Zeichnung gemacht; zum Duschen hätten sie aber einen Tipp gebrauchen können. Den Abfluss in der Mitte des Badezimmers verstand Kowalski zuerst als Ausgleich für den fehlenden Duschvorhang, er schien aber einzig für den Schaum da zu sein, der während der gesamten Duschzeit nach oben pulsierte. Weil die Erbauer des Hotel Ilios es beim Gießen gut gemeint und darüber ein entsprechendes Gefälle im Beton vergessen hatten, konnte sich der Schaum gleichmäßig auf den Bodenkacheln ausbreiten, um sich hier und da mit dem Wasserschwall aus der Brause zu mischen.

Frühstück bei Jorgos war mehr eine Formalität. Es gab Toast und eingeschweißten Sandkuchen, dazu löslichen Kaffee, von dem Kowalski sich gern wieder löste. Wenn es noch andere Gäste im Ilios gab, dann hatten sie das Frühstücksbuffet auf der Terrasse wohl bereits hinter sich.

Das Meer, nur einen Sandkuchenwurf entfernt, schaukelte besänftigend die Boote. Das klare und wohlriechende Meerwasser war das einzige, womit Kowalski Jorgos' Klempnerlektion in Verbindung brachte. Konnte ja sein, dass die Sickergrubenentwässerung kein Papier vertrug. Konnte sein, dass hier kein Abwasser ins Meer gelangte und sich alle entlang der Küste fleißig mühten, den Golf von Korinth rein zu halten. Fraglich nur, ob es alle mit dem gleichen Tönnchen taten.

Die Fischerboote nickten träge herüber. Das beste Zimmer, wollten sie sagen, hatte keine goldenen Wasserhähne, englischen Möbel oder französisches Frühstück, doch wen kümmerten Wasserhähne oder Möbel, solange hier im Golf das Gefälle stimmte.

~

„Professor, Professor!"

Kowalski fühlte sich nur verzögert angesprochen. Ruth und er machten sich gerade auf den Weg zur Bushaltestelle an der Landstraße, auch wenn die Einheimischen meinten, man führe nicht nach Egion, um ein Auto zu mieten.

„Vergessen Sie doch bitte den Professor."

„Ich habe noch eine Karte für Sie." Jorgos breitete sie auf der Empfangstheke aus, bleiches Orange, zerfleddert und eingerissen. Der halbe Peloponnes war verzeichnet, mit vergrößerten Ortskernen in den Ecken, darunter auch Egion.

„Hier ist der Busbahnhof."

Als Jorgos mit der Linken aufs Papier deutete und mit der Rechten hinter seiner Theke kramte, war das für Kowalski das dringende Zeichen zum Aufbruch. Schon hatte der Grieche seinen Bleistift gefunden, penibel den Busbahnhof eingekringelt und sich weiter vorgearbeitet. Kowalski konnte sie mit dem Hinweis auf die Abfahrtzeit ihres Busses retten, musste aber die Karte in seine Olympic-Airways-Tüte mit dem Notizbuch und der Papiertischdecke stopfen.

„Ich habe ein Auto für Sie reserviert", rief Jorgos ihnen nach. „Sagen Sie einfach, Sie sind der deutsche Professor."

Die Haltestelle war eine rostige Kabine, die über und über mit Plakaten von unglücklich frisierten Sängern beklebt war. Spät kam der Bus. Viele der Fahrzeuge hier waren von historischem Charme, und auch dieser Benz strahlte eine Robustheit aus, die Kowalski seit früher Kindheit nicht mehr auf der Straße gesehen hatte. Dass solche Ungetüme hier noch täglich ihren Dienst taten, konnte mitverantwortlich sein für den guten Ruf von deutscher Ingenieurskunst im Lande, Kühltruhen eingeschlossen. Beim Einsteigen sahen sie eine Betonbefestigung gegenüber, auf der Chris Paul an sein Hotel erinnerte. Wie Kowalski wusste, hatte es eine Klimaanlage.

Die Verspätung lag weniger am Baujahr des Oldtimers als daran, dass man unterwegs überall ein- oder aussteigen konnte, auch zwischen den rostigen Haltestellen. Ruth und Kowalski setzten sich zwischen gut gelaunte Senioren in schlichter, ordentlicher Kleidung. Im Stop and Go der Landstraße zogen Impressionen an ihnen vorbei wie vom Kultursender. Kirchen und Tavernen, überladene Gemüselaster, Priester mit langen schwarzen Bärten in langen schwarzen Gewändern, Schüler mit Büchern im Arm, Handwerksbetriebe, Supermärkte und Autowerkstätten. Die Sitze waren hart und die Schiebefenster verhakt.

Endlich in der Stadt, dominierten Geschäfte in schmalen Gassen. Auch knappste Engpässe und schärfste Ecken durchfuhr der Bus schwungvoll und zentimetergenau. Durch das Gemenge aus Vierrädern, Zweirädern und Zweibeinern dirigierte der schwer arbeitende Fahrer sein Museumsstück virtuos wie ein Maestro sein ehrwürdiges Orchester durch einen Walzer. Die unvermeidliche Mehrklanghupe half ihm dabei.

Ihr Ziel, der Busbahnhof, war eine Versammlung von Vettern des alten Busses unter einem hohen Dach, wo der Fahrer sein Urviech mit lautem Schnaufen zum Stehen brachte. Obwohl nur eine leichte Brise wehte, war das Ausbreiten von Jorgos' Dokumenten auf der Straße kein Vergnügen inmitten der vorbeiströmenden Menschen. Die Stadt war so wenig ein Juwel wie Jorgos' krumme Linien. Sie war mediterran belebt, und sie roch mediterran, wie sich Kowalski mediterran belebte und riechende Städte vom Kultursender vorstellte, aber ihre Altbauten waren in der Minderzahl. Sie hätte auf Anhieb mehr von ihrem Charme auf Kowalski versprüht, den sie zweifellos hatte, wenn er sich nicht auf eine in der Dunkelheit unter Alkoholeinfluss bemalte Papiertischdecke hätte konzentrieren müssen.

Leider gelang es ihnen bei aller Anstrengung nicht, Jorgos' Karte mit Jorgos' Tischdecke in Einklang zu bringen. An der Stelle, wo in fünf Sprachen *Guten Appetit* stand und die Streckenführung des Hotelwirts ziellos zwischen *bon appetit* und *καλη ορεξη* mäanderte, hatte Kowalski genug. Er packte die Pläne in die Tüte und packte seine Intuition aus.

„Da vorne müsste ein Café kommen", kombinierte er.

Natürlich herrschte an Cafés, *Kafenion*, kein Mangel, soviel sagte auch Ruths Blick. Aber in der realen Welt waren sie nicht von feuchten Karaffen zu verschwommenen Tintenresten zermatscht worden. In der realen Welt gab es eine verdiente Tasse Mokka, bevor sie sich weiter in der Kleinstadt verliefen.

Sie beschlossen, in einem Fotoladen nach dem Weg zu fragen. Auf dem Schild über dem Schaufenster fehlte das F, von dem nur Umrisse übrig waren. Der Verkäufer sah sie durch die Scheibe kommen und holte seine Frau. Sie kannte zwar Moto Jim, konnte aber kaum Englisch und kein Deutsch, und weil Ruth und Kowalski auf Griechisch links von rechts nicht unterscheiden konnten, bekamen sie kurzerhand eine Zeichnung auf einem von ihren Fotoumschlägen. Es war hier im Fotoladen, dass Kowalski entschied, seinem griechischen Wortschatz einige grundlegende Vokabeln hinzuzufügen.

Die Frau machte es erfreulich kurz, weil Jims Vermietung ganz in der Nähe war. Das Viertel war älter, und die Geschäfte atmeten Vergangenheit. Ein Metzger mit Sägemehl auf dem Boden, ein Bäcker mit Steinofen, ein Café mit uralten Männern. Die Bäume waren knorrig, die Gehwege holprig. Wieviel Vergangenheit würden erst Jims

Autos atmen?

Im Grunde war Moto Jim auch von Weitem kaum zu übersehen. Am Ende einer Seitenstraße standen kreuz und quer Zweiräder auf beiden Seiten, auf einem unbebauten Grundstück schraubte ein Mann im schwarzen T-Shirt an einem Motorrad herum und rauchte, umringt von Werkzeug, Ölflecken und Motorradteilen. Von seinem T-Shirt brüllte laut *Moto*, darunter noch lauter *Jim*, getränkt in Motoröl.

„Good morning, do you speak English?" begann Ruth.

„Boss is inside", nuschelte der Mann schraubend und rauchend.

Über dem Eingang nebenan klebten die Buchstaben *oto Jim* und eine Telefonnummer auf einer bleichen Leuchttafel. *Inside*, im Ladenlokal, ließ sich ein untersetzter Mann am Schreibtisch von einem Ventilator kühlen, während er langsam Unterlagen in einen Ordner heftete. Er war beschriftet wie der Schrauber, nur dass sein T-Shirt kein Öl trug und sein Bauch dem *Jim* eine respektable Dreidimensionalität verlieh. Sie standen nun dem Gründer, Eigentümer und Namenspatron gegenüber.

„'Ow can I 'elp you?"

Als er hörte, dass ein Auto für sie reserviert war, hielt er kurz den Blick auf Kowalski gerichtet, als müsse er seine Vorstellung von einem deutschen Professor richten. Kowalskis Vorstellung von einem griechischen Moto Jim entsprach Moto Jim ziemlich genau.

Er wies mit dem Kugelschreiber hinaus, zwischen den Chromlenkrädern hindurch auf die andere Straßenseite.

Ein schlichter weißer Mazda, schlicht bis auf die Aufkleber an den Türen und hinteren Seitenfenstern, die JIM mehrfach gut lesbar machten, briet in der Sonne. Sie gingen ihn begutachten. Der Wagen war genauso wenig neu wie er verschlossen war, aber er hatte den großen Vorteil, verfügbar zu sein. Wie Jim sagte, hatte er sein anderes Auto soeben vermietet, und der hier sei sowieso besser. Spätestens hier wurde Kowalski klar, wofür das *Moto Jim* eigentlich stand. Jim überdeutlich für Jim, Moto für eine halbe Straße voller Motorräder und genau zwei Autos. Kein Anlass also, wählerisch zu werden.

Zum Zeichen des Einverständnisses warfen sie ihre Sachen auf die Rückbank. Gegen ein paar persönliche Angaben, eine Unterschrift und eine Anzahlung bekam Kowalski einen kleinen Schlüssel, der dadurch umso kleiner wirkte, dass er an einem großen Plastik-Anhänger hing, der Platz für große, perspektivisch auf den Betrachter zulaufende Buchstaben bot - Jims Firmierung, die in einem monumentalen M gipfelte.

Der Innenraum des Autos war temperiert. Es war vollgetankt und sprang sofort an. Kaum hatte Kowalski die Sonnenblende und den ersten Gang gefunden, schob sich eine große dunkle Gestalt zwischen die Kühlerhaube und die Sonne. Optisch war gegen das Licht nur ihre Silhouette zu erkennen, und ihrer Haltung war schwer zu entnehmen, ob sie nur freundlich Schatten spenden wollte. Akustisch gab sie schon bald ihre Identität preis, ob sie nun wollte oder nicht:

„Halt Achtung halt. Sie müssen -“

Und kaum hatte sie sich für bessere Sicht zur Fahrerseite gebeugt, zog sie die dringend benötigte Luft ein:

„Aschtgn!"

Da es nicht zu viele Landsleute mit demselben Sprachfehler gleichzeitig auf den Peloponnes geweht haben dürfte, befanden sie sich im Schatten des Deutschweintrinkers aus dem Flugzeug.

„Sfrtaschtgn!"

War Sprachwissenschaft also nicht sein Fachgebiet, bemühte Kowalski trotzdem all sein Wissen über Konversationsanalyse, Konsonanten-Cluster, das Zusammenspiel mit Vokalen, vor allem aber seine Phantasie. Trotzdem hatte er keinen Schimmer, was der Sympathieträger von ihnen wollte, ganz davon abgesehen, womit sie ein erneutes Zusammentreffen verdient hatten. Er kurbelte sein Fenster runter.

„Was wollen Sie?" fragte er und hörte die Langeweile im eigenen Ton.

„Rssmnmwgn!" kam zurück.

Kowalski sah Ruth an. Es ergab keinen Sinn.

„Der will, dass wir aus seinem Wagen aussteigen", sagte er.

„Aus *seinem* Wagen?"

„Ich könnte auch die Vokale falsch verteilt haben."

Kowalski machte den Motor aus. Er wollte das nicht als Gehorsam missverstanden wissen.

„Wie Sie vielleicht lesen können", versuchte er betont belehrend zu klingen, „gehört dieses Auto einem gewissen Jim." Er klopfte außen auf die Tür. „Nicht Ihnen."

Wenn er den Kopf aus dem Fenster streckte, konnte er den Greis besser sehen. Er trug zwei volle Plastiktüten im Arm.

„Sschtgn!" wiederholte der, dass seine Brille fast von der empörten Nase fiel. Argumentation war noch immer nicht seine Stärke. Die Luftleere seiner Äußerungen reizte Kowalski, das Duell in der Schwebe zu halten.

„Jim ist natürlich nicht sein Geburtsname. Es ist eine Ableitung von Dimitris unter Ausnutzung der alveopalatalen Verwandtschaft der Anlaute. Phonetisch ist das insofern interessant, als hier eine vermutlich migrationsbedingte, sprachübergreifende Verschiebung vom Neugriechischen ins Anglo-Amerikanische –"

„Lass das doch", bat Ruth.

„Ich versuche ihn zu Tode zu langweilen. Sonst bleibt nur überfahren."

„Gleich fleht er dich darum an."

Doch von Flehen war der Kerl so weit entfernt wie von der Sonne. Er bewegte sich nicht weiter als bis zu Ruths Tür, an deren Klinke er unangekündigt rupfte, dass die Karosse nur so schwankte. Als die Tür nachgab, klatschte aus einer seiner Tüten eine Wasserflasche zu Boden.

Kowalski war ungeübt im Kampfsport wie überhaupt im Kampf. Und wie er feststellen musste, war er auch ungeübt im schnellen Autotüröffnen, schnellen Aussteigen und schnellen ums Auto Wetzen, aber er wähnte sich körperlich im Vorteil, während er noch wetzte. Als er Ruth endlich zu Hilfe eilte, und der Moment der Entscheidung kam, ob er mündlich oder körperlich einschreiten, ob er einen Würgegriff oder einen Polizeigriff versuchen sollte und wie das überhaupt ging, hatte sich der dreidimensionale Jim bereits vor den Mann geschoben, dass die Nasen des Griechen und des Deutschen sich fast berührten. Jims war größer.

Da der Alte schon auf Touren war, bekam einfach Jim seine Tirade ab – auf Griechisch. Kowalski bemerkte das nicht sofort, denn verstehen konnte man den Kerl ja sowieso kaum, und er konnte auch sein Griechisch nicht beurteilen, aber es klang so, als nähme er sich in der Fremdsprache die Zeit für den einen oder anderen Selbstlaut. Das war ungerecht, erleichterte aber Jim das Verstehen nicht merklich. Beide Männer taten sich schwer. Zu Kowalskis Erstaunen zog der Alte trotzig einen Schlüssel aus der Tasche, der klein wirkte im Kontrast zu seinem großen Anhänger mit den großen Buchstaben, und der dem im Zündschloss aufs Haar glich.

Jims Mimik blieb minimalistisch. Mit süßsauer verzogenen Brauen, entliehen bei Marlon Brando in der Rolle des Paten, parallel ausgestreckten Unterarmen und ein paar Silben wies er auf Kowalski, das Auto, sein Büro und die Straße hinunter.

Es verblüffte Kowalski weiter, dass Jim die Hintertür öffnete und von der Rückbank einen Lederbeutel und eine Tüte hervorholte, die er dem Kerl wortlos in den freien Arm drückte. Aber es fügte sich alles zusammen, als der seinen Krempel aufsammelte und „Gttvrdmmt Szcht!" zischend in ein Auto stieg, das zwei Bäume weiter stand und mit seinen riesengroßen Jim-Aufklebern der Zwilling von dem hier war, in dem Ruth noch immer saß.

Zurück blieben Ruth, erleichtert, Jim, gelassen, Kowalski, verständnislos, Vokale oder nicht, und die Wasserflasche, geplatzt. Gegenüber wischte sich Jims Kompagnon geduldig die öligen Finger an einem öligen Lappen.

11

Wie an jedes Auto musste man sich an den Mazda erst gewöhnen. Das begann bei den Röstofen-Temperaturen, die zum Fahrtantritt das Lenkrad zum Brandeisen machten. Die Bremsen reagierten spät, die Multifunktionsanzeige im Armaturenbrett überhaupt nicht. Sie war irgendwann zwischen den Achtzigern und heute Morgen den Hitzetod gestorben. Das japanische Plastik-Ambiente war bis auf die Spuren von zwanzig Jahren hellster Sonnenstrahlen großteils im Originalzustand, leider gehörten Klimaanlagen damals nicht dazu. Motor und Getriebe waren ein leises Uhrwerk mit der Fahrdynamik eines Uhrwerks. Tief im Innern rappelte irgendetwas ein synkopisches kleines Rappeln – das Gebläse. Das ließen sie an. Das Radio ließen sie aus.

Die Gegend um Jims Laden bestand aus Einbahnstraßen. Eigentlich bestand die ganze Stadt aus Einbahnstraßen, für Gegenverkehr war kein Platz. Im bald zunehmenden Gewühl ließ Kowalskis Fahrstil die Geschmeidigkeit eines Busfahrers vermissen. Mit dem ungewohnten Auto steckten sie mehr als einmal vor den ungewohnten Engstellen der auf die Straße ragenden Fisch- oder Gemüsestände und der Menschenmengen fest. So war in dem verräterisch beklebten Wagen und im Bunthemd an anonymes Abtauchen in der Alltagsmasse nicht zu denken.

Sie parkten in einer schmalen Seitenstraße mit stark gewölbter Fahrbahn und einem Bordstein so hoch, dass Ruth ihre Tür nicht öffnen konnte. Sie nahmen ihre Sachen und gingen bummeln. Bummeln war das einzig richtige

Wort für die einzig mögliche Gangart in dem Trubel aus Autos und Menschen zwischen Obst und Gemüse, Fischhändlern, Tischlern, Röstereien, Schuhputzern, Cafés für Junge, Cafés für Alte und überquillenden Kiosk-Buden. Vieles sah aus, als blühte es ungefähr so seit Jahrhunderten, als die Altbauten noch keine Altbauten, dafür aber in der Mehrzahl waren. Kyrillische Schrift überall.

Für ein paar Fleischspieße ließen sie sich an einem kleinen Tisch vor einer Grillbude nieder. Gegenüber war ein orthodoxer Devotionalienhandel mit blitzenden Kruzifixen und Madonnen im Fenster, Kerzen, Tellern und Gefäßen.

„Dasch ischt esch!" nuschelte Kowalski mit Fleisch im Mund, einer plötzlichen Eingebung folgend.

Ruth war ganz Ohr, zog es aber vor, erst zu kauen und dann zu sprechen.

„Essen!" rief er aus, als sei das die Antwort auf alle Fragen.

„Willst du noch was bestellen?" Sie wusste, dass er sich auch über seine schlichten Ideen außerordentlich freuen konnte.

„Quatsch, mein Seminar. *Speisen in der englischen Literatur*. Das ist es."

Ruth war nicht sofort überzeugt.

„Übers Essen lässt sich literarisch eine Menge transportieren - Motive, Symbole, Charakterisierung, Vorausdeutung und tausend Sachen. Das geht zurück bis Dickens. Shakespeare. Chaucer. Brillant."

„Vergiss nicht das literarische Trinken", sagte sie reserviert.

„Eins nach dem anderen", sagte er und spülte begeistert seinen Bissen mit dem kalten holländischen Bier hinunter. „Damit fülle ich den großen Hörsaal. Wo ist mein Notizbuch?"

Kowalskis Notizbuch. Es war sein Freund, sein Verbündeter im Kampf gegen das große Vergessen, sein Geheimnisträger. Was nicht schnell seinen Weg hinein fand, war schon bald verloren. Er holte es aus der Plastiktüte und staunte nicht schlecht, hatte es sich doch vom roten, durch Spuren der Benutzung von Jahren veredelten, mit allerlei Zetteln geschwängerten und vom breiten Gummiband, dem soundsovielten, gehaltenen Vertrauten verwandelt, praktisch über Nacht, praktisch in der Tüte, in einen braunen Fremden mit weißer Schrift, grauem Postkartenmotiv obenauf und zwei Hervorhebungen in einem gelben Stern.

Er las Ruth tonlos den Stern vor: „Deutsche Ausgabe" und „Sprachführer mit Aussprache".

„Was ist das denn?" fragte sie.

„Nicht mein Notizbuch." Er wendete es. „Ein Reise- und Sprachführer für die Halbinsel, ziemlich alt."

„Wie kommt der hier rein? Von wem ist der?"

„Du wirst es nicht glauben, ich kenne die Antworten. Und sie gefallen mir nicht."

Er nahm einen detektivischen Schluck Bier.

„Unser alter deutscher Freund verwechselt die Autos und legt sein Zeug auf unsere Rückbank, bevor er einkaufen geht. Leider sehen nicht nur die Autos gleich aus, sondern auch die Olympic-Tüten. So gibt Jim dem Verrückten meine Tüte, uns wird der Führer untergejubelt, und keiner merkt was, bevor es zu spät ist. Ich habe das Buch im Flugzeug auf seinem Tisch gesehen. Das bedeutet –"

Kowalski blätterte uninteressiert in dem kleinen Buch. Manche Seiten waren an den Rändern mit einer bajonettartigen Schrift bekritzelt, an der man sich hätte pieksen können. Sie war sehr schwer zu lesen, aber soweit er erkennen konnte, stand nirgendwo *hier wohne ich* neben einem Hotel. Sich mitzuteilen war nicht eben das größte Talent des Mannes; allein den Ausspracheteil hatte niemand nötiger als er.

„- dass wir auf ein Wiedersehen hoffen dürfen."

Kowalski griff noch einmal in die Tüte und brachte eine lederne Brieftasche und eine Straßenkarte zum Vorschein. In der Brieftasche ein paar alte Schwarzweißbilder, eine dünne Kladde voller Bajonettspitzen und ein Personalausweis. Das Foto zeigte den Mann mit Brille an der Kamera vorbei starren.

„Alle Achtung, Dr. Watson", sagte Ruth.

„*Professor* Watson."

„Wie heißt er?" fragte sie.

„Walter von Waren."

„Im *Ernst*?"

Ein Mann, der Walter von Waren hieß, dachte Kowalski, trug nicht den Namen eines Touristen. Noch nie hatte er einen Namen gehört, der weniger Touristenname war, auch wenn der Träger weiß Gott Entspannung vertragen konnte. Er sah nicht aus wie einer, weder auf dem Foto, noch in natura, er sprach und benahm sich nicht wie Urlaubsreisende sich benehmen sollten. Kowalski klappte die Brieftasche wieder zu.

„Ruth, das ist ungefähr alles, was ich über ihn wissen muss. Ich will weiter nichts als mein Notizbuch."

„Die Wiedersehensfreude wird groß sein", sagte sie.

„Mit etwas Glück kriegen wir es von Jim. Mit etwas weniger Glück kriegen wir nur die Adresse von ... von Waren."

~

Jim war nicht überrascht. Jim war nicht der Mann, der sich überraschen ließ. Er stellte gerade ein Motorrad auf.

„'Ello my friends", sagte er in seinem gefärbten Englisch. Er hatte etwas zu berichten.

Der alte Mann war auf seine höfliche und zurückhaltende Art bereits vorstellig geworden und hatte sich, rasch verständlich wie es seine Art war, nach Kowalskis Verbleib und speziell nach seiner Tüte erkundigt. Er hatte seine Betroffenheit über die Verwechslung akustisch zum Ausdruck gebracht und mimisch nicht zu unterstreichen vergessen. Dimitris Verantwortung für das Missgeschick blieb nicht unerwähnt, daher wurde Dimitri die Möglichkeit offeriert, die Habseligkeiten zu beschaffen und dem Eigentümer zukommen zu lassen. Das Angebot musste Dimitri zunächst ablehnen. Kulant und entgegenkommend hatte sich der Reisende sofort bereiterklärt, sich selbst wieder in den Besitz seiner Habe zu bringen, wenn ihm nur der Aufenthaltsort des unglücklichen Landsmannes genannt würde. Nach Einsicht in das entsprechende Formular hatte der Senior sich höflich und zurückhaltend zurückgezogen, nicht ohne noch höflich und zurückhaltend zwei Motorräder umzuwerfen. Auch Dimitri hatte seinen Dank ausgedrückt und seine Freude, mit ihm Geschäfte zu machen.

„Sie haben ihm unser Hotel genannt?" Kowalski hörte das nicht gern. „Ich dachte, die Angaben sind vertraulich."

„Vertraulich?"

„Vertraulich. Geheim. Nur für die Akten."

In Wahrheit hatte Kowalski beim Ausfüllen von Jims Bogen nichts dergleichen gedacht. Er hätte nicht gedacht, dass jemals wieder Tages- oder Augenlicht auf den Bogen fiele.

Jim hielt sich nicht lange mit dem Gerede über Datenschutz auf. Er musterte den Inhalt der Tüte. Die deutsche Bajonettparade in der Kladde sagte ihm nichts. Aber er erkannte einen Ausweis, wenn er einen sah, und individuell wertvolle Fotos.

„Sehen Sie", flüsterte er mit heiserer Stimme, „ich will natürlich, dass er mir den Schaden an den Motorrädern bezahlt. Was dagegen, wenn ich seine Sachen hierbehalte?"

Wenn dem alten Mann sein Tüteninhalt nur halb so viel wert war wie Kowalski, dann hielt Jim außer ihm zur Mahnung die Daumen zu brechen hier noch ein gutes Zahlungsargument in Händen.

Leider würde der Alte als nächstes nicht hier aufkreuzen, sondern in Karfitsa, schon bald, zum Austausch der Tüten und der üblichen Nettigkeiten. Er würde große Unruhe in die kleine Bucht bringen und nebenbei hoffentlich Kowalskis Notizbuch. Hoffentlich. Sollte die Übergabe aber schieflaufen, weil der Deutsche sich nicht an die gewöhnlichen Regeln des Miteinanders halten konnte, oder weil man ihn schlichtweg nicht verstand, dann kam Kowalski ein Verbündeter sehr gelegen. Ein Verbündeter, zu dem man den Alten schicken und dem man die Schmutzarbeit überlassen konnte. Einer wie Jim.

12

„Just a minute!"

Kowalski hatte kein Frühstück ans Bett bestellt. Sie konnten das große Ilios-Frühstück genauso gut weiter auf der Terrasse verschmähen. Warum klopfte Jorgos, und warum so früh? Nach so einer Nacht brauchte Kowalski vor allem eins, viel Schlaf.

Er hielt sich mit der Faust das Laken um die Hüfte und öffnete die Tür einen Spalt. Seine noch lichtscheuen Augen wurden sofort geblendet von Jorgos' strahlendem Gebiss. Der Mann brauchte nicht viel Schlaf zum Glücklichsein.

„Guten Morgen, Professor. Hier möchte Sie jemand sprechen."

Neben ihm stand eine rundliche Figur, auf die kaum Licht strahlte und die akzentreich fragte:

„You Mr Kowalski?"

Jorgos sollte ihm doch bitte seine Vettern bei anderer Gelegenheit vorstellen, auch wenn sie eine gewisse Unnachgiebigkeit verströmten wie dieser hier und Kowalski Gegenstände vor die Nase hielten wie diesen hier, der nach einiger Fokussierarbeit einer dienstlichen Plakette ähnlich wurde. Der Mann von der Sickergrubenbehörde kommt die korrekte Befüllung des Tretmülleimers prüfen, dachte Kowalski.

Ob er kurz hereinkommen dürfe?

Kowalski stieß müde die Tür auf. Die Vettern wechselten ein paar Worte und Jorgos verschwand nach unten.

Herein kam eine untersetzte Erscheinung mit hängender Miene, hängenden Schultern und hängender Brust. Ein waagerechter Streifen Haar von Ohr zu Ohr. Wenn die Sickergrubenbehörde solch prächtige Uniformen bekam wie diese hier, musste die Polizisten des Landes die Missgunst packen. Diese hier saß dabei alles andere als gut.

Tatsächlich begann der Mann aus einer Kehle, die wie eine englische Raspel klang, sich als Bezirkspolizist vorzustellen, raspelte etwas wie seinen Dienstgrad und einen Namen wie Kostas Salofogis oder Silofagos. Womöglich war er noch nicht einmal Jorgos' Vetter.

Es war Kowalski unmöglich zu verbergen, wie anstrengend das Zuhören war und wie ungelegen der Besuch kam. Dazu trug bei, dass er absolut nicht wusste, was der Mann hier suchte, während auf dem Bett bäuchlings Ruth ruhte und auf ihr weiter nichts als der Polizistenblick, weil doch Kowalski das Laken zur spärlichen Bedeckung brauchte. Er setzte sich vor sie auf die Bettkante. Ruth brummte im Schlaf.

Der Polizist räusperte sich und holte eine durchsichtige Tüte aus seiner Jackentasche.

Ob dies sein Raspelbuch sei?

Kowalski erkannte es sofort, wenn auch unter anderem Namen.

Ob er raspel raspel wisse wo es gewesen war?

Kowalski sagte ja. Er hielt das zunächst für die Wahrheit, Jim hatte die Schmutzarbeit getan und er bekam sein Notizbuch. Doch natürlich reichte das nicht, denn für die Wahrheit fehlte ihm der komplette Weg des Buchs von Jims Schreibtisch in die Tüte von Polizist Kostas, ihm fehlte sogar die Erklärung für Polizist Kostas, der in Jims

Schmutzarbeit-Szenario zunächst keine Rolle spielte, jedenfalls nicht die Statistenrolle des Notizbuchboten. Es taten sich Lücken auf in der Wahrheit.

Um also der Wahrheit und seinem Buch näher zu kommen, erzählte Kowalski von der Verwechslung bei Jim. Darauf setzte er noch an, von der turbulenten letzten Nacht zu erzählen, doch der Polizist, im Englischen nicht zu Hause, sah ihn nur an mit der Strenge des Verständnislosen.

„You please raspel police office", sagte er und zog eine Visitenkarte aus der Tasche. „Three clock" fügte er hinzu.

Wie Kowalski nur vermuten konnte, bedurfte es irgendeiner griechischen Formalität, ihm sein Buch auszuhändigen. Am Ende hatte Jim den Deutschen doch anzeigen müssen, um an sein Geld zu kommen.

„Und da kriege ich mein Buch?"

Raspel wichtige Fragen raspel Zeugen. Es missfiel Kowalski, dass das keine Antwort war, weder akustisch noch sonstwie. Mit der Visitenkarte in der Hand blieb er sitzen, als der Beamte seine Haltung vergeblich straffte, sich dienstlich verabschiedete und laut ging.

Er weckte Ruth aus ihrem wie immer gesunden Schlaf.

„War was? Ich habe Jorgos gehört und bin wieder eingeschlafen."

„Polizistenbesuch. Die haben mein Notizbuch und wollen, dass wir heute vorbeikommen."

„Wegen eines Notizbuchs? Heißt das, die haben den Alten weggesperrt, wie hieß er doch gleich?"

„Möglich, aber von dem war nicht die Rede. Es gab

ein kleines Sprachproblem. Entweder hat Jim die Polizei eingeschaltet, oder der Deutsche hat sie mit einer Schneise der Verwüstung selber angelockt. Wir erfahren das um drei Uhr in Diakopton."

„Muss er uns dafür so früh wecken? Und dieser doofe Spülkasten ist viel zu laut. Der bringt mich um den Schlaf."

„Ruth, das war nicht der Spülkasten diese Nacht. Das war die Hupe des zweitbesten Mazda von Moto Jim."

Die Nachricht brauchte Zeit, um ihre Wirkung zu entfalten. Ruth blinzelte.

„Der Alte war hier? Weiß der Polizist davon?"

„Von mir nicht. Dazwischen stand unser Sprachproblem."

„Und der Alte hat dein Buch wieder mitgenommen?"

„Ich habe es noch nicht mal zu sehen bekommen."

„Und hat er noch was kaputtgemacht?"

„Nicht, dass ich wüsste. Er war auch so eine einzige Ruhestörung."

„Um das zu bezeugen, müssen wir aufs Revier?" sagte sie und zog ihm das Laken weg, indem sie sich herumdrehte. „Ich schlafe jetzt."

~

Diakopton war ein Knotenpunkt. Er verknotete die Bahnlinie von Athen nach Patras mit einer Busstrecke, einem Taxistand und einer Schmalspurbahn, die in die Berge führte. Das mit dem Knotenpunkt konnte man sehen, oder man konnte es von Jorgos erfahren, der ihnen nur zu gerne eine Zeichnung dazu gemacht hätte. Für den Besuch hätte Kowalski gern einen freiwilligen Anlass gewählt, nicht so eine dubiose Vorladung, aber er gedachte, noch heute Nachmittag mit seinem Freund dem Notizbuch im örtlichen Fischerhafen Wiedersehen zu feiern mit holländischem Bier.

Sie brauchten mit Jims Auto zehn Minuten bis in das Städtchen, das sich bei ihrer Ankunft gerade die übliche Mittagspause gönnte. Die Hitze war groß, und es bewegte sich nicht viel. Ein paar Kellner und Kioskbesitzer hielten sich gegenseitig mit einem schattigen Plausch wach. Ihre Cafés und Kioske waren vermehrt um die Bahnstation herum gruppiert, einem flachen Betonkasten mit Vordächern zwischen drei ölverschmierten Schottergleisen. Geschäfte, Arztpraxen, Bank und Post hatten geschlossen.

Ruth und Kowalski saßen am Rande des Knäuels, tranken eiskalte Limonade und warteten, dass es drei Uhr würde. Da man für jede Bestellung einen Kassenbon auf den Tisch bekam, konnte Kowalski das Erlernen der Zahlwörter weiter verschieben.

Das Polizeigebäude hatte die Größe eines Einfamilienhauses und den Betoncharme des Bahnhofs. Verziert war es mit den Abdrücken der bei der Verschalung verwendeten Holzbretter. Über der Tür hing das Wort Αστυνομια von der Visitenkarte, davor stand ein weißes Polizeiauto mit dunklen Türen.

Als sie eintraten, fand Kowalski einige seiner Vorurteile vom Beamtendasein am Mittelmeer widerlegt und bestätigt zugleich. In dem kleinen Empfangsraum verbreiteten drei Männer in Polizeihemden Aufregung für sechs. Zwei debattierten aufgebracht über einem Formular, das in einer

Schreibmaschine vor ihnen steckte, ein dritter schrie vehement in ein altes graues Telefon, und irgendwo flehte mechanisch und schrill noch eins um Aufmerksamkeit. Halbvolle Mokkatassen und volle Aschenbecher. Ein nikotingelber Deckenventilator bewegte kaum die drückend heiße Luft. Von Ruth und ihm an der Holztheke nahm keiner Notiz.

Der an der Schreibmaschine fahndete nach einzelnen Tasten, die er nach Entdeckung forsch niederdrückte. Nach jedem Treffer überzeugte er sich, dass der Buchstabe nicht wieder vom Papier türmte. Der Vorgang stand in krassem Gegensatz zu dem flinken Redeschwall, den er auf seinen Kollegen losließ.

Als Kollege Nummer drei die Telefone wechseln wollte, ergab es sich, dass er die Besucher eines Blickes würdigte. Der dauerte an, bis auch die Kollegen eins und zwei aufhörten zu hacken und zu brüllen und selbst das Telefon verstummte.

Kowalski würde etwas sagen müssen, möglichst bald, möglichst jetzt, denn die Folgen einer fortwährenden Unterbrechung der mediterranen Polizeiarbeit waren nicht abzusehen. Wenn man unerfahren war im Auftritt vor griechischen Polizeibeamten, dann konnte man in Verlegenheit geraten mit dem passenden Stichwort, den Polizeiapparat wieder in Gang zu setzen, umso mehr, wenn der Gruß καλημερα den Großteil seines griechischen Stichwortschatzes ausmachte und nichts bewirkte. Spannung und Rauch lagen in der Luft.

Um zu belegen, dass sie in Frieden kamen, präsentierte Kowalski als einziges Requisit, das ihm zur Verfügung stand, die Visitenkarte. Der Beamte nahm sie und musterte sie kritisch. Er musterte Kowalski kritisch. Ohne seinen Blick von ihm zu nehmen, rief er laut „Kosta!" quer durchs Haus. Das konnte in keinem Winkel des Hauses ungehört geblieben sein und musste dennoch genauso laut wiederholt werden, bevor die hängende Raspel oben an der Treppe erschien und auf ihr Räuspern endlich das Tippen, Brüllen und Klingeln wieder losging.

Oben in Kostas' Büro war es so gemütlich wie in dem von Lohse. Spuren von Nikotin- oder Koffeinkonsum wie hier waren bei Lohse natürlich niemals zu finden, wenn einem der Weg hinein einmal geglückt war. Aber an Gemütlichkeit hätte auch keines der beiden Büros gewonnen oder verloren, wenn man Mengen von Kaffee und Tabak rein oder raus getragen hätte. Gemeinsam war den Räumen von Kostas und Lohse, dass seit dem Tag des Einzugs die Zeit scheinbar veränderungslos an ihnen vorübergegangen war, als wolle man die paar Jahrzehnte bis zur Pensionierung mit lohnenderen Dingen verbringen als sein Büro einzurichten, und als seien die von den Behörden als Grundausstattung gestellten Gegenstände alles, was man jeden produktiven Tag benötigte.

Lohses Grundausstattung: Regalbrett zum Ablegen der Kopfkissenbezüge und Bügel zum Aufhängen der Jacke. Kostas' Grundausstattung: Regalbrett zum Ablegen der Jacke, Wandhaken zum Aufhängen des Tischventilators und Frau südländischen Aussehens und mittleren Alters, die vor dem Schreibtisch saß und ihren Rock glatt strich. Verschnörkelte Bügel einer unnötig großen Brille verschwanden in ihrem nach hinten geknoteten dunkelgrauen Haar.

Maria Diamantopoulou war ihr Name, und die Polizei hatte sie gebeten, sprachlich bei der Aufnahme der Zeugenaussage behilflich zu sein. Sie hatte ein Übersetzungsbüro hier in der Stadt, sagte sie in sorgfältigem Deutsch, und zur Grundausstattung gehörte sie dann wohl doch nicht.

„Worum geht es denn hier?" fragte Ruth.

„Sie wissen das auch nicht?" Ihre Konsonanten waren etwas rauh. „Ich weiß nur, dass ein Verbrechen passiert ist. Es muss ein schweres Verbrechen sein, die Polizei hat sonst nicht so viel Arbeit in Diakopton. Besonders am Mittag nicht."

Das Umschmeißen von Motorrädern schweres Verbrechen zu nennen, fand Kowalski sehr treffend. Sie setzten sich auf Stühle, die Kostas der Grundausstattung eines Nachbarbüros entnommen hatte.

Kostas öffnete eine Aktenmappe und räusperte sich.

„Er möchte Ihren Ausweis haben", sagte Maria und verblüffte Kowalski, der nicht geahnt hätte, dass sich in dem Räuspern eine Aussage verbarg. Kowalski reichte ihn herüber. Der Beamte schrieb einige Angaben ab.

„Herr, äh, Kowalski, was arbeiten Sie?" fragte sie.

„Ich bin Dozent für Anglistik."

Sie lehnte sich herüber. „Ein Dozent ist, wie heißt das, ..."

„Ich unterrichte englische Literatur an der Universität."

„Agatha Christie?"

„Romeo und Julia."

Kostas verlangte seine Berufsbezeichnung. Die Berufsbezeichnung bekam die Länge einer Anekdote mit viel Agatha Christie und Professoros. Kostas notierte dazu ein Wort.

„Verzeihen Sie", warf Kowalski ein, „Professor ist nicht ganz korrekt. Ich bin Dozent. Vom Professorentitel bin ich weit entfernt."

Maria Diamantopoulou winkte ab. „Ich kenne das nicht, das Wort für, äh, Dozent. In Griechenland sind Sie Professor."

Er würde das Land noch als William Shakespeare persönlich verlassen, dachte er. Er bekam den Ausweis zurück, und die Griechin dolmetschte:

„Wissen Sie, woher die Polizei Ihr Notizbuch hat?"

„Ich vermute", sagte Kowalski, „von einem Autoverleiher namens Jim oder einem Deutschen namens Walter von Waren."

Sie runzelte die Stirn. „Walter von ...?"

„Waren."

Sie mühte sich mit der Übersetzung ab. Es wurde offenbar, dass die Person, die von allen im Raum am meisten zu reden hatte, die war, die am wenigsten wusste. Mit ein paar schlichten Informationen an sie hätte Kostas die Prozedur hier für alle leicht abkürzen können.

„Wann haben Sie Walter ... den deutschen Mann zum letzten Mal gesehen?" fuhr sie fort.

„Gestern Nacht vor unserem Hotel in Karfitsa. Er wollte mir das Notizbuch geben, jedenfalls nehme ich das an, aber nur gegen seine Tüte, und die war ja bei Jim in Egion ... das war nämlich so -"

„Bitte, ich muss erst übersetzen. Wir müssen das in kleinen Stücken machen. Also gestern Nacht in Karfitsa." Das klang auf Griechisch ganz hübsch.

„Wie spät genau?"

„Der Wirt machte gerade das Restaurant zu. Zwei Uhr vielleicht. Die Tüten -"

Übersetzen, Raspeln. Dazwischen stellte die Griechin dem Beamten Fragen.

„Worüber haben Sie gesprochen?"

„Er wollte seine Sachen, ich meine. Unsere Autos -"

Übersetzung, Raspeln.

„Was waren das für Sachen?"

„Na, mein Notizbuch und eine alte Karte. Von ihm - "

„Warum hatte er Ihr Notizbuch?"

„Unsere Sachen wurden vertauscht. Jim -"

Übersetzung, Raspeln. Das Spiel glich einer Eimerkette mit löchrigen Eimern. Egal wie groß der Informationsgehalt zu Anfang war, am Ende, in Kostas' Kugelschreiber, kamen nicht mehr als ein paar Tropfen an. Seine Notizen blieben denkbar kurz.

„Es wurde Ihnen nicht gestohlen?"

„Nein. Obwohl - gestern Nacht ist er absichtlich damit abgefahren. Warten Sie, das wird zu kompliziert, sagen Sie einfach nein."

Kostas hob den Kopf angesichts der kurzen Übersetzung.

„Warum hat er Ihnen das nicht zurückgegeben?"

„Ich hatte seine Sachen nicht."

„Welche Sachen?"

„Brieftasche, Karte, Reiseführer."

„Er gab Ihnen nicht Ihr Notizbuch, obwohl sie seine Sachen gar nicht hatten?"

„Nein, *weil* ich seine Sachen nicht hatte."

Pause. Kostas kämpfte mit zu vielen zu leeren Eimern. Kowalski wagte schwitzend einen Vorstoß.

„Der Autovermieter in Egion, Jim, hat unsere Tüten vertauscht. Er hat die Tüte vom alten Mann."

„Was für Tüten? Hat er die Sachen und die Tüten?"

„Wollen Sie nicht erstmal übersetzen?"

„Ja, aber wer hat die Sachen, und wer hat die Tüten?"

„Sagen Sie es mir, Sie sind die Dolmetscherin."

„Ich bin keine Dolmetscherin. Ich habe ein Übersetzungsbüro in -"

„Hören Sie, es ist ganz einfach -"

Kostas mischte sich ein. Kowalski schnappte einen Seitenblick von Ruth auf. Maria glättete ihren Rock und machte weiter. „Woher kennen Sie seinen Namen?"

„Aus seiner Brieftasche."

„Sie sagten doch, dass Sie seine Sachen nicht hatten."

„Übersetzen Sie doch bitte meine Antwort."

„Hat er ihn Ihnen gezeigt?"

„Ihn mir gezeigt?"

„Seinen Ausweis."

„Ich erkläre es Ihnen. Aber hören Sie bitte zu. Wir -"

Raspeln vom Schreibtisch. Kurzer entschiedener Austausch auf Griechisch. Glattstreichen des Rocks.

„Was sagt er?" drängte Kowalski, aber er wusste es schon.

„Wir sollen nur auf die Fragen antworten. Also, woher kennen Sie seinen Namen?"

„Aus seinem Ausweis."

„Sie hatten seine Brieftasche nicht, aber Sie hatten seinen Ausweis?"

„Hat er das gefragt?"

„Ja."

Kowalski musste versuchen, seine Antworten zu komprimieren, sonst würde das hier niemals enden.

„Gestern Vormittag hatte ich seine Sachen mit Brieftasche und Ausweis für kurze Zeit."

Kostas kritzelte. Alles in allem war Kowalski froh, dass er keine Schreibmaschine benutzte.

„Aber gestern Abend hatten Sie die Sachen nicht?"

„Wir haben sie mittags wieder bei Dimitri abgegeben, wo sie vermutlich jetzt noch sind."

„Wer ist Dimitri?"

„Jim. Moto Jim."

Sie wälzte die Buchstaben. „Moto ...?"

Kowalski wälzte im Stillen die Buchstaben von *Contenance*. Er kam bis zum zweiten 'n'.

„So heißt seine Autovermietung in Egion. Seinen Nachnamen kenne ich nicht, aber seine Nummer können Sie unten auf unserem Auto ablesen."

Kostas gab sich damit zufrieden.

„Wie genau kamen Sie an die Sachen von dem Mann, Waren?"

„Jim hat beim Vermieten der Autos gestern Vormittag meine und Warens Tüten vertauscht."

„Welche Tüten?"

„Olympic Airways steht drauf."

„Was war in den Tüten?" fragte sie leise, doch Kostas räusperte sich. „Wo sind die Tüten jetzt?"

Kowalski beeilte sich, ein paar Tropfen mehr in den Eimer zu kriegen. „Es sind beides stinknormale Olympic-Airways-Tüten. Deshalb hat Jim sie verwechselt. Die von Waren, von von Waren, egal, ist bei Jim, denke ich, und meine müsste doch eigentlich der Kollege hier haben."

Sie redete fleißig auf den Kollegen ein. Es dauerte. Dann glättete sie ihren Rock. Von unten drang die Kakophonie herauf.

„Wieso glauben Sie, dass die Polizei sie hat?" ließ Kostas zurückfragen.

„Na die haben doch wohl mein Notizbuch von ... Waren oder von Jim."

„Der Mann Waren hatte also Ihr Buch und die Tüte?"

„Na das war doch alles in den Tüten. Mein Zeug in meiner, von Warens in von Warens." Allein für den saublöden Genitiv sollte man den Mann einsperren.

„Aah", machte Maria erlöst und redete Kostas voll. Doch die Mühlen in seinem kahlen Schädel wurden nach wie vor mit den tröpfelnden Informationen nur benetzt und standen still in der Position *strenges Gesicht machen.*

Kowalski nutzte die Pause. „Darf ich auch mal was fragen? Wo haben die denn nun mein Notizbuch gefunden? Hat Waren einen Unfall gebaut? Kann ich es wiederhaben?"

Der Polizist lehnte sich zurück, als Maria übersetzte. „Das Buch haben sie von dem Mann, von dem Waren. Sie bekommen es zurück, wenn die, wie heißt das, Polizeiarbeit fertig ist. Den Rest wird die Polizei Ihnen bald erklären. Sie wohnen vier Wochen im Hotel Ilios?"

„Ja. Zimmer 8."

Kostas' Telefon klingelte, ein Modell aus dem lange vergriffenen Grundausstattungskatalog. Er sprach laut und angestrengt, entweder war die Verbindung schlecht oder ihm war das Prinzip des Telefonierens neu. Sein Gesicht entspannte sich sehr langsam, als bekämen die Mühlräder in seinem Kopf zum ersten Mal einen halbvollen Eimer ab, der endlich seine Muskeln bewegte und seinen Wissensdurst löschte. Er schrieb eifrig mit, legte dann sachte auf und ließ Maria sagen:

„Die Polizei hat bei Dimitris Farantouris Dinge gefunden, die so sind wie Sie sagen. Man wird sich bei Ihnen melden. Danke für Ihre Zeit und Ihre Hilfe."

Farantouris also. Kowalski war nur ein bisschen beleidigt, dass seine Aussage einer Bestätigung bedurfte. Wichtiger war, dass das hier ein schnelles Ende fand, Kostas sich auch bei Maria Diamantopoulou polizeilich bedankte und erhob.

„Er bittet Sie, sich unten noch kurz etwas anzusehen", sagte sie, dann fügte sie hinzu: „Ich finde Ihre Aussage ... sehr schwer."

Schweres Verbrechen, schwere Aussage, dachte Kowalski, aber er sagte nur: „Kann ich mir vorstellen."

Kostas zwängte sich in seine Jacke und seine Zigaretten Marke *Papastratos* in eine der Taschen. Schon das bunte Design sagte deutlich „Wir sind ungesund". Mit der schiefen Mütze und der prallen Jacke wirkte er ziemlich beulig. Marias Rock dagegen war sehr glatt.

13

Kowalski hatte noch nie eine Leiche gesehen. Jedenfalls nicht in Wirklichkeit. In Medienberichten und Spielfilmen natürlich schon, die durchschnittliche Zahl, und durchschnittlich war auch der Eindruck, den sie alle bei ihm hinterlassen hatten, denn bei der Darstellung zog irgendjemand irgendeine Grenze. Dass gleich seine erste wirkliche Leiche die Grenze weiter überschritt, als er je geahnt hätte, passte so überhaupt nicht zu der südländischen Ruhe am Golf und der Gelassenheit, die auch die polizeilichen Formalitäten prägte.

Obwohl Kowalskis mathematische Begabung eher mittelmäßig war und seine Rechenkünste gerade so für den Hausgebrauch reichten, hatte er aus den Geometriestunden genug griechische Buchstaben gerettet, um den Προφεσσορος, den Professor, zu erkennen, seine der Gelassenheit geschuldete Zwangsbeförderung, die Kostas gleich unter seinen Namen auf das wehrlose Papier des Gesprächsprotokolls gesetzt hatte. Der Mann an der Schreibmaschine im Erdgeschoss trieb nun sehr behende eine Stecknadel zweimal durch die Ecken der Blätter, verpasste ihnen blau-weiße Marken und Stempel und ließ sie in einer Ablage verschwinden.

„Sie bekommen noch eine Übersetzung zum Unterschreiben", dolmetschte Maria. „Das wird eine, wie heißt das, beglaubigte Übersetzung sein, die die Behörden in Korinth machen."

Eigentlich fand Kowalski, dass seiner Aussage schon genug Gewalt angetan worden war. Informativer

Nutzen, Wahrheitsgehalt und Kohärenz waren mit stumpfen Instrumenten amputiert worden. Viel würde von dem Torso nach weiterer Bearbeitung nicht übrig bleiben.

„Das muss eine schlimme Sache sein", vertraute Maria Ruth und ihm an, „wenn die Übersetzung weniger als vier Wochen dauert. Die Behörden brauchen sonst viel länger."

Schlimme Sache, schweres Verbrechen, dickes Ding - solange es ihm sein Notizbuch wiederbrachte, sollten sie die von Warenschen Streiche gerne ernst nehmen.

Die hektische Betriebsamkeit hatte hier unten nicht nachgelassen, von der Hitze gar nicht zu reden. Ruth und Kowalski hatten keinen Bedarf zu bleiben, bis mal endlich jemand an das Telefon ging.

„Können wir jetzt gehen?" fragte Ruth, aber Kostas hatte ihnen noch nicht gezeigt, was er ihnen zeigen wollte, und als eine Autohupe vom Hinterhof den Trubel noch verstärkte, holte er eine Sonnenbrille aus einer seiner beuligen Uniformtaschen und führte sie zum Hinterausgang.

Auch der Hof bediente Kowalskis mediterrane Beamtenvorurteile nur bedingt. Das lag daran, dass es in seiner Vorstellung in jedem Dorf ein baumbeschattetes Plätzchen gab, an einer verträumten Zeile direkt am Meer, wo unrasierte und leger uniformierte Männer vor ihrem Backsteinrevier den Tag auf Landhausmöbeln mit Wein und Fisch verdösten.

Für den staubigen Betonhof, den sich ein Dienstwagen und eine verwitterte Campinggarnitur aus Tisch und Stühlen teilen mussten, war in seiner Phantasie kein Platz. Gerade ließ sich ein Beamter im Halbschatten nieder und tippte kurz an seine Mütze. Er war rasiert und nüchtern, und er legte statt einer Mahlzeit einige dieser durchsichtigen Diensttüten auf den Tisch. Um Kowalski aber nicht vollends zu enttäuschen, zündeten Kostas und er sich immerhin zwei von den bunten Zigaretten an. Die Mienen der Männer blieben so finster wie ihre Sonnenbrillen.

Das Vorführenswerte der Szenerie blieb auch Maria verborgen.

„Das ist ein Polizist aus Egion", sagte sie. „Sie reden darüber, wo sie die, wie heißt das, die Beweise sammeln, hier oder in Egion oder in Kalavrita. Es kommt darauf an, welche Behörde verantwortlich ist."

„Was für Beweise? Wofür?" fragte Kowalski. Sicher waren abgebrochene Motorradspiegel und ein ausgelaufener Tank kein Grund für eine Sonnenbrillen-Verschwörung im Hinterhof.

„Ich weiß das nicht. Aber es kommt ein Chef, der das entscheidet. Kostas sagt, der Chef wird sehr böse sein, wenn er kommt."

Von bösen Chefs verstand Kowalski auch etwas. Da wollte er bestimmt nicht stören.

„Kann er uns jetzt mal zeigen, was er uns zeigen will?"

Was er ihnen zeigen wollte, war von Warens Kram, wie er ihnen in Egion in die Hände gefallen war, mit dem Unterschied, dass er sich jetzt in den erkennungsdienstlichen Tüten befand. Sie identifizierten den Kram.

Im selben Moment erstarb Kostas' Interesse an ihnen auf eine schon unhöflich abrupte Weise. Es fiel einem weißen Lieferwagen zum Opfer, der sich hupend durch die

Einfahrt zwängte. Kostas zog schlitzäugig an seiner Zigarette. So sieht kein Routinezug aus, dachte Kowalski, hier rollt etwas an, dem er nicht mit Routine, sondern mit viel Nikotin zu begegnen hatte.

Zeit für Maria, Ruth und Kowalski zu gehen - sie hatten ihre Schuldigkeit getan, wurden keines Blickes gewürdigt und konnten die Bühne frei machen. Die nächste Nummer ging sie nichts an.

Es gab keinen Grund zu warten, bis der Lieferwagen, in dem noch zwei Uniformierte saßen, in dem engen Viereck zum Stehen gekommen war. Was Kostas und Kollege so unheilvoll an dem Wagen oder den Insassen fanden oder warum die so oft hupten, war nicht ihre Sache. Auch die halbrund auf das Blech platzierte Aufschrift Κρεοπωλειο mit den wie von Kinderhand gemalten Säugetieren brauchte sie nicht zu kümmern. Konnte ja schon mal nicht mehr *Polizei* heißen. Dass das Kühlaggregat über dem Fahrerhaus stotterte und spuckte und tropfte, egal wie oft der Fahrer nach dem Aussteigen fluchend darauf einschlug, konnte ihnen gleichgültig sein. Dass der Fahrer dick und der Beifahrer dünn war, beide mit schweißnassen Hemden und billigen Sonnenbrillen, war für sie genauso bedeutungslos wie der Grund für den Streit, den ihr bloßes Erscheinen hier entfachte. Was kümmerte es sie, dass die vier Beamten sich wild fuchtelnd gegenüberstanden, zwei gegen zwei, und dabei alle gleichzeitig so laut wurden, dass Maria kaum etwas verstand. Dass die Männer aus Kalavrita in den Bergen hergefahren waren, irgendetwas mitgebracht hatten und der Verbleib der Beweisstücke nicht geregelt war, war ihnen doch egal.

Höchste Zeit zu gehen - es war nicht ihre Sache, ob Kostas vor lauter Fuchteln den Griff der Schiebetür drückte oder mit voller Absicht, und das Innere des Kleinlasters schon gar nicht.

Allerhöchste Zeit also - denn schon glitt die gut geölte Tür zur Seite, verdeckte dabei die Hälfte des Schriftzuges und der Säugetiere und gab die Sicht ins Innere frei, ins nicht für ihre Augen bestimmte Innere.

Als aber die Tür in der Bewegung den Polizisten-Lärmpegel abschnitt und die Turbulenzen beendete wie eine scharfe Klinge, war die Zeit um. Die Blicke der vier mit einem Mal stumm und regungslos in die Luke starrenden Polizisten erzeugten einen Sog, dem sich die Augen der drei Zivilisten nicht erwehren konnten. Alle mussten hineinsehen.

Im Laderaum war noch jemand. Es gab dort keine Sitze, und er hockte auf dem Boden, auf brauner Pappe mit rotem Tiermotiv. Mit der Schulter lehnte er an einem Blechkanister, seine einzige Stütze bei der holprigen Fahrt. Ein unbequemer Platz, aber halbwegs kühl. Kowalski glaubte indes nicht, dass Überhitzung zu den Sorgen des Mannes gehörte, so wenig wie Unbequemlichkeit oder die Länge der Fahrt oder die meisten anderen Dinge, denn der dort liegende Mann war tot, tot auch für Kowalskis ungeübtes Auge.

Etwas von der Sensibilität der Medien, die Kowalski sonst Leichen präsentierten, hätte der Transporterluke gutgetan. Die Darstellung war schonungslos – sie ließ jede Sensibilität an einem fernen Ort zurück, zusammen mit einem Großteil der Hirnmasse des Toten, deren Fehlen eine grauschwarze Leere zwischen rotverschmierten Haaren anmahnte. Haare klebten auch am Seitenblech und auf der Pappe, in derselben Farbe, die sein Hemd besudelte, das ebenso lang aufgeschlitzt war wie die Bauchdecke darunter. Auch in der Bauchgegend gewährte die Luke einen viel zu tiefen Einblick in die Anatomie, Weiterleben selbst mit Gehirn ausgeschlossen. Kowalski wurde schlecht.

Ruth hielt sich an Kowalskis Schulter fest in dem Irrglauben, er könne ihr Halt bieten. Sie ließ sie sogleich wieder los, um Maria Diamantopoulou aufzufangen, die beim Anblick ihres schweren Verbrechens bewusstlos in sich zusammensank. Kostas schrie laut auf, als sich die Glut seiner Zigarette, die seit der Türöffnung lotrecht von seiner Unterlippe hing, zum Kinn vorarbeitete. Er warf sie fluchend zu Boden und nahm sogleich den Streit mit seinen Kollegen aus den Bergen mit unverminderter Heftigkeit wieder auf.

Während Kowalski oder Kowalskis Unterbewusstsein zwischen in Ohnmacht fallen und unkontrolliert schreiend davonlaufen noch nicht entschieden hatten, surrte eine großgewachsene Fliege erst um seinen Kopf, um dann, tiefschwarz und behaart, auf der Leiche zu landen und das zu tun, was Fliegen auf leckeren Leichen tun.

Ihr Landepunkt schärfte seinen getrübten Blick und lenkte ihn auf das Gesicht des Toten, das auch lebend Unwohlsein verbreitet hätte. Es war von Waren. War von Waren gewesen; jetzt waren es nur noch seine sehr sterblichen Überreste. Ohne Brille, mit offenen Augen und offenem Mund, guckte er wie ein Frosch beim Laichen.

Kowalski musste Jorgos' minimalistisches Frühstück und große Teile des Mittagessens von sich geben, und mit der körperlichen Reaktion waren seine Kapazitäten erschöpft. Auf dem Boden hockend, konnte er nur noch verschwommen wahrnehmen, wie Ruth sich und Maria notdürftig Luft zuwedelte, und wie die vier Polizisten ihren Streit stritten. Wie dann noch ein Auto hupte und Reifen quietschten, die Autotür schlug, und wie schwere Schritte und ein stämmiger Schatten kamen, von einer verschwommenen, aber dennoch haarigen Gestalt, die sich vor ihm aufbaute, als wüchse die Sonne zu.

14

Kowalski war nicht nachtragend. Um ein Missverständnis oder einen falschen Ton lange mit sich herumzutragen, musste man sich den Wortlaut merken und am Ende eine klärende Aussprache halten, und für beides war er häufig zu bequem. Meist verblasste sein Groll nach kurzer Zeit.

Streit mit Ruth war selten von Dauer. Die Sache mit Dimitri und seinen Buchungskünsten war so gut wie vergessen. Moto Jim hatte Plastiktüten verwechselt - Schwamm drüber.

Lohse war natürlich ein Sonderfall. Eine klärende Aussprache mit Lohse war eine Fata Morgana, schon deswegen lohnte es sich nicht, sich täglich von ihm ärgern zu lassen. Leider ergab bei ihm die schiere Frequenz ein impertinentes Grundrauschen, das man schwerlich vergeben und vergessen konnte, da stieß auch Kowalskis Bequemlichkeit an ihre Grenzen.

Die heutige Behandlung aber nicht übel zu nehmen, das konnte man Kowalski im wohlmeinendsten, vergesslichsten und bequemsten aller Momente nicht mehr abringen. Wenn es etwas wie Gastfeindschaft gab, so war sie ihnen heute zuteil geworden. Er war bedient. Daran änderte nichts, dass sie sich inzwischen vor einer gedeckten Tafel wiederfanden, die Kowalskis mediterranem Vorurteilskabinett entnommen war. Der haarige Schatten, so viel hatte Kowalski noch wahrnehmen können, hatte sie ihnen organisiert, mit kurzen, knappen Anweisungen, die gleichzeitig das Polizisten-Gezeter beendeten und die komplette Versammlung ins Haus verlegten. Der haarige Schatten genoss hier eine dringend nötige Autorität.

Sie waren eine Weile allein mit dem Buffet, als es klopfte und eine kompakte Figur in gekrempelten Hemdsärmeln eintrat, die drei Gläser in einer großen Hand trug und eine Flasche unter dem Arm. Durch seine entschlossene Art, die Tür zu öffnen, wirkte der Mann größer als er war. Er warf sofort einen Blick auf die Teller auf dem Schreibtisch, zu gleichen Teilen prüfend und gierig, eine Balance, die Kowalski noch nicht begegnet war.

Die Flasche hatte ein tiefblaues Etikett, dem Kowalskis Geometrie-Alphabet nicht mehr als *Ouzo* entreißen konnte. So wie der Mann aussah, war die Flasche kein Beweisstück. Er hatte volles Haar, volle Backen und einen grauen Schnurrbart, mit dessen Buschigkeit seine Brauen zu konkurrieren versuchten. Mancher wäre auf so eine Braue auf der Lippe schon stolz gewesen. Seine Augen hatten schon viel gesehen, vor allem viel zu essen und viel Ouzo.

Er war der Träger des haarigen Schattens. Er verteilte einen stämmigen Händedruck und dann die Gläser auf dem Tisch.

„Trinken Sie, nur den einen, das wird Ihnen guttun", sagte er in lupenreinem Deutsch.

Sie stießen an.

„Apostolis Linakis."

Das klang wie ein Trinkspruch.

„Ich bin Hauptkommissar in Patras und im Bezirk Achaia für Kapitalverbrechen zuständig. Ich habe meine Kollegen gebeten, Ihnen was Anständiges zu essen zu besorgen."

Für den größten Teil seiner Worte beließ er die Augen auf den Speisen.

„Ich muss mich bei Ihnen entschuldigen. Auch mein Kollege wird sich bei Ihnen entschuldigen. Es war nicht vorgesehen, Sie mit der Leiche zu konfrontieren. Verdammt gegen die Vorschrift. Probieren Sie den Käse."

„Es beruhigt mich sehr, dass das nicht Teil Ihrer Verhörtaktik ist", sagte Kowalski.

„Es war auch nicht vorgesehen, die einzig verfügbare Dolmetscherin auszuschalten. War schon schwer genug zu bekommen. Die Frikadellen sind gut."

War Ausschalten von Dolmetscherinnen auch verdammt gegen die Vorschrift? Linakis nahm sich eine Traube.

„Wir haben Sie nicht gut behandelt, und ich denke, wir schulden Ihnen eine Erklärung. Ist noch nicht die Saison für Trauben."

„Wieso können Sie so gut Deutsch?" wollte Ruth zunächst mal erklärt haben.

„Ich bin in Hamburg geboren und aufgewachsen. Bin da zur Polizeiakademie gegangen. War eine schöne Zeit."

Erst jetzt bemerkte Kowalski seinen minimal hanseatischen Einschlag.

„Warum sind Sie nach Griechenland gekommen?" fragte Ruth weiter.

„Die Familie. Das Klima", kaute Linakis.

Die Polizeikantine, ergänzte Kowalski im Geiste.

„Aber wen ruft man, wenn es Ärger mit euch Deutschen gibt? Tolis Linakis. Und Ärger ist gar kein Ausdruck für den Schlamassel hier. Verdammte Sauerei. Ich bin froh, wenn ich mir ein komplettes Bild machen kann. Der Tote wurde heute Morgen in Kalavrita gefunden. Bei ihm war Ihr Notizbuch, und die Kollegen haben es hierhergebracht, damit Kostas Ihnen Fragen dazu stellen konnte. Stand ja Ihr Hotel drin. So weit, so gut."

Er nahm sich noch Frikadellen.

„Dummerweise hat Ihr Buch bei den Kollegen eine Lawine losgetreten. Wäre im Hof fast reingerauscht in den Haufen. Mit einem Mal bringen alle ihre Beweise nach Diakopton, um die Verantwortung und die Arbeit loszuwerden. Könnte denen so passen, aber lassen wir das jetzt."

Die Frikadellen verschwanden wie nichts.

„Als Sahnehäubchen kommt jemand aus den Bergen auf die Idee, sich auch die Leiche vom Hals zu schaffen, als wäre sie ein beliebiges Indiz. Sie leihen sich den klapprigen Kühllaster vom Metzger und fahren den Körper hierher. Grandios. Das mit dem Metzgerlaster ist die verdammt blödeste Idee von allen, verzeihen Sie mir. Ich brauche die Leiche im Originalzustand, verstehen Sie? Der Laster draußen ist nicht steril und zu warm, das Aggregat ist kaputt und die Temperatur schwankt. Das versaut den Zustand meiner Leiche. Erschütterungen sind auch total mies. Die Hitze ist hierzulande ein großes Thema, wenn es um Tote geht. Wer im Sommer stirbt, ist am nächsten Tag beerdigt, Vorschrift vom Gesundheitsamt. Bei laufenden Ermittlungen haben wir immer das Problem, dass der Gerichtsmediziner noch ranmuss. Bis einer kommt, können Tage vergehen. Ich dürfte Ihnen das alles gar nicht erzählen. Haben Sie den Tintenfisch probiert?"

Er stürzte ein großes Glas Wasser die Kehle hinunter.

„Ich habe auf dem Weg hierhin mehrmals versucht, anzurufen, um das Schlimmste zu verhindern. Keiner ging ran. Schlamperei. Wissen Sie was? Die haben unterwegs mit dem Toten noch eine Kaffeepause gemacht.“

Er setzte das Glas ab, dass es knallte. Er war noch nicht fertig.

„Eine Kaffeepause! Oh ja, die Aussicht von der Bergstraße ist sehr malerisch. Nur während wir hier reden, verrotten im Hof meine Spuren. Als ich hier ankomme, sehe ich, wie gerade die Zeugen und die Dolmetscherin außer Gefecht gesetzt werden, während meine Leute die Leiche, die hier nichts zu suchen hat, palavernd bei offener Tür in der Hitze vergammeln lassen. Beeindruckende Szene, kann ich Ihnen versichern."

„Wir werden sie auch nicht so bald vergessen", sagte Ruth.

„Nehmen Sie das Essen und meine Offenheit als Wiedergutmachung. Ich dürfte Ihnen gegenüber nie so ausführlich sein, die internen Details sind natürlich vertraulich", sprach der Hauptkommissar.

Sie hatten um interne Details nicht gebeten. Kowalski hätte sich mehr Vertraulichkeit im Umgang mit dem Schädelinneren anderer Leute gewünscht. Falls es eine Wiedergutmachung gab, kostete sie mehr als ein vergeudetes Frühstück und Mittagessen. Zu seiner Genugtuung trug immerhin bei, dass er Kostas mit Eimer und Schrubber in den Hof hatte gehen sehen.

„Gibt es kein Leichenschauhaus?" fragte er.

„Das nächste ist fünfzig Kilometer entfernt. Sehen

Sie, wir brauchen schnellstens eine stabile Leichentemperatur ganz knapp über null. Also brauche ich entweder einen Leichentransporter oder einen sauberen Kühlraum. Leichentransporter sind weder in Patras frei noch in Korinth. Beim Kühlraum dauert die Desinfektion zu lange, wenn Fleisch oder Fisch drin ist. Und im Limonadenkühler ist die Absenkung der Temperatur zu langsam. Kostas telefoniert wegen der Kühlung gerade herum. Werde ihm besser auf die Finger gucken. Wir sehen uns morgen. Hier, nehmen Sie was von der Melone mit."

Kowalski überlegte, ob die jüngste noch die angenehmste ihrer Begegnungen mit dem alten Mann gewesen war, einfach dadurch, dass sie zuversichtlich die letzte war. Und er überlegte, was *wir sehen uns morgen* heißen sollte.

„Wer hat schon bei vierzig Grad im Schatten einen ungenutzten Tiefkühler herumstehen", fragte Linakis rhetorisch und schob die beiden zur Tür. „In Griechenland haben solche Geräte lange Lieferzeiten."

„Ja, ich weiß", sagte Kowalski abwesend. „Die Problematik ist mir bekannt."

Ganz offensichtlich konnte Linakis mit der Äußerung nichts anfangen. Er öffnete ihnen die Tür und schlug vor, das Gespräch morgen fortzusetzen, um ihre Aussage zu vervollständigen, von der Kowalski gar nicht wusste, dass sie unvollständig war. Dringender war jetzt die Kühlung.

Die Kühlung. Erst hier fiel bei Kowalski der Groschen und blieb auch erst im freien Fall. Hatten die Behörden seine Hilfe verdient? Die Blues Brothers aus Kalavrita, Kostas die Raspel und der nimmersatte Apostolis Linakis! Hatte von Waren sie verdient? Wer immer den Alten auf dem Gewissen hatte, dürfte, neben Kowalskis Segen, doch mindestens einen triftigen Grund gehabt haben, spätestens nach fünf Minuten Bekanntschaft mit ihm! Hatte der gute Spiros nicht vielmehr seine Truhe verdient? Der Groschen fiel und fiel.

Am wenigsten, fand Kowalski auf der Türschwelle, dürfte seine Hilfe der Messerstecher und Schädelspalter verdient haben, der sein Frühstück vergeudet hatte und dennoch in der Gegend frei herumlief. So landete der Groschen unsanft auf Spiros.

„Wenn Sie etwas beschlagnahmen", fragte Kowalski, „wird dann derjenige entschädigt?"

Linakis sah ihn an. Dringender war jetzt die Kühlung.

„Wissen Sie, der griechische Staat ist oft großzügig mit Entschädigungen. Wenn der Metzger aus Kalavrita an der richtigen Stelle einen Geldschein fallen lässt, kriegt er glatt einen neuen Laster."

„Vielleicht können wir Ihnen helfen", sagte Kowalski.

„Das können Sie. Lassen Sie uns allein und kommen Sie morgen."

„Aber morgen ist Ihre Leiche geschmolzen."

„Genau deswegen müssen wir dringend was zum Kühlen auftreiben. Ich wünsche einen schönen Abend." Er begann die Tür zu schließen.

„Davon rede ich ja. Hier steht eine Kühltruhe ganz in der Nähe."

Vielleicht hatte Linakis Touristen gern. Sein Blick ließ es nicht vermuten. „Ganz bestimmt sogar, hier stehen jede Menge davon. Griechenland ist voll von Kühltruhen. Leider sind die wenigsten sauber, groß und kalt genug. Bis morgen."

„Nehmen Sie auch originalverpackt und unbenutzt?"

Der Hauptkommissar witterte etwas, vielleicht ein Tintenfischbein, denn er ließ von der Tür ab und ging wählerisch zum Tisch.

„Unbenutzt?"

„Brandneu."

„Tiefkühler?"

„Deutsche Wertarbeit."

Das hauptkommissarische Kauen versetzte seinen Schnäuzer in eine walkende Bewegung.

„Wo?" fragte er nicht mehr vollständig erwartungslos.

„In Agios Nikolaos. Bei Spiros."

Linakis atmete aus. „Haben Sie eine Ahnung, wie viele Agios Nikolaos es allein auf dem Peloponnes gibt? Und wie viele Spiros?"

„Sein Nachname ist mir zu lang. Er hat ein Restaurant, zehn Minuten Richtung Egion."

„Woher wissen Sie davon?"

„Ich habe ihm beim Transport geholfen."

„Haben Sie seine Telefonnummer?"

„Nein, aber Jorgos vom Hotel Ilios könnte -"

Den Rest des Satzes übertönte die sonore Stimme des Hauptkommissars auf seinem Weg nach unten mit nur zwei lauten Silben:

„Kostaa!"

Kowalski versuchte sich das Telefonat vorzustellen. *Gefahr im Verzug. Polizeiliche Anordnung. Stellen Sie keine Fragen. Packen Sie sofort das Gerät aus und schalten Sie es ein. Wenn Sie Lebensmittel reintun, verhaften wir Sie wegen Beihilfe zum Mord.*

Bedachte man das, so war Linakis erstaunlich schnell zurück, und erstaunlich gut gelaunt.

„Ich kenne das Lokal", donnerte er. „Für sein Stifado kommen die Leute von weit her."

„Und seine Kühltruhe?" wollte Kowalski wissen.

„Unberührt wie die Jungfrau Maria. Ich habe ihm natürlich nichts von dem Toten gesagt."

„Und was haben Sie gesagt?"

„Na ich habe einen Tisch bestellt und Stifado für alle!"

Man konnte glauben, der Fall sei damit so gut wie gelöst.

„In so einem Fall ist ein bisschen Umsatz der beste Trost. Die griechische Polizei wird Sie für Ihren Nachmittag mit dem verdammt besten Kaninchen-Stifado entschädigen. Nach dem von meiner Mutter natürlich. Eigentlich müsste ich Sie aus der Polizeiarbeit raushalten, aber Ihre Anwesenheit wird die Situation entspannen."

In Gegenwart von Apostolis Linakis, bemerkte Kowalski, vergaß man leicht, dass man eigentlich vor Kurzem noch gegessen hatte.

15

Kowalski war keine Spielernatur. Wenn überhaupt, bevorzugte er einfache Brett- oder Würfelspiele, die er in fünf Minuten kapieren konnte. So wusste er auch nicht, dass Backgammon auf Griechisch *Tavli* hieß. Er wusste gar nichts über das Spiel.

Das kümmerte Linakis wenig. Kaum hatten sie an Spiros' bestem Tisch Platz genommen, rief er nach Wein und Tavli, als Kowalski noch glaubte, es sei der Name einer Vorspeise. Erst als er das volle Tablett bei ihnen abstellte, konnte Spiros die teils sonnenbebrillte und teils uniformierte Runde auf sich wirken lassen, die dem Korso von einem Polizeiauto, einem von Moto Jim beklebten Kleinwagen und einem stotternden und tropfenden Metzgerlaster entstiegen war. Er wischte bedächtig seine Hände an einer nicht mehr weißen Schürze. Seine Frau saß an einem der schattigen Tische und unterbrach das Kartoffelschälen. Eine milde Seebrise wehte gegen die Hitze an. Ziegenglocken und Bouzouki wurden fast von dem defekten Aggregat geschluckt.

Als Linakis griechisch auf den Wirt einzureden begann, konnte man sehen, dass er ihm wenig von all dem angekündigt hatte. Man konnte sehen, an welcher Stelle es darum ging, dienstlich die Kühltruhe zu benutzen, denn man konnte sehen, auf welche Weise Spiros aufhörte, die Hände zu wischen und wie seine Frau an den Kartoffeln sich sorgenvoll bekreuzigte.

Griechischkenntnisse waren überflüssig, um Spiros' Argumente zu erahnen und sie für ebenso naheliegend wie einleuchtend zu halten. Kowalski waren auf dem Weg herauf selber schon welche eingefallen, schon wegen seines schlechten Gewissens Spiros gegenüber. Der dringend benötigte Kühlraum für seine Vorräte beispielsweise. Die lange Lieferzeit von Ersatztruhen. Der gute Ruf seiner Taverne. Die finanziellen Einbußen. Wieso von den anständigen Geschäftsleuten der Gegend ausgerechnet er so furchtbar gestraft werden musste. Ob die Behörden und die Regierung, die er nie gewählt hatte, jetzt endgültig von allen guten Geistern verlassen waren. Und womöglich noch Jesus, Maria und Josef.

Linakis nahm das alles sehr gelassen, als wäre die Enteignung von Gastronomiebedarf sein täglich Brot. Mit ein paar klaren Ansagen hatte er die Szene im Nu entschärft. Sie, die Ansagen, standen zwischen Spiros, wie er aufgebracht Argumente aneinanderreihte, und Spiros, wie er jetzt artig den Tisch deckte - sie und ein offizielles Schreiben, das er ihm übergab. Zeit zum Anstoßen.

„Wie haben Sie ihn so schnell überzeugt?" fragte Ruth.

„Das darf ich Ihnen nicht sagen. Überzeugt würde ich es aber nicht nennen. Sein Schaden wird es jedenfalls nicht sein."

„Weiß er denn, dass Sie die Leiche hier haben?"

„Das darf ich Ihnen nicht sagen. Vom Geld mal abgesehen wäre er aber gesetzlich verpflichtet uns zu helfen", ergänzte Linakis.

„Er kann sich nicht weigern?" fragte sie.

„Eigentlich nicht", sagte er, „aber das will er nun auch nicht mehr. Jetzt spielen wir."

Die Spielbrettkiste, die der Hauptkommissar in die Tischmitte schob, gefiel Kowalski. Sie hatte den Charme, den nur Holzgegenstände nach Jahren schonungsloser Benutzung haben, verschrammt und von unzähligen Fingern poliert. Linakis hatte sich mit dem Rücken zum Haus gesetzt, um die Aussicht auf das Stifado mit der Aussicht auf die Landzunge paaren zu können. Als er die Kiste öffnete, konnte sein Gegenüber, Kowalski, gut beobachten, wie sich die uniformierten Beamten im Hintergrund mit einem Stemmeisen an die Planken von Spiros' Truhenverpackung machten. Während Linakis weiße und rote Spielsteine auf den langen Zacken des Spielfelds verteilte, zersplitterten Kostas und Kollegen gewaltsam den Deckel.

„Tavli ist ein sehr altes Spiel", begann der Kommissar. „Es gibt in Griechenland kein Lokal ohne Tavli." Er klackerte mit den Steinen. „Es ist hauptsächlich Glücksspiel, mit wenig Strategie."

Das wenigstens kam Kowalski entgegen. Schon das Wort Strategie schreckte ihn ab.

„Wenn man ein paar Dinge beachtet, hat man schnell den Bogen raus. Bloß nicht zuviel denken."

Es kam ihm immer weiter entgegen.

„Also zwei Steine auf 1, fünf auf 12, drei auf 17, fünf auf 19."

Jetzt bloß nicht zuviel denken. Linakis setzte einfach voraus, dass weder Ruth noch Kowalski die Regeln kannten und lag damit völlig richtig. Er brauchte tatsächlich nur wenige Minuten zum Erklären und eröffnete, indem er die beiden winzigen Würfel griechisch auf das Spielfeld schmiss.

„Wichtig ist die rechte Aktion zur rechten Zeit, sehen Sie?"

Kowalski sah genug. Hinter dem Kommissar setzten die Polizisten das lärmende Metzgerauto rückwärts an die Truhe, die fast freigelegt war. Auch das Netzkabel hatten sie gefunden.

„Das ist ein typischer Anfängerfehler", kommentierte Linakis Kowalskis nächsten Zug.

Der schlankere der beiden Bergpolizisten klemmte sich übel die Hand beim Aufstemmen der letzten Holzlatten, steckte sie fluchend zwischen die Oberschenkel und drehte sich langsam im Kreis.

„Lassen Sie zwei zum Stören im gegnerischen Feld. Die sollen nicht zu früh raus."

Erschütterungen sind total mies, hatte Linakis heute Nachmittag gesagt. Mies war ja schon der Anblick von Kostas mit der Hand auf der Klinke der Hecktüren. Mies war, dass der leblose Körper von Warens auf der Steigung zur Taverne im Laderaum ganz nach hinten gerutscht war und nun durch sein Gewicht die Türen unerwartet kräftig aufstieß. Am miesesten war aber, dass der Leichnam, der jetzt den überraschten Polizisten vor ihre acht Füße polterte, keineswegs verhüllt war, wie es Kowalski sein gesunder Menschenverstand gesagt hatte. Seine Kriminalfilmkenntnis im Umgang mit Toten hatte ihm vorgegaukelt, dass die Polizei stets einen Leichensack parat hatte, mit praktischem Reißverschluss. In solchen Filmen wurde alles besser, sobald die Polizei auftrat.

Falls den Polizisten in Diakopton ein Leichensack zur Verfügung stand - den Toten hatten sie nicht hineingetan. Er lag steif und bizarr in unzähligen zersplitterten Planken, ein wenig dunkle Masse quoll ungeniert aus seinem geschlitzten Hemd, sein Mund stand weit offen und präsentierte ein lückenhaftes Gebiss. Die vier Beamten versuchten, die widerspenstige Leiche anzuheben. Ihr Zerren an den Extremitäten des halb erstarrten blutigen Korpus bot keinen ästhetischen Anblick. Adieu Originalzustand, dachte Kowalski und wandte sich ab.

Der Originalzustand war auch Linakis' Hauptsorge, als er zu den Leichenschändern vorpreschte wie ein Eber durchs Unterholz. Ruth und Kowalski mussten mit anhören, wie Linakis die Kollegen anfuhr und wie charakteristisch ein toter menschlicher Körper klang, wenn er unsanft und unfachmännisch bewegt wurde, bis die Anstrengungen zu einem Ende kamen und der Deckel der Truhe zu hören war. Kowalski riskierte erst einen Blick, als Kostas ein Siegel auf den Deckel klebte.

Spiros hatte nichts gesehen. Er kam, brachte volle Teller und lachte. Der gedeckte Tisch verbesserte Linakis' Laune augenblicklich. Er griff kurz entschlossen zu und bewegte seinen Schnauzbart peristaltisch. Das Backgammon-Spiel lief gut für ihn.

Weil Kowalski die jüngste Begegnung mit dem toten von Waren noch zu verarbeiten hatte, würfelte er nicht mit dem Schwung eines Griechen.

„Die richtige Kombination zu würfeln ist das eine", sagte Linakis. „Der rechte Zeitpunkt das andere."

Er trank noch einen Schluck.

„Sehen Sie", sagte er, „im Großraum Egion werden nicht viele Morde verübt, zum Glück. Die Beamten haben damit nicht viel Erfahrung. Die versuchen nur, gründlich zu sein."

Griechische Gründlichkeit war es also, die ihnen das alles bescherte. In dem Fall konnte Kowalski auf die Begegnung mit griechischer Schlampigkeit verzichten.

„War es ein Raubmord?" fragte er, um mal einen Fachbegriff anzubringen.

„Das darf ich Ihnen nicht sagen. Sie sind schon jetzt zu weit eingeweiht." Linakis zwinkerte einer Zwiebel auf seiner Gabel zu. „Einen Selbstmord können wir aber getrost ausschließen."

„Was Sie nicht sagen."

„Machen Sie sich keine Sorgen. Im Moment ist die Gegend durch die Polizeipräsenz sicherer als vorher."

„Klingt beruhigend."

„Beruhigend? Ich sage Ihnen, was die Griechen hier beruhigend fänden - wenn wir möglichst viele Albaner verhaften. Ganz gleich was passiert, immer waren es die Albaner. Unser Ermittlungsansatz ist natürlich neutral."

„Sie finden den Täter?"

„Das sollte zu schaffen sein. Ich gebe zu, das Opfer macht es uns nicht einfach. Hauptsache, wir kriegen erstmal die Temperatur stabil. Mit Ihrer Hilfe."

Er hob kurz sein Glas.

„Morgen holen wir die Truhe ab. Wird ein paar Tage dauern, bis die Untersuchung abgeschlossen ist. Dürfte nur noch verdammt wenig verwertbar sein. Ist eben was anderes, als albanische Fahrraddiebe zu fangen."

Er nahm noch einen großen Schluck.

„Ich verrate Ihnen zu viel, aber ich freue mich immer, wenn ich mal wieder Deutsch sprechen kann."

„Vermissen Sie Deutschland?" fragte Ruth.

„Die Franzbrötchen aus Hamburg. Und an Tagen wie diesem vermisse ich die deutsche Gerichtsmedizin. Aber in vier Wochen wollen auch Sie nicht wieder zurück. Zigarette?"

Ihnen war nicht nach griechischen Zigaretten zumute. Ihr Appetit auf griechische Spezialitäten war ganz allgemein zurückgegangen.

„Kommen Sie morgen früh aufs Revier," qualmte er gelassen. Sehr zu Kowalskis Verdruss hatte der Mann trotz allem nicht vergessen, dass es da angeblich noch was zu vervollständigen gab.

„Sehen Sie hier - zum rechten Zeitpunkt gucken, dass man wegkommt", sagte er und würfelte sich raus.

16

Kowalski hatte schon besser geschlafen, was den einzigen Vorteil hatte, dass er außer mit Schweiß auf der Stirn auch mit einer Idee für ein Seminarthema aufwachte. *Schauerroman, Horror und das Spiel mit den Urängsten* nahm schon beim Zähneputzen Gestalt an. Shelley, Byron, Stevenson, Poe, vielleicht King.

Als einer, für den Lohse zum Alltag gehörte, betrachtete Kowalski sich als unempfindlich für den Alptraum. Wenn er doch vielleicht mal von ihm träumte, bewies ihm das bloß, wie vorurteilsfrei die Hirnregionen bei der Auswahl vorgingen. Einerseits war Lohse für Alpträume natürlich erste Wahl, andererseits hatten Kowalskis Hirnregionen meist genug Anstand und Würde, ihn nachts auszusparen.

Linakis und sein Team waren glatt imstande, seine Unempfindlichkeit zu beenden; Kowalski wiederum war entschlossen, es nicht so weit kommen zu lassen. Er glaubte ohnehin nicht, dass Ruth oder er noch viel zum Fall beisteuern konnten. Trotz der Verstümmelung seiner Aussage hatte er schließlich nur ein paar ebenso zufällige wie unangenehme Begegnungen mit dem Toten gehabt. Die wurden nach seinem Ableben nicht bedeutender, ganz gleich, was Linakis heute noch von ihnen wollte.

Die Bucht zeigte sich von ihrer ruhigen Seite und verbreitete den Frieden und die Harmonie, den der vergangene Tag so vakuumartig vermissen ließ. Schwimmen tat so gut, dass sie beide wieder Appetit entwickelten. Dazu wäre Jorgos' Frühstück allein, von dem man sich normalerweise hungrig erhob, heute nicht imstande gewesen. Es hätte Kowalski nicht überrascht, wenn sie heute noch ein polizeilicher Brunch erwartete. Genau betrachtet hätte er es gutgeheißen.

„Professor!"

Jorgos fing sie am Vorplatz ab. “Miss Amberg, good morning."

„*Kali mera*", sagte Kowalski. „Die meisten nennen mich übrigens Kowalski."

„Okay. Ich habe gehört, was passiert ist. Die ganze Gegend spricht davon."

„Von dem Mord?"

„Und von Ihnen und der Polizei und Spiros und all dem. Die Polizisten waren auch bei mir. Ich habe denen gesagt, wie laut der Mann war. Einer von ihnen wartet vorne auf Sie. Gute Fahrt, Professor."

Abgesehen von dem Professor schien Jorgos über alles gut Bescheid zu wissen. Der auf sie wartende Polizist war natürlich Kostas an seinem Dienstwagen, in Dienstjacke und Dienstmütze. Seine Figur und seine schweißnassen Resthaare im Nacken ließen selbst das Anlehnen wie Anstrengung aussehen. Er war gestern nicht als besonders manierlich oder freundlich aufgefallen, und er bemühte sich trotz seiner Schandtaten nicht, diesen Eindruck heute zu verbessern. Er salutierte spärlich und raspelte auf der Fahrt nach Diakopton kein weiteres Wort.

~

Im Revier herrschte heute Vormittag Ruhe. Kostas' Kollegen waren abgezogen und mit ihnen das hektische Treiben. Sogar das Telefonklingeln hatten sie mitgenommen.

Kowalski beschrieb Ruth seine neue Seminaridee auf die Polizeitheke gestützt:

„Es ist leicht, nur ekelhaft zu sein. Die Kunst ist der subtile, nachwirkende Schrecken. Dazu gehört das Spiel mit Tabus und Psychologie und Moral. Die großen Schauerromane haben ihre Leser tief bewegt und nicht mehr losgelassen."

Oben im Büro war es heiß. Linakis saß am Schreibtisch mit weit aufgeknöpftem Hemd und sichtete Papiere. Eigentlich war es Kostas' Schreibtisch, was vielleicht erklärte, wie missmutig der die Tür von außen schloss. Von den Papieren hatte man der Grundausstattung des Büros inzwischen mehr hinzugefügt, als ein aufgeknöpfter Mann an einem Tag sichten konnte. Zusätzlich hatte jemand ein klappriges Aufnahmegerät spendiert, das der Hauptkommissar einschaltete, ohne hinzusehen.

„Setzen Sie sich", sagte er, als läse er es ab. Von Kaffee oder Eiern mit Speck keine Spur.

„Kowalski, Leopold", las er weiter. „Amberg, Ruth."

Fein, wenn er direkt zur Sache kommt, dachte Kowalski. Er wollte nur hoffen, dass sie nicht dabei waren, wieder bei null anzufangen.

Linakis nahm den Blick vom Schreibtisch. „Sind Sie das?" fragte er.

So abgekühlt fühlte sich also der Nullpunkt an. Sie bestätigten.

Der Beamte fuhr fort, mit der Tischplatte zu reden. „Ich habe vor, Sie gemeinsam zu befragen, auch wenn das unüblich ist", sagte er. „Ich denke, das spart eine Menge Zeit. Einverstanden?"

„Sehr einverstanden", sagte Kowalski schnell. Alles, nur nicht länger auf der Stelle treten.

„Ich habe außerdem vor, offen zu Ihnen zu sein, und erwarte von Ihnen dasselbe. Ich habe damit gute Erfahrungen gemacht, gerade bei schweren Verbrechen. Hüten Sie sich aber davor, meine Offenheit misszuverstehen oder auszunutzen. Sie würden es bereuen."

Kowalski beschlich ein Gefühl wie in einem von Lohses Seminaren, wo den Studenten bereits in der Einführung jegliche Illusion von Spaß oder Unterhaltsamkeit unwiederbringlich geraubt wurde.

„Und ich habe vor, die Wahrheit herauszufinden."

Linakis lehnte sich zurück, legte die Füße hoch und sah aus dem Fenster in den makellos blauen Himmel.

„Fakten spielen in meinem Beruf eine zentrale Rolle, wie Sie sich vielleicht vorstellen können. Ständig müssen wir aufgrund von Ahnungen, Vorurteilen oder übler Nachrede vorgehen. Wenn Sie wüssten, zu wie vielen Verbrechen ich schon gerufen wurde, die gar keine waren."

Kowalskis Interesse an einer Auflistung vermeintlicher Verbrechen konnte geringer nicht sein.

„Die menschliche Erinnerung und die Phantasie sind siamesische Zwillinge", holte Linakis aus. „Die Kunst ist, wie ein guter Chirurg sauber zu trennen, so dass wenigstens ein lebensfähiges Wesen übrig bleibt. Die meisten Menschen geben der Polizei gerne Auskunft, denn die meisten Menschen sind unschuldig. Unschuldig sein und ein brauchbarer Zeuge sein ist nur leider bei weitem nicht dasselbe. Bitten Sie zehn Leute, denselben Mann zu beschreiben, und Sie werden sich wundern. Wenn Sie noch dazu sagen, dass es um die Aussage in einem wichtigen Fall geht, dann wissen Sie bald nicht mehr, wo oben und unten ist. Die meisten glauben an ihre Beschreibung, und wenn sie noch so falsch ist. Sie, Kowalski, könnten nächste Woche nicht mehr die Farbe meines Kugelschreibers nennen. Oder war es ein Bleistift?"

Kowalski sah, worauf er hinauswollte. Was er nicht sah, war die Notwendigkeit, so weit auszuholen.

„Der arme Apostolis muss in seinem kleinen Boot zwischen den Halb- und Unwahrheiten herumschippern und die Fakten herausfischen. Einige sind bedeutungslos, andere sind dummes Zeuch. Das kann man beim Fischen noch nicht wissen. Man wirft sie wieder zurück und zieht seine Schlüsse. Ich werde täglich belogen, täglich wird mir irgendetwas aufgetischt oder verschwiegen, ich sage Ihnen, die Wahrheitssuche ist ein undankbares Geschäft."

Seine metaphernlastige Ansprache, die er bestimmt öfters zum Besten gab, genoss er auf Deutsch sichtlich ganz besonders.

„Ich gedenke die Fakten dieses Falles zusammenzutragen, Dr. Kowalski, egal welchen Eindruck Sie gestern von unserer Arbeit bekommen haben mögen."

An dieser Stelle bekam sein Blick eine gute Portion Schwermut, als könne er die Pose des strengen Langweilers beim Gedanken an das gestrige Durcheinander nicht aufrechterhalten. Er nahm sie aber flugs wieder ein, als er seine Füße wieder auf den Boden schwang und beide ansah.

„Zu alldem kommen dann die Leute, die uns wissentlich die Arbeit erschweren."

Hier fehlte nicht nur das Frühstück. Kowalski vermisste den Zusammenhang zur Fertigstellung ihrer Aussage, besonders aber den Grund für die Zähigkeit der überlangen Einleitung. Linakis schlug mit der Handfläche auf den Tisch.

„Lassen Sie den Unschuldsblick", polterte er.

Kowalski erschrak. Er wusste nicht, dass er einen Unschuldsblick trug.

„Sie glauben vielleicht, wir wären ein Dilettantenhaufen, so wie wir mit den wichtigsten Spuren umgegangen sind. Aber glauben Sie nicht, wir waren in den letzten 24 Stunden untätig."

In der Tat hatte Kowalski beides geglaubt, das mit den Dilettanten genauso wie das mit der Untätigkeit, dennoch zog er es vor zu schweigen. Er wusste sich keinen Reim auf die Kehrtwende zu machen, die Linakis hier beschrieb. Vom amerikanischen Kriminalfilm kannte er die Verhörtaktik *good cop bad cop*, aber nicht vereint auf denselben Polizisten.

„Ich erwarte jetzt Ihre Offenheit als Gegenleistung für meine Offenheit, verstanden?"

Ohne eine Antwort abzuwarten, legte Linakis los.

„Ich halte Sie im Moment nicht für den Täter. Nicht, dass ich Ihnen das Töten nicht zutraue. Das Töten traue ich zunächst mal jedem zu, das geht im Prinzip ganz einfach. Im Streit, im Affekt, was auch immer. Das kriegen Sie hin. Aber einen umlegen und dann kaltlächelnd mit uns essen gehen, uns was vorspielen mit Blut an den Händen, das schaffen die wenigsten. Sie jedenfalls nicht."

Beruhigend klang das nicht. Kowalski fand, bevor man jemanden entlastete, sollte man ihn erst auf seine Belastung vorbereiten. Linakis aber war kein Mann förmlicher Reihenfolgen und tat bedenkenlos den zweiten Schritt vor dem ersten.

„So viel dazu, wofür ich Sie nicht halte. Selbst Apostolis Linakis kann sich allerdings täuschen, vergessen Sie das nicht. Um herauszufinden, wofür ich Sie halten soll, erwarte ich jetzt vollständige Kooperation. Vollständig und lückenlos. Was sind Sie von Beruf?"

Um sie das zu fragen, betrieb er eine solche Inquisition?

„Ich bin Sekretärin am Anglistischen Institut", sagte Ruth vorsichtig.

„Ich bin Dozent der Anglistik", erklärte Kowalski vollständig und lückenlos. „Sie kennen vielleicht Romeo -"

„Ich weiß sehr wohl, was ein Dozent ist", unterbrach der Grieche barsch. „Erklären Sie mir lieber, warum Sie sich seit Ihrer Ankunft in unserem Land als Professor ausgeben, ein Titel, der Ihnen nicht zusteht. Zu unserem Zeitvertreib seit gestern gehören auch Erkundigungen über Sie. Wissen Sie nicht, dass die Angaben in Hotelbüchern wahrheitsgemäß sein müssen? So etwas kann Ihnen empfindliche Bußgelder einbringen."

Kowalski schauderte, bei der Hitze eine wirkliche Leistung von Linakis.

„Ganz zu schweigen von den Angaben gegenüber der Polizei, das ist kein Kavaliersdelikt. Ich gestehe, bei Autovermietern ist mir die Rechtslage nicht präsent. Ich könnte mich aber dazu hinreißen lassen, in Ihrem Fall die

Vorschriften von Hotels anzuwenden. Das kann Sie teuer zu stehen kommen. Wenn Sie bei Ihren Personalien schon lügen, was soll ich dann erst bitteschön von Ihrer Aussage halten? Es handelt sich hier um einen Mordfall, Herr Kowalski."

Er legte den kräftigen Finger bedeutungsvoll aufs Papier.

„Hier steht, dass Sie Professor Kowalski sind. Leider steht ansonsten kaum was drin."

Die Wahrheit, vielbeschworen in diesem Raum, drängte um Aufmerksamkeit.

„Sie wollen die Wahrheit?" fragte Kowalski. Er nahm Linakis' vollkommene Bewegungslosigkeit als Bestätigung. „Die Wahrheit ist, dass sich in Griechenland kein Mensch dafür interessiert, ob ich der Dozent Dr. Kowalski bin. Die schreiben alle hin, was sie wollen, und alle wollen dasselbe, ob sie Autoverleiher sind oder Hoteliers oder Polizisten. Professor Kowalski, dass ich nicht lache! Die Wahrheit ist, dass Ihr Kollege selbst mithilfe einer Dolmetscherin nicht in der Lage war, die simpelsten Angaben korrekt aufzunehmen. Meine Aussage ist Ihnen zu dürftig? Sie können sie wenigstens lesen! Die Wahrheit ist, dass ich keine Ahnung habe, was von meiner Aussage übrig geblieben ist, aber mir schwant Schlimmes, wenn schon mein Beruf unüberwindliche Hürden aufstellt. Zum Glück kriege ich sie ja schon in ein paar Wochen zu Gesicht!"

Linakis hörte zu. *Zeuge mit akademischer Titelneurose*, verströmte er regungslos, *regt sich künstlich auf, um von Lügengebilden abzulenken*. Ein ermüdender Teil seines undankbaren Geschäfts. Er verschob nun den Finger aufs Nachbarpapier.

„Vielleicht haben Sie auch die Güte mir zu sagen, was Sie veranlasst, nachts unbekleidet auf dem Balkon Ihres Hotelzimmers zu tanzen? Ich weise darauf hin, dass in Griechenland selbst Nacktbaden am Strand offiziell noch immer eine strafbare Handlung ist."

Der Raum begann leise zu taumeln.

„Wir reden hier von Ordnungswidrigkeiten hart an der Grenze zur Straftat. Allein für den nackten Professor verbringen Sie bei strenger Auslegung den Rest Ihres Urlaubes hier in der Zelle. Bei der Auslegung habe ich ein Wörtchen mitzureden, bleiben Sie also lieber gleich bei der Wahrheit. Ich bin aufrichtig gespannt auf Ihre Erklärungen für den Schabernack, Dr. Kowalski. Zu den für den Mordfall relevanten Fragen komme ich dann noch."

Kowalskis Mund wurde trocken. Der Verlauf des Vormittags traf ihn heftig und ungebremst. Er war nicht darauf gefasst, sich rechtfertigen zu müssen, schon gar nicht für Umstände, die so weit jenseits seines Einflusses lagen wie das Formularwesen von Moto Jim oder Würmer mit Appetit auf Hoteltische. Er musste sich erst räuspern.

„Wissen Sie, was ein Holzbock ist?" war das erste, was ihm durch den Kopf ging.

Linakis verfärbte sich. „Was zur Hölle ist los mit Ihnen? Kann ich jetzt was zur Sache hören?"

Kowalski fand die Bildsprache zwischen siamesischen Zwillingen, Chirurgen und Fischernetzen auch nicht allzu sachdienlich. Er sagte:

„Wir konnten nicht schlafen."

„Und da hilft Ihnen ein Striptease?"

„Wir mussten erst den Tisch rausstellen."

„Wenn Sie nackt mit einem Tisch rummachen, können Sie besser schlafen?"

„Er war zu laut."

„Der Tisch war zu laut?"

„Der Wurm."

„Ist Ihnen denn nichts peinlich?"

„Es war dunkel."

„Dunkel? Sie haben eine alte Frau im Nachbarort Agios Nikolaos in schamverletzender Weise geblendet."

„Ich hätte mir natürlich was angezogen."

„Und wieso haben Sie nicht?"

„Da war niemand zu sehen."

Der Hauptkommissar blickte angeekelt auf sein Blatt.

„Frei übersetzt hätten Sie sich an dem Tisch gerieben."

„Der Tisch ist schwer. Der Balkon ist eng. Sie können ihr aber sagen, für weitere Möbel ist da kein Platz."

„In Griechenland behandeln wir unsere Mütter mit großem Respekt, Herr Kowalski."

„Es war ein Versehen", mischte sich Ruth ein. „Es wäre schön, wenn Sie sich entscheiden könnten, ob wir die hilfreichen Superzeugen sind oder die Hauptverdächtigen. Brauchen wir einen Anwalt, nur weil wir hier Urlaub machen wollen?"

Linakis hörte zu. *Geistesschwaches Paar mit exhibitionistischen Neigungen stiehlt mir meine Zeit.*

„Und was die Wahrheit angeht", ergänzte Kowalski, „die Wahrheit ist, ich kann es kaum erwarten, Ihre für den Fall relevanten Fragen zu hören. Wenn unsere Antworten

Ihnen nicht genügen, liegt das nicht zuletzt daran, dass wir nichts von einem Mordfall wussten, jedenfalls nicht, bis wir Ihrer Leiche vorgestellt wurden. Gibt's kein Gesetz gegen das schamverletzende Blenden mit entstellten Leichen?"

Linakis hob ein Papier an. Er ließ es wieder sinken.

„Nach meinen Angaben hatten Sie bereits im Flugzeug Kontakt mit dem Toten", sagte er.

„Das stimmt", bestätigte Kowalski, dankbar für den Themenschwenk.

„Vorher auch schon?"

„Nein."

„Es kam zu einer Auseinandersetzung, die beinahe zu einer außerplanmäßigen Zwischenlandung geführt hätte. Sie standen unter Alkoholeinfluss."

„Das stimmt nicht."

„Es gab keinen Streit?"

„Es gab keinen Alkoholeinfluss. Streit gab es mehr als genug."

„Zeugen sagen aus, Sie seien durch den Gang getorkelt."

„So ein Flugzeug schwankt. Wann sind Sie zuletzt geflogen?"

„Wann haben Sie von Waren das nächste Mal gesehen oder gesprochen?"

Fragen und Antworten waren offenbar strikt rollenverteilt.

„Kurz bei der Gepäckausgabe."

„Und danach?"

„Erst wieder bei Moto Jim in Egion, wo es zu der Verwechslung kam."

„Wie verlief das Gespräch?"

„Es gab Streit. Der konnte blitzschnell umschalten von streng nach Vorschrift auf Krawall. Jim, der Eigentümer, hat das Schlimmste verhindert. Das nächste Mal tauchte der Alte nachts in Karfitsa auf."

„Haben Sie ihn danach nochmal gesehen?"

„Im Kühlwagen. Aber nicht gesprochen."

Der Grieche schnaufte kurz.

„Frau Amberg, sind Sie dem Verstorbenen außer dieser drei Male begegnet?"

„Nein", sagte sie. „Und in Karfitsa hatte ich auch schon geschlafen."

„Worum ging es bei Ihren Streitereien?"

„Er verfiel in diesen Kasernenton" sagte sie. „Dabei war er furchtbar schlecht zu verstehen. Inhaltlich kaum der Rede wert. Wenn er jetzt hier säße, würden Sie sich mit ihm streiten."

„Und in der Tatnacht?"

„Genau dasselbe", sagte Kowalski. „Es ging um den Tausch unserer Tüten und kam dann eben doch nicht dazu."

„In welchem Zustand war er, als er abfuhr?"

„Zustand? Er meckerte. Sein Normalzustand, wenn Sie mich fragen."

„Und Sie?"

„Na ja, ich war sauer und bin ins Bett."

„Hat Sie jemand gesehen?"

„Jorgos vielleicht. Nein, der war schon weg. Ruth natürlich."

„Das letzte, was ich hörte, war seine Hupe", sagte

Ruth.

„Sie schläft immer sehr tief", erwähnte Kowalski.

„Ja, das deckt sich mit unseren Ermittlungen", sagte Linakis.

Schön, dass der Schlaf nackter Touristinnen zu den Ermittlungen gehört, dachte Kowalski. Schön für Kostas. Immerhin schienen sie sich aber mal von der Stelle zu bewegen.

Linakis blickte von seinen Papieren auf. „Anscheinend deckt sich das meiste mit unseren Ermittlungen, was ich sehr begrüße. Schade, dass ich nichts davon Ihrer Aussage entnehmen konnte."

Sollten sie den armen Apostolis dafür bemitleiden?

„Das haben wir ja nun geklärt", sagte Kowalski.

„Haben Sie in der Mordnacht Alkohol getrunken?"

„Wie? Es gab Wein zum Abendessen. Interessiert Sie unser Abendessen?"

Linakis hielt inne. Er machte sich eine Notiz, griff zum Telefon, gab ein paar Anweisungen und legte wieder auf. „Sein Essen. Der Mageninhalt des Opfers kann uns wichtige Hinweise liefern. Dürfen wir nicht vergessen. Jetzt haben Sie uns sogar unabsichtlich geholfen."

Das schien ihm etwas zu bedeuten.

„Soweit ich sehe, sagen Sie mir gegenüber wahrheitsgemäß aus. Damit tun Sie sich selber einen großen Gefallen. Von bestimmten Eskapaden abgesehen, die ich von unserem Fall zu trennen bereit bin."

Er blickte finster herüber.

„Ich sehe aber auch", sagte er und verschränkte die Hände hinter dem Kopf, „dass Ihr Verhältnis zum Opfer von Streit geprägt war, und das dauerhaft. Speziell Sie, Herr Kowalski, sind nach unserem Stand der letzte, der den Mann lebend gesehen hat, alkoholisiert und im Streit und ohne Alibi für die entscheidenden Stunden."

„Alibi?" Der Klang des Wortes behagte Kowalski überhaupt nicht. „Ich wusste nicht, dass ich eins brauche! Sonst wäre ich nochmal kurz auf den Balkon gegangen, fertig ist das Alibi."

„Nur die Ruhe", fuhr Linakis fort. „In Einschätzung der Fakten und Ihrer Personen", hierbei blickte er noch einmal finster, „insbesondere Ihrer Kooperationsbereitschaft, halte ich Sie für nicht tatverdächtig. Nicht dringend. Unter Vorbehalt. Ich möchte Sie lediglich bitten, für Nachfragen an Ihrer Rezeption zu hinterlassen, wohin Sie unterwegs sind."

Sein Schnurrbart weitete sich zufrieden.

„Schön, mal wieder so viel Deutsch zu reden."

Sein Deutsch war wirklich makellos. Die Freude darüber war einseitig.

17

„Heiß heute."

Das stimmte. Nicht heißer als gestern oder vorgestern um dieselbe Zeit, aber bis Jorgos bessere Neuigkeiten zu Ohren kamen, mussten die zwar hohen, aber immer gleich hohen Temperaturen eben herhalten. Sehr bald schon dürfte die Neuigkeit *Kowalski ohne Alibi auf freiem Fuß* diesen Platz einnehmen, aber Kowalski entschied sich dagegen, sie Jorgos selbst zuzutragen.

„Ich denke, wir spazieren heute nach Agios Nikolaos", sagte er ihm stattdessen beiläufig nach dem Terrassenfrühstück. Er folgte damit der Anweisung des Kommissars, und er tat es widerwillig. Sich abzumelden war nicht nur entwürdigend, es kam ihm vor wie ein kindischer Streich von Linakis. Denn so kam man ohne Jorgos' langatmige, gut gemeinte Ratschläge niemals weg. Seine erste Frage sah Kowalski kommen:

„Welches Agios Nikolaos?"

Das hatten sie beinahe schnell geklärt - verglichen mit der Wegbeschreibung. Fast geradeaus, links Zitronenhaine, rechts Olivenhaine, unter dem Bahngleis durch, wo der Asphalt Pause machte und der trockene Feldweg übernahm. Ab hier auf ein uraltes Fahrrad am Baum achten, einen Mann mit Strohhut und Holzstiel-Werkzeugen in der Ackerkrume, einen gesattelten Esel am friedlich glucksenden Bewässerungskanal.

Agios Nikolaos war betonbetont, vollgeparkt und kaum länger als seine drei Cafés, wenn man Spiros' Taverne am Hang nicht mitzählte. Sie ließen sich vor Nummer drei unter einem Weindach nieder, nachdem sie sich durchgegrüßt hatten. Falls auch die alte Dame unterwegs war, die an seiner Balkonszene Anstoß genommen hatte, hoffte Kowalski, dass sie ihn bei Licht, auf kurze Entfernung und mit Kleidung am Leib nicht erkannte.

Sie saßen im *Καφεπαντοπωλειο*, so stand es jedenfalls auf dem breiten Metallschild, und die Länge der Bezeichnungen und Familiennamen machte das Schildermalen hier ganz ohne Zweifel zu einem lukrativen Job. Die dralle Wirtin machte eine Geste zum heißen Wetter und lachte baritonisch, bevor sie die Kaffeebestellung aufnahm.

„Ich verstehe das nicht", sagte Ruth. „Du bist jetzt unter Vorbehalt nicht dringend verdächtig? Schwammiger geht's nicht. Dieser Hauptkommissar glaubt doch nicht am Ende, du könntest dich wegen eines Notizbuchs und ein paar Glas Wein so vergessen."

„Er kann ja nicht wissen, was für ein friedliebender Mensch ich bin."

„Das bist du?"

„So wie ich das sehe, bin ich im Moment alles was er hat, friedliebend oder nicht."

„Wie hättest du das denn anstellen sollen? Wenn du ihn im Rausch in Karfitsa abschlachtest, wie bringst du ihn und sein Auto dann rauf nach Kalavrita und dich wieder runter, ohne dass ich was merke?"

„Vielleicht wurde er in den Bergen abgeschlachtet", sagte Kowalski. Von hier betrachtet waren die Berge nichts als rundlich, freundlich und grün.

„Verstößt eigentlich alles, was wir seit der Ankunft hier machen, gegen Sitten und Gesetze?" fragte Ruth.

„Schon erstaunlich. Aber die Nummer mit dem Tisch wäre auch in Deutschland zu viel."

„Muss ich eifersüchtig werden?"

„Ich kann alles erklären. Es ist rein platonisch."

Aus nicht allzu großer Entfernung näherte sich Klarinettenmusik. Der Lautsprecher auf der Kabine eines fahrenden Melonenhändlers, der die Aufmerksamkeit an sich riss, war von der Lautstärke der orientalischen Harmonien überfordert. Der Fahrer unterbrach das Getöse mit Mikrofondurchsagen, die genauso übersteuert waren. Er kroch vorbei, ohne etwas zu verkaufen.

„Hoffentlich weiß Linakis bald mehr", sagte Ruth, „sonst wird mir der Fall zu spannend."

„Gerade der Wissensvorsprung ist die klassische Spannungsquelle. In der Literatur jedenfalls."

„Bist du da selber drauf gekommen?"

Er schätzte ihre subtile Art, ihm zu sagen, dass er sie langweilte.

„Ich bin nicht der erste. Aber alles, was gedacht wurde, wird wieder gedacht werden. Das ist auch nicht von mir."

„Weiß ich, Kowalski."

Zwei Griechen, die am äußeren Tisch bei Limonade und Kürbiskernen saßen, wurden aufmerksam. Wo die Deutschen herkämen, fragten sie mit den Händen, wo sie wohnten, wie lange sie blieben, ob Griechenland nicht besonders hier besonders schön sei. Ob es nicht heute besonders heiß sei. Sie ließen sich Zeit. Getreu dem irischen Sprichwort, nach dem Gott, als er die Zeit erschuf, genug davon gemacht hatte, hatte er hier noch ein Extraschäufelchen fallen gelassen.

Sie hatten Zeit genug, auch auf den Mordfall in den Bergen zu sprechen zu kommen, aber das war ohne Griechischkenntnisse schwer zu vertiefen. Hätte Kowalski nicht gerade eine Abneigung gegen den Kriminalfall an sich entwickelt, hätten Detektiv- und Kriminalgeschichten und der Wissensvorsprung seit Poe und Doyle ein fruchtbares Seminarthema abgegeben.

Kaum hatten sie ihren Kaffee getrunken, rollte ein graues Auto im Melonenhändlertempo heran. Eine haarige Silhouette stieg aus und warf einen ungebetenen Schatten auf ihren Platz. Sie brüllte eine Bestellung quer über die Terrasse und winkte Ruth und Kowalski an einen entlegenen Tisch.

„Was für eine Hitze."

Linakis wischte sich die Stirn. Es kamen drei Bier.

„Trinken Sie. Sie werden es brauchen."

Linakis schien das Bier selber am nötigsten zu haben. Das graue Auto zu fahren machte sehr durstig.

„Können Sie schweigen?"

„Schweigen? Wir können noch nicht mal Griechisch."

„Was ich Ihnen zu sagen habe, darf nicht frühzeitig durchsickern. Es muss den normalen Weg gehen, das ist mir wichtig."

Der normale Weg, dachte Kowalski. Bestimmt verlief der über Jorgos.

„Der Tote – warten Sie." Linakis holte sich noch einen Stuhl heran, auf dessen Strebe er die ideale Position für seinen Schuh suchte und dann auch fand.

„Von Waren war nicht von Waren."

Endlich Schluss mit dem albernen Genitiv, war Kowalskis erster Gedanke.

„Sein Ausweis ist gefälscht?" fragte Ruth.

„Sein Ausweis ist echt. Die Identität ist erfunden. Und das schon vor einiger Zeit."

„Und wie hieß er wirklich?" fragte Kowalski, auf das Schlimmste vorbereitet. Einer musste ja fragen.

„Lumbeck. Karl Lumbeck. Eben kam die Bestätigung aus Berlin."

Lumbeck, der Name prägte sich Kowalski ein wie ein Meißel in Schafskäse. Er fand ihn nur um Nuancen weniger dümmlich als Walter von Waren. Das konnte am Namensträger liegen.

„Und warum das Ganze?" fragte Ruth, denn auch das musste gefragt werden.

„Wenn sich bewahrheitet, was ich vermute, hatte er allen Grund."

Kowalski gab sich Mühe, einen Grund zu finden, sich Walter von Waren zu nennen.

„Griechen in 50 Kilometer Umkreis hätten dann ein Motiv", sagte Linakis. Sichtlich genoss er die Langsamkeit des Informationsflusses, mit der Trägheit griechischen Honigs vom Alulöffel. Er brachte den Stuhl in Schräglage.

„Dass von Waren Lumbeck hieß, ist also gut für uns?" versuchte Ruth herauszufiltern.

„Gewissermaßen. Unsere Ermittlungen laufen in eine Richtung, die Ihre Mithilfe überflüssig machen kann."

„Und was für ein Halunke ist das nun gewesen?" fragte Kowalski. Wenn sie schon schweigen sollten, wollte er wenigstens wissen, worüber.

Linakis dachte nach. Er leerte sein Glas, was ihm sichtlich dabei half, und sagte:

„Morgen kommen Sie in mein Büro, dann weiß ich mehr über von ... über Lumbeck. Heute fahren Sie nach Kalavrita."

„Heute? Wir müssen das Auto wieder abgeben."

„Verlängern."

„Verlängern? Sie glauben, wir würden in Griechenland noch irgendwas verlängern?"

Und so machte Linakis Ihnen den Vorschlag, zuerst einen Mittagsschlaf zu machen, wie jeder vernünftige Mensch bei der Hitze, um heute Nachmittag rauf zu fahren nach Kalavrita, traumhafte Strecke, oben unvergleichliche Makronen zu essen am Kirchplatz, den landesweit berühmten Honig zu kaufen, und Kräuter, und das Klima zu genießen und die Aussicht von der Gedenkstätte.

Und so verlängerten sie.

~

Als Makrone und Kowalski einander anblickten, fragten sie sich, welche von Linakis' Eigenschaften sie zusammengebracht hatte. Irgendetwas bewirkte, dass Ruth und Kowalski das Nickerchen machten, bei Jim anriefen, die Straße hinauf kurvten und das Kafenion mit Blick auf die Kirche aufsuchten, alles ganz wie der Kommissar ihnen geraten hatte. Vielleicht war er charismatisch, vielleicht war er bloß dreist. Vielleicht stellte er einfach genug Leckereien in Aussicht.

Das Bergklima bekam alten Leuten wie von Waren

oder Lumbeck bestimmt viel besser als die große Hitze am Meer, vorausgesetzt natürlich, sie wurden nicht zwischenzeitlich umgelegt. Wo immer der Tatort war und was immer nun die Griechen so verdächtig für Linakis machte - Kowalski hatte keine Ahnung. Ihm fielen jedenfalls keine weiß auf die Straße gepinselten Leichenumrisse auf. Ihm fiel auf, dass eine der beiden Kirchturmuhren schon seit geraumer Zeit auf ihre Reparatur wartete, denn sie zeigte alt und vergammelt eine alte und vergammelte Zeit an; schließlich lief aber ja die am Nachbarturm noch. Ihm fielen die Inselansichten im Kartensortiment der Souvenirläden auf, die putzigen Katzen und sehr viel Akropolis.

Souvenirs zu kaufen hatte Linakis ihnen erspart; auf seiner Liste blieb die Gedenkstätte, an der sie mehr der Vollständigkeit halber vorbeifuhren, auf dem Rückweg, um auch sie abhaken und Linakis spätestens morgen berichten zu können. Unübersehbar mahnte an der steilen Straße ein mehrere Stockwerke hohes weißes Kreuz auf einem gepflegten Hügel. Es war gesäumt von sorgsam angeordneten Steinbrocken, die eine grell weiße 1943 ins Gras schrieben und das Wort Frieden in vielen Sprachen, in weiß.

Typisch für Kowalski, dass er sich noch ein Buch über die Halbinsel gekauft hatte, um es dann ungeöffnet in seiner ebenso ungeöffneten Aktentasche zu belassen, wo es sich in bester Gesellschaft mit den Unterlagen zur Semestervorbereitung befand. Auch ohne Halbinsel-Buch erkannte er aber ein Mahnmal für den Frieden, wenn es sich so leicht zu erkennen gab, und das kam ihm als friedliebendem Menschen entgegen. Ob es ihn seinem Notizbuch näher bringen würde, war eine andere Frage.

18

„Kommen Sie, wir brauchen was zu trinken."

Ein vernünftiger Vorschlag, und das nicht nur, weil diese Art von Vorschlag bei Kowalski leicht auf offene Ohren stieß, oder weil Linakis den zweien noch ein Frühstück schuldete. Jemand hatte sich große Mühe gegeben, Linakis' Schreibtisch unbrauchbar zu machen, da war ein Ortswechsel einfach naheliegend.

Wofür Kowalski im Büro doch einige Monate brauchte, das hatte hier jemand praktisch über Nacht erledigt. Der Tisch war auf beinahe die doppelte Höhe angeschwollen, und auch am Boden ließen Kartons und mit Kordel gehaltene Dokumentenstapel kaum die Beine sichtbar. Als sich Linakis erhob, schleppte Kostas keuchend zwei weitere Pakete herein, mit denen er durch beharrliches Schieben einen der Stapel vom Tisch drängte und zum Absturz brachte. Kiloweise deutsche Schreibmaschinenseiten ergossen sich auf den Boden, teilweise in Fraktur versehen mit *Geheim* oder mit militärischen Eingangsstempeln. Linakis veranlasste knapp, dass Kostas die Unterlagen in seine ungenutzten Regale umlud und schob die Deutschen hinaus.

„Wird nicht einfach, den Stall auszumisten", sagte er wenig später im Schatten vor Kafenion Nummer eins von Agios Nikolaos, dem nächstgelegenen Agios Nikolaos. Er zog durch einen Trinkhalm an dem kalten schaumigen Kaffee, den er für alle bestellt hatte.

„Eine verdammte Routineanfrage war das, eine Identitätsüberprüfung, weiter nichts. Ich sende Walter von Waren raus, den dümmsten Namen, den jemals eine Leiche getragen hat, und was kriege ich zurück?"

Kowalski, der einen Blick darauf hatte werfen dürfen, was da zurückgekommen war, kombinierte:

„Lumbeck war ein Nazi?"

„So sicher wie Scheiße braun ist", sagte Linakis. Er schlürfte seinen Schaum.

„Ein Fass ohne Boden ist das. Das Archiv der Präfektur Achaia ist gut sortiert. Noch besser ist das deutsche Militärarchiv Freiburg, und beide versorgen uns bestens. Ich habe Kriegstagebücher, Feldnachrichtenblätter, Befehle, Meldungen, Lageberichte und was das Herz begehrt, alles in deutscher Ordnung und Gründlichkeit. Ich kann mir damit bis an mein Lebensende den Popo abwischen."

Er steckte sich eine *George Karelias and Sons* an.

„Der Armeejargon ist starker Tobak - Dienstgrade und Truppenbewegungen und Pflichterfüllung. Vor lauter Pflichterfüllung spaltet sich mein Schreibtisch. Wussten Sie, dass die sogar eine verdammte SS-Taste an der Schreibmaschine hatten?"

„Er war bei der SS?" fragte Ruth.

„Bei Kriegsende war unser Freund SS-Hauptsturmführer Karl Lumbeck."

Das klang nicht gut. Davon abgesehen, dass der Dienstgrad den neuen Namen erst abrundete, um mit Walter von Waren mithalten zu können, klang SS noch schlimmer und böser als Nationalsozialist. Kowalski wusste kaum, was ein Hauptsturmführer war und nicht mal, wofür SS genau stand, aber gut klang es nicht. Dabei klang es durchaus nach dem Mann, neben dem sie im Flugzeug hatten sitzen dürfen.

Linakis rauchte. „Natürlich sind fast alle Dokumente auf Deutsch. Leider hat seit letzter Woche kein Übersetzer in der Gegend mehr Zeit für uns. Erstaunlich, was? Also bleibt das Durchwühlen an mir hängen."

Hat Kostas mal Glück gehabt, dass er kein Deutsch kann, dachte Kowalski.

„Was hat Lumbeck verbrochen?" wollte Ruth wissen.

„Teile deutscher Vergangenheit sind noch unbewältigt", begann der Hauptkommissar. „Ich beneide euch nicht um den ganzen Mist."

Kowalski selber hatte noch nicht so viel Vergangenheit bewältigt. Sein Drang, die Vergangenheit fremder Leute zu bewältigen, war bescheiden angelegt. Die Gegenwart von einem wie Lumbeck zu bewältigen war schwer genug.

Linakis bestellte allen noch was und rauchte weiter.

„Was Lumbeck angeht, wissen wir, dass er 1943 hier stationiert war. Er kam hierhin als Oberleutnant der Wehrmacht und ging dann zur SS."

„Steht Lumbeck in dem Reiseführer, den wir nicht gelesen haben?" fragte Ruth.

„Reiseführer", sagte Linakis. „Ich kenne ja Ihr Buch nicht, aber den finden wir höchstens in den Haufen in meinem Büro. Vielleicht aber auch nicht. Reiseführer und Wehrmachtsakten!"

„Was meinen Sie?" fragte Kowalski.

Linakis erledigte seinen Zigarettenstummel.

„Reiseführer werden geschrieben, um die Leute anzulocken, nicht um sie abzuschrecken. Wehrmachtsakten ...

was weiß ich, wozu die geschrieben wurden. Ich jedenfalls brauche was mit Fakten."

Um das zu unterstreichen, musste er dringend noch eine rauchen.

„Habe ich schon erwähnt, dass Fakten in meinem Job das A und O sind? Passen Sie auf: Griechenland ist besetzt. Partisanengruppen machen den Deutschen das Leben schwer. Bei Kalavrita nehmen sie siebzig oder achtzig deutsche Soldaten als Geiseln. Besonders die Zahlen sind übrigens unzuverlässig."

Zum jetzigen Zeitpunkt der Geschichte war Kowalski die genaue Zahl unwichtig.

„Also erschießen die Deutschen viele Zivilisten, die sie für Mitwisser halten oder weiß der Teufel warum. Darauf erschießen die Partisanen die gefangenen Soldaten. Danach stürmen die Deutschen erst recht die Gegend. Höhepunkt wird das Unternehmen Kalavrita der 117. Jäger-Division, die die Stadt niederbrennt, die Männer ab zwölf Jahren auf den Hügel treibt, den Sie gestern gesehen haben, und sie alle erschießt. Es endet am frühen Nachmittag des 13. Dezember."

Kowalski dachte an die stur 14.33 Uhr zeigende Kirchturmuhr. Eine Zahl, die feststehen dürfte.

„Und Lumbeck?" fragte Ruth.

„Reiseführer und Wehrmachtsakten", sagte Linakis wieder. Kowalski war noch immer nicht ganz klar, was er meinte.

„Der Oberleutnant, der als ranghöchster Offizier mit der 117. Jäger-Division raufgefahren ist, hieß Lumbeck. Der Oberleutnant, der oben angekommen die Sühnemaßnahmen durchgeführt hat, ist bisher ohne Namen."

Schon um auf das Wort Sühnemaßnahme zu kommen, hätte sich Kowalski eine Weile in Wehrmachtsakten vertiefen müssen.

„Verstehe", sagte er. „Und jetzt suchen Sie die Verbindung."

„Die Verbindung?"

„Sie wissen schon, das Bindeglied. Zwischen dem einen und dem anderen. Den Beweis, dass Lumbeck Lumbeck war. Derselbe. "

„Das interessiert mich nicht", sagte Linakis und spielte mit seinem Feuerzeug. „Ich bin weder Militärhistoriker noch Jurist. Ich bin Polizist. Ich rühre in dem Sumpf, um den Mörder zu finden, nicht um das Mordopfer zu richten."

„Das hat ja auch schon jemand erledigt", sagte Kowalski.

„Und genau diesen Umstand müssen Sie kriminalistisch sehen. Ich muss ihn kriminalistisch sehen. Wir haben auch so schon verflucht zu viel zu lesen. Ich weiß inzwischen sogar, dass die oberste Order von einem General kam, aber schon seinen französischen Namen kann und will ich mir nicht merken."

Er war schon wieder eine Zigarette weiter.

„Ich kann mich nicht damit aufhalten, welcher miese kleine Lumbeck damals in Kalavrita die Befehle gab, sonst finde ich den Mörder nie. Ich weiß, junge Deutsche wie Sie sind schockiert, dass das bis heute ungeklärt ist."

Kowalski fühlte sich durchaus jung und deutsch. Er war sich aber überhaupt nicht sicher, ob seine Zeitgenossen schockiert sein konnten von Dingen, die sie nicht mal wussten. Linakis schien gerade einen Lauf zu haben. Er fand gerade noch Zeit, Rauch auszublasen.

„Sie sind empört, dass die Zahl der Opfer munter zwischen 450 und 1.900 schwankt. Sie wollen wissen, ob wirklich Frauen und Kinder darunter waren, wie oft behauptet wird, und Mönche. Wieso das Ganze juristisch kein Kriegsverbrechen ist, weil Vergeltungsmaßnahmen im Verhältnis 1:50 dem Völkerrecht entsprachen."

Kowalski musste zugeben, sich unter Völkerrecht etwas anderes vorgestellt zu haben. Wissen wollte er das alles dennoch nicht so dringend.

„Ich bin kein Jurist und ich bin kein Historiker, aber ich kenne das. Sie sind jung. Sie wollen verstehen, wie nach Kriegsrecht allein die Partisanen Schuld tragen und Deutschland nie Entschädigungen gezahlt hat. Aber solche Fragen wälzen sachkundigere Menschen als ich seit langer Zeit."

Vermutlich Juristen und Historiker.

„Das interessiert mich nur am Rande. Ich muss in einem Mordfall ermitteln, nicht Recht und Moral von vor sechzig Jahren aufdröseln. Sonst darf ich am Ende noch rausfinden, wer von den Partisanen die Deutschen erledigt hat."

Kowalski hatte wenig für Zahlen übrig. Es fiel ihm schwer nachzuvollziehen, wie viele Zivilisten die miesen kleinen Lumbecks völkerrechtlich umbringen durften, aber schwerer noch, womit er verdient hatte, in die Mathematik des Bösen überhaupt zu geraten.

Linakis langte nach einer weiteren Filterzigarette mit

einer Geste großer Entschiedenheit.

„Für Sie war Lumbeck ein Monstrum", sagte er.

Hier hätte Kowalski nicht widersprochen.

„Von mir aus", fuhr er fort. „Für mich ist entscheidend, dass ihn jemand für ein Monstrum *hielt*, ob er nun bei der SS war oder bei der Heilsarmee. Mich interessiert an der Persönlichkeit eines Opfers, welche Feinde es sich gemacht hat, und siehe da, meine Auswahl könnte kaum größer sein. Ob es sich für das Feinde Machen mit einem Führerbefehl rausreden konnte, ist nicht mein Job."

Auch das Wort Führerbefehl konnte sich nur durch übermäßiges Studium dubioser Akten in Linakis' aktiven Wortschatz geschlichen haben.

„Sie können sich die Auswüchse der Militärbürokratie gerne in meinem Büro ansehen, wenn Sie starke Nerven haben."

„Also wissen Sie ...", begann Ruth.

„Sie haben ja keine Vorstellung, wie viele Kopierkostendeckungsformulare ich schon ausfüllen musste. Jedes steht leicht für mehrere hundert Seiten."

Kopierkostendeckungsformular, dachte Kowalski.

„Der Berg ist alleine nicht zu schaffen. Wenn Sie neugierig sind, lade ich Sie herzlich ein, den Namen Lumbeck irgendwo zu finden."

„Und wenn wir nun nicht so neugierig sind?" fragte Kowalski.

Es kam schon wieder Limonade für alle. Linakis grinste ein breites Grinsen, vor dem sich die Fische im Golf und die Lämmer am Berg in Acht nehmen mussten.

„Auf meinem Spesenkonto ist noch viel Platz für

Tavernenbesuche", sagte er. „Dieser Fall wird ein Riesending, bald kommen die Reporter. Ich brauche jemanden, der Deutsch kann und zügig und systematisch mit Texten arbeiten."

Er strich glättend über seinen Bart, ohne Wirkung.

„Wie ich gehört habe, sind Sie schließlich Dozent."

19

Kowalski brauchte das alles nicht. Er brauchte Urlaub von Lohse und nicht Faschisten im Völkerrecht. Privatsphäre brauchte er, Behaglichkeiten und kleine Freiheiten, angefangen mit der Freiheit, zwischen drei oder vier Wochen Urlaub zu wählen, wenn es ginge gleich ohne Nazis, ob tot oder lebendig.

Er war ohnehin kein Aktivist. Passivist hätte es besser getroffen. Wenn er wählen ging, dann nicht, weil er politisch so engagiert war, sondern weil er sein behagliches unpolitisches Leben erhalten wollte. Die Wahl hatten die besetzten Griechen damals wohl nicht, deshalb empfand er zwar eine bestimmte Verbundenheit mit ihnen, mehr aber auch nicht. Schon *besetzt* brauchte er nur im Sanitärbereich für die WC-Verriegelung. Hätten die Deutschen sich frühzeitig abgezogen, wie es eine gute Kinderstube erwarten ließe, dann wären sie auch ihm hier und heute erspart geblieben.

Schwimmen konnte er gut gebrauchen. Schwimmen glich die vielen Mahlzeiten mit dem Hauptkommissar körperlich halbwegs aus. In ihrer Bucht war das Meer meistens still genug, um zwischen den leeren Wasser- und Benzinkanistern entspannte Bahnen zu ziehen. Die Kanister waren auf Grund verankert und hielten ihrerseits die unablässig schaukelnden Fischerboote. Jedes noch so kleine Boot war am Bug mit einem Namen bepinselt, der zittrigen Schrift nach zu urteilen nicht selten kopfüber bei unruhiger See.

Schwimmen aber glich gedanklich nicht ansatzweise aus, was Lumbecks Auftritte, tot oder lebendig, im Kopf anrichteten, und so fehlte Kowalski eine brauchbare Methode, die Bilder so los zu werden wie die überschüssigen Kalorien.

~

Von Spiros, dem Mann der Geste, konnte man viel lernen. Ein Nichtgrieche wie Kowalski jedenfalls konnte das. Wenn er etwa von seiner Frau oder seiner Familie sprach, rieb er seine gestreckten Zeigefinger aneinander. Er tat dasselbe, wenn er fragte, wann Kowalski und Ruth heiraten wollten. Sprach Spiros von seinem Fisch, dann rieb er dazu die Handrücken. Und Spiros wäre nicht Spiros gewesen, seine *Barbouni* nicht die besten, wenn er nicht noch die Fingerspitzen wie zu einer Blüte geschlossen hätte, wie es die Menschen am Mittelmeer gerne tun, wenn sie etwas gut finden. Die wenigsten konnten das natürlich so schön zum *Allerbesten* steigern wie er, wenn er sein Gesicht lang machte und die Augen zu. Zum Allerbesten gehörte sein Stifado und die Aussicht von seiner Taverne, und nach ein paar Glas allerbesten Weines Ruths Profil. Wenn Spiros repräsentativ für andere Griechen war, und Kowalski hatte keinen Grund daran zu zweifeln, dann gingen sie recht sorglos damit um, einem persönliche Dinge zu sagen oder jemals falsch verstanden zu werden.

Seit ihrem vorigen Besuch bei Spiros hatte sich Kowalskis Gewissen noch nicht merklich erholt. Auch wenn er letzten Endes vielleicht Spiros' Kühltruhe vergoldet hatte, konnte er sich nicht erinnern, je einem Menschen solche Unannehmlichkeiten bereitet zu haben. Bei ihrer

Ankunft auf dem Tavernenvorplatz war er nun also auf einiges gefasst. Spiros empfing sie schon von Weitem mit einem schaufelnden Hieb in die Luft, der für den Nichtgriechen alles Mögliche bedeuten konnte, vielleicht *Haut bloß ab*, vielleicht *Ich fange Fliegen*.

Er stand im Eingang seiner Küche und wiederholte den Hieb. Offenbar meinte er sie beide.

„Müsst ihr probieren jetzt."

Probieren mussten sie sein frisch fertiges Backofengericht mit Lamm, und die Klauenbewegung hieß allem Eindruck zum Trotz *Herkommen*.

„Gut?" fragte Spiros.

„Besser geht's nicht", beteuerte Kowalski erleichtert und brachte den Wirt zum Lachen. Sie waren noch willkommen. Der Tisch war schnell gedeckt.

„Wann hat die Polizei die Truhe abgeholt?" fragte Ruth und zerteilte das zarte Fleisch mit der Leichtmetallgabel.

Vielleicht bemerkte außer Kowalski keiner, dass sie aus einem Tümpel möglicher Objekte, in dem auch *Lumbeck*, *die Leiche* oder *der Hauptsturmführer* gefährlich nah an der Oberfläche trieben, zielsicher die neutrale Truhe gefischt hatte. Bouzouki-Musik knisterte träge aus dem Außenlautsprecher, bevor Spiros verachtend ausspuckte.

„Die Teufel", sagte er und steckte sich Hörner aus Zeige- und Mittelfinger an den Hinterkopf. Aus der Küche ermahnte seine Frau ihn auf Griechisch zum Thema Spucken.

„Wie war seine Name?"

„Lumbeck."

Spiros pfiff leise gen Himmel und zerrte verächtlich am Träger seiner Schürze. Auch die Geste war Kowalski neu, bekräftigte jedoch Lumbecks Schlechtigkeit sehr deutlich.

„Jeder hätte getötet die Mann. Jeder, versteht ihr? Ich hätte ihn getötet sofort. Das ist die Wahrheit."

Er besiegelte die Wahrheit mit einem Kuss auf seine über Kreuz gelegten Zeigefinger. Dann erzählte er davon, dass praktisch jeder weit und breit Vorfahren oder Angehörige verloren hatte und von einem bitterkalten Weihnachten 1943. Er erzählte von der Tatsache, dass die Deutschen griechische Arbeitskräfte zum Betrieb der Bergbahn einteilen mussten. Sie hatten nur dadurch das Massaker überlebt.

„Ist die schönste Strecke, Diakopton nach Kalavrita. Paradies. Wie Modelleisenbahn, immer viele Touristen. Aber diese Jahr ist kaputt."

Bei *kaputt* klatschte er in die Hände, etwa so, wie es Kowalski nach getaner körperlicher Arbeit niemals tat.

„Fährt nur manchmal eine leere Zug zum Test. Vielleicht ist nächste Jahr repariert. Es gibt keine Ersatzteile."

Falls die Kleinbahnen hier nur halb so alt wurden wie ihre Freunde, die Busse, war das mit den Ersatzteilen kein Wunder. Die streberhaften Touristen kannten die Bahn bestimmt aus ihren Reiseführern. Wenn es so weiter ging, konnte Kowalski sich wirklich sparen, seinen noch zu lesen.

„Die Polizei hat gefragt, ob wir was wissen von diese ... diese ..."

„Lumbeck."

Nur der Blick seiner Frau hielt Spiros vom Spucken

ab. Er hob mit geschlossenen Augen die Brauen und nahm fast unmerklich den Kopf in den Nacken. Das hieß *nein*, und Kowalski kannte das bereits.

„Aber wenn ich was wüsste, ich würde nix verraten. Und wenn ich gesehen hätte wer es war mit meinen Augen, ich würde nix verraten."

Das fand er nun wirklich zum Lachen. Er fuhr mit dem Zeigefinger vom Hals zum gestreckten Kinn wie beim Rasieren: „Gar nix."

Dann hob er einen Stuhl und setzte ihn polternd wieder ab.

„Ich würde eine Festessen kochen für die Mann. Wein und Ouzo, soviel er will."

Er goss Kowalski nach, dass es schwappte, und schlug mit der Handkante auf den Tisch.

Vielleicht, dachte Kowalski, sollte Linakis auf seiner Suche nach dem Mörder des Mörders einfach nach jemandem gucken, der üppig zum Essen eingeladen wurde.

~

Kaum waren sie ein Abendessen und ein paar von Spiros' Gesten reicher, als ein weißes Polizeiauto die Steigung heraufknirschte, dem Kostas entstieg. Kostas, immer aufgeknöpft, immer im Dienst, hielt sich nicht lange damit auf, seine verschwitzte und verknitterte Pelle in eine repräsentable Uniform zu verwandeln, sondern kam im Gleichschritt mit sich selbst an ihren Tisch und ging von Räuspern nahtlos in Raspeln über. Linakis, so überbrachte er, benötige dringend ihre Hilfe bei der Durchsicht. Ob er sie morgen früh abholen dürfe. Mit Speisen und Getränken könne im Gegenzug gerechnet werden.

20

Kowalski war kein Freund von Abkürzungen. Als Privatmann füllte er von der E-Mail bis zum Einkaufszettel alles schön mit ganzen Worten. Als Literaturwissenschaftler empfand er es zwar als ehrenwerte Kunst, sich kurz zu fassen, niemals aber auf Kosten von Vollständigkeit oder Stil. Das Verwaltungsdeutsch des Universitätsbetriebes war darum gar nichts für ihn. Gebäude, Institutionen, Seminare, akademische Grade - nichts war vor Kürzeln und Akronymen sicher.

Schlimmer war es ihm nur noch zur Wehrdienstzeit ergangen, wo es länger dauerte, die befohlenen Abkürzungen auf einer Schreibmaschine zu produzieren als gewöhnlichen Fließtext. So etwas konnte er überhaupt nicht leiden. Selbst die Bundeswehr konnte einen aber nicht auf die Lektüre der sechzig Jahre alten Aufzeichnungen in Linakis' übervollem Büro vorbereiten.

Geheime Kommandosache, was häufig auf den Deckblättern auftauchte, war meist noch ausgeschrieben. Solch verschwenderische Schlichtheit aber wurde zügig ausgeglichen – gleich darunter wimmelte es von *Okdo.H.Gr.E.* oder *Kdr.SS.Pz.Gren.Rgt.Nr.7.* oder *Mil.Befh.Grld.Nr.18/44g.Kdos.* Unter seinen Favoriten waren schon nach wenigen Seiten Schöpfungen wie *Kett.* für Kette oder *Zg.* für Zug, die zwar keinen Platz, dafür aber Verwirrung schafften.

Während Kowalski sich nach einem guten Frühstück sehnte, musste er sich ernsthaft fragen, was das alles in seinem Hirn zu suchen hatte. Auch das mit der SS-Taste ging ihm gehörig auf die Nerven. Die Zacken stachen von den betippten Seiten ins Auge wie Luzifers Höllengabel. Und als er dann las, dass sich die 17. SS-Division, aus welchen Gründen auch immer, *Götz von Berlichingen* genannt hatte, kurz *GvB*, musste er das Papier beiseitelegen.

„Sagen Sie", unterbrach er den Hauptkommissar beim Schmökern, „ich dachte, Sie wollten hierfür nicht zum Historiker werden."

„Bedaure", sagte Linakis. „Leider haben wir viel mehr Akten bekommen, als wir je angefordert haben. Den halben Balkan."

Das war Kowalski schon aufgefallen. Von Linakis war hinter seinen Stapeln nur Tabakrauch zu sehen.

„Ich dachte auch, Lumbecks Lebenslauf wäre Ihnen egal."

„Schnurzpiepegal, das versichere ich Ihnen. Wir dürfen aber niemanden übersehen, der Lumbeck wiedererkennen konnte. Nicht bei dem Medienrummel, der uns erwartet."

„Aber das kann doch kein Mensch durcharbeiten."

Kowalski war nahe daran, große Teile seines akademischen Wirkens der Lesbarkeit von Prosatexten zu widmen.

„Tun Sie uns beiden den Gefallen", sagte Linakis barsch und blieb komplett verborgen, „suchen Sie nur gezielt nach der 117. Jäger-Division, Kalavrita und Lumbeck. Den ganzen anderen Dreck räumen Sie zur Seite. Ich besorge uns noch was zu trinken. Kosta!"

Kowalski, der Mann für zügige und systematische Textarbeit, entschloss sich, den Kommissar nicht hängen zu lassen und die Papiere aufzuteilen. Während Linakis weiter die Kriegstagebücher (*Ktb.*) der Jäger-Division durchackerte, forschte Kowalski in Aufzeichnungen der *Heeresgruppe E* (eine *UAbt. d. H.Gr.F*). Der Klischeebeauftragte hatte sich nicht verkniffen, Teiloperationen *Büffel* und *Stieglitz* zu nennen, klang ja auch total verwegen.

Gerade weil Kowalski das alles wirklich nicht brauchte und er sich wirklich wirklich überwinden musste, war er nach Stunden des Schwitzens ganz zufrieden mit dem Ergebnis seiner Arbeit. Obwohl irgendeine platzsparende Vorschrift es schwierig machte, neben Dienstgrad und Funktion auch den Namen eines Soldaten zu finden, hatte er Olt. Lumbeck als Teileinheitsführer ausfindig gemacht.

Kowalski fand das beachtlich. Linakis nicht.

„Ich brauche Griechen", sagte er. „Griechen, die den Kerl gekannt und überlebt haben. Irgendwo müssen doch Bewohner stehen."

Kowalski sah in die Richtung, aus der Linakis' Stimme und Qualm kamen. „Was ist mit den Bahnleuten?" fragte er. „Ich habe gehört, die mussten die Deutschen fahren und wurden verschont."

„Sehr gut, Kowalski, sehr gut", sagte der Stapel. „Aber an denen sind wir schon dran. Haben Sie sonst noch was?"

„Eine Liste von Offiziersunterkünften in Privathäusern."

„Ist Lumbeck drauf?"

„Der Fetzen hört bei K auf."

„Ausgerechnet", schimpfte Linakis.

„Da gibt es aber ein Gegenstück bei der griechischen Verwaltung, mit Aktenzeichen. Vielleicht ist das noch vollständig."

Linakis langte über einen schwankenden Turm. „Könnte eine heiße Spur werden. Noch was?"

„Dolmetscher und Fahrer, aber immer nur die Vornamen."

„Ein Job für Kostas. Weiter?"

„Lumbecks Beförderung vom Olt. zum Hstuf."

„Gesundheit."

„Zum Hauptsturmführer, pardon", sagte Kowalski. „Dazu sein Marschbefehl nach Sachsenhausen."

„Darum können sich die Deutschen kümmern", befand Linakis. Er reichte ihm zwei vergilbte Schwarz-Weiß-Fotos herüber. „Hier noch zwei Bilder von unserem Jüngling."

Das eine Bild kannte Kowalski aus Lumbecks Brieftasche, eine Gruppenaufnahme todernster Soldaten vor Dampflokomotive und Güterwaggon. Die dicken Feldjacken sahen nach Winter aus. Man konnte den Atem sehen. Das andere war das Brustbild eines Mannes in Ausgehuniform, mit Brille, Fernblick und arischem Haarschnitt.

Lumbecks Visage wollte und wollte Kowalski einfach keine Ruhe lassen.

~

Die Hafentaverne von Karfitsa hatte schon bessere Tage gesehen – oder vielleicht auch nicht. Ein schmuckloser Laden mit verwitterten Tischen, die ohne erkennbares Muster zwischen den Strandbäumen umherstanden. Eine historische Toilette über die Straße hinter einer nicht verriegelbaren Sperrholztür, wo ein gusseiserner Spülkasten Marke *Niagara* die leibhaftigen Niagarafälle schwungvoll über den gesamten Waschraumboden schickte. Das Angebot an Speisen war übersichtlich, weshalb Linakis es praktisch komplett orderte, ohne die Deutschen zu konsultieren. Der Wirt schrieb eifrig mit.

Dies war also das Lokal, das Linakis zur Belohnung für den arbeitsreichen Tag auf der Wache ausgewählt hatte, um sie die Großzügigkeit des griechischen Staates spüren zu lassen. Auch Ruth kam in den Genuss, obwohl sie heute Mittag in Karfitsa geblieben war.

„Nennt mich Toli, das tun hier alle", bot er den beiden bei der ersten Runde an.

„Mich nennt man Ruth."

„Mich nennt man Kowalski", sagte Kowalski. Warum, wusste er auch nicht.

21

Kowalski vermisste seinen Reiseführer überhaupt nicht. Sie machten die Bucht auch so zu ihrer Bucht, ohne zu wissen, ob hier antike Seeschlachten stattgefunden hatten. Sie räumten sie vor den Großfamilien, die an den Wochenenden busweise anrückten, ahnunglos, wie breit genau der Golf war. Sie trotzten leidenschaftlich dem Holzbock, ohne die Einwohnerzahl oder die Fläche des Peloponnes zu kennen. Langen Abenden im Hafen von Karfitsa folgten ebenso lange in Agios Nikolaos und seinen nummerierten Kneipen, ohne dass sie Statistiken zum Fischfang kannten oder zur Olivenernte oder zum Ouzokonsum pro Kopf und Jahr. Spiros tischte ihnen weiter gerne seine Superlative auf, von denen „Toli" Linakis' Regierung viele zahlte, auch wenn sie nicht eine einzige Adresse eines Sternelokals von Patras parat hatten.

So kam der Tag, an dem sie den verlängerten Mazda bei einem entspannten Jim zurückgaben. Obwohl ihm das andere Auto vorerst von der Polizei beschlagnahmt worden war, hatte Jim die Lage souverän im Griff, denn ihm winkte eine umfassende Entschädigung. Der Tag markierte die nahe Abreise und brachte ein wenig Schwermut. Der Tag kam und ging, ob sie nun die Säulen in Delphi und Olympia mit Namen kannten oder nicht. Er kam und ging wie der Sonntag, an dem Kowalski unerwartet früh aufwachte.

Alles, was er von dem Sonntag erwartete, war ein weiterer Stand der Ermittlungen, wie ihn Linakis noch immer gerne servierte, nichts weiter. Am Mittag ausgeruht von Kostas abgeholt werden, sich irgendwo im Schatten den Bauch füllen, dabei zu den Ermittlungen mal wieder nicht viel beitragen können und dennoch uneingeschränktes Vertrauen genießen. Nichts weiter.

Nachdem das Toilettenhorn Ruth nicht weckte, ließ sich Kowalski im kleinen dunklen Raum ein Weilchen von seiner Aktentasche anstarren. Ein geschenkter Vormittag. Vielleicht ja doch endlich Zeit für sein lange missachtetes Semester. Beim Öffnen schenkte die Tasche ihm den Muff von tausend Jahren und den Reiseführer, der ganz oben lag. Ihre Reise ging zu Ende, sie hatten fast vier Wochen gehabt, hatten einen Kurs bei Linakis und seinen Leuten zur Landeskunde absolviert, den Intensivkurs zu nennen eine Untertreibung ohne Beispiel war, und das einzige, was ihn an dem Buch noch interessieren konnte, war die Frage, wie es den Autoren gelänge, die Geschehnisse zu Hintergrund zu zerkleinern, die sich ihm schon so rücksichtslos in den Vordergrund gedrängt hatten.

Die Antwort war ein Foto vom Monument plus eine Spalte Text, der an der Oberfläche blieb und sich schon bald in die Schönheit der Zahnradbahn-Strecke rettete. Waschechte Hauptsturmführer und die Mathematik des Bösen suchte man vergebens, wenn es hier jemals einer suchte. Linakis hatte natürlich ganz recht, was den Zweck dieser Textsorte anging. Wen interessierten schon die alten Geschichten von den alten deutschen Männern, von denen die letzten ohnehin bald ihrem Schöpfer gegenübertreten würden? Kowalski, der nur im Sog von Lumbeck, Kostas und Linakis in den Abfluss getrudelt war, hätte das ganze Zeugs nur zu gern umschifft.

Bevor er sich an den Tisch auf dem Balkon setzte, achtete er darauf, dass er vollständig angezogen war, auch wenn bloß der Tisch auf den Balkon passte und er selber mit dem Stuhl im Zimmer blieb.

Er schob das Buch beiseite und langte in die volle Tasche, um sein wahres Leben zu greifen: Notizen, Fotokopien, Bücher, Lineal, Seminararbeit. Die Bücher hätte er längst zurückgeben müssen. Die Arbeit auch, und das benotet. Sie war von einem Studenten mit einem langen, nahöstlichen Namen, und sie war leider zerknittert.

Er türmte daraus sein eigenes Mahnmal. Es mahnte unmissverständlich *Tu endlich Deine Arbeit.* Es erinnerte ihn, dass er sich zu keiner seiner superben Seminarideen auch nur die Spur einer Notiz gemacht hatte. Und es riet ihm, sich besser zu organisieren, Abfall wenigstens in den Abfall zu befördern, anstatt ihn Tausende Kilometer zu transportieren, stand doch tatsächlich am Fuß der ersten kopierten Seiten zu lesen: *Umwelteinflüsse auf sportliche Leistungen bei internationalen Wettkämpfen.*

Er dachte sofort an Jorgos' Prinzipien der Mülltrennung. Er blätterte flüchtig, wie man eben in Abfall blättert, um den Beginn seiner Arbeit noch ein wenig hinauszuzögern. Viele Tabellen. Kapitel namens *Dünne Höhenluft*, *Der Zeitzonen-Faktor* und *Montezumas Rache.* Drei Seiten über die Olympischen Spiele von 1936. Faschismus als Umwelteinfluss, wie passend.

Was dann geschah, ließ ihn die Augen reiben, den Beginn seiner Arbeit auf unbestimmte Zeit verschieben und überstürzt schwimmen gehen.

~

Als Kowalski mit seinen Kanisterbahnen fertig war und sich tropfend den Kiesstrand emporschleppte, war Kostas schon da. Er lehnte in Kostaspose an seinem Auto und bot den gewohnten Anblick. Guckte er durch seine Sonnenbrille heute besonders argwöhnisch, so grüßte er Kowalski auf seinem Weg ins Hotelzimmer jedenfalls schwammig wie immer. Kowalski wusste nicht, wie lange er ihm schon zugesehen hatte. Die ersten Sonntagsgriechen trafen ein, und Kowalski beeilte sich mit dem Anziehen.

Im Dienstwagen ließ Kostas verlauten, dass sie nun nach Kalavrita führen. Was ein Gespräch hätte werden können, verblieb seine einzige Äußerung auf der halbstündigen Fahrt. Er vermittelte nicht den Eindruck, dass er sie gerne dorthin fuhr. Gerne fuhr er sie höchstens ohne Umweg zum Schafott, wohl weil er sie des Mordes für schuldig hielt, oder des Falschparkens, oder des Verlustes seines Büros. Immerhin hatte er eine Klimaanlage.

Schon bald war aus dem Seitenfenster sekundenlang nur noch Weite und Tiefe zu sehen, kein Straßenrand mehr und keine Leitplanke. Zahllose steile Kurven waren zu bewältigen. Eine einzige falsche Lenkbewegung würde den sicheren Tod bedeuten. Kowalski konnte nur inständig hoffen, dass Kostas sich keine Unkonzentriertheiten leisten würde, nicht von der Sonne geblendet und nicht von einer Hornisse gestochen, dass er nicht die sofortige Hinrichtung seiner Fahrgäste auch ohne Schafott vollstrecken wollte, keine unheilbare Krankheit diagnostiziert bekommen und keinen Ärger mit seiner Frau wegen Spuckens hatte. Hundehüttengroße Unfallgedenkhäuschen am Wegesrand erinnerten an die Realität solcher Dramen, komplett mit Kruzifixen auf den Dächern und trüber Glastür. An einigen besonders spektakulären Kurven standen gleich zwei, darin Madonnen und Öllampen und als Nachschub Öl in holländischen Dünnbierflaschen. Die Flaschen wirkten auf Kowalski im Umfeld der Jungfrau Maria, nun ja, deplatziert, verdankten doch nicht wenige der Blechkapellen ihre Errichtung allein dem übermäßigen Genuss desselben Bieres.

Kowalski hätte Kostas keinen besonnenen Fahrer genannt. Er hätte ihn einen trotz Klimaanlage schwitzenden Fahrer genannt, einen übergewichtigen, mit schlecht sitzender Uniform und Hang zum Bleifuß und zum Linksfahren, dem das Lenken große Anstrengung abverlangte, nicht aber besonnen. Obwohl sehr spannend, verging die halbe Stunde nicht so schnell wie Ruth und Kowalski sich das wünschten.

Kaum in Kalavrita angekommen, bog Kostas unbesonnen Richtung Gedenkstätte ab, wo Linakis am Straßenrand breitbeinig Zigarre rauchte. Hinter ihm kraxelten Touristen um das große weiße Kreuz auf der Anhöhe herum und studierten die Namenstafeln.

„Er wurde noch ein Stück den Hügel raufgeschleift", sagte Linakis zur Begrüßung. „So wurde er auf seinem eigenen Exekutionsgelände gefunden, früh morgens, von einer Bäuerin. Arme Frau."

„Es zog den Mörder an den Ort seiner Tat zurück", hörte sich Kowalski sagen. Jahrzehnte der Detektivgeschichten brachen sich ihre Bahn, als hätten sie darauf gewartet, endlich an einem Tatort klug daherreden zu können. Keinen überraschte das mehr als Kowalski, schon gar nicht Linakis.

„Blödsinn ist das", war sein fachmännischer Kommentar. „Keine Ahnung, wer das in die Welt gesetzt hat, aber es ist kompletter Blödsinn. Kaum ein Mörder ist so dumm, warum auch. Und in unserem Fall - an den Tatort zurückgezogen hat ihn ein kräftiger Mann, sagt die Spurensicherung."

Falls Kowalski, der Mann mit der detektivischen Erfahrung der Jahrzehnte, noch nicht wusste, wozu die griechische Spurensicherung da war, hier war die Antwort. Um einen erwachsenen Menschen hügelaufwärts zu schleifen, brauchte man einen kräftigen Mann.

„Ein Ritualmord", ging es weiter mit ihm durch.

„Einen komplett aufschlitzen *und* ihm das Gehirn raushämmern?" Der Kommissar verlor Asche, als er mit der Zigarre fuchtelte und sie kurz zum Messer und kurz zum Hammer machte. „Kein mir bekanntes Ritual", urteilte er. „Die Presse jedenfalls hat uns die Fotos mit dem Kreuz im Hintergrund buchstäblich aus der Hand gerissen. Hätte ich einen Haufen Geld mit machen können. Natürlich haben wir nur Fotos rausgegeben, auf denen die Verletzungen nicht so deutlich waren."

„Rücksichtsvoll", bemerkte Ruth. „Ein bisschen davon hätte uns im Revier von Diakopton auch gutgetan."

„Ist ja gut, ist ja gut", sagte Linakis. „Gehen wir was essen."

~

Linakis wählte ein Lokal mitten im Ort unter dem Rauschen der Bäume. Handbemalte Holzklötze gaben jedem der vielen Tische eine Nummer und hielten gleichzeitig die Serviettenstapel, die sich sonst die milde Bergbrise genommen hätte. Die traurige Turmuhr war vielleicht hundert Meter entfernt. Es kamen offener Wein und Brot.

„Ich war heute bei den Kollegen hier", erzählte Linakis. Er war beim Ausschenken ebenso großzügig wie beim Verbreiten seiner Interna. Schon die Stellung seiner Brauen ließ erahnen, dass die Kollegen den Besuch nicht so bald vergessen würden.

„Wir haben noch Labors in Patras und Korinth eingeschaltet, aber da ist nichts mehr zu retten. Die Reihenfolge der Verletzungen kann unser bestes Team nicht mehr feststellen, nach der überaus fachgerechten Behandlung des Körpers."

Er blickte steinern zu dem ahnungslos Brot kauenden Kostas hinüber, der nun mal kein Deutsch verstand.

„Wir haben eine Leiche und wissen nicht mal, wie sie zur Leiche wurde. Einmalig ist das."

Kowalski gab sich entspannt. Die Reihenfolge der Verletzungen war in seiner langjährigen Laufbahn noch nicht von Belang gewesen.

„Ist die Reihenfolge so wichtig?" fragte er wie unter Kollegen.

„Die Rekonstruktion der Tat ist sozusagen die Pflichtübung. Wir gehen natürlich von einem kurzen Abstand der Verletzungen aus. Es ist aber nicht mehr zu rekonstruieren, ob es vielleicht einige Stunden waren."

„Ist nicht die Todeszeit entscheidender?" Kowalskis messerscharfe Auffassungsgabe ebnete den Weg zu den entscheidenden Faktoren.

„Da hast du verdammt recht. Die Todeszeit: eine Stunde nach Mitternacht, vielleicht aber auch sechs Stunden.

Der Exitus: durch rapiden Blutverlust nach gewaltiger Schnittwunde, vielleicht aber auch durch plötzlichen Verlust des selbst für Lumbeck lebensnotwendigen Organs Gehirn. Zum Teufel. Ich will euch nicht mit Gerichtsmedizin langweilen."

Er tat es dann aber doch.

„Das Übliche - lila Totenflecken nach 30 Minuten. Erschwerte Beweglichkeit, je länger der Tod zurückliegt. Totenstarre nach zwei bis acht Stunden. Löst sich nach zwei bis drei Tagen. Die Körpertemperatur sinkt stündlich um ein Grad. Madenbefall kommt erst spät, ist aber für die Bestimmung der Todeszeit sowieso zu ungenau. Der Leichnam spricht normalerweise Bände. Unserer wurde leider zum Schweigen gebracht."

Außer langweilig wurde es Kowalski vor allem zu bildlich. „Hätte eine Verletzung nicht gereicht?" Eine schlaue Frage, für die auch der messerscharfe Kowalski bei rechtem Bedenken keine Spurensicherung gebraucht hätte. Aber sie führte von den Maden weg.

„Schon. Unser Täter war von Hass getrieben. Er wollte Lumbeck vernichten. Zum Wohl."

Linakis nahm einen kräftigen Schluck, während Kowalski sich fragte, ob man gegebenenfalls auch Weinflaschen in den Unfallgedenkhäuschen platzierte.

„Womöglich wollte er auch nur ganz sicher gehen. Es zeugt nicht von Überlegung oder Planung, soviel ist klar. Er war dann wieder clever genug, die Tatwaffen zu beseitigen. Schmeißt er die in einer beliebigen Kurve talabwärts, können wir uns dumm und dämlich suchen. An Kurven herrscht hier kein Mangel, das werdet ihr schon bemerkt haben, und die Abhänge sind unzugänglich. Die Schlagwaffe kann der nächstbeste Brocken gewesen sein, die Stichwaffe ein handelsübliches Messer. Finden wir nie."

„Was verrät der Tatort?" fragte Kowalski. Gleich fange ich noch an, mir Notizen zu machen, dachte er.

„Sieht ganz so aus", sagte Linakis tonlos, „als wäre er am Fundort erledigt worden, sein Auto stand ohne Blutspuren daneben. Das Zusammentreffen: Zufall, oder Verfolgung, oder Verabredung."

„Also auch völlig offen", folgerte Kowalski.

„Gewohnt hat er in dem Hotel da." Linakis zeigte mit einem Stück Bauernbrot die Straße hinunter Richtung Bahnhof.

„Und unter welchem Namen?" fragte Kowalski. Er erinnerte sich in dem Zusammenhang an eine Demütigung seiner Person.

„Nicht Hauptsturmführer Lumbeck", konterte Linakis.

Darauf tranken sie.

Dann legte der Kommissar Bedauern in seine Stimme. „Leider kann ich ihn für die falsche Angabe nicht mehr drankriegen. Und was viel schlimmer ist - die Hotelleute wissen natürlich von nichts, versichern mir aber glaubhaft, dass sie ihn gerne selber kalt gemacht hätten, nur viel langsamer. Das höre ich hier nicht zum ersten Mal. Ein so offenes Bekenntnis zur Gewaltbereitschaft der Polizei gegenüber ist kein gutes Zeichen. Sachdienlichere Aussagen werde ich aus der Bevölkerung keine mehr bekommen."

„Eine verschworene Gemeinschaft", sagte Polizeipsychologe Kowalski, „ohne Unrechtsbewusstsein für die blutige Tat."

„Ich weiß ja nicht, was für Bücher du liest", bemerkte Linakis.

„Dafür kennst du aber den Abfall, den ich zuletzt gelesen habe, du warst dabei. Der bizarren Logik deiner Akten zufolge müsstest du gleich die ganze Stadt in Beugehaft nehmen, bei milder Auslegung."

„Am Ende mache ich das noch", sagte Linakis düster.

Die Bestellung dauerte länger. Der Kellner notierte stoisch die Sonderwünsche. Kowalski und Ruth durften sich wie immer raushalten.

Linakis resümierte: „Wir können uns von zwei Tötungsarten die hübschere aussuchen, unsere Aussicht auf verwertbare Zeugenaussagen ist so trüb wie nur was, und mit unserem potentiellen Täterkreis können wir ein Fußballstadion füllen. Nicht gerade üppig nach drei Wochen Arbeit."

Er nahm einen kräftigen Schluck. „Griechen sind gesellige Menschen", sagte er.

„Das kann man sagen", schlürfte Ruth.

„*Ich war alleine zu Hause* ist sehr typisch für Deutsche", sagte der Kommissar, „nicht für Griechen." Er schenkte nach. „Unsere Mordnacht aber war der verdammt größte Höhepunkt des Beisammenseins, den ich je erlebt habe. Ich weiß nicht, ob wir für einen Fall schon mal so viele Leute befragt haben. Alle haben ein Alibi. Alle."

„Gibt es denn überhaupt keine Spur?" fragte sie.

„Spur? Wir können von Glück reden, dass von der Leiche noch was übrig ist. Es sind im Moment zwei Fragen offen. Da könnten höchstens mal Spuren draus werden. Die eine ist die Abschrift, die uns hoffentlich seine Unterkunft hier im Krieg verrät. Wie die meisten Offiziere musste ihn jemand bei sich wohnen lassen. Wenn da noch irgend jemand lebt, gibt es einmal, ein einziges Mal kein *Kenn ich nicht weiß ich nicht habe nichts gesehen.* Die kaufe ich mir. Nebenbei müssen uns die Deutschen noch was über Lumbecks Leben nach dem Krieg erzählen, aber ich verspreche mir nichts davon."

„Und Sachsenhausen?" fragte Kowalski vorsichtig.

„Verspreche mir auch davon nichts. Ich will gar nicht wissen, wie sein Spitzname als Folterknecht im KZ war. Mich interessiert, mit welchen Griechen er hier Kontakt hatte, besonders sein Schädel und sein Bauch."

Wie hatte sich Kowalski eine Beförderung in die SS vorzustellen? Bestimmt waren fortschreitender Irrsinn und abartige Neigung gute Basisqualifikationen. Für einen Job in Sachsenhausen kam man mit solider Ausrottungsexpertise in Griechenland vielleicht in die engere Wahl.

Er brauchte das alles überhaupt nicht. Der Kellner kam mit einem aberwitzig großen und dennoch überfüllten Tablett.

„Und die zweite offene Frage?" wollte Ruth wissen.

„Oh Wunder der Gerichtsmedizin", sprach Linakis, während er Teller weiterreichte, „wir kennen Teile seiner letzten Mahlzeit. Zucchini, Ei, Zitrone, Reis, wenn ich nicht irre. Natürlich ging bei der Tat und bei den Transporten viel verloren."

Das war die bildliche Art von Hinweis, die Kowalski vor dem Essen brauchte.

Linakis verteilte Besteck. „Wir müssen also herausfinden, wo er das gegessen hat", sagte er. „Wir haben noch einen beschwerlichen Weg vor uns."

Kowalski fühlte Ruth und sich in das *Wir* nicht eingeschlossen. Der einzig beschwerliche Weg, den sie gemeinsam zurückzulegen hatten, war, soweit er es sah, der kurvenreiche Rückweg zum Meer unter Alkoholeinfluss.

22

„Was hätte ich denn damit machen sollen, Ruth? In unseren Hausmüll, der erst kurz vor der Schmerzgrenze abgeholt wird? Damit es in aller Ruhe auf die Polizeidurchsuchung wartet? Im Wald verbrennen, bei der Trockenheit? Denk doch an die Verbotsschilder überall, das ist Brandstiftung. Ins Klo werfen? In das Ding, das mit einem Fetzen Klopapier überfordert ist? Jorgos versteht keinen Spaß, wenn es um seine Sickergrube geht."

„Warum hast du es nicht einfach Linakis gegeben?"

„Ich wollte es loswerden, verstehst du? Schnell und unauffällig. Ich würde mir doch selber nicht glauben! Von Lumbeck dem Jüngeren über Lumbeck von Waren bis Lumbeck die Leiche zeigt ein blutig roter fetter Pfeil schnurgerade auf Leo Kowalski."

„Übertreibst du nicht ein bisschen?"

„Übertreiben? Wer hat als einziger auf der ganzen Halbinsel kein Alibi? Wer hat sich mit dem alten Knochen gestritten? Wer hat kompromittierende Kopien aus Deutschland eingeschleust? Dann der Sachsenhausen-Komplex, das perfekte Motiv. Übertreiben? Das mit Sachsenhausen ist der Nagel zu meinem Sarg, und die Kopien mussten weg, schnell und unauffällig."

„Und wenn sie sie trotzdem finden?"

„Dann bin ich geliefert. Aber bei allem anderen hätte mich doch jemand beobachtet - mit einer Hinterachse beschwert im Meer versenken, vergraben, was auch immer. Hier macht man sich ja schon beim Möbelrücken verdächtig. Schnell und unauffällig, Ruth."

„Ist das nicht gerade verdächtig?"

„Ich weiß es nicht. Ich wollte Urlaub machen, nicht Räuber und Gendarm spielen. Nur wegen Dimitri und seiner verlausten Buchung wird alles zum Fiasko."

„Ah. Er steckt dahinter."

„Ich bin gerade nicht zum Scherzen aufgelegt, Ruth."

„Er hat Verwandte in der Gegend."

„Und?"

„Der blutig rote fette schnurgerade Pfeil, Kowalski. Er sollte aus Deutschland einen Sündenbock schicken."

„Dimitri das Superhirn? Nimm mich doch bitte ernst."

„Er hat unseren Flug oft genug verschoben."

„Um mich mit Lumbeck ins Flugzeug zu setzen?"

„Könnte er doch."

„Direkt neben ihn?"

„Könnte er doch."

„Kann sein. Aber den Streit konnte er nicht buchen."

„Neben Lumbeck? Machst du Witze?"

„Und das Zusammentreffen bei Jim hat er auch gebucht?"

„Er kennt hier einen Haufen Leute."

„Und die killen Lumbeck, als ich gerade kein Alibi habe?"

„Er kennt hier einen Haufen Leute."

„Durch die Wiederholung wird dein Scherz nicht besser. Du willst sagen, ich müsste Linakis also Dimitri als Racheengel präsentieren, und schon ist der Verdacht abgebogen?"

„Da unten kommt gerade sein Hilfssheriff."

„*Kostas kommt?*"

„Er hat ein paar von seinen Tüten dabei."

„Was machen wir jetzt?"

„Weiter packen, würde ich sagen."

„Ruth, ich denke, ich brauche nur eine Zahnbürste. Der Rest wird mir gestellt."

„Kowalski."

„Du glaubst, der bringt uns ein Abschiedsgeschenk? Der kommt sich eins holen."

„Kowalski."

„Darf ich in einem griechischen Gefängnis Besuch empfangen?"

„Soll ich dir einen Kuchen backen mit Feile drin?"

„Und ab und zu frische Wäsche, wenn's geht."

23

Linakis war die Ruhe selbst. Er zündete eine von seinen beruhigenden Zigaretten an. Der Rauch vermischte sich ungezwungen mit dem Rauch der vorigen Zigarette, der noch im Polizeibüro schwebte. Seine Sohlen fanden Platz auf der Schreibtischplatte, obwohl da längst kein Platz mehr war. Die Entspannung, die ihm das Rauchen gab, fand ihre perfekte Entsprechung in der, die ihm das Blättern in dem Buch verlieh, das er auf seinem Bein platziert hatte.

„Was hast du dir dabei gedacht?" fragte er nach ein paar Zügen und ein paar Seiten. Er fragte es, als erwarte er keine Antwort von Belang.

Seine Entspannung hatte es nicht leicht, auf Kowalski abzufärben. „Um ehrlich zu sein, so ähnlich habe ich's mir vorgestellt", sagte er.

„Du brauchst nicht in Rätseln zu sprechen. Wir sind unter uns."

„Ich meine die Schlüsse, die ihr aus dem ollen Stück Papier zieht."

„Zunächst einmal", sagte Linakis, „war das dank deiner Mithilfe nur noch ein feuchter Klumpen Matsch. Wir konnten mit Mühe und Not den Titel ausfindig machen. Meine Schlüsse wären andere, wenn du vielleicht etwas kooperativer wärst, anstatt umständlich Spuren und Indizien zu beseitigen. Zufällig sind mir Spuren beruflich enorm wichtig."

„Aber ich konnte doch nicht wissen -"

„Was? Dass dich Kostas beobachtet? Dass er zwei und zwei zusammenzählt? Dass wir so schnell ein Exemplar des Buches auftreiben? Das Auswärtige Amt hilft uns nur zu gerne."

Er drückte bedächtig die Kippe aus.

„Clever, die Kopien im Kanister verschwinden zu lassen. Da wären wir in hundert Jahren nicht drauf gekommen, wenn Kostas nicht so pünktlich wäre."

Still verwünschte Kowalski Kostas' Tugenden, darunter seine ungeahnte Fähigkeit, zwei und zwei zusammenzuzählen.

„Wie viel Material hast du noch beseitigt?" fragte Linakis.

„Nichts. Was meinst du mit Material?"

Linakis tat wirklich alles, geduldig zu erscheinen. Er sorgte für lange Pausen. Es gab hier keine Uhr, sonst hätte man sie deutlich ticken gehört. Es gab auch nichts zu trinken.

„Du bist zwar kein Professor, Kowalski, aber du bist auch kein Dummkopf. Du machst dich nicht dadurch verdächtig, dass du eine Boje auf- und wieder zuschraubst, sondern dadurch, dass du vor einem Mord Material über das Opfer sammelst und es nach dem Mord beseitigst."

Hanseatischer konnte man *Boje* nicht mehr aussprechen.

„Ich hatte keine Ahnung, dass das *Material* ist", sagte Kowalski so kursiv wie er konnte. „Das waren nur ein paar sinnlose Kopien, die ich mit mir herumgeschleppt habe. Ich wusste nicht einmal, worum es da geht. Gestern gucke ich rein, sehe Lumbeck, sehe euch zwei und zwei zusammenzählen und denke mir, schnell weg damit."

„Schnell und unauffällig – das versuchen sie alle", sagte Linakis unbeeindruckt. „Was hast du noch beseitigt?"

fragte er schon wieder. „Wir durchsuchen gerade euren Müll."

„Etwas in den griechischen Müll zu werfen ist keine Beseitigung", befand Kowalski, „es ist ein Depot."

„Du warst also schlauer. Verbrannt?"

„Hat doch die Feuerwehr verboten."

„In der Toilette versenkt?"

„Hat Jorgos verboten."

Etwas ging durch Linakis' haarige Miene, etwas anderes als Geduld. Neue Zigarette.

„Ich kann dich vorläufig festnehmen und einsperren lassen", sagte er. „Hier ist das Mordopfer."

Er warf Kowalski das geöffnete Buch hin, auf einen Aktenstapel, der sich nicht ganz so hoch türmte. Es zeigte eine der Doppelseiten, deren Kopien Kowalski in den Kanister gestopft hatte, leider nicht so schnell und unauffällig wie geplant.

XI. Olympiade in Berlin. Unter dem Foto eines farbigen Läufers stand etwas von Jesse Owens und seinen vier Goldmedaillen. Auf einem anderen füllten Menschenmassen wie geharkter Kies ausladende Tribünen vor größenwahnsinnigen Monumenten. Hitler stand als das wahnsinnigste von allen an einem Pult mit Mikrofonen. Ein drittes zeigte einen jungen Mann, dessen stolzgeschwellte Brust in einer Kombination aus Sportdress und Uniform steckte, im Schatten eines Schlosses und vor lauter jugendlichen Strammstehern. *Berliner HJ begrüßt im Lustgarten das Olympische Feuer.* Zu dumm, dass der junge Mann den Kopf von Lumbeck aus der Personalakte auf den Schultern trug.

„Deswegen habe ich es ja verschwinden lassen,"

sagte Kowalski.

„Bevor wir uns der Beseitigung widmen", schlug Linakis vor, „sollten wir uns vielleicht kurz mit der Aneignung befassen, findest du nicht?"

Kowalski fand das ganz und gar nicht. Dem Hauptkommissar nun von Lohse, Dimitri und der Sportbibliothek zu erzählen, konnte kaum zu seiner Glaubwürdigkeit und Entlastung beitragen, es konnte höchstens die Grenze des Erträglichen überschreiten. Warum hatte er Kopien dabei? Warum ausgerechnet diese? Er beneidete Linakis darum, dass er jemanden hatte, dem er Fragen wie diese stellen konnte. Er fühlte sich, als reiche die ihm bekannte Wahrheit als Antwort nicht aus. Wer konnte ihm bitte kurz mal sagen, warum er nicht ein Buch über Doping in die Finger gekriegt hatte, über athletische Ernährung, Bremstechniken beim Bobfahren, das Wunder von Bern? Warum er nicht *Material* mitgenommen hatte über Anabolika, Wurzelgemüse oder Fritz Walter? Warum? Für Fritz Walter in seiner Tasche hätte es auch keine vernünftige Erklärung gegeben, nur für Fritz Walter hätte er keine gebraucht.

Zufall. Pech. Verkettung unglückseliger Umstände. Schicksal. Verschwörung dunkler Mächte. Nicht gerade die Kategorien, in denen Linakis dachte. In seiner Welt dürfte es für alles einen Grund geben, womöglich einen guten. Es gab englische Literaten, von deren Biografie Kowalski weniger wusste als von Lumbecks, trotzdem aber konnte Kowalski nicht damit dienen, warum er sich schon in sein Leben gemischt hatte, bevor sie sich kannten, oder warum er es noch jetzt tat, aus der Leichenhalle heraus, in der er endlich angekommen war. Ebenso gut hätte man ihn fragen können, warum der Mann je knöcheltief in griechischem, jüdischem und anderem Blut gewatet war.

Unter allen Unschuldserklärungen, die Linakis hundertmal gehört hatte, wählte Kowalski: „Es hat nichts zu bedeuten."

Dass in Linakis' Welt hingegen die Dinge etwas zu bedeuten hatten, musste der nicht erst sagen. Er tat es auch nicht. Er war einfach ganz Ohr.

„Ich wollte bloß Urlaub haben", sagte Kowalski in die Stille. „Meine Abreise war ein bisschen ... schwierig."

Wie schwierig, musste Linakis nicht erst fragen.

„Ich musste meinen Professor überrumpeln, und die Kopien waren nur eine Tarnung."

Nach der Tarnung musste Linakis auch nicht fragen.

„Er sollte nicht merken, dass ich hinter ihm her war."

„War das auch ein Nazi, dein Professor?"

„Lohse? Nicht dass ich wüsste. Er lebt auch noch. Körperlich jedenfalls."

„Die nationalsozialistische Recherche war also dein Urlaubsantrag."

„Mit Recherche hat das nichts zu tun."

„Und du musstest es unbedingt mitnehmen."

„Nein. Das war Zufall. Hätte ich es doch nur in der Sportbibliothek liegen gelassen."

„Du bist Sportdozent?"

„Das nicht."

An dieser Stelle verlor Kowalski Linakis als Zuhörer. Er glaubte, der Geburt von Schweißperlen über den

Brauen beizuwohnen.

„Kowalski, du beleidigst mich. Du könntest dir wenigstens was Glaubhaftes ausdenken. Oder eine von den Geschichten, die ich hundertmal gehört habe. Dein Seemannsgarn kann ich noch nicht mal zu Protokoll geben."

Das glaubte Kowalski unbesehen. „Tut mir sehr leid um dein Protokoll", sagte er.

„Leid", wiederholte Linakis. „Ich sage dir, was mir leid tut - als sprachlichen Berater hast du dich mir elegant entzogen. Den Nachschub vom Archiv muss ich von jetzt an alleine durchackern."

Kowalski spürte die Schwere einer gekündigten Freundschaft auf sich lasten.

„Das müsstest du ab nächste Woche sowieso", sagte er.

Linakis sah ihn an.

„Was siehst du mich so an? Ich habe mit Lumbeck nichts zu tun."

Der Qualm der nächsten Zigarette waberte zunächst in Linakis' Bart herum, bevor er sich zu seinen Vorgängern im Raum gesellte.

„Und dein Großvater hatte wohl auch nichts mit ihm zu tun", sagte er.

Sie wussten es also. Natürlich wussten sie es. Die Grenze zurück zum Erträglichen wurde durch einen Erdrutsch unpassierbar.

„Kowalski ist also ein polnischer Name?" fragte Linakis.

Das musste Kowalski nicht erst sagen.

„Ein jüdischer Name?"

Soweit Kowalski wusste, gab es in Polen nicht mehr viele Juden. Viele, die nach dem Krieg noch am Leben waren, hatten vorgezogen, es nicht dort weiter zu führen. Dabei reichte 'soweit er wusste' auch wieder nicht sehr weit. Dass ihn Linakis erneut mit seinem Halbwissen konfrontierte, war zermürbend, und beim Zermürbungsprozess blieb nur noch ein Achtel übrig, ein Achtel Wissen, ein Achtel Kowalski.

Dass er zu einem Achtel Jude war, hatte ihm nie viel bedeutet. Genauso wenig eigentlich wie Protestant zu sein. Das Achtel war zwar mitverantwortlich für den respektlosen Umgang mit Linakis' sogenannten Indizien, hatte aber so gut wie keine Ahnung. Die Bruchstücke der eigenen Herkunft zu kennen und nachzuweisen war einmal lebenswichtig gewesen. Kowalski, der durch jeden besseren Rechentest gefallen wäre, verstand nicht, womit er die ständige Konfrontation mit der Mathematik des Bösen verdient hatte.

Die Wahrheit über Kowalski, kriminalistisch so bedeutsam, war schlicht. Als er klein war, fiel im Gespräch der Erwachsenen manchmal das Wort *Sachsenhausen*. Dabei fiel es in Unkenntnis des feinen Gehörs und früh heranreifenden Verstandes von Klein-Kowalski, dem künftigen Akademiker und Intellektuellen. Sich eines Abends nach dem verwunschenen Ort zu erkundigen brachte ihm nicht mehr ein als *wenn du groß bist* – ein Zeitpunkt, der bis heute auf sich warten ließ. Zeit fürs Bett.

Da er nun einmal auf die unsichtbaren Qualitäten seines Gehörs und Verstandes verwiesen hatte, erstarben die Gespräche mit der traurigen Thematik noch vor seiner

Großmutter. Er hätte mehr herausbekommen, wenn er einfach weiter aufmerksam den Mund gehalten hätte.

Bei ihrem Tod hatte einer der Erwachsenen gesagt, sie sei an gebrochenem Herzen gestorben, eine Formulierung, die dem kleinen Kowalski lange zu denken gab. Schon möglich, dass seine Familie den Dienstgrad des Herzensbrechers kannte. Auch möglich, dass es mehr als einen Hauptsturmführer im Lager gegeben hatte. Sicher war bloß, dass Lumbeck sich zur selben Zeit als Ausrotter im KZ verdingte, als Kowalskis Großvater dort umkam. Ob er ihn tatsächlich auf dem Gewissen hatte, ließe sich auch mit hochkarätigem *Material* schwerlich rekonstruieren. Kowalski wurde sehr durstig.

„Toli, du wirst es mir nicht glauben", sagte er.

„Das ist absolut möglich", sprach Linakis.

Der Verlauf des Gesprächs konnte Kowalski nur mit Sorge erfüllen.

„Ich wusste von nichts." Das war doch ganz bestimmt überzeugend.

Der Kommissar ließ das erstmal auf sich wirken. „Ich muss schon sagen, ein Nichts von der Größe ist mir selten begegnet. Lumbeck in Kalavrita, Lumbeck in Sachsenhausen, Lumbeck als von Waren, von Waren im Flugzeug, von Waren beim Autoverleih, Streit mit dem Opfer, verdächtiges Verhalten, Behinderung der Ermittlungen, Fotokopien, Motiv, was habe ich vergessen?"

„Weiß nicht. Kein Alibi?"

„Kein Alibi, ganz richtig."

„Toli, du überschätzt mich. Wenn ich so allmächtig bin, warum habe ich ihn nicht nach Sachsenhausen dirigiert?"

„Kein Plan ist perfekt."

„Hatte er meinen Großvater überhaupt auf dem Gewissen?"

„Kowalski", sagte Linakis und machte eine Pause, als sei damit alles gesagt. „Du kennst das ja inzwischen. Ob Lumbeck der Mörder deines Großvaters war, interessiert mich nicht. Ich werde in dieser Richtung keine Minute ermitteln. Du glaubst eben, dass er's war."

„Offen gestanden finde ich alles zunehmend unglaublich."

„Unglaublich ist, wie viele Zufälle du mir auftischst."

„Mensch Mann", zischte Kowalski, „in dem hirnverbrannten Buch geht es doch gar nicht um den Kerl. Hat er etwa die olympischen Ergebnisse beeinflusst?"

„Interessiert mich nicht. Du hast dich gründlich vorbereitet. Du hast dich saudumm verhalten. Dafür muss es einen Grund geben."

„Wieso muss es für alles einen Grund geben?"

Doch Linakis war über das Stadium hinaus, wo jede Frage eine Antwort verdiente.

„Du sammelst Verdachtsmomente wie andere Leute Briefmarken", sagte er. „Indizien, Zeugen, ein Büro voller Akten, Kontakt mit dem Opfer, die Gelegenheit und das Wissen sprechen alle gegen dich. Ganz zu schweigen von deinem überlebensgroßen Motiv."

„Motiv, dass ich nicht lache. Ich reise doch nicht in der Weltgeschichte herum und räche meinen Großvater, den ich nie kannte."

„Ein ehrenwertes Motiv immerhin. Das kann vor Gericht Berücksichtigung finden."

„Muss man ein Motiv nicht *vor* dem Mord gehabt haben? Dein Motiv wurde mir erst post mortem verliehen. Und ein Alibi habe ich auch."

„Ach ja?"

„Klar. Ich kann es nur nicht beweisen."

Noch etwas Langmut verabschiedete sich von Linakis. „Kowalski", sagte er. Mehr nicht.

„Toli, liegt es nicht in der Natur eines Alibis, zufällig zu sein?" Kowalski bewegte sich nicht auf sicherem Terrain. Jemand hatte ihn auf ein Hochseil geschubst, das über ein Krokodilbecken gespannt war. Um die Reptilien zu besänftigen, musste er mit drei Fackeln jonglieren, die Verdacht, Motiv und Alibi hießen.

„Nicht unbedingt", sagte der Hauptkommissar.

„Aber ob Ruth noch wach war, oder Jorgos, war doch purer Zufall. Was kann ich jetzt noch daran machen?"

„Du kannst dich zunächst mal zu unserer Verfügung halten", sagte Linakis.

Fackel Nummer vier kam angeflogen. Sie noch in sein Kunststück einzubauen brachte Kowalski fast aus dem Gleichgewicht.

„Verfügung! Was soll denn das heißen? Wie lange? Auf wessen Kosten? Was ist mit Ruth? Ich muss zurück. Ich habe einen Beruf, ich habe Verantwortung, ich habe ein Leben."

„Jetzt hör mir mal zu", sagte Linakis. „Ich bin nicht restlos von deiner Schuld überzeugt und nicht restlos von deiner Unschuld. Ich habe meine Vorschriften. Ich kann dich nicht einfach abhauen lassen, auch wenn dein Opfer -"

„Mutmaßliches Opfer, bitte."

„- wenn das ein Kerl wie Lumbeck war. Dein Ausflug zur Kanisterboje war nicht gerade das, was ich von kaltblütig planenden Killern kenne. Ich kann davon Abstand nehmen, dich zu verhaften, aber bis du mir ein paar Sachen erklärt hast, die hier laufen, bleibst du hier."

„Verfügung! Ich darf ausbaden, dass du zu viele Verdächtige hast."

„Versetze dich mal in meine Lage", sagte Linakis.

„Habe ich ja. Nur deswegen habe ich die Kopien doch verschwinden lassen", sagte Kowalski.

„Bis auf weiteres darfst du hier frei herumlaufen. Ruth kann nach Hause. Dafür machst du keine Schwierigkeiten."

„Was genau bedeutet *keine Schwierigkeiten*?"

Linakis' Stuhl hatte eine Wippfunktion, die mit seinem Körpergewicht mehr als ausgelastet war. Der Stuhl gab ächzende Laute von sich, die ihm Kostas beigebracht hatte.

„Das kann ich dir sagen. Wir haben solche Fälle nicht jeden Tag, in denen uns Politiker und Diplomaten und Journalisten auf die Finger gucken. Für die Dauer der Ermittlungen unterstützt du uns mit wahrheitsgemäßen Aussagen und allem anderen. Du versuchst keine juristischen Tricks und erzählst nicht der Botschaft oder einem Reporter, es ginge dir hier wer weiß wie schlecht, denn es wird dir nicht schlecht gehen."

„Was genau bedeutet *nicht schlecht*?"

„Du kommst nicht in Untersuchungshaft."

„Großzügig."

„Da hast du verdammt recht. Du wirst bevorzugt behandelt. Du bleibst mit deiner Botschaft in Kontakt. Wir regeln alles mit deinem Arbeitgeber, für den du unentbehrlicher Zeuge in einem Mordfall sein wirst. Wir übernehmen alle Kosten. Natürlich berechnen wir sie weiter an die Deutschen."

Kowalski wollte sich sträuben, sich aufbäumen, aber er wusste nicht, wo er anfangen sollte. „Und wo soll ich bleiben?" fragte er stattdessen.

„Du wohnst im Ilios."

„Das beste Zimmer vom besten Hotel umsonst", dämmerte es Kowalski.

„Wie?"

„Ach, nichts."

„Eins noch", sagte Linakis. „Du kriegst dein eigenes Spesenkonto."

Ein Spesenkonto. So wie Linakis klang, war der Zustand der Verfügung nicht nur nicht schlecht, sondern die Erfüllung aller Träume. Kowalski hingegen verspürte die Grenze zum Erträglichen bereits mehrere Tagesritte hinter sich.

24

Monate vergingen. Noch immer war er nicht zu Hause, aber Jorgos' Wände mit dem Mückenmuster waren das, was Kowalski so nennen musste dank der bevorzugten Sonderbehandlung durch die Behörden. Beide Behörden, griechische wie deutsche, kooperierten in inniger Harmonie, wenn es darum ging, jegliche juristischen und bürokratischen Hürden schwungvoll einzureißen, um seinen Dauerurlaub richtig dauerhaft zu gestalten und Jorgos' Herberge zu einer geselligen Mixtur aus Einraumwohnung, Lagerraum, Wellness-Center und ausbruchsicherem Knast umzufunktionieren. Es wurde eng.

Platz war schon Mangelware gewesen, als er das Zimmer noch mit Ruth bewohnen durfte, im trügerischen Bewusstsein der Vergänglichkeit seines Aufenthaltes. Inzwischen konnte er das Bett nur noch zu einer Seite verlassen, weil der Spalt bis zum Fenster mit Kartons und Tüten verstellt war, aus denen mehr oder minder Appetitliches oder Nützliches ragte. Puderzuckerbestäubte Süßwaren in Hartplastik, diverse Schraubgläser mit Honig, mit eingelegtem oder getrocknetem Obst, Keksdosen, Keksrollen, Keksschachteln, literweise Ouzo, Limonaden, holländisches Bier, bräunlicher Landwein in Ouzoflaschen, in Whiskyflaschen, in Fünf-Liter-Kannen. Kowalski nannte diese bei sich *die haltbare Seite* und trennte sie von dem Haufen neben der Tür, wo sich Gemüse mit Lehmkrusten, Eier und Obst kartonweise türmten, ein Familiengericht in einem Kochtopf, mit einem Küchentuch zugeknotet, neben Kuchen und Gebäck. Diese war *die verderbliche Seite*.

Nichts davon hatte Kowalski angeschafft, auch

nicht den Kühlschrank, um den er sich auf dem Weg ins Bad herumzwängte, und in dem vor lauter Eiern, Fischen und zugeknoteten Töpfen kaum Platz für das Bier blieb. Nicht das Backgammon-Spiel, das er nie benutzte, weil in jeder Kneipe stapelweise davon zur Verfügung standen, und auch nicht die grell bunten Bücher in griechischer Sprache oder das Fahrrad mit der kaputten Bremse, das er nach einer Woche lieber aus dem Zimmer an Jorgos' Zaun verlegt hatte, nachdem er feststellte, dass er den Platz wirklich für Verderblicheres brauchte und auch in der Gegend nicht so viel gestohlen wurde wie die Griechen den illegalen Albanern unentwegt anlasteten.

Mit all den Dingen wurde Kowalski beschenkt, und das Beschenktwerden war im Laufe der Zeit zum Dauerzustand geworden. Zunächst schien es, als arbeite die Dorfbevölkerung Hand in Hand mit den Behörden beider Staaten, um neben den juristischen und bürokratischen auch die praktischen und zwischenmenschlichen Hürden zu nehmen, und praktisch und zwischenmenschlich bedeutete hier in erster Linie Essen und Trinken. Bald wurde ihm klar, dass die herzhafte Gastfreundschaft ihm gegenüber noch einen besonderen Grund hatte, denn natürlich hatte sich nicht nur sofort verbreitet, dass hier einer festsaß, sondern auch, weswegen. Und was den Grund anging, waren sie sich alle mit Linakis einig. Es war ihnen schnuppe, ob's stimmte.

Am Tag, als dieser Groschen fiel, kam er gerade mal wieder vom Schwimmen zurück. Er hatte sich nicht davon schrecken lassen, dass vor allem das Baden in der Bucht ihn erst zum Ehrengast gemacht hatte, sondern begrüßte inzwischen jeden Tag mit seinen Bahnen und glich mit diesem

Ritual das fehlende Frühstück aus. Zumindest Jorgos' Frühstück hätte man dem deutschen Steuerzahler ersparen können, und genau betrachtet auch die meisten anderen Mahlzeiten, denn wenn er nicht gerade mit Linakis Tavernen besuchte, ernährte er sich reichlich von den Gaben auf seinem Zimmer. Es stellte sich aber heraus, dass Jorgos ohnehin jede Woche eine Phantasierechnung über komplette Vollpension an die Polizei reichte, anstatt einer echten über den Wäscheservice seiner Frau und gelegentliches Aufwärmen von Verderblichkeiten.

Kowalski aß vor und nach dem Schwimmen von dem frischen Obst, das die Bauern ihm stets lachend aufdrängten, mit Worten, von denen er inzwischen sogar ein paar verstand. *Professor* war eins davon. Er hatte seinen Widerstand nach wenigen Tagen aufgegeben, sie hatten mehr als genug und gaben gern.

Es waren so zahlreiche Bauern mit so fruchtbaren Feldern, dass er bald mehr Obst hatte, als ein erwachsener Mann am Tag essen konnte, egal, wieviel er schwamm, und er begann sich erste Gedanken über die Entsorgung nicht gegessener Orangen und Pfirsiche zu machen, vielleicht in den Kanisterbojen, haha, als an jenem Morgen bei seiner Rückkehr über den Strand ein faltiger Bauer auf ihn zuging und ihm fröhlich die Hand entgegenstreckte. Kowalski war nur mit Badehose bekleidet und noch nicht abgetrocknet, da sah er ein Bündel bunter Geldscheine zwischen den gegerbten Fingern, nicht wenig, jedenfalls weit mehr als ein wichtiger Zeuge hier für einen Mokka oder eine Limonade brauchte. Der Mann drängte es ihm mit derselben Selbstverständlichkeit auf wie eine Tüte Früchte. Kowalski stand eine

Sekunde nur tropfend da, bedankte sich dann hastig und verduftete ohne Geld.

Zum ersten Mal etwas erfolgreich abgelehnt, das hätte sein Selbstbewusstsein stärken können, wäre es nicht ausgerechnet Bargeld gewesen. Wirkte er schon mitleiderregend? Kaufen Sie sich mal was zum Anziehen, junger Mann, und leisten Sie sich einen Haarschnitt? Kaum war er oben angekommen, fand er eine beleibte Bäuerin mit Kopftuch vor seiner Zimmertür, die sofort breit lächelte und eine Salami von der Größe eines Hirtenstabes schwenkte. Sie umarmte ihn, halbnackt wie er war, und redete ihn mit allerlei aufmunterndem Zeugs voll. Und während er sich notdürftig mit seinem Handtuch bedeckte und konsterniert zurücklächelte, warf sie bewundernd die Arme in die Höhe, piekste einmal mit der Wurst gegen seinen Bauch und zimmerte sie andeutungsweise über seinen Hinterkopf. Erneutes bewunderndes Arme-, Wurst- und Worteschleudern und lautes Lachen. Kowalski verzog sich schnell mit dem Geschenk und schloss die Tür.

Eine Weile stand er so mit der Wurst in der Hand und begriff, dass die Leute ihm nicht nur Mitleid und Trost spendeten, sondern Anerkennung für die Bluttat, die er nicht begangen hatte. Kowalski, Mann der Tat. Der Rächer. Der Held. Geachtet und beliebt von Berg bis Tal. Natürlich hatte die offizielle Version von ihm als wichtigem Zeugen keine Überlebenschance gegen die gefräßige Mundpropaganda der Einwohner. Wie würden sie die Wahrheit aufnehmen, wenn Linakis und sein tüchtiges Team erst den wahren Täter ermittelt hätten, an jenem dank ihrer Tüchtigkeit zweifellos gar nicht mehr fernen Tag?

Er hängte die Salami mit ihrer Schnur an ein Wasserrohr unter der Decke, über die Bettkante, von wo sie ihn von nun an regelmäßig auf dem Weg ins und aus dem Bett boxte. Bargeld und Wurst waren eine Steigerung, und sie öffneten Kowalski an jenem Tag die Augen über seinen Stellenwert bei den Leuten. Und als immer mehr Essen und Dinge und der Kühlschrank hinzukamen, blieb er unschlüssig, ob sie zu der haltbaren oder der verderblichen Seite gehörte, und so verblieb die Wurst bei Kowalski in der Mitte.

Nicht selten betrachtete er sie vor dem Aufstehen nachdenklich, als könne er ihr entlocken, wann endlich sein letzter Tag im hellenischen Hochsicherheitstrakt anbrach. Noch nie war jemand von so vielen Leuten bewacht worden. Bei einem Fluchtversuch hätte ihn noch der Bus- oder Taxifahrer erkannt, aber da er kein Leben im Untergrund anstrebte, war eine Flucht nach Hause von vornherein zwecklos. Kein Wunder, dass ihm seine Bahnen im Golf von Korinth bald vorkamen wie Ausgang im Gefängnishof.

Gleich zu Anfang seines Zwangsurlaubes war einmal ein Herr von der Deutschen Botschaft da gewesen. Er hatte sich aus Athen herbemüht, um seine Lage zu besprechen. Er war der einzige weit und breit im Anzug gewesen und auch sonst ziemlich zugeknöpft.

Die Angelegenheit sei politisch brisant. Das Außenministerium dränge auf schnellste Aufklärung. Der Medienrummel müsse begrenzt bleiben. Forderungen nach Schadensersatz für Kriegstaten, bisher weitgehend abgelehnt, dürften keine neue Nahrung finden. Kowalski könne seinen Anwalt einschalten, das wäre jedoch erst aussichtsreich, wenn man ihm konkret etwas vorwerfe, nicht in seinem jetzigen Zustand der freiwilligen Kooperation. Soso, er habe gar keinen Anwalt. Kowalski werde als unentbehrlicher Zeuge um Zusammenarbeit gebeten, und um Verständnis, bei vollständiger Aufwandsentschädigung und Gehaltsfortzahlung. Sein Arbeitgeber werde als Landesbehörde gehalten, seine Abwesenheit für die Dauer der Untersuchungen zu unterstützen. Ob Kowalski vielleicht wisse, wie man seinen Vorgesetzten erreiche. Man habe es vergebens den ganzen Montag versucht.

Der Zustand der freiwilligen Kooperation war einer, den Kowalski nicht hätte definieren können, schon weil er weder freiwillig noch kooperativ war. Linakis hatte das eingefädelt, mit irgendwelchen griechischen Diplomaten, um Kowalski unter Druck zu setzen, und womöglich auch um seinen Chefs etwas vorweisen zu können. *Wir haben einen achteljüdischen Materialvernichter* war sicher um Längen besser als *wir haben nichts als Berge voll Verdächtiger.*

So entwickelte sich seine Lage zu einem permanenten Schwebezustand, und zwischen unbefristeter Haltbarkeit und dem sicheren Verderben hing er träge in der Luft wie seine Dauerwurst.

~

Jemand hatte ihm einen fransigen Strohhut geschenkt. Nach dem Schwimmen machte er damit gerne lange Spaziergänge. Sie führten ihn zur nächsten oder übernächsten Bucht, oder nach Agios Nikolaos, zu Spiros, oder in die Berge. Dann trank er irgendwo etwas Kühles und bemühte sich, vor der Mittagshitze wieder zurück zu sein, denn kaum etwas stieß auf mehr Unverständnis bei Jorgos und eigentlich allen hier, als sich ohne triftigen Grund der heißen Sonne auszusetzen. Triftige Gründe gab es praktisch keine, und mittags herrschte hier Ruhe. Lautes Gemeinschaftszirpen war meist das einzige Geräusch, das den Schlaf der Leute begleitete. Das Konzert stammte, wie Kowalski lernte, eben nicht von Grillen, sondern von Zikaden, großen dunklen Brummern, die hier massenweise auf den Bäumen saßen und ihren Lärm mit der Temperatur steigerten.

Oft legte auch Kowalski sich dazu ein oder zwei Stündchen aufs Ohr, bevor er die zweite Tageshälfte in den Cafés und Tavernen verbrachte. Nicht selten kam schon früh abends Tolis Linakis dazu. Kowalskis Tagesablauf war in der Regel nicht gerade aufregend, nicht gerade abwechslungsreich, aber auch nicht weiter bedrohlich. Er dümpelte dahin wie ein Fischerboot im Mondenschein und eignete sich eine Sorglosigkeit an, die ihm nur in den Momenten unangebracht erschien, in denen er bedachte, dass er mit einem Bein im Kittchen stand.

Momente, nachdem er mit Ruth telefoniert hatte, waren solche Momente. Sie empfand zwar auch nicht so große Bedrohlichkeit, oder, wenn doch, brachte sie nicht zur Sprache. Sie ging stets davon aus, dass er ja sowieso in ein paar Tagen nachkommen würde.

„Bring mir diese leckeren Kekse mit", sagte sie gerne zum Abschied. Sie sagte nicht „nächste Woche" dazu, es klang aber so. Die Normalität und Alltäglichkeit im Tonfall war das, was Kowalski brauchte. Was ihn aber ins Grübeln brachte, war, dass sich bei ihm schon mehr Kekse anhäuften als er schleppen konnte, er jedoch meilenweit davon entfernt war, ihr welche mitzubringen. Wenn sie auflegten, konnte der Ernst der Lage in sein Bewusstsein pieksen.

Während er bei den Menschen zum beliebten Vorbeischlenderer und Dauergast wurde, war er für sie im Grunde ein willkommener Gewaltverbrecher, verdächtigt, so eine Art guten Mord begangen zu haben. Er lernte ein paar Brocken der griechischen Sprache, doch selbst wenn er jetzt fehlerfrei zwei Bier bestellen konnte, hatte er doch keine Ahnung, was *nicht schuldig* hieß.

Zwischen den Telefonaten verbrachte er viel Zeit damit, das Strafmaß für das Umlegen von Lumbeck zu verdrängen, das wie an ein Pferdehaar geknotet unentwegt über ihm baumelte.

Er telefonierte gar nicht so häufig mit Ruth. Klar, die Kosten übernahmen die Deutschen oder die Griechen oder wer auch immer. Doch die Gespräche machten ihm immer wieder bewusst, wie weit er von der Rückkehr in sein normales und tatsächlich sorgloses Leben entfernt war. Dazu gesellte sich die hiesige Fernsprechtechnik. Die einzige Telefonzelle im Umkreis stand bei Jorgos, wie es sich für ein renommiertes Hotel gehörte. Ein verwitterter Sperrholzverschlag, der durchlöchert und schief an der Außenwand lehnte. Was einmal die Tür gewesen sein musste mit einem kleinen Fenster drin, lag etwas abseits im Wirtsgarten als Hühnerleiter. Da Jorgos' Hotel an der Seite mit kräftigem Wein bewachsen war, bewucherten die Triebe längst das Äußere und Innere der Zelle. Kowalski entnahm den antiken Hörer einem Blättermeer mit fetten Spinnen und Eidechsen und sonstigem Getier, und das Brummen in der Leitung mischte sich mit Brummen im Geäst. Er verließ dann die Zelle, so weit das Kabel reichte und stand mit dem Hörer im Freien direkt neben Jorgos' Terrasse, wo er wie eigentlich den ganzen Tag aufmerksam beäugt und belauscht wurde. Die Qualität der Verbindung erlaubte in der Regel keine gedämpfte Lautstärke. Seine Privatsphäre war beim Teufel.

So brüllte Ruth ihm zu, wie Lohse, penibel seine Viertagewoche einhaltend, vertretungsweise die letzten von Kowalskis Studenten vergraulte, und dass die Polizei mit seinem kooperativen Einverständnis seine Wohnung besichtigt hatte. Er brüllte zurück, dass er noch immer die heißeste Spur diesseits des Golfs war und sich im Grunde nichts bewegte. Er würde ihr die Kekse schicken müssen.

Der Abschied von Ruth war unspektakulär gewesen. Er hatte sie zur Bushaltestelle an der Landstraße gebracht, und zwischen den verunglückten Portraits der abblätternden Musiker war genug Zeit für Umarmungen, bis einmal der Bus kam. Beide gaben sich Mühe, sich nicht der möglichen Dauer oder der Tragweite der Trennung hinzugeben.

„Du bist es doch nicht gewesen, oder?" blickte sie ihm vor dem Einsteigen ins Auge.

„Sag's nicht weiter", sagte er bemüht locker. Es klappte nicht so ganz mit der Verdrängung der Tragweite.

Linakis hatte sie allein gelassen, und Kowalski musste sich danach erstmal zurückmelden. Meistens genügte es, wenn er Jorgos sagte, wo seine Limonade oder sein Backgammon-Spiel heute stattfinden würde. Daran konnte

Linakis ihn orten, und das musste stets gewährleistet sein. Sein Radius reichte bis Egion, wo er sich manchmal eine deutsche Zeitung von letzter Woche gönnte und einen Plausch mit Jim. In den ersten Tagen war Kostas schon mal im Hintergrund aufgetaucht, schmierig aus seinem Autofenster blickend und zweifellos sauer, dass Kowalskis Ortsmeldungen immer stimmten. Kowalski war auch stets im angegebenen Zeitrahmen zurück, weil er den Zeitrahmen meistens selber festlegte und weil er den Hauptkommissar nicht nervös machen wollte. Um den nervös zu machen, mussten sowieso ganz andere Sachen passieren. Linakis düste manchmal für ein, zwei Tage nach Patras, in seinen eigentlichen Bezirk, ohne sich die geringsten Sorgen um Kowalskis Anwesenheit zu machen. Es gab nur eine Handvoll Orte, an denen sie ihn hätten suchen müssen, und keinen, an den er unerkannt hätte fliehen können. Keine Feile der Welt, von einer gütigen Bauersfrau in einen Kuchen gebettet, hätte die virtuellen Gitterstäbe durchtrennen können. Er war zum Nichtstun vorverurteilt.

„Na, Toli, wann komm ich nach Hause?" fragte Kowalski gerne, wenn Linakis sich in Agios Nikolaos nach Dienstschluss ans Backgammon-Brett setzte.

„Hm", machte der gewöhnlich und guckte angestrengt auf seine Uhr, „wie spät ist es jetzt?"

Und sein Schnauzbart spreizte sich verschmitzt, denn er fand das urkomisch. Dann bestellte er zwei Bier, nicht um die wenigen Stunden bis zur Heimreise, sondern um seinen gelungenen Witz zu begießen.

„Gefällt's dir etwa nicht bei uns?" war ein anderer von seinen Standards.

Und das konnte man eigentlich nicht behaupten. Es war sonnenklar, dass der Hauptkommissar Kowalskis Gegenwart genoss und so Farbe in seinen drögen Revieralltag mit Kostas brachte. Dabei blieb zu hoffen, dass ihn das nicht von seinen alltäglichen Pflichten abhielt, die darin bestanden, sich Kowalskis Gegenwart zu entledigen, so oder so. Jedenfalls gefiel Kowalski eine ganze Menge hier. Noch nie hatten Zeit oder Geld eine solche Nebenrolle in seinem Leben gespielt. Er wusste nicht immer auf Anhieb, welcher Wochentag gerade war. Er musste nur gelegentlich einen Kaffee oder ein Bier zahlen und bekam auch das irgendwann erstattet. Die gebratenen Tauben flogen ihm förmlich in den Mund. Er hatte verlässliches Traumwetter. Alle schienen ihn zu mögen. Die Wirrnisse der Welt drangen nur aus vergilbten Berichten längst überholter Zeitungen zu ihm vor. Nachdem er in der Anfangsphase noch naiv geglaubt hatte, das Ganze sei eine Frage von Tagen und Kostas würde ihn eines baldigen Morgens mit der Rückfahrkarte wecken, hatte er sich bald schon ganz gut daran gewöhnt, in einem zeitlosen, geldlosen, rechtsfreien Raum zu schweben. Und wenn einen Zeit und Geld nicht weiter bedrückten, hatte man mit den Bewohnern schon etwas Wesentliches gemeinsam.

Wenn Linakis nicht gerade eines seiner seltener und kürzer werdenden Verhöre startete, nur der Form halber wie es schien, Verlauf und Resultat zum Gähnen, fühlte sich Kowalski ganz wohl in seiner Haut. Dass er Ruth vermisste oder Schröder, seine Universität, bouzoukifreie Musik, Bücher, Kinofilme, Fassbier, änderte wenig daran, dass er sich mit seinen Privilegien prächtig arrangierte und mit seinem

Tagesablauf im Reinen war. Und er hätte die Ernsthaftigkeit seines Zustandes sehr erfolgreich weiter verdrängen können, Lohse Lohse sein lassen, nicht mehr selber kochen, waschen, bügeln oder selber unterrichten, endlose Konferenzen mit dem Kollegium und das Mensaessen versäumen, er hätte all dies durchaus offenen Endes langmütig erduldet und sich Tag für Tag der Illusion einer heilen Welt hingegeben – wenn, ja wenn nicht Ereignisse eingetreten wären. Drei Ereignisse.

25

Die Ereignisse, die den Trugschluss der Beschaulichkeit brachen und Kowalski aus seinem Nickerchen rissen wie ein schriller Akkord, waren drei, und sie geschahen unabhängig voneinander. Zeitlich sortiert kam zuerst der Fernseher, dann war da die Sache mit der Frau, dann die Sache in der Schlucht. Sortiert nach Wirkung, danach, wie böse es ihn aus seinem Nickerchen riss – das hätte eine andere Reihenfolge ergeben.

~

Der Fernseher kam an einem sonnigen Nachmittag, sonnig wie der Nachmittag davor und der danach, und er kam wie einiges in Kowalskis jüngster Vergangenheit unverhofft. Vor seiner Tür erschien ein Ehepaar aus der Nachbarschaft, das Kowalski vom griechischen Grüßen kannte, und er öffnete ihnen in einem Moment, als die Salami noch pendelte und der Spülkasten noch grölte. Sie hatten das Gerät in einen zu kleinen Karton gezwängt, der nach dem Aufdruck zu urteilen ursprünglich einen Hamsterkäfig mit Laufrad und allem Zubehör umgeben hatte, und sie guckten etwas erstaunt. Der Gatte trug ein hellblaues Hemd mit kurzem Ärmel und streckte Kowalski an behaarten Unterarmen freundlich den Apparat entgegen. Drei Personen waren inzwischen eigentlich zu viel für sein Zimmer, von einer geeigneten Stelle für einen Fernseher ganz zu schweigen. Kowalski versuchte von Anfang an, knallharte Ablehnung zu verkörpern, aber die nahmen das Ding einfach nicht wieder mit. Es sei von ihrem Sohn, aber der sei längst ausgezogen, und nach einigem Hin und Her bemächtigte sich seiner das Gefühl, es sei die Telepathie mit seiner Wurst auf Dauer doch etwas langweilig und er könne die Ablenkung und Information durch TV ganz gut gebrauchen. Besser, als wären sie mit dem Hamsterkäfig angekommen, den ihr Sohn sicher auch nicht mehr brauchte. Über sein passives Griechisch musste er selber staunen. Es wurmte ihn nur, dass die beiden ihrerseits mit dem Ablehnen von Bier, Ouzo, Limonade und Keksen federleicht durchkamen und freundlich verschwanden.

Das TV-Gerät auf seinem Bett war klein und alt, es hatte zwei robuste Drehknöpfe an der Front, und es trug das verheißungsvolle Wort *Color* über der Röhre. Jorgos behauptete am Abend im Foyer, mit seiner Schüssel könne man deutsche Sender empfangen.

„Natürlich. Alle europäischen Sender. Beste Qualität."

Zum Beweis quetschte er so lange eine Fernbedienung, bis sein Kasten, der schräg in eine obere Ecke des Foyers gedübelt war und immer lief, nach vielen unscharfen Menschen, die aussahen, als verschönerten sie im ganzen Land die Bushaltestellen, endlich einen unscharfen Menschen zeigte, der aussah, als habe er die Fröhlichkeit mit Salatbesteck gegessen. Auch der akustische Empfang war dürftig; der Mensch pries in einem südlichen Dialekt des Deutschen strahlend die wohltuende Wirkung der Volksmusik an.

„Du kannst hier fernsehen, wann du willst", sagte Jorgos.

Kowalski überlegte schon, mit welchen Worten er

den anderen Gästen diese Zumutung ersparen konnte, als Jorgos hinzufügte: „Aber Vassilis und Elena sollen nicht mit mir schimpfen."

Vassilis und Elena waren die Spender seines Fernsehers.

Da nun das beste Zimmer vom besten Hotel, Kowalskis Zimmer, nicht in eine Kategorie fiel, zu deren Standard Fernsehgeräte oder Buchsen gehörten, und wer hätte hier auch unter normalen Umständen einen Fernseher vermisst, bedurfte es nur einer Inspektion des Apparates, seines Balkons sowie einer kleinen und kaum zweimal revidierten Zeichnung zum Kabelverlauf, bis das Projekt Kowalskis medialer Anbindung fertig geplant war. Eine Sache von zwei Stunden unter Einbeziehung von fünf oder sechs Gästen. Schon morgen konnte man sich an die Umsetzung machen, wenn nur erst ein langes Kabel aufgetrieben wäre. Eine knappe Woche später rauschte zum ersten Mal verschneites deutsches Privatfernsehen durch sein Zimmer.

Und es langweilte ihn. Es gab keinen vernünftigen Grund, hier einen Abend im Haus zu verbringen, so dass er die Kiste nur anschmiss, wenn er nachmittags aufstand, und auch das hauptsächlich, um Vassilis und Elena gegenüber kein schlechtes Gewissen zu haben. Es liefen dann meist Gerichts- oder Talkshows, deren mangelnder Informationsgehalt nur noch vom Unterhaltungswert unterboten wurde. Mit einem tränenreichen Auftritt der Marke *Mein Freund wird für einen Nazi-Mörder gehalten und darf die griechische Halbinsel nicht verlassen* hätte Ruth die Nation bewegen können.

Bei den Gerichtsshows konnte ihm mulmig werden, wenn er die strengen Richterblicke und die Dramatik auf der

Anklagebank auf sich bezog. Er hatte kein Interesse, beim griechischen TV-Pendant zu „Richterin Gudrun Ehrlicher" dereinst von Blicken und Kameras durchbohrt zu werden, während er allen Indizien zum Trotz verzweifelt seine Unschuld beteuerte.

Normalerweise ertrug Kowalski das Geschwätz im Hintergrund bis zu den nächsten Nachrichten und schaltete danach ab. Und wenn der Inhalt vieler Nachrichten auch grausam war, die Form ihrer Darbietung wirkte nach der künstlichen Aufregung beinahe wie Balsam.

Das deutsche Wetter belustigte Kowalski aus der Ferne, er empfand aber das Gerät alles in allem nicht als Bereicherung. Die Kiste stand ihrerseits auf einer Kiste mit weniger dringendem Inhalt, in einen Winkel gepfercht, wo sie den Weg zum Fenster nun massiv behinderte. So wurde sie ein zweites, ein kleines belangloses Fenster nach Hause. Immerhin versicherte sie ihm von Zeit zu Zeit, dass Deutschland auch ohne ihn prima zurechtkam. Die Kommunikation war genauso einseitig wie mit seiner Wurst, nur in die andere Richtung, wobei die Wurst ihm nie Wichtigkeit vorgaukelte und viel besser roch.

~

Er wusste nicht, wer die Frau war und was sie wollte. Sie kam an einem Freitag mittag aus einem jener seltenen Gründe, sich der Hitze auszusetzen. Zu dem Zeitpunkt hatte er den Fernseher ein oder zwei Wochen. Da konnte er noch nicht wissen, dass der Apparat das erste Glied in einer Verkettung entscheidender Ereignisse war. Und das vierte.

Und die Frau das zweite.

Als es leise klopfte, zog durch Kowalskis verschlafenes Hirn, wie Kostas vor der Tür stand mit einem Erste-Klasse-Ticket, seinem beschlagnahmten Hab und Gut und einem so schlechten Gewissen, dass es ihm in deutlich lesbaren lateinischen Lettern unauslöschlich auf der Stirn stand. Das Zimmer war zum Schlafen verdunkelt, und die Zikaden zirpten durch die hölzernen Blenden herein. Kowalski rollte mit halb geschlossenen Augen aus dem Bett und machte sich nicht die Mühe, sich für Kostas in Schale zu werfen. Geistig war er noch im Schlaf, als er verschwitzt und in Boxershorts weit die Tür öffnete.

Man konnte nicht sagen, dass er enttäuscht war. Optisch waren die meisten Menschen eine positive Überraschung gegen Kostas. Umso heftiger traf ihn der Anblick purer Schönheit vor seiner Schwelle. Was immer die Frau von ihm wollte, sie konnte nicht anders als betörend dabei aussehen. Ihre Schönheit war ihre Nachricht, und die Nachricht war klar und deutlich. Sie war höchstens in Kowalskis Alter, mit einem Gesicht zwischen jugendlicher Lebenslust und erfahrener Sinnlichkeit. Ein Gesicht, so griechisch wie nur was, das sich jeden Faltenansatz mit Begeisterung angelacht hatte. Ein Gesicht, das Kowalski für Sekunden in einen regungslosen Türklinkenhalter verwandelte, gemeinsam mit den hauchdünnen Sandalen, dem schlichten Kleid, der Blüte im dunklen Haar. Flieder? So viel zart gebräunte Haut hatte das Ilios schon lange nicht mehr gesehen. Aus welchem Dorf sie auch stammen mochte, sie war die Dorfschönheit in einem jeden.

Ihre Augen! Entschlossen und unsicher zugleich

war ihr Lächeln, und die Sekunden verstrichen auch deshalb still, weil die Stille ihr ebenso überwältigend gut stand wie jedes der wenigen Dinge, die sie an ihrem fruchtbaren Leib trug. Kowalski wollte nichts Falsches sagen, damit es nicht „puff" machte und sie sich in Kostas verwandelte.

Erst als sie einen grazilen Schritt tat, fiel ihm auf, dass er sie begrüßen, hereinbitten und sich etwas anziehen könnte. Er öffnete den Mund, und sofort versiegelte sie ihn mit ihren vollen Lippen, beließ sie dort und bewegte sie sacht. Kowalski wurde schwindelig. Ihm war zumute, als hauche sie ihm die Sonnenhitze ein, die sie soeben draußen im Zenit eingefangen hatte, und als sammele die Hitze sich angenehm an mehreren Stellen seines schutzlosen Körpers. Er verlor die Balance, doch sie ließ nicht locker, vollendete den Kuss geschmeidig, legte ihren Finger auf seine von ihr befeuchteten Lippen, hauchte „Irini" und drückte die Tür zu mit ihrem entzückenden Fuß.

So ein schöner Name. Kowalski konnte ihr seinen Namen nicht ohne weiteres nennen. Er wusste gar nichts mehr. Sie dagegen schien alles zu wissen, zum Beispiel wie man ihn willenlos küsste, bis sich sein Verstand verabschiedete und wieder hinlegte. Allein ihre Fingerspitze strahlte mehr Wissen ab als Kowalski Haare auf dem Kopf hatte. Die Haare zerwuselte sie geduldig, als seien sie nicht gründlich zerwuselt gewesen. Dabei lächelte sie ihn milde an, wie um ihm Gelegenheit zum Widerstand zu geben, oder zur Flucht, oder zur Konsultation seines Verstandes, dabei *nahm* sie ihm damit die Gelegenheit. Auch das wusste sie.

So lächelte sie ihn zur Bettkante, von der sein Verstand auf den Boden plumpste, damit Kowalski sich setzen konnte. Ihr war noch nicht mal die Salami im Weg, wie machte sie das bloß. Sie lächelte auf ihn herab, als sie in einer fein raschelnden Bewegung ihre linke Schulter freimachte und eine Brust entblößte, die im Halbdunkel zart und anmutig das verheißende Lächeln untermalte wie der Pinselstrich eines wahrhaft erotischen Gemäldes. Kowalski hörte keine Zikaden mehr, gewiss kapitulierten sie vor der steigenden Hitze.

Sie streifte das einzige herab, was sie unter dem Kleid trug - mit seinen Händen. Der Geruch von Obst und Kuchen hing appetitlich im Zimmer und vereinte sich harmonisch mit dem Duft ihrer Blüte und dem ihrer Scham, gar nicht weit von seiner Nase. Er durfte sie berühren. Er sollte sie berühren. Ihr Lächeln schmolz, bevor sie die Augen schloss. Ihre spürbare Lust schmeichelte seinem Ego, und sie schmeichelte seinen Fingern, die nicht recht wussten, wie ihnen geschah, eben noch doof den Türgriff gehalten und nun ach so angenehm umschmeichelt. Kreisendes Becken, schweres Atmen, gleitende Hände. Sie setzte sich neben ihn, ohne einen Augenblick den Kontakt zu verlieren. Sie schlang ein erhitztes Bein um seine Hüfte und gab sich hin.

Kowalski hätte sich nicht zum Experten für weibliche Höhepunkte erklärt, glaubte aber, einen zu erkennen, wenn er ihm begegnete. Leider wurde man in Kino und Fernsehen mit einer gespielten Vielzahl überflutet, dass einem der Blick für das Wahre abhandenkommen konnte. Eine Parade laut und leise, lang und kurz, heftig, verhalten, multipel und vergnüglich liebender Frauen zog am modernen Mann vorbei, als wolle man durch die inflationäre Verbreitung den Wert senken.

Als Irini kam, erfüllten Würde und Frieden den Raum. Die Entspannung einer Dirigentin nach der Ouvertüre. Mit beherztem Dirigentinnenblick näherte sie sich seinem Hosenbund, auf dass auch darunter Würde und Frieden einkehren würden. Dabei hatte sie keine Eile. Der richtige Zeitpunkt für Konversation, fand Kowalski.

„Who are you?" fragte er und hoffte, die richtige Sprache gewählt zu haben.

„I am from Agios Nikolaos", hauchte sie. „I live in Patras."

Nie zuvor hatte eine Frau etwas Sinnlicheres gesagt. Konnte auch damit zusammenhängen, wie sie sich unbeirrt an seine Shorts machte. Selbst ihr Englisch war einfach schön anzuhören.

„Meine Großmutter", flüsterte sie, war aber hauptsächlich mit ihren Händen beschäftigt. Sie war ihm jetzt sehr nah. „Seit sechzig Jahren ist sie zum ersten Mal nicht traurig, verstehst du?"

Verstehen war jetzt gerade nicht Kowalskis Stärke. Was Irini zu tun im Begriff war, hatte seit Ruth nur Ruth getan. Eigentlich sollte es dabei bleiben, sein Verstand müsste das bloß noch beschließen. Es hatte ihm noch keiner Kondome auf die haltbare Bettseite gelegt.

„Uns gehört das Kafenion am Ende des Dorfes", sagte sie verführerisch, dann schmiegte sie wieder ihren Finger auf seinen Mund und machte „Schhhh".

Am Ende des Dorfes? Kowalski kannte eine Großmutter am Ende des Dorfes, und die hielt ihn wegen der Gefräßigkeit des Holzbocks für einen abartigen

Schmutzfink. Wenn sie hiervon erführe, würde sie im Nu wieder traurig werden.

Wenn er Irini noch bremsen wollte, dann wurde es höchste Zeit. Wie fand er zeitig die richtigen Worte? *Ich bin nicht der Mörder. Ich befinde mich im Zustand freiwilliger Kooperation.* Er wollte sie nicht kränken, meinte sie es doch merklich gut mit ihm.

„Irini, you must go", sagte er ihrem weisen Finger unter Aufbietung der letzten Kräfte. Es war alles, was ihm noch einfiel.

Wie leicht hätte sie ihn erobern können, seinen Widerstand, der das Wort nicht verdiente, brechen und ihn mit Haut und Haar verspeisen. Doch wie von einer allwissenden Göttin nicht anders zu erwarten, verstand sie sofort. Um ihm auch jetzt noch zu schmeicheln, konnte sie sogar ein bisschen enttäuscht gucken, gemächlich von ihm ablassen und ihm den wärmsten Abschiedskuss zupusten. Sie stellte keine Fragen. Sie nahm nichts zurück. Sie ließ den Geruch von Freundschaft und Frieden bei einem verwirrten und erhitzten Kowalski, als sie hinausschwebte.

~

Ihm war nicht gut. In den Windungen seiner strapazierten Hirnhälften fuhr jemand Achterbahn mit einer schrottreifen Gondel. Die grauen Zellen wurden einem Mehrfachen der irdischen Gravitation unterworfen, viel zu schnelle Kurven und Loopings. In der Magengrube rumorte es wie von einem fetten Kirmesbrötchen. Fetzen von grellen Lichtern und lärmiger Musik fegten vorüber, während die

Gondel ungebremst der Entgleisung entgegen raste, um seine Schädeldecke von innen zu durchstoßen und ein hässliches Loch zu hinterlassen.

Tatsächlich war Ereignis Nummer drei nur wenige Wendungen entfernt.

Er brauchte jetzt klare Gedanken an klarer Luft, gerne gefolgt von einem klaren Getränk. An Schlaf war nicht mehr zu denken, nachdem ihm die Unbekannte in die Schläfen gestiegen war und die Dinge, die sie getan hatten und die sie getan hätten, dort pulsieren ließ. Er hatte wahrlich einen gewissen Gleichmut entwickelt, was die vielen Geschenke der Leute anging, aber irgendwo zwischen süßem Kuchen und scharfen Liebesdiensten musste er die Grenze ziehen. Er ging davon aus, dass es nicht die leidgeprüfte Großmutter war, die ihre Enkelin hergab, sondern dass Irini selber ihren Körper zum Geschenk gemacht hatte. Er ging weiter davon aus, dass er nicht magnetisch attraktiv auf die schönste Frau am Mittelmeer wirkte, denn von solcher Wirkung hätte er doch im Laufe der Jahre etwas merken müssen. Er war nicht der Typ, nach dem sich Frauen umdrehten, und er bezweifelte keine Sekunde, dass Irini sich nur des Mordes wegen verschenken wollte. Sein Ego fragte sich nebenbei, wie groß ihre Überwindung dabei war.

Aber er war nicht der Mörder, und diese Tatsache musste dringender denn je Anerkennung finden, bevor alle schönen Frauen Griechenlands sich und ihn entehrten und man begann, die Mühseligen und Beladenen, die Lahmen und Blinden zu ihm zu bringen, dass er sie berühre.

Eigentlich war es zu heiß für einen Ausflug, wie er ihn unternahm, auch mit Strohhut. Davon gaben die Zikaden heftig Laut. Er hatte schon lange vor, den Gleisen der Zahnradbahn in die Berge zu folgen, dass er aber dabei halblaut mit Ruth redete, obwohl sie Tausende Kilometer entfernt war, hatte mit der Hitze nichts zu tun.

Er war mit seinem kaputten Fahrrad zum Bahnhof von Diakopton gefahren, wo die eingleisige Strecke begann. Das war mit Strohhut und lädierter Bremse gar nicht so einfach, aber mittags war auf den Straßen wenig los. Die Schwellen des schmalen Gleises waren so stark mit Öl getränkt, dass er seinen Weg neben den Schienen begann. Auf einem Werkstattgelände schmorte vor einem Lokschuppen ein blau-grauer Triebwagen in der Sonne. Eine gut erhaltene Dampflok stand unter einem Nadelbaum. Viel Werkzeug und viel Öl am Boden zeugten von verdienter Mittagsruhe.

Er würde es Ruth sagen, aber wie und wann? Mit Jorgos' Buschtelefon? Einen Brief schreiben? Wie sollte er den heutigen Mittag in einen Brief kleiden?

Er musste sie sehen, je früher desto besser, sonst würde jedes Telefonat mit ihr zu einer Qual und einem verlogenen Geplauder, das sie später gegen ihn verwenden würde. Leider hatte sie keinen Urlaub mehr. Konnte er von Linakis vielleicht Heimaturlaub bekommen? Und konnte Linakis vielleicht endlich mal den Täter schnappen? Kowalski war inzwischen ernsthaft sauer auf den Mörder, der es so eingerichtet hatte, dass es zu ihm als Sündenbock keine erkennbare Alternative gab.

Mit seinen unbequemen Gedanken verging der erste Kilometer im Flachland sehr schnell, zwischen kleinen Feldern und den letzten Häusern des Ortsrandes. Im offenen Gelände brannte die Sonne heiß, und bis zur ersten

Steigung hatte er schon eine halbe Flasche Wasser geleert. Ohne die Bewegung und die Ablenkung drohte ihm ein Knastkoller. Fürs Nichtstun bezahlt und von der schönsten Frau verführt werden - Haftbedingungen, deren Unzumutbarkeit bei Menschenrechtsorganisationen kein Gehör fände.

Leider halfen ihm die Berge, die sich jetzt gewaltig vor ihm auftürmten, auch nicht, die alles erklärenden Worte zu finden, die sexualwissenschaftlich die Grenze zwischen verführt werden und standhaft bleiben definierten, zu seinen Gunsten definierten.

„Liebe Ruth, hier wird es immer heißer, Linakis lässt schön grüßen, und ach ja, die schönste Frau hatte Sex mit mir. Ich aber nicht mit ihr. Lass Dir die Kekse schmecken."

Fabelhaft. Er hatte sich ausführlich genug mit Irinis primären und sekundären Geschlechtsmerkmalen beschäftigt, den Begriff der Treue bis zur Bedeutungslosigkeit zu dehnen, wie ein Kondom, das man zur Wasserbombe macht.

Immerhin war die Einsamkeit der unbewohnbaren Schluchten vor ihm belebend für sein Gemüt. Mit der ersten Steigung kam auch der ersehnte Schatten der steilen Felsen und der Bäume. Es traf sich, dass die Bahn in diesem Jahr nicht betrieben wurde, er hätte sonst nervös werden müssen. Je weiter er in die Schluchten vordrang, desto seltener konnte er neben dem Gleis gehen. Das Gleisbett konnte schmaler kaum sein. Schotter und Schwellen waren hier etwas weniger ölgetränkt als in der Ebene. Spiros hatte ihm erzählt, dass die Kleinbahn über hundert Jahre alt war und in den Fünfzigern die Dampfloks ersetzt worden waren. Man kaufte elektrische Triebwagen in Frankreich, statt aber die Strecke zu elektrifizieren, bastelte das griechische Improvisationstalent für jeden der Züge einen Dieselgenerator auf Rädern, der seither die Motoren mit Strom und die Schwellen großzügig mit Maschinenöl versorgte. Kowalski hoffte, dass er nicht an steiler Stelle ausrutschen und dem Improvisationstalent zum Opfer fallen würde. Zu den Dampflokzeiten vor Kriegsende war das Betreten des Gleiskörpers sicherlich von den Deutschen verboten worden. Für die entsprechenden Schilder dürften ihnen muntere Abkürzungen eingefallen sein.

Er hätte die Züge nicht hören können, weil sich nach den ersten Biegungen der wilde Fluss zu den Schienen gesellte, dem hier die Schluchten gehörten. Je steiler es wurde, desto lauter wurde das Rauschen des Stromes durch die weißen Felsen, viele Meter tiefer. Überall auf dem steinigen Grund wuchsen Kiefern und mächtige Platanen, die schon manchen Tropfen hatten vorbeifließen sehen.

Während ihn zuerst die schroffe Fruchtbarkeit der Landschaft ablenkte, erforderte der Weg selbst mehr und mehr von seiner Aufmerksamkeit, war er doch einst nicht für Fußgänger gemacht, sondern für Dampfrösser, die es an den steilsten Stellen nur mithilfe von Zahnstangen in Gleismitte, satt gefettet und geölt, die über 20 Kilometer rauf bis nach Kalavrita geschafft hatten. Der Abgrund zum Fluss wurde gefährlicher, steiler, tiefer, und an mancher Stelle hätte ein Fehltritt das Ende seiner Probleme bedeutet. Sein gellender Schrei und sein auf den Flussfelsen berstendes Gebein wären vom Donnern des Wassers glatt geschluckt worden, das ihn dann an den Aststümpfen des nächsten quer gestürzten Baumstamms bizarr aufgespießt hätte. Als er unbeabsichtigt Geröll lostrat und auf die Reise nach unten schickte, schauderte er bei dem Gedanken, dass diesmal keiner wusste, wo er hingegangen war. Im Ilios hatte man noch wohlverdienten Mittagsschlaf gehalten, als er losging, und jetzt steckte er kilometertief in der Wildnis. Sie würden seine Überreste erst nach Tagen unter den kreisenden Geiern finden.

Die Kilometer waren hier länger als anderswo. Er mühte sich weiter bergauf. Der erste Tunnel war kurz und gebogen, und man konnte glatt hindurchsehen, aber dahinter nicht viel vom Streckenverlauf erkennen. Kowalski fand die Akustik ausgesprochen trügerisch. Das verhaltene Flussgrollen drang aus dem Hintergrund unregelmäßig herein, darüber pfiff leise der Wind. Als er deutlich Schritte hörte, war es natürlich nur der Hall seiner eigenen. Als er deutlich einen Zug hörte, hatte er die Mitte der engen Röhre erreicht und gerade gesehen, dass die Schienenoberseite nicht rostig war, wie sich das für eine Strecke außer Betrieb gehörte, sondern blank. Er wusste überhaupt nicht, wie sich der Elektro-Diesel-Zug anhörte, aber er sah ihn jetzt praktisch vor sich, zwei im Temporausch auf den Schienen wackelnde Triebwagen mit einem hochtourig ackernden Generator in der Mitte, der übersättigt Öl spuckte und genug leistete, um Kowalski ohne Verzögerung zu zerteilen, unbemerkt vom Fahrer, der die Zeit bis zur nächsten Station für einen intensiven Plausch mit seinem Vetter nutzte. Laut Spiros machten sie gelegentlich Testfahrten, verflucht.

Kowalski konnte noch nicht einmal erkennen, aus

welcher Richtung die Bahn herandonnerte, nur, dass das Elektro-Diesel-Geräusch lauter wurde. Er presste sich so eng wie möglich an die unebene Felswand. Leider war die überhaupt gar nicht weit von der Schiene entfernt und völlig unnachgiebig. Er versuchte, beide Tunnelenden gleichzeitig im Blick zu haben, und schwenkte hektisch den Kopf. Schwer zu sagen, wie lange er so dastand, aber ungefähr so lange, wie man eben braucht, um zu akzeptieren, dass ein todbringendes Geräusch nicht nur nicht lauter wird, sondern gar nicht da ist, und dass man eine lächerliche Figur abgibt und das Land seinen Nerven übel mitspielt.

Wieder unter freiem Himmel, hielt er sich an der Bergseite, das war auch ohne Zugverkehr sicherer. Immerhin war die abenteuerliche Strecke recht gut darin, ihn von seinem Gegrübel über Frauen und Mörder abzulenken. Ohne Pause begleitete ihn das Grollen und Rauschen und trieb seinen Schabernack mit ihm. Er sah Silhouetten huschen, wo nur Platanenäste schaukelten, hörte Schritte, sah Irinis Gestalt zwischen den Sonnenstrahlen oder Ruths hinter jeder Kurve.

Die Luft war phantastisch und der Kontrast zwischen Licht und Dunkel extrem. Nach zwei Dritteln des Weges sollte eine Station kommen, ein winziges Bergdorf mit Taverne, *Die zwei Brüder*. Die Taverne genoss einen guten Ruf sowohl bei Spiros als auch bei Linakis, und die Brüder würden heute gut an Kowalski verdienen, respektive am deutschen Ministerium. Er könnte Linakis mal fragen, ob ihn eigentlich das Ministerium für Verteidigung, das für Justiz oder das für Äußeres freihielt.

Die Sache wurde anstrengend, und ihm ging das

Wasser aus. Er schwitzte und schnaubte im Takt der schwerer werdenden Schritte. Von Zivilisation außer dem Gleis noch immer keine Spur. Zu den imaginären Frauen in der Landschaft gesellten sich mittlerweile imaginäre Tavernenschilder. Als einmal ein paar Steine vom Hang direkt vor seine Füße rutschten, bekam er einen Appetit auf das Bergwild, den er nicht mehr niederkämpfen konnte. Bevor er noch vollends von Entkräftung und Einbildung übermannt wurde, beschloss er, auf das letzte Wegdrittel zu verzichten und die zwei Brüder zu seiner Endstation zu machen. Die Ankunft dort würde er sich noch redlich genug verdienen müssen.

Wie redlich, das sah er erst nach der nächsten Biegung. Aus dem Grollen wurde ein Tosen. Aus den Schienen wurde eine frei schwebende Improvisation. Sie führten über eine senkrecht fallende Schlucht, aus der der Fluss feuchten Nebel spuckte, nahtlos in einen jener beunruhigend engen Tunnel, der diesmal lang und komplett düster war. Sie überbrückten den Spalt nicht im herkömmlichen Sinne, denn von einer Brücke im herkömmlichen Sinne konnte hier nicht die Rede sein. Nur die nackten Schienen auf Eisenträgern, dazwischen Schwellen. Einen Überweg für Personen gab es auch, ein schmales Metallgitter mit Handlauf. Es lag mit einer Sammlung von Metallstreben, Werkzeug, Lackdosen und Pinseln auf Kowalskis Seite der Schlucht. Fein, dass die Bahn die Strecke in Schuss hielt.

Die Schlucht war breit. Nicht spektakulär breit wie der Grand Canyon, aber breit genug, um einen erwachsenen Mann zu ängstigen. Sie war tief. Nicht spektakulär tief wie der Marianengraben, aber tief genug, um einen Mann bei vierzig Grad erschauern zu lassen.

Natürlich wollte er umkehren. Umkehr war angebracht, ratsam und vernünftig, hatte aber den Nachteil, dass sie ihn geradewegs in den Kollaps treiben würde. Wenn er aber den Abgrund und den Tunnel schaffte, müsste er die Taverne bald riechen können.

Er fasste sich ein Herz und setzte seinen Fuß auf die erste Schwelle. Wie ihre tausend Schwestern war sie schmaler als Schuhgröße 43 lang war, außerdem zugleich feucht und ölig, so dass die Wassertropfen auf dem ins Holz gesogenen Maschinenöl schillernd perlten. Die Konstruktion erlaubte den freien Blick in die Tiefe, wo das Wasser schäumte und brüllte, dass es stärker war als jeder Fels. Unter anderen Umständen hätte Kowalski den Blick hinunter gemieden, wenn er zum Beispiel der Held eines Abenteuerfilms gewesen wäre oder passionierter Bergsportler. Er war aber kein Held, er war auch kein Mörder und noch nicht mal Professor. Die gegebenen Umstände zwangen ihn, statt seiner attraktiven Filmpartnerin Durchhalteparolen zuzurufen, seine Schuhe nicht aus den Augen zu verlieren. Wenigstens wackelte das Ding nicht, schließlich musste es sonst Züge tragen.

Er hatte sich bis zur Mitte vorgearbeitet, einen Schritt nach dem anderen getan, und halbwegs die Gefahr verdrängt und den Hunger, als er die Plastikflasche verlor. Im Fallen rang sie ihm eine unwillkürliche Reaktion ab, die sie, leer und vollkommen nutzlos, nicht wert war. Bestimmte Wertmaßstäbe gelten eben nicht in bestimmten Situationen, dachte Kowalski, als er es schaffte, seinen Sturz mit rudernden Armen zwar unsanft, aber lebensrettend auf die

Schwellen zu lenken. Zu den Wertmaßstäben zählte, eine nahegelegene Taverne nicht mit ölverschmierter Kleidung zu besuchen genauso, wie die majestätische Landschaft eines gastfreundlichen Landes nicht mit Abfall zu verschmutzen. Die Flasche war leicht und fiel lange, bevor sie unversehrt auf dem Schaum davongetragen wurde. Einem menschlichen Körper würde es anders ergehen.

Der Bergsportler, der Kowalski nicht war, hätte von Anfang an den Schwerpunkt seines Körpers nach unten gebracht und ohne Rücksicht auf teure Bergsportlerkleidung die sichere Gangart gewählt. Er hätte auf Knien und Händen in Ruhe die Skurrilität der zweiten Brücke genossen, die stromaufwärts verbogen und verrostet eine alte Streckenführung markierte und eisern an die Vergänglichkeit auch von Zugstrecken erinnerte. Er hätte die letzten Meter nicht zitternd zurückgelegt, in ständiger Sorge, dass der Testfahrer mit seinem Vetter doch noch bergab unterwegs war und man seine Leiche nicht würde identifizieren können.

Der Tunnel war Abrahams Schoß. Er war dunkel, eng, feucht und laut, imaginäre Züge rauschten heran aus allen Richtungen, aber Kowalski schloss noch auf allen vieren umgehend Freundschaft mit ihm. Was den Rückweg anging, würde er ein Taxi nehmen, einen Esel, in der Taverne mit den Brüdern Backgammon spielend auf den ersten Zug im Frühjahr warten, wenn er nur nicht zu Fuß gehen müsste.

Er raffte sich auf, schlurfte auf den Schwellen durch die Dunkelheit, froh, noch am Leben zu sein, und wurde bald mit dem Anblick des Ausgangs belohnt. Die im Licht glänzenden Schienen wiesen in elegantem Schwung hinaus.

Draußen war es grell, aber soweit er aus der Düsternis heraus erkennen konnte, flimmerte in der Hitze eine Bank, ein sprudelnder Trinkbrunnen, ein Ausweichgleis mit Draisine. Eine Sinnestäuschung?

Draisinen sind benannt nach Freiherr von Drais, dem gleichzeitig die Erfindung des Fahrrades zugesprochen wird. Das mochte im 18. Jahrhundert gewesen sein. Kowalski verdankte dieses Wissen einem Museumsbesuch. Der Klassiker hatte eine Wippe, die zum Antrieb vor und zurück bewegt wurde, bei späteren Typen auf und nieder. Hier in den Bergen war natürlich ein Motor vonnöten, und das Gefährt dort draußen hatte eine kleine Ladefläche, eine kleine Fahrerkabine mit Sprung in der Scheibe und eine LKW-Kühlerhaube mit vielen Schlitzen und vielen Beulen. Es hatte nur eine Lampe und sah ausgesprochen improvisiert aus.

Draisinen sind nett anzusehen, wenn sie so klein sind und diesen Eigenbau-Charme haben. Diese Wirkung büßen sie allerdings ein, wenn sie vom Gefälle beschleunigt auf den Betrachter zurollen, während der Betrachter, ohnehin abgekämpft und beschmutzt, in einer engen Röhre steckt. Als Kowalski das Tunnelende erblickte, stand das Gefährt hinter der Weiche. Als er das nächste Mal vom holprigen Boden aufsah, demonstrierte es gerade seine Wucht, indem es scheppernd eine Ölkanne wegstieß und darauf mit einem sehr lauten und sehr metallischen Knall die Weiche auf Durchfahrt stellte.

Kowalski beeilte sich, der Szene ein paar wichtige Details zu entnehmen. Niemand fuhr das Ding, also bremste es auch niemand. Die Bastler hatten sogar an Zahnräder unter dem Wagenboden gedacht, das verbesserte in den Abschnitten mit Zahngestänge die Traktion, verschlechterte aber die Chancen, schadlos über ein Hindernis, sagen wir mal einen menschlichen Körper, hinweg zu fahren, wobei der Großteil des Schadens nicht am Fahrzeug entstehen würde. So wie sie auf dem Gleis hin und her tanzte, überschritt sie bald die zulässige Höchstgeschwindigkeit für Eigenbau-Draisinen. Sie würde die Tunnelmündung schneller erreichen als er.

So sehr es Kowalski auch begrüßt hätte, wenn sie doch bitte noch schnellstens aus dem Gleis spränge, rechnen konnte er nicht damit. Er hatte die Wahl, sich unter die Tunneldecke zu krallen wie eine Fledermaus oder schnellstens den Rückweg anzutreten. Also rannte er. Als er in den finsteren Teil kam, stolperte er auf den Schienen und fiel der Länge nach hin. Vor lauter Tosen konnte er nicht hören, wie weit das Gerät entfernt war. Sehen konnte er auch nichts. Dies wäre kein schönes und kein schmerzloses Ende, sagte ihm sein Freund der Tunnel, und er rappelte sich sofort auf. Seinen Hut musste er zurücklassen.

Unter Licht am Ende des Tunnels hatte er sich stets etwas anderes vorgestellt. Jedenfalls nicht die prekärste Lage seines Lebens, die ihn hinter dem Tunnelende erwartete, die Wahl zwischen dem Tod auf dem Flussfelsen und dem Tod unter dem Draisinenrad. Und das, wo die zweitprekärste Lage seines Lebens an derselben Stelle keine fünf Minuten zurücklag. Er konnte hier drin schon nicht schnell genug laufen, er würde es draußen nie und nimmer über die Schlucht schaffen. Erst dahinter konnte man das Gleis verlassen. Warum war er nicht schwimmen gegangen?

Er schaffte es lebend bis zum Ausgang und drehte sich zum ersten Mal um. Hinter ihm kam der Eigenbau zügig ins Licht, eilig hin und her tänzelnd wie in einem zu schnell laufenden Stummfilm. An der Frontpartie, nur ein krummes Blech, brachte er seinen Hut mit. Eine denkbar unpassende Geste, wie Kowalski fand.

Die einzige Möglichkeit, aus dem Tunnel zu kommen, führte auf die Brücke oder was man so nennen musste. Es gab keinen Vorsprung, kein Rechts und kein Links, es gab nur nach der Röhre übergangslos die erste der glitschigen Schwellen über der Tiefe. Kowalski zögerte, obwohl dazu absolut keine Zeit war, und dachte an seine imaginäre Filmpartnerin, Irini oder Ruth oder beide, und was für Durchhalteparolen er ihnen wohl zubrüllen konnte, sehr laut, um den Flusslärm zu übertönen, bevor sie waghalsig über den Abgrund stelzen würden. Er besann sich dann aber anders und glotzte dem Ding ins Auge. Der Totentanz von einer Schiene zur anderen schien es etwas zu bremsen, jedenfalls war es nicht ganz so schnell wie es hätte sein können, nur eben viel zu schnell um noch hier herumzustehen. Kowalski drückte sich so fest an die Tunnelwand wie möglich. Hier würde er erst zerquetscht und dann häppchenweise aus dem Tunnel in den Fluss gespien. Die Karre hielt auf ihn zu. In dem Moment, den er für den passendsten hielt, stieß er sich mit beiden müden Beinen ab, krallte sich mit der Hand an der alten Lampe fest, schlug im selben Moment hart mit Kopf, Bauch und Knie auf die Haube, schaffte aber mit der anderen Hand noch den Griff in einen der Lüftungsschlitze. Der Aufprall nahm ihm fast die Besinnung. Der Schmerz in seiner Hand war der schlimmste, wo das dünne Blech der Motorhaube in seine Finger schnitt. Das tat weh. So schmeckte Metall und Öl, so schmeckte Blut. Er konnte sich so nicht halten, jedenfalls nicht lange, denn es gab außer seinen Bauchmuskeln keinen vernünftigen Halt für seine Beine. Sie befanden sich auf einer Dauerrutsche. Wenn er sie nicht kräftig zur Seite hob, war er sie los. Sein Hut war schon weg.

Er brüllte gegen das Wasser an, als das Gefährt mit ihm als Stoßstange ins Freie schoss. Es schlingerte über dem lauten Abgrund wie ein Wildpferd, das den Cowboy abwerfen will. Ihm schwanden die Kräfte. Er würde mit den Füßen zwischen die Schwellen geraten und das war's.

In seiner Position konnte er den Kopf kaum bewegen und nur in eine Richtung gucken. Er machte sich darauf gefasst, dass die verwackelten Impressionen, die durch sein Blickfeld zogen, seine letzten sein würden. Der tiefe Felsspalt, durch den die Wassernebel zogen. Die verbogenen, rostbraunen Stäbe der stillgelegten zweiten Brücke zwischen dem grauweißen Gestein. Die alte schienenlose Tunnelhöhle. Der Mann, der in der Öffnung stand und ihn regungslos, aber aufmerksam beobachtete.

Ihn durchfuhr ein solcher Schreck, dass er mit den ständig abgleitenden Beinen strampelte und die letzten Reserven mobilisierte, um an Höhe zu gewinnen. In einer unmöglichen Turnübung klammerte er sich an den Lampensockel und wollte sich daran zusätzlich mit einem Bein festhaken. Dazu musste er die vor Schmerz schreiende Hand aus der Haube ziehen. Er schlitterte mit den Füßen auf dem Blech herum, derweil die Räder auf den schnell vorbei rasenden Schienen eifrig ratterten. Er hatte die Schlucht überquert, als er mit dem Fuß gegen die Haube stieß und die sich knarzend senkrecht stellte, wodurch er auch den Mann aus dem Blick verlor.

Kowalski hielt sich nicht lange mit der Frage nach Sinnestäuschung oder nicht auf, sondern griff mit der gepeinigten Hand nach dem Kühler und zog sich über die Kante des Motorraums. Das dauerte und schmerzte. Dort hing er in einer infernalischen Schwebe, unter sich den schmierigen Motor und das Gestänge, darunter die immer schneller durchziehenden Schwellen, von hier aus nur ein schwärzlich-brauner Endlosstreifen. Er war am Ende seiner Kräfte. Alles, was er noch ertragen konnte, war hier zu hocken und in die Zivilisation der Ebene zurück zu rollen, und dabei eine möglichst große Distanz zwischen sich und den Kerl im toten Tunnel zu bringen.

Auf der Innenseite der offenen Haube saß eine Gottesanbeterin, ziemlich groß wie alle Insekten hier. Sie war bei voller Fahrt eleganter auf der Draisine gelandet als Kowalski. Sie blickte ihm ins Auge, während das Poltern der Radpaare in den Schienenzwischenräumen zu einem hektischen Stakkato wurde. Die Haube wackelte, blieb aber offen, der Fahrtwind nahm zu. Die Draisine zeigte im zunehmenden Gefälle mal richtig, was in ihr steckte und gab die verrücktesten Rhythmen von sich. Sie rappelte und schepperte kakophonisch. Die Unwucht der Räder übertrug sich vollends auf jede Schraube. Kowalski begann sich zu sorgen, ob die Draisine ungebremst je die Ebene erreichen würde. Sie könnte entweder vorher von den eigenen Vibrationen zerlegt werden oder der Fliehkraft gehorchend an einem der majestätischen Bäume enden. Die Gottesanbeterin brauchte sich solche Sorgen nicht zu machen. Sie konnte jederzeit ebenso elegant abspringen wie sie gekommen war.

Kowalski wurde so stark durchgeschüttelt, dass er sie stumm bat, ihn das Fliegen zu lehren oder ihn in ihr Gebet einzuschließen. Sie zog es aber vor, sich dem unerträglichen Gewackel zu entziehen und schwirrte davon. Als er ihr in Fahrtrichtung nachsah, konnte er sie zu der Entscheidung nur beglückwünschen. Auf gerader Strecke näherte er sich einem jener steilen Teilstücke mit Zahnstangen in der Mitte. Eine Doppelreihe, gegeneinander um einen Zahn versetzt und gut geschmiert. Obwohl Kowalski kein Ingenieur war, konnte er sich leicht ausrechnen, dass der Moment, in dem das starre Zahnrad unter ihm bei ausgeschaltetem Motor und mehrfach zu hoher Geschwindigkeit brutal auf die Stangen traf, der Moment war, den weder Draisine noch Kowalski überleben dürften. Der Moment käme bald.

Leider versprachen auch das Schmalspur-Gleisbett und die runden weißen Felsen tief unten im Wildwasser jedem, der hier ohne Flügel absprang, den sicheren Tod. Was hätte Indiana Jones gemacht? Kowalskis Gedanken kreisten nutzlos um Motor anlassen, Bremsen, Zahnrad anheben, Zahnrad abschrauben ... er konnte es nicht ins Fahrerhaus schaffen, konnte nicht einmal die Scheibe einschlagen, weil die Haube im Weg war. Nicht-Ingenieur Kowalski tat das einzige, was ihm blieb. Er geriet in Panik. Er rutschte mit dem Oberkörper tiefer in den viel zu engen Motorraum und zerrte verzweifelt an allem, was ihm in die Finger kam. Das krumme Gestänge und Gerümpel war auch nicht unbedingt von einem Ingenieur installiert worden. Ein

Schlauch riss, ein Kabel auch, einem Treibriemen war das Gezerre egal, eine der Stangen ließ sich ohne Wirkung bewegen, eine andere blieb starr.

Eine dritte gab nach und bescherte Kowalski das ohrenschmelzende Kreischen von tausend verstimmten Trillerpfeifen. Ein greller Funkenregen prasselte ihm ins Gesicht wie eine Packung Reißnägel. Seine verwundete Hand war ein heißer Schmerz, und er musste loslassen. Instinktiv wollte er den Kopf noch einmal aus der Enge herauswinden, um abzusehen, wann der Aufprall kam. Aber das hätte nur wertvollste Zeit gekostet. Er streckte beide Arme so weit nach unten wie es ging, presste die Augen zusammen und die Zähne und riss mit allem was er hatte an dem, was anscheinend das Bremsgestänge war. Sein Gesicht wurde sogleich wieder perforiert, sein Trommelfell auch.

In Metern stand der maximale Bremsweg, den ihm die Gottesanbeterin gezeigt hatte, so fest wie die Felsen in der Schlucht. Entscheidend wurde nun die Zeit, die bis zum Stillstand verstreichen würde, wenn der Stillstand denn intakt auf den Schienen stattfände. Zur Berechnung konnte er verschiedene Faktoren bemühen, darunter das Gefälle, Geschwindigkeit und Gewicht der Höllenmaschine, die Qualität der Bremsen, sein Durchhaltevermögen als Bremser. Die Zeiteinheiten, in denen er das Ergebnis auszudrücken hätte, waren Sekunden - selbst bei günstigster Auslegung der Faktoren käme auch für einen wohlwollend rechnenden Nicht-Ingenieur keine Minute mehr zusammen. Mit anderen Worten, in einer Minute wäre er entweder tot oder taub.

26

Kowalski hatte keine Flugangst. Ganz gewiss nicht. Nur zu gerne hätte er sich dauerhaft jeder Pilotenpropaganda ausgesetzt, um nur möglichst umgehend die Heimreise antreten zu können. Wenn er seine Lage bedachte, und er konnte gar nicht anders als sie von früh bis spät bedenken, packte ihn das Flugweh und die blanke Reiselust. Wen konnte das Fliegen schrecken, wenn er einer Konspiration von Polizisten, Diplomaten, schönen Frauen, Nazis und Mördern ausgesetzt war, die ihm mal nach der Freiheit, mal nach der Unschuld und mal nach dem Leben trachteten. Ob er je eine Zahnradbahn besteigen würde, war eine andere Frage.

Die Draisine hatte den Anschlag auf ihn nicht überlebt. Das sollte ihr eine Lehre sein. Kowalski hatte zweieinhalb Tage im Krankenhaus von Egion verbracht. Das lehrte ihn auch einiges. Man kümmerte sich eigentlich erst gründlich und regelmäßig um ihn, nachdem der Herr von der Botschaft noch am ersten Abend angereist kam und den Arzt und die Schwester in Kowalskis Beisein mit Geldscheinen aus der Aktentasche versorgte. Linakis ließ sich durch Kostas entschuldigen, weil er in Patras gebraucht wurde. Kostas kam hauptsächlich, um Routinefragen für sein Protokoll zu stellen und misstrauisch darauf hinzuweisen, dass Kowalski sich nicht kooperationsgemäß abgemeldet hatte, bevor er in die Berge ging. Irini brachte ihm Kuchen, Obst und Kleidung, schüttelte liebevoll sein Kopfkissen und sah hinreißend aus.

„Du dummer Mann", sagte sie. „Wie konntest du

dich so in Gefahr bringen?"

„Ich musste allein sein und nachdenken."

Sie sah ihn an mit ihren Augen und nahm seine Hand. Er hatte keine Angst, dass sie ihn im Krankenbett vernaschen würde.

„Du musst besser auf dich aufpassen, nach allem, was passiert ist."

„Irini", sagte er, „ich bin kein Mörder." Es war ein großer Unterschied, ob er das Linakis sagte oder Irini.

„Natürlich nicht", sagte sie bloß.

Den Unterschied machte nicht, wer ihm glaubte und wer nicht. Der eine sah in ihm die Lösung eines Kriminalfalls, die andere sah in ihm die Erlösung vom größten Übel. Beide lagen falsch, aber die Lösung eines Kriminalfalles zu sein, bescherte einem nicht Obst und Kuchen und eine Hand zum Drücken. Kowalski stellte die philosophischen und moralischen Nuancen zurück und sagte:

„Schön, dass du da bist."

Das entsprach voll und ganz der Wahrheit.

Er verzichtete darauf, ihr von dem Mann zu erzählen, der ihn umbringen wollte. Das war Kostas gegenüber schon schwer genug gewesen. Sie glaubte einfach, er sei leichtsinnig gewesen. Und ob Leichtsinn oder Heimtücke, er war erstaunlich heil aus der Sache herausgekommen. Prellungen, Fleischwunden, Gehirnerschütterung, versengte Haare. Er konnte sogar seine Hand schon wieder bewegen.

Aber die Draisine hatte es erwischt. Er hatte fieberhaft gebremst, alles gegeben, trotzdem hatte sie beim Aufprall auf die Zahnstangen noch Schwung genug, um zu entgleisen und aufrecht neben den Schienen zu landen. Er wand sich aus dem Motorraum, so schnell es ihm vor Enge und Schmerzen möglich war, und purzelte auf der Bergseite herab, während sie auf dem nachgiebigen Schotter talwärts rutschte. Sie hielt noch einmal kurz inne, doch ihre Neigung war zu stark, und sie verabschiedete sich, die Haube noch immer offen, mit einem metallischen Stöhnen, nahm viel Geröll mit und brach im freien Fall einen aus dem Fels ragenden Platanenstamm, dessen Bersten von allen Gipfeln widerhallte. Die Geräusche von ihrem Abgang und das Bild von der zerschmetterten Maschine im rauschenden Wasser gingen ihm nicht mehr aus dem Kopf.

Nach allem, was er erlitten hatte, wurde der Rückmarsch sogar zum schlimmsten Part seines Ausflugs, weil er ihn buchstäblich überforderte. Kein Körperteil, das nicht schmerzte, alle verbliebenen Sinne angespannt, falls der Mann ihm noch mehr Draisinen nachschickte. Er torkelte und stolperte vor Entkräftung, und sein blutiges, geschwollenes, öliges, zerlumptes Aussehen war seine geringste Sorge, als er zurück in der Ebene am ersten Bahnübergang in der Hitze zusammenbrach. Er hatte verschwommene Eindrücke davon, wie hilfsbereite Griechen an der Straße über Maßnahmen debattierten, und von einer Fahrt auf der Pritsche eines Pick-Up, gebettet auf Mehlsäcke.

Der Arzt sprach gut Englisch, und wenn Kowalski Teile der Diagnose nicht sofort verstanden hatte, so lag das an dem konstanten Fiepen in seinen Ohren. Mit welchen Pillen und Salben ihn die Schwester versorgte, blieb ihm unklar, aber er vertraute auf beste Wirkung der Finanzspritze des Botschafters, und mit dem Fiepen klangen auch die Schmerzen langsam ab.

Nach zweieinhalb Tagen der Heilung und des Heimwehs wurde er in die Ratlosigkeit entlassen. Ratlos, ob dieses Land ihn nun vernaschen oder vernichten wollte, ratlos, ob er Angst vor weiteren Mordversuchen haben musste, ratlos, wie er Linakis zum sofortigen Abschluss des Falles bewegen sollte. Der Kommissar wurde gegen Abend zurückerwartet, und bis dahin vertrieb sich Kowalski die Zeit, indem er ein paar verderbliche Sachen aus seinem Zimmer im Ilios in den Müll verlegte, untermalt von Richterin Gudrun Ehrlicher. Seit Irinis Auftritt hatten sich etliche Früchte unschön verfärbt. Auch Kowalski trug hässliche Druckstellen.

Auf dem Bildschirm war die Richterin zu sehen, telegen und würdevoll in Kragen und Robe, die über ihre Lesebrille hinweg einen unbestechlichen Blick auf die Klägerin warf. Die Klägerin hob ihre Stimme zu einer emotionsgeladenen Ansprache, die Talent zum Schauspielen und zum Hochdeutschen gleichermaßen vermissen ließ. Ihre Stimme hatte etwas von einem aufgeregten Huhn. Fast unmerklich blickte die Richterin einmal in die Kamera, müde und deplatziert. Kowalski fühlte mit ihr.

Er kramte im Kühlschrank nach altem Essen und trennte sich vom Auberginеneintopf und vom Fisch. Richterin Gudrun musste einen Zeugen anhören, der den Fall zwar nicht voranbrachte, aber gerne im Fernsehen sprach, mit den stimmlichen Qualitäten eines Professor Lohse. Allein die Stimmen machten müde. Er schloss die Kühlschranktür, knotete die Mülltüte zu und sah aus dem Fensterspalt. Noch wenige Minuten bis zu den Nachrichten, in denen sein Schicksal wie üblich keine Rolle spielen würde, weder der Mordfall Lumbeck, noch der knapp vereitelte Anschlag auf Kowalskis Leben.

Beim Abstellen der Tüte vor der Tür spürte er fast jeden Knochen im Leib. Er setzte sich aufs Bett und sah teilnahmslos auf den Bildschirm, wo die Richterin den Fall vertagte, den im Gegensatz zu Kowalskis Fall einige Leute ernst zu nehmen schienen. Im Saal herrschte nun Aufbruchstimmung. Bemerkenswert, wie man nicht nur die Stimme, sondern auch das Aussehen des Professors nachahmte. Der Mann war zwar frischer frisiert als der echte Lohse, und er steckte in einem Anzug, wie ihn die Universität an Lohse nicht kannte. Ansonsten war das Lohse beim Aufstehen von der Zeugenbank. Verblüffend. Lohse am Montag ...

Konnte es sein, dass ein erwachsener Mann Interesse an einer montäglichen Fernsehshow entwickelte, das so weit ging, dass er seinen verantwortungsvollen Beruf vernachlässigte, um sie jede Woche zu sehen? Konnte es sein, dass es ihm nicht reichte, diese im Zeitalter der Heimelektronik vielleicht aufzunehmen? Dass es so weit ging, dass er sich zum Darsteller in derselben lächerlichen Sendung machen ließ, ungeachtet der öffentlichen Zurschaustellung seiner Besessenheit, bis soeben das bestgehütete Geheimnis nach dem Coca-Cola-Rezept?

Kowalski musste so schnell wie möglich mit Schröder reden, diese Entdeckung würde ihn zum Star machen. Zum Star einer Fakultät allerdings, von der er nicht wusste, wann er sie wieder betreten würde. Bei jedem anderen hätte man mildernd anführen können, dass sein Interesse wenigstens der Frau Richterin galt, aber Lohse waren ehrenwerte Motive nicht zu unterstellen. Unwahrscheinlich, dass außer Kowalski irgendein Dozent oder Student bei halbwegs gesundem Verstand diese Episode gesehen hatte. Von den Nachrichten bekam er nichts mit.

So kam es, dass Kowalski zu der Überzeugung gelangte, wenn er den denkbar kniffligsten Fall löste, rein zufällig aus der Ferne und ganz allein löste, müsste das fast zwangsläufig bedeuten, dass er auch für den denkbar wichtigsten Fall, seinen eigenen Fall, eine Lösung finden konnte.

~

Es war schon dunkel, als Linakis nach Karfitsa kam.

„Kowalski!" brüllte er von Jorgos' Terrasse herauf.

Kowalskis Gang war noch unelegant, als er unten erschien. Er trug zur Feier des Wiedersehens ein frisches Pflaster auf der Stirn, und seine Hand jaulte laut auf, als sie in Linakis' Schraubstockpranke geriet. Er hörte mehr schlecht als recht.

„An dir ist noch alles dran?" fragte der Kommissar. „Man kann dich nicht alleine lassen." Kowalski fand das Gegenteil richtig.

Linakis hatte sich in Patras einen Haarschnitt gegönnt. Kowalski kannte sonst niemanden, der sich außer Haupthaar und Schnauzer auch die Brauen schneiden ließ. Alles in allem hatte er nicht viel von seiner Buschigkeit eingebüßt. Am Ende der Terrasse war ein Tisch frei mit Blick auf die Bucht, in der sich die abendlichen Lichter friedlich spiegelten.

„Das hätte verdammt schief gehen können", bemerkte Linakis, während Jorgos eine kleine Flasche Ouzo,

Gläser und Häppchen auf dem Tisch verteilte. Kowalski hatte nichts bestellt.

„Soweit ich weiß, ist noch nie was passiert an der Bahn, obwohl manchmal Touristen dort herumlaufen", kaute Linakis.

„Ich bin kein Tourist." Es war Kowalski wichtig, das festzustellen. „Ich bin Zeuge."

„Umso wichtiger, dass wir immer wissen, wo du bist. Das dient auch deiner Sicherheit."

„Meiner Sicherheit? Wenn ich Jorgos vor meinem Aufbruch noch aus dem Mittagsschlaf gerissen hätte, hätte man mich genauso ungestört killen können."

„Du bleibst dabei, dass es ein Mordversuch war?"

„Wie würdest du es nennen?"

„Dummheit. Leichtsinn. Was Touristen eben so machen. Bei der Hitze so einen Gewaltmarsch zu unternehmen und an der Draisine herumzuspielen ist schon ziemlich gewagt. Wenn du Glück hast, kann man einen Sonnenstich als mildernden Umstand werten, sonst kann es teuer werden. Prost."

„Ich hör' wohl schlecht." Natürlich hörte er schlecht. „Seit wann muss das Opfer die Mordwaffe bezahlen, wenn der Mord misslingt?"

„Du wirst doch eine Haftpflichtversicherung haben. Das ist aber jetzt zweitrangig. Wir lassen den Unfallort gerade untersuchen, dann wissen wir vielleicht mehr."

„Oh ja, eure Spurensicherung." Kowalski war über den Punkt hinaus, Vertrauen in die Institutionen zu heucheln.

„Was erwartest du? Ein rostiges Wrack im fließenden Wasser, da können nicht viele Fingerabdrücke drauf sein. Wir gleichen sie natürlich mit unserer Datenbank ab."

„Und erst eure Datenbank. Dann steht die Verhaftung ja unmittelbar bevor."

Linakis spuckte einen Olivenkern aus. „Wir können uns auch auf deine Personenbeschreibung verlassen. Nicht groß, nicht klein, nicht dick, nicht dünn. Vermutlich kein Bart, aber du bist dir nicht sicher."

„Toli, es war eine Sache von Sekunden, im Tunnelschatten, den Tod vor Augen. Ich war zu sehr damit beschäftigt, mein Leben zu retten. Pardon."

„War es vielleicht ein Ziegenbock?"

„Ein Ziegenbock! Ist es das, was eure Datenbank ausspuckt?"

Linakis nahm einen bedächtigen Schluck und schaute hinüber zu den Lichterketten jenseits des Golfes.

„Kowalski", sagte er in die Nacht, „kann sein, dass du Lumbeck nicht auf dem Gewissen hast. Kann sein. Kann auch sein, dass das ein Unfall war da oben und nicht deine Schuld oder deine Inszenierung. Aber warum in Dreiteufels Namen sollte dich einer töten? Und warum so? Konnte doch keiner wissen, dass du da rauf spazieren würdest."

„Wenn sich einer in den Bergen auskennt, kann er mich doch überholen."

„Möglich, Kowalski. Schwierig, aber möglich. Trotzdem hat keiner was davon, dich umzulegen. Nicht der Mörder von Lumbeck, falls er nicht hier am Tisch sitzt" – hier pausierte der frisierte Linakis für das, was Kowalski für einen misslungenen Witz hielt – „nicht die Familien von Lumbecks Opfern. Du bist hier der beliebteste Ausländer nach Anthony Quinn. Die würden dein Leben verteidigen, aber nicht beenden. Und ich glaube weder an einen alten Kameraden, der Lumbeck rächen wollte, noch an eine Neonazi-Verbindung."

„Was weiß ich? Wir müssen ihn finden, dann können wir ihn fragen."

„Wir? Kowalski, ich muss dich offiziell bitten, solche Eskapaden zu unterlassen. Wenn du tot bist, nützt du mir gar nichts. Habe damit nur noch mehr Arbeit."

„Und der Draisinen-Mörder?"

„Bisher haben wir grob fahrlässige Sachbeschädigung und unbefugte Benutzung eines staatlichen Schienenfahrzeugs. Um die Anklage wegen Diebstahls wirst du vermutlich herumkommen. Was wir nicht haben, ist der geringste Hinweis auf einen zweiten Mann."

„Zweiten Mann? Der wollte mich ermorden."

„Nenn mir einen vernünftigen Grund."

Und erst in diesem Moment fiel Kowalski ein Grund ein, kein vernünftiger, aber gut genug, ein klassisches Motiv, ihn und genau ihn zu töten. Irini. Garantiert hatte sie einen Bruder, bestimmt sogar mehrere, oder einen Vetter, Dutzende Vettern, die Blutrache geschworen hatten nach alter bäuerlicher Sitte, die Schändung des ehrbaren Weibes zu tilgen, indem sie den Schänder tilgten. Oder sie war doch verheiratet. Man hatte sich sehr beeilt, denn die Rache folgte nur wenige Stunden nach der Schande, die, wie er noch immer fand, einer solchen Reaktion ganz und gar nicht würdig war.

Wenn das alles so stimmte, würde es bedeuten, dass beide Fälle nichts miteinander zu tun hatten. War das dann besser oder schlimmer? Im einen Fall ging es um seine Freiheit, im anderen um sein Überleben.

Er konnte es Linakis nicht sagen, nicht jetzt. Erst musste er mit Irini sprechen, falls er noch lebend in ihre Nähe gelassen wurde. Andernfalls würde er sie zum Dorfgespött machen und zudem riskieren, dass Ruth es von jemand anderem als ihm selbst, Kowalski dem Schänder, erfuhr. Vielleicht konnte Irini das Schlimmste verhindern und den Rächer noch zurückpfeifen. Bestimmt gab es noch irgendein verstaubtes hellenisches Gesetz, das den legalen vom illegalen Beischlaf trennte. Hier würde ihm die Haftpflichtversicherung nichts nützen.

Gleichzeitig musste er Linakis dazu treiben, Lumbecks Mörder zu finden, dieser erste Fall durfte nicht in Vergessenheit geraten. Kowalski nippte an seinem Glas.

„Toli, was hast du zu verlieren?" fragte er.

„Wovon sprichst du?" fragte Linakis verständlicherweise.

„Wenn einer den Mörder dringend finden will, dann bin ich das. Wenn du mich mit den Akten helfen lässt, helfe ich uns beiden."

„Du weißt, dass ich das nicht darf. Ich sage dir, was ich zu verlieren habe. Ich lande auf einer Verkehrsinsel und du auf direktem Weg im Knast. Meine Vorgesetzten glauben, dass du es warst. Die Deutschen auch. Die *wollen*, dass du es warst. Die schauen sehr genau hin, was wir hier machen."

„Ich war es aber nicht."

„Wenn du wüsstest, wie oft ich das schon gehört habe."

„Ja, auch von mir. Toli, ich will nach Hause."

„Stell dir vor, das will ich auch. Außerdem werde ich in Patras gebraucht."

Bis heute hatte Linakis ihm erfolgreich verheimlicht, dass es ihn nach Hause zog. Der Fortschritt seiner Ermittlungen und seine Hingabe zu regionalen Spezialitäten hätten Kowalski auch weiterhin täuschen können. Gerade spießte er einen kleinen Fleischklops mit dem Zahnstocher auf.

„Was hältst du davon?" fragte ihn Kowalski.

„Die Keftedes? Nicht übel."

Manchmal fühlte sich Kowalski einfach reif für den Strang. Linakis kaute zuende.

„Hier ist mein Angebot", sagte er dann. „Du weißt ja, dass ich den Diplomaten was liefern muss, die lassen mich nicht in Ruhe. Die und die Journalisten. Wir müssen was finden. Wir zwei führen morgen früh eins unserer Gespräche. Fürs Protokoll nur Routine, ich lasse Kostas einfach Abschnitte aus den letzten Sitzungen zusammenkopieren. Währenddessen machen wir uns an die Arbeit. Wir sichten alles, was wir haben, das ist verdammt nicht wenig."

„Du hast noch mehr bekommen?"

„Mehr als du glaubst, deshalb kann ich dich gut gebrauchen. Aber du erzählst es niemandem, verstehst du, ich meine niemandem. Mir erzählst du dafür alles. Ab morgen keine Geheimnisse und keine Spielchen, sonst gnade dir Gott. Ich stehe zwischen dir und der Untersuchungshaft. Mein Nachfolger wäre nicht so geduldig."

Meiner bestimmt auch nicht, dachte Kowalski. Linakis orderte mehr Ouzo und mehr Keftedes.

~

„Heiß heute", begann Kowalski in seinem allerbesten Griechisch. Das sollte ein Test sein. Wie sonst auch erntete er nichts als Zustimmung von den alten Männern in Kafenion Nummer drei. Und wie sonst auch versuchten sie sogleich, ein Gespräch daraus zu spinnen, die Hitze gestern und die Prognosen für heute Mittag und für morgen. Ein typischer Vormittag in Agios Nikolaos. So bestanden sie seinen Test nicht.

Er kam sich mutig vor als Testobjekt. Eigentlich wollte er nur mit Irini sprechen, bevor er zum Polizeirevier musste, aber weil er sie nicht anrufen und ihr keine Zeichen vom Balkon geben konnte, blieb ihm nichts übrig als bei der Großmutter einen Mokka zu bestellen und zu warten – ob entweder Irini aufkreuzte oder ihre Großmutter vielleicht Gift in den Mokka mischte. Beides passierte nicht.

Wie sonst auch ergab sich bald eine gebärdenreiche Unterhaltung mit den Griechen über das Meer und deutschen Fußball. Der Aufwand überstieg immer den inhaltlichen Wert der Schwätzchen, aber der Unterhaltungswert, zumal auf Kowalskis Kosten, war groß. Er war heute nicht bei der Sache und brauchte etwas länger.

Statt Irini ließ sich nur ein schlanker Mann in Turnschuhen sehen und fragte nach der Uhrzeit. Kowalski kannte ihn schon; er war etwas zurückgeblieben, wie ihm die Griechen einmal aufwendig erzählt hatten. Kowalski hätte das auch so gemerkt, denn der Mann machte gewöhnlich nichts anderes als seine Turnschuhe abnutzen, rauchen und nach der Uhrzeit fragen. Bemerkenswert, wie selbstverständlich sie sich über ihn lustig machten wie über jeden anderen.

Heute stellte der Mann eine zweite Frage, die die Männer begeisterte.

Ob Kowalski auch verrückt sei, so wie er selber.

„Der ist nicht verrückt", sagten sie ihm, „der ist aus Deutschland."

~

Auf dem Weg zum Revier bedauerte Kowalski, dass sein Selbsttest und sein Kontaktversuch mit Irini ins Leere gelaufen waren. Eigentlich wollte er den Vormittag nutzen, ihre rachedürstende Verwandtschaft zu entschärfen, um sich auf seinen anderen Fall bei Linakis konzentrieren zu können. Jetzt kam er auf seiner Abkürzung durch die Felder nicht aus dem Grübeln.

Mit der Prognose für heute Mittag hatten die alten Männer richtig gelegen. Die Sonne brannte schon jetzt, und sein Schatten auf dem staubtrockenen Feldweg war gestochen scharf. Er brauchte dringend einen neuen Strohhut. Er war allein neben einem Maisfeld, als er das Rascheln hörte. Zu hören meinte. Um sicher zu sein, hätte er Ohren ohne Fiepen gebraucht, und die Zikaden hätten mal schweigen müssen. Dass er im Mais eine Bewegung sah, zu sehen meinte, erschreckte ihn, aber um sicher zu sein, hätte ihn die Sonne nicht so stechen dürfen, dass er Grimassen zog, und es hätte sich nicht das ganze Maisfeld in der Brise bewegen sollen.

„Kowalski."

Dieses Land würde ihn noch chronisch schreckhaft machen, und das, obwohl die Stimme vom Weg kam und der Frau gehörte, die geschaffen war, einem den Schrecken zu nehmen.

„Irini. Hörst du das?"

„Was denn?"

„Hör mal hin."

Auch mit gespitzten Ohren sah sie reizend aus.

„Vielleicht ein Ziegenbock?"

„Aber Irini!" Er zog sie am Arm zur Ecke des Feldes. Ganz am Ende der Längsseite entfernte sich ein Mann, nicht groß, nicht klein, nicht dick, nicht dünn. Vermutlich kein Bart, aber sie sahen ihn nur aus weiter Entfernung von hinten. Vielleicht kam er aus dem Mais, vielleicht auch nicht.

„Kennst du den Mann da hinten?" fragte er sie.

„Ich glaube nicht. Ich kann ihn kaum sehen."

Besonderes Kennzeichen: ist kaum zu sehen, dachte Kowalski.

„Ich habe dich gesucht", sagte er.

„Ich weiß, ich bin dir nachgegangen."

„Wer weiß, dass wir zusammen waren?"

„In deinem Hotel? Davon weiß keiner. Mein Besuch im Krankenhaus ist aber kein Geheimnis."

„Könnte jemand eifersüchtig sein?"

„Eifersüchtig? Ich habe keinen Mann."

„Brüder, Vettern?"

Sie lachte. „Der Mann da hinten ist keiner davon. Was ist los, Kowalski?"

„Mein Unfall in den Bergen war kein Unfall, Irini.

Es steckte ein Mann dahinter."

„Bist du sicher?"

„Ja. Aber die Polizei glaubt mir nicht."

„Aber Kowalski", sagte sie würdevoll. „Wir sind hier nicht auf Sizilien. Meine Verwandten bringen nicht jemanden um, bloß weil ich mit ihm zusammen war."

„Aber ich muss jetzt aufs Revier. Kann ich denen die Wahrheit sagen?"

„Die Wahrheit?"

„Die wollen alles wissen, und ich bin ein schlechter Lügner. Das ganze Dorf könnte es erfahren."

„Ich lebe schon länger nicht mehr im Dorf", sagte sie nur. „Wenn sie es wissen müssen, dann erzähl es ihnen. Kostas ist übrigens auch aus dem Dorf. Er ist mein Vetter."

„Und wirklich kein Familienehre-Ding?" fragte er.

„Vergiss das. Das war keiner von uns. Die Leute mögen dich hier, Kowalski. Ich auch. Viele Touristen sind so respektlos. Erst kürzlich hat einer meine Großmutter schockiert. Du bist anders."

Höchste Zeit für Kowalski zu gehen.

27

Die Kunde von der Lesbarkeit war in bestimmten Kreisen nie angekommen. Sie saßen wieder zu zweit in Linakis' Büro, und für einen verträumten Moment leistete sich Kowalski einen geistigen Abstecher zu seinen Seminarthemen. Das war nötig in weiter Ferne vom Universitären, Alltäglichen und Normalen, und inmitten der polizeilichen Papiersäulen, dieses Tempels der Unlesbarkeit. Schon lange hatte Kowalski nicht mehr an seine Seminare gedacht, aber der Fall Lohse, nun geklärt, hatte Erinnerungen und Hoffnungen geweckt. Leider gab der Fall Lumbeck nach wie vor Rätsel auf, mit fortschreitender Ermittlungsdauer dringender denn je.

„Seit ich bei der Polizei bin, wurden noch nie so viele Leute zu einem einzigen Mordfall befragt", erklärte Linakis. „Und das Ergebnis ist fast gleich null. Lumbeck ist nachts raufgefahren und nie wieder runter. Das ist alles. Die meisten schweigen schon, um bloß keinen Griechen zu belasten, der eine Heldentat beging. Dich würden sie auch decken. Die Leute, die damals mit den Deutschen zusammenarbeiten mussten, auch ihre Nachfahren, haben wir intensiver befragt. Keine Verdachtsmomente, keine Widersprüche, nichts. Viele sagen uns ins Gesicht, dass sie ihn umgebracht *hätten* und es bedauern, dass sie ihn nicht erkannt haben. Die meisten Täter würden sowas nie sagen."

Linakis hörte kurz auf zu schaukeln.

„Der Punkt ist enorm wichtig. Der Mörder musste ihn zuallererst mal erkennen können. Schließlich war Lumbeck um viele Jahrzehnte gealtert, und so wie's aussieht hat den hier keiner erwartet. An seinem Namen war er auch nicht zu erkennen."

„Was ist aus der Liste der Stov geworden?" fragte Kowalski.

„Stov?"

„Der Standortverwaltung. Die Privatunterkünfte der Offiziere. Die Liste in den Akten war abgerissen."

Linakis lehnte sich genüsslich zurück, auf eine Art, die Kowalski aus anderem Zusammenhang kannte.

„Hast du schon mal *Aginares Avgolemono* gegessen?"

Kowalski war sehr gespannt, wie diese Frage zu seiner Entlastung beitragen würde. „Ich glaube nicht", sagte er so wahrheitsgemäß wie möglich.

„Das sind Artischocken in einer Soße aus Zitrone und Ei. Traditionelle Spezialität. Ein Traum."

Man konnte sehen, wie er von den eigenen Worten Appetit bekam.

„Bisschen früh fürs Abendessen, findest du nicht?" fragte Kowalski.

„Die schmecken auch mittags."

„Da bin ich aber froh."

„Wir haben das Gegenstück zu der Liste aufgetrieben. Lumbeck war drauf, und seine alte Bleibe war nicht weit von hier. Von seinen Gastgebern ist nur eine alte Frau übrig, und wir haben uns sehr lange mit ihr unterhalten. Lumbeck war ein Idiot, aber kein Kostverächter. Er war verrückt nach ihren Artischocken in Soße, und nach der Saison hat sie einmal *Kolokithi* genommen.“

„Kolokithi? Warte – Auberginen?“

„Zucchini. Und von dem Tag an wollte er jede Woche diese Zucchini."

„Toli, eure Spezialitäten in Ehren, aber wir müssen hier wirklich weiterkommen. Sonst werde ich wahnsinnig. Wird das noch eine heiße Spur oder soll ich schon mal weiterlesen?"

„Unsere heißeste bis jetzt. Der Witz ist, dass außer der Frau vermutlich niemand dieses Rezept so abgewandelt hat. Die Leute hier experimentieren nicht viel in der Küche. Und jetzt rate mal, was Lumbeck vor seinem Tod gegessen hat."

„Doch nicht etwa bei der alten Frau?"

„Wohl nicht. Auch sie schwört zwar, dass sie ihn mit dem größten Vergnügen vergiftet hätte. Aber niemals wäre Lumbeck bei ihr zum Essen aufgetaucht. Vor allem nimmt sie ein anderes Olivenöl, als er es im Bauch hatte. Aber es war sein persönliches Gericht, verstehst du?"

„Du meinst, selbst du hattest es noch nicht im Mund?"

Es fiel Kowalski schwer, sich das vorzustellen.

„Wir sind auf der Suche nach einem Erkennungsmerkmal. Wenn er den Extrawunsch bei den richtigen Leuten bestellt, ist das besser als Fingerabdruck und Iriserkennung. Das hat hier seit sechzig Jahren keiner gegessen."

„Wie kann der so blöd sein?"

„Ich schätze, er wusste gar nicht, dass er sich damit verraten konnte. Es hat den nie interessiert, dass er der einzige war mit den Zucchini."

„Und jetzt sucht ihr das Lokal, wo er seinen Fingerabdruck bestellt hat."

Linakis' Position wurde noch genüsslicher. „Haben

wir gefunden, wenige Kilometer von hier. War nicht einfach. Die Wirtsleute scheiden aus, sie waren bis spät in die Nacht in der Küche und sind sowieso nicht von hier. Jetzt brauchen wir alle Gäste, die an dem Abend da waren."

Kowalski kam es beinahe so vor, als habe der Polizeiapparat um Linakis in seiner Abwesenheit kriminalistische Arbeit geleistet. Ganz gewiss aber war sich Linakis treu geblieben und hatte die harte Arbeit mit einer warmen Mahlzeit verknüpft.

„Ihr *Psito Arni* ist übrigens unschlagbar."

Na also.

„Aber das hieße ja", dämmerte es Kowalski, „dass ihr bald den Täter habt."

Linakis sah ihn entspannt an. „Offen gesagt glaube ich nicht, dass wir alle Gäste finden werden. Praktisch unmöglich. Aber selbst wenn, ist es nur eine Idee. Wir wissen, was er gegessen hat, wann und wo, das ist alles. Ich würde dir ja wünschen, dass unser Mann dabei ist und gesteht, aber bisher haben wir nichts, was dich entlastet."

„Vergiss nicht, dass ich die Spur selber ausgegraben habe."

„Weiter so, Kowalski. Lumbecks Erkennungsmerkmal ist der Schlüssel zum Täter, irgendwas, das ihn verriet. Jemand hatte die Möglichkeit, ihn zu identifizieren, ohne überhaupt nach ihm zu suchen. Leider haben wir keine Ahnung, ob wir nach seinem Lieblingsgericht als Merkmal fahnden müssen oder nach seinem Achselschweiß."

„Und wenn es doch ein geplantes Verbrechen war?"

„Deinen Reisebüromann haben wir abklopfen lassen, da gibt es keine Verbindung."

„Aber ihr verdächtigt ja auch mich des Vorsatzes. Gibt es nicht auch Deutsche, die hier leben, Juden vielleicht?"

„Weiter so, Kowalski, weiter so. Aber von den Fluggästen hast nur du eine Verbindung zum Opfer. Der Flugplatz ist auch sauber. Alle Ermittlungen bei hier lebenden Deutschen brachten nichts. Die Leute im Hotel, in dem Lumbeck abgestiegen ist, haben ein echtes Alibi, unser Moto-Jim hat kein Motiv *und* ein echtes Alibi."

„Oder Griechen, die ihm in Deutschland begegnet sind?"

„Die deutschen Kollegen haben seine Existenz unter die Lupe genommen. Aus dem Lager Sachsenhausen ist er zum Kriegsende rechtzeitig raus und blieb zunächst sogar in der Gegend. Er hat dann ein unauffälliges Leben in der DDR geführt mit seinem neuen Namen. Unauffällig war man mit lockeren Kontakten zur Stasi. Er war kleiner Angestellter bei einer Grenzzaunfabrik in Zwickau und kleiner Spitzel eben. Da war keiner interessiert, seine Vergangenheit aufzuarbeiten. Er hatte mit denkbar wenigen Menschen Kontakt, mit Ausländern schon gar nicht. Seit dem Mauerfall war er nur noch ein Rentner mit düsterer Vergangenheit allein in einer Hochhaussiedlung."

„Warum ist er hergekommen?" fragte Kowalski.

„Wissen wir nicht. Waren ist übrigens sein Geburtsort."

Kowalski gewann ein wenig Respekt zurück vor der Tätigkeit von Linakis und seinen Kollegen. Lumbeck hingegen konnte in seinem Ansehen auch nach dem jüngsten Stand nicht mehr weiter sinken.

„Eine Frau?" fragte er weiter. „Sentimentalität und Reue? Zucchini mit Ei und Zitrone?"

„So viel wir wissen, hatte er hier keine Frauengeschichten. Die Wehrmacht war strikt dagegen. Aber du hast ganz recht, auch sein Reisegrund könnte uns zum Täter führen. Erkennen musste der ihn aber in jedem Fall."

„Toli", kombinierte Kowalski, „was ist mit den Polizisten?" Seine kriminalistische Ader pochte nun mit Hochdruck, gespeist von den Geschehnissen der letzten Tage und Monate. Monate! Unglaublich.

„Polizisten?"

„Nun ja, Lumbeck hat sich sehr auffällig benommen, richtig? Vielleicht ist er ja mal einem deiner Kollegen von Egion bis Kalavrita aufgefallen, eine Verkehrskontrolle, keine Ahnung. Bei der Gelegenheit haben sie was über ihn herausgefunden, und fertig ist das Motiv."

Linakis schwieg eine Weile. Etwas arbeitete hinter den Brauen. „Nicht schlecht, Kowalski", sagte er dann. „Hat aber zwei Schönheitsfehler. Die meisten Polizisten haben Alibis. Und sie sind unverdächtig."

„Ach, die haben Alibis? Und ich? Die sind unverdächtig? Und ich? Deine Leute wollten die Leiche gemütlich verwesen lassen - ich habe geholfen, sie zu konservieren."

„Beruhige dich. Bei einem Fall wie diesem haben wir auch das geprüft. Die Alibis sind schon in Ordnung. Du musst wissen, dass fast alle Polizisten ortsfremd stationiert werden. Dadurch wird genau das vermieden, was wir sonst jetzt hätten - Befangenheit, Korruption, Vetternwirtschaft und so weiter. Die haben hier keine Familie, deshalb sind sie auch vom Fall Lumbeck nicht persönlich betroffen. Meine

Familie zum Beispiel ist aus Saloniki, ich bin aus Hamburg und arbeite in Patras."

„Ist Kostas nicht aus Agios Nikolaos?"

„Kostas ist eine Ausnahme. Klappt eben nicht immer mit der ortsfremden Rekrutierung. Aber er würde sich die Uniform nicht an Lumbeck schmutzig machen. Ich habe ihn persönlich überprüft, schon weil es Vorschrift ist in so einem Fall. Hat er dir selber erzählt, wo er herkommt?"

„Nein." Hier ergab sich der perfekte Moment, dem Kommissar über Irini reinen Wein einzuschenken wie gewünscht. Kowalski ließ ihn geräuschlos verstreichen.

„Bist du sicher mit seinem Alibi?" fragte er stattdessen.

„Sicher. Er kam erst am Morgen nach dem Mord von einem Lehrgang zurück."

Uniformbügeln für Anfänger? „Ich bin auch erst am Morgen danach aus dem Bett."

„Halblang, Kowalski. Vergiss nicht, dass Lumbecks Auto aufs Haar genauso aussah wie deins. Unsere Zeugen können genauso gut dich bei der Auffahrt gesehen haben."

Auf die abstruse Idee war Kowalski noch gar nicht gekommen.

„Und wo war Kostas, als ich fast unter die Zahnräder gekommen wäre?"

„Jetzt erzähl mir mal, wieso dich Kostas so interessiert, mein Lieber." Linakis hatte einen üblen Instinkt. „Woher weißt du über ihn? Wieso sollte gerade er etwas verbrochen haben? Erst Lumbeck, dann dich? Was soll das?"

„Ach nichts. Wir mögen uns nur nicht besonders."

„Und weiter?"

„Du hast doch gesagt, ich soll nach Verdachtsmomenten suchen."

„Und?"

„In seiner Position kann er alles Mögliche erfahren und vertuschen."

„Weiter."

„Er hatte die Gelegenheit. Er ist mir ständig auf den Fersen."

Linakis ließ nicht locker. „Überzeugend", sagte er sarkastisch.

„Er hatte das Motiv."

„Welches?"

„Er ist aus Agios Nikolaos."

„Woher weißt du das? Und wo bleibt das Verdachtsmoment? Jetzt mal Tacheles."

„Ich dachte ja nur. Seine Cousine hat's mir erzählt."

„Dass er Lumbeck gekillt hat?"

„Nein."

„Dass er dich killen wollte?"

„Nein. Sie sagt sogar, dass er mich deshalb niemals -"

„Deshalb? Weshalb? Mach endlich den Mund auf!"

„Na ja, ich habe - wir haben - sie hat mich verführt", konjugierte Kowalski.

Es war sicher nicht leicht, Linakis zum Verstummen zu bringen, einen Mann, der schon manch unglaubliche Geschichte hören musste. Aber er verstummte wie die Schwärme von Fischen, die er schon gegessen hatte, und schwieg eine Weile in ihrem Gedenken. Die Weile dehnte sich. Kowalski, selber bar jedes weiteren Wortes, kamen Fluchtgedanken. Es war die peinlichste Weile in seinem

Leben.

Das Räderwerk hinter den Brauen war in vollem Gange, dabei brachte Linakis den gestutzten Schnauzer mit bloßen Fingern in eine vermeintlich noch bessere Form.

„Welche Cousine?" fragte er endlich. „Irini?"

„Ja, Irini."

So anerkennend hatte er den Kommissar noch nicht gucken sehen.

„Du bist ein Glückspilz, Kowalski", sagte er. Dann stand er auf.

„Und ein Rhinozeros! Erst die Nummer mit der Boje, jetzt das hier. Hast du nicht schon genug Probleme? Was ist mit deiner Freundin? Macht es das für dich einfacher?"

„Sie war verlockend, ich war einsam. Es war nur einmal. Und wir haben -"

„Erspare mir mal die Details, wenn's geht. Damit musst du selber klarkommen. Aber halte deine Affäre aus unserem Fall raus. Wenn sie von dir Vertraulichkeiten erfährt, Kowalski, dann gnade dir Gott. Und was Kostas angeht", sagte er und wies auf Kowalskis Nasenspitze mit einer eigens für die Gelegenheit entzündeten Zigarette, „er wird dich nicht gerade als neues Familienmitglied betrachten, so viel ist sicher. Und falls er es noch nicht weiß, von mir wird er's nicht erfahren. Aber dich töten? Und auf so umständliche Weise, dabei die Bahn ruinieren und die Strecke unpassierbar machen? Das kann er viel einfacher haben."

Kowalski verabschiedete sich von der Hoffnung, seine gesammelten Peinlichkeiten könnten zur Lösung beitragen. Was mochte wohl die Eigenbau-Draisine kosten, fragte er sich, und die Reparatur der Schienen.

„Gut, vergiss Kostas", rätselte er weiter. „Nehmen wir an, der Lumbeck-Mörder beseitigt mich, damit die Ermittlungen eingestellt werden. Dazu muss er es wie einen Unfall aussehen lassen."

„Das ist gut gedacht, Kowalski. Aber eins nach dem anderen. Ich glaube nicht an diese Verquickung. Wir sind ziemlich sicher, dass Lumbecks Tod nicht geplant war. Vielleicht fahrlässige Tötung oder Affekt. Wer immer es war, entwickelt nicht plötzlich die kriminelle Energie für Folgemorde. Das passt nicht zusammen."

„Die Draisine rollt doch nicht von selber los. Da war einer, und ihr müßt ihn finden."

Linakis' ganze Aufmerksamkeit gehörte seiner Zigarette, als bemerke er zum ersten Mal, dass sie Qualm absonderte. „Also gut, Kowalski. Unsere Abmachung: Wir gehen der Sache nach. Ich muss dir aber sagen, wenn einer keine Zeugen will, dann geht er genau da hin, wo du verunglückt bist."

Er wandte sich kurz dem offenen Fenster zu: „Ich will verdammt sein, wenn deine Rolle als Rhinozeros nur gespielt ist." Er produzierte noch mehr Qualm. „Im Gegenzug setzt du dich jetzt sofort auf den Hosenboden und findest eine verwertbare Spur in *unserem* Fall. Ich besorge uns noch was zu trinken. Kosta!"

Und so wühlte sich Kowalski mit Linakis weiter durch die Berge von Papier, wie die Erbauer der Brücken und Tunnel vor über hundert Jahren durch die Gesteinsmassen. Lumbecks Zeit in Sachsenhausen war nur dünn dokumentiert, mit Verweisen auf amerikanische Archive. Nach Kowalskis Halbwissen wurden insbesondere die Spuren in Konzentrationslagern damals von den Tätern noch säuberlich verwischt.

Lumbeck tauchte namentlich in einem kleinen Artikel einer Zeitung auf, die den schauerlichen Namen *Das Schwarze Korps* trug, natürlich in schauerlichen Buchstaben. Der Artikel war unerträglich.

Kowalski lernte aus einer Handvoll anderer Dokumente, dass in das Lager Sachsenhausen fast nur Männer kamen, lernte von einer Genickschussanlage und einem Todesmarsch, kurz bevor die Rote Armee anrückte. Den Russen gefiel das Lager so gut, dass sie kurzerhand weitere fünf Jahre lang Kriegsgefangene und Gegner dort meuchelten.

Aber nichts Konkretes, weder zu Lumbeck noch zu einem Häftling namens Kowalski. Falls es irgendwo einen Enkel von einem von Lumbecks Opfern gab, einem Opfer, das womöglich sogar Kowalskis Großvater kennengelernt hatte, und falls dieser Enkel die Last auf sich genommen hatte, Lumbeck den Wahnsinnigen zu beseitigen, so würde er sich anhand der gerupften Dokumente in Linakis' Amtsstube jedenfalls nicht finden lassen.

Auch die Stasi-Akten waren sehr lückenhaft und teilweise sogar aus hunderten Fetzen zusammengeklebt. Lumbeck war Informant und Schreibtischtäter in der Fabrik für Grenzsicherungsanlagen gewesen.

„Wissen wir, wer wegen Lumbeck in DDR-Gefängnissen gelandet ist?" fragte Kowalski.

„Zum größten Teil", sagte Linakis ohne aufzublicken. „Von denen war zur Tatzeit keiner hier. Weiter so,

Kowalski."

Es fehlten offenbar einige von Lumbecks Nachkriegskapiteln. Kowalskis Leben würde ja kein Mensch je aufschreiben, falls aber doch, so wären wenigstens keine schändlichen Kapitel zu vertuschen und zu verdunkeln. Zu der Affäre mit Irini würde er, irgendwann einmal zurückgekehrt, Ruth gegenüber zu stehen haben.

Kowalski hatte großes persönliches Interesse an der Aufklärung des Falles, aber das Strafmaß für den Mörder von einem wie Lumbeck hätte er nicht festlegen wollen. Er sah sich noch einmal die Fotos an, die die Zeit gut überdauert hatten, das Portrait und das Gruppenbild. Sie strahlten Unheil aus, dumpf und matt. Er hatte vor Monaten schon über ihnen gebrütet in der Hoffnung, irgendeine Erkenntnis aus dem Zusammenhang zu ziehen und eine Idee zu entwickeln. Vergebens. Und wenn er nun einmal nicht den späteren Verlauf der Geschehnisse ins Auge nähme, sondern nur Vergangenheit und Gegenwart der Fotos, bis sich die Blende wieder schloss und keine Sekunde weiter? Inmitten der Gebirge in Linakis' Büro, aus denen sie sie gegraben hatten, war eine unvoreingenommene Betrachtung natürlich ausgeschlossen.

Versuchte er es aber doch und blendete sein Wissen aus, was vielleicht für die Dauer der Belichtungszeit gelang, was sah er dann? Er sah blitzlichtlang einen jungen Mann, hoffnungsfrohen, wenn auch sturen Blickes auf seine knospende Karriere als Killer. Am selben Abend noch seinen Einstand gefeiert im Wirtshaus zur Post, singend und lachend und die vollbusige Wirtin herzend.

Und er sah eine Gruppe von Kollegen auf Auslandsreise, die sich ein Erinnerungsfoto gönnte, Souvenir für die Lieben zu Hause und für die Wirtin zur Post. Lange rumgealbert und den Fotografen zur Weißglut getrieben, am Abend dann den Sold durchgebracht in den Hafentavernen.

Ein paar physikalische und chemische Tricks hielten die Zeit an, es brachte Kowalski nur leider überhaupt nicht weiter. Der graue Lumbeck vor vergilbtem Hintergrund, was sagte ihm der? Keiner hat mich lieb, aber für eine anständige Beförderung mach ich alles.

Und die Uniformen, die jungen Soldatengesichter, die Lokomotive, der Schnee, die Berge? Wir haben hier nichts zu suchen, aber unser Chef da will anständig befördert werden.

„Toli", sagte Kowalski, „es kann einer von Lumbecks Soldaten gewesen sein."

Wieder hob der nicht den Kopf.

„Im Krieg befolgt er die Befehle. Nach dem Krieg dämmert ihm, dass er statt der Griechen besser Lumbeck hätte erschießen sollen. Nach dem Mauerfall findet er ihn und tut es."

„Nicht übel. Kann sein. Ich kann die Deutschen nochmal drauf ansetzen." Linakis raschelte heftig. „Habe allerdings eine militärhistorische Notiz zu dem Thema, warte mal, kann sie gerade nicht finden."

„Und die lautet?"

„Es sind praktisch keine solchen Mordfälle bekannt. Und soweit wir wissen, war zur Tatzeit keiner hier von den alten Soldaten. Ich lasse das prüfen."

„Weiter so, Kowalski?" fragte Kowalski.

„Weiter so."

28

Kowalski fand Frauen nicht immer leicht zu verstehen, und das beschränkte sich nicht auf griechische Dolmetscherinnen. Vieles von dem, was sie sagten oder taten, blieb ihm ein Rätsel. Warum sich die wenigen je zu ihm hingezogen fühlten, ausgerechnet jene, die auch er attraktiv fand, hatte er noch nicht zufriedenstellend ergründet. Oder wie es so zeit- und kräfteraubend sein konnte, bis die Frage nach hingezogen oder abgestoßen in allen Facetten geklärt, geschweige denn verständlich kommuniziert war. Es war vorgekommen, dass er noch mit Ergründen beschäftigt war, als sie schon das Abstoßen einleitete.

An seinem Äußeren konnte es nicht liegen, dass er ein Liebesleben hatte, Spiegel und Fotos sprachen dagegen. Vermutlich war auch die Anzahl der Tugenden, die er *nicht* besaß, in der Überzahl, darunter Ehrgeiz, Ordnungssinn, Pünktlichkeit oder Reichtum. Seinen Beziehungen war gemein, dass es viel an den richtigen Stellen zu lachen gab, und dass die gemeinsamen Stunden meist unbeschwert waren, auch sexuell. Wenn es stimmte, dass Charme das Talent war, die Menschen vergessen zu lassen, dass man so aussah, wie man aussah, dann gab Ruth ihm häufig das Gefühl, charmant zu sein. Er war froh, dass einer, der aussah, wie Kowalski aussah, und sich benahm, wie er sich benahm, einigen sympathischen Frauen hatte nahekommen dürfen, und irgendwann hatte er das Rätseln eingestellt.

Auch von Ruth, seiner vermutlich segensreichsten Begegnung, bekam er nur spärliche Hinweise, aber er wollte ihre gemeinsame Unbeschwertheit weder missen noch zu sehr enträtseln. Wenn sie ihm verzieh, wüsste er wieder nicht genau, warum, aber er würde alles daransetzen, denn andernfalls könnte er sie zwar mal richtig gut verstehen, wäre sie aber los.

Die Sache mit Irini begriff er, wenn überhaupt, politisch, als eine unverdiente Belohnung von ihr, eine körperliche Aufmerksamkeit. Sie hatte nicht abgewartet, bis er sein Äußeres mit albernen Sprüchen übertünchen konnte. Er stellte fest, dass sie sich mochten, aber es wäre ihm lieber gewesen, sie hätte ihn zu einem unwiderstehlichen Essen eingeladen, dann würden seine Gedanken in den besonders einsamen Momenten um ihre kulinarischen Reize kreisen und nicht um ihre körperlichen.

Er konnte auf Ruths Verständnis für seine Eskapade zwar hoffen, aber nicht bauen. Er gab sich keinen Illusionen hin, dass ein Mann wie er für sie leichter zu verstehen war als umgekehrt. Schließlich war er ein Rhinozeros. Schwer zu verstehen waren auch manche Männer, zum Beispiel Kostas' Geraspel, sein Aussehen und sein Benehmen. Ganz zu schweigen von Lohse, einem Mann mit der Bühnenpräsenz kurzer Bundfaltenhosen und weißer Socken in Ledersandalen. Es fiel Kowalski nicht leicht, sich mit den schwer Verständlichen in einen Topf zu werfen.

~

„Ruth?"

Rauschen.

„Kannst du mich hören?"

Rauschen.

„Hier ist Griechenland!"

„Wer ist denn da?"

„Doc Holiday!"

„Kowalski? Wie geht's dir?"

„Körperlich gut! Kriminalistisch unverändert!"

„Gut, dass du mal wieder anrufst. Deine Kekse sind angekommen."

„Die haben aber lange gebraucht!"

„Was?"

„Das wurde aber auch Zeit!"

„Ich sagte danke für die Kekse."

„Lass mir welche übrig!"

„Schick schon mal die nächsten los."

„Ich würde sie lieber selber mitbringen!"

„Willst du nicht langsam mal zurückkommen?"

„Ruth, ich hab Lohse gesehen!"

„Was hast du?"

„Ich habe Lohse gesehen, im Fernsehen, das musst du Schröder erzählen!"

„Schröder will auch, dass du wiederkommst. Er hat die Nase voll von deiner Vertretung."

„Lohse war im Fernsehen! Am Montag! Er ist Fan einer dieser schwachsinnigen Gerichtsshows!"

„Ich kann dich unglaublich schlecht verstehen. Montag war ein arabischer Student bei Schröder. Er will deine Note für eine Seminararbeit, die Schröder nirgends finden kann."

„Die ist bei der Polizei!"

„Was ist?"

„Linakis und Kostas haben die Arbeit! Der Araber muss Schröder eine Kopie geben!"

„Das hat so keinen Sinn mit dieser Leitung. Ruf mal Schröder an, der muss das dringend wissen. Komm bald nach Hause."

~

Das Detektivspielen bei Linakis war verlaufen wie zuvor. Kowalski hatte brillante Spuren freigelegt, glasklare Indizien gefunden und messerscharf kombiniert. So schien es ihm wenigstens, doch das meiste hatte Linakis sofort entkräftet. Wenn er für jedes *weiter so* des Griechen einen Kilometer bekommen hätte, hätte es bis vor seine Haustür in Deutschland gereicht. Je mehr er sich in die Lage des Kriminalisten versetzte, desto mehr verstand er, dass sich die Behörden nur zu gerne auf einen armen Achteljuden wie Kowalski stürzten, der sich nicht wehren konnte. Denn Kowalski war greifbar, und dagegen waren all die anderen Mutmaßlichen glitschige Quallen.

Ein langer Tag ging zu Ende, als sie in Diakopton beim Fischerhafen das Spesenkonto belasteten. Große Portionen, volle Karaffen, grobes Lachen und keine Lösung des Falles in Sicht – alles wie zuvor. Kowalski hatte sich mehr von dem Tag versprochen und spürte, dass ein Teil von der Leichtigkeit vergangener Monate verloren war. Die steigende Zahl der Monate erdrückte die Leichtigkeit mit der steigenden Zahl guter Gründe, schnell nach Hause zu fahren. Das hinderte ihn nicht, den friedlichen Abend und den Digestif auf sich wirken zu lassen.

Wenn sich leichtes Schwanken in Kowalskis Gang mischte, kam es vom Alkohol und von der Überzahl der

Fische gleichermaßen. Ein kleiner Rausch mit großem Völlegefühl. Er ging zu Fuß zurück nach Karfitsa, allein, zwischen den Feldern hindurch auf einem höchstens autobreiten Pfad. Er ließ die letzten Häuser und die letzte Laterne hinter sich. Sachtes Meeresrauschen von rechts, Frösche aus einem Tümpel. Vor dem sternenhellen Himmel huschten lebhaft die Fledermäuse. Es roch nach Fruchtbarkeit und Frieden. Die Beleuchtung von Karfitsa war bereits ein ferner Schimmer, als er hinter sich durch das Rauschen und Quaken Schritte vernahm. Er drehte im Gehen den Kopf und sah Schemen von einem Mann, der synchron zu den Schritten ging, in gerade noch hörbarem Abstand, mit einer Stablampe, die Kowalski ein bisschen blendete, warum auch nicht.

Es gab keinen Grund, nervös zu werden. Konnte ja jeder hier seinen Verdauungsspaziergang machen. Zufall, dass die Stablampe den Abstand präzise hielt, ob er nun, nur so zum Spaß, schneller oder langsamer wurde. Kowalski griff tief in die detektivische Trickkiste und bückte sich, um seinen fest verschlossenen Schuh zu öffnen und neu zu binden. Zufall, dass die Lampe gerade diesen Moment für einen Halt wählte, um sich eine Zigarette anzustecken. Kowalski sah das Gesicht im Feuerschein und rannte los. Der Mann folgte sofort, ein Zufall, der Kowalski kaum noch überraschte. Dass sich der Abstand jetzt verringerte, führte Kowalski auf seinen digestiven Zustand zurück, ein umweltbedingter Einfluss auf seine sportliche Leistung.

So rannten sie vielleicht hundert Meter, als ein altes rundes Auto ihnen entgegendümpelte, ein Volvo mit trüben Scheinwerfern, und während Kowalski sich zwischen einem

Maschendrahtzaun und dem Wagen durchzwängte, verschwand sein Verfolger hinter Olivenbäumen und löschte sein Licht. Kein Zufall, gewiss nur Rücksicht, um den Fahrer nicht zu blenden.

Kowalski war mit einem Mal stocknüchtern und rannte so schnell, wie es ihm sein voller Bauch erlaubte, was nicht olympisch war, aber genügte, um endlich die erste Straßenlaterne von Karfitsa zu erreichen und erste Häuser. Bis er bei Jorgos angekeucht kam, hatte er sich so oft umgedreht, dass ihn jeder für volltrunken halten musste, aber den Mann hatte er nicht mehr gesehen. Er verriegelte seine Tür gut und schlief schlecht.

~

Linakis kam am Nachmittag ins Ilios. Er nahm sich eine Kekspackung von der haltbaren Seite und setzte sich auf den einzig verbliebenen Stuhl in Kowalskis Behausung.

„Den Fahrer des Volvo haben wir gefunden. Ein leichter Job für Kostas. Der Fahrer hat mehrere Fußgänger gesehen, aber ans Aussehen kann er sich nicht erinnern, nicht mal an deins."

„Wie das?"

„Vermutlich betrunken."

„Am Steuer? Ein weiterer Job für Kostas, wie ich hoffe."

„Wir sind nicht die Verkehrspolizei. Noch nicht. Du bist der letzte, der das schlechte Personengedächtnis anderer kritisieren sollte."

„Toli, es war dunkel, ich war geblendet. Der war

kaum zu sehen."

„Mal wieder. Du kannst ihn nicht beschreiben, aber wiedererkennen kannst du ihn?"

„Wir reden hier von einer Sekunde. Höchstens. Ich bin nun mal kein wandelndes Protokoll. Das Detektivspielen ist nur mein Zeitvertreib, bis ich wieder nach Hause komme."

„Hatte er diesmal einen Bart?"

„Es war zu dunkel."

„Na wunderbar. Die Ermittlungen an der Bergbahn haben auch nichts ergeben. Keinem ist was aufgefallen. Wenn du mich fragst, siehst du weiße Mäuse."

„So viel Zufall kann es doch gar nicht geben. Der Kerl hat mich klassisch verfolgt."

„Klassisch bedroht hat er dich nicht."

„Ihr glaubt mir erst, wenn ich klassisch tot bin, stimmt's?"

Linakis stand auf. „Was erwartest du?" fragte er. „Personenschutz? Dafür haben wir nicht die Indizien und nicht die Leute. Wenn du dich bedroht fühlst, dann meide ab jetzt einsame Gegenden."

Er kurvte um ein paar Lebensmittel und verschwand kekskauend auf Kowalskis Toilette.

Das Übliche, dachte Kowalski. Ein Unfall. Ein Zufall. Weiße Mäuse. Aber dass ausgerechnet er, Kowalski, der Rächer der Witwen und Waisen war, glaubten alle unbesehen, obwohl doch jeder, dem Lumbeck je begegnet war, Mordgelüste verspüren musste, und noch die Kinder und Kindeskinder. Nur zu gerne hätte Kowalski einsame Gegenden gemieden, wie zum Beispiel ganz Griechenland. Er war sich nun mal sicher, den Mann mit der Lampe gestern Abend erkannt zu haben als den Mann im Tunnel.

Aus dem Bad kamen die gewohnten Geräusche. Als Linakis wieder erschien, dröhnte mit der üblichen Verzögerung nach der Spülung auch das charakteristische Nebelhorn beim Volllaufen des Tanks.

„Sapperlot!" entfuhr ihm. „Ein Lärm wie an der Elbmündung."

„Das beste Zimmer vom besten Hotel", stellte Kowalski fest, „hat auch die beste Ausstattung."

~

Linakis war nicht zu bewegen. Zwar schickte er ein paar von Kowalskis Ideen zur Überprüfung nach Deutschland, verbarg aber nicht, dass für ihn der ultimative Knüller nicht darunter war. Kowalskis Verfolger hielt er für Seemannsgarn, was den für Kowalski nur noch bedrohlicher machte, denn er sah sich ihm schutzlos ausgeliefert. Es schien, als wolle sich Linakis nicht so sehr mit Kowalski verbünden, dass sich Dienst und Freundschaft vermengten, und vermutlich war das eine gute Eigenschaft für einen Polizisten. Soweit es Kowalski betraf, musste man da allerdings gar nichts vermengen, sondern schlicht den Ermittlungseifer endlich auf die richtige Person lenken.

Was blieb ihm, als sich seinem einzigen Verbündeten zuzuwenden und wie verordnet die Einsamkeit zu meiden. Irini nahm ihn am folgenden Tag mit nach Egion. Eine deutsche Zeitung hier, zwei Limonaden da, ein Dutzend Fleischspieße dort. Sie konnte ihm eigentlich nicht helfen, aber sie glaubte ihm, und das tat gut.

Sie schlenderten bei Jim vorbei, der draußen mit seinem verschmierten Gehilfen eine Totaloperation an einem Fossil von einem Motorrad vornahm. Wie immer war viel Öl im Spiel, das sich Jim vor der Begrüßung vergeblich abzuwischen bemühte. Inzwischen fragte sich Kowalski, ob Jim ein Riesensortiment an zu kleinen Jim-T-Shirts besaß, oder ob er womöglich immer dasselbe trug. Jedenfalls war der alte Herr Litfaß auf solch eine werbewirksame Wölbung niemals gekommen.

Irini und Jim kannten sich flüchtig. Sie kannte halb Egion flüchtig. Sie tranken schaumigen Kaffee aus kleinen Styroporbechern in Jims „Büro", und die beiden redeten die meiste Zeit, und die meiste Zeit Griechisch. Wie schon oft konnte Kowalski nur mithilfe des bescheidenen Wortschatzes, den er inzwischen gelernt hatte, und anhand der verlässlich großzügigen Gestik und Mimik die Gespräche verfolgen, eine Rolle, an die er sich sehr gewöhnt hatte. Es drehte sich unvermeidlich um Wetter und Essen, oberflächlich um ihre Bekanntschaft zu ihm und kurz um den Krieg. Sie geizte nicht mit ihrem Lächeln, das nicht mal Jim, der so ziemlich alles gelassen nahm, kalt ließ.

Der Gedanke, all das irgendwann zu entbehren, stimmte Kowalski wehmütig. Es war nicht die Wehmut des Urlaubers vor der Rückreise, sondern eine, wie sie vor Kowalski nur wenige gekannt hatten - die Sehnsucht, solche Dinge endlich vermissen zu dürfen, und die ständige Ungewissheit, ob und wann es je dazu käme. Jules Verne hatte sie beschrieben in *Zwei Jahre Ferien*, William Golding in *Herr der Fliegen*, Daniel Defoe in *Robinson Crusoe*. Das Seminar zum

Thema *Gestrandet* würde er mittlerweile mit einer beispiellosen Inbrunst halten, seitenweise würde er vorlesen und die wöchentlich zahlreicher werdenden Studentenmassen fesseln als wäre er Freitag persönlich. Eine Notiz brauchte er sich dazu wohl gar nicht erst zu machen.

Der ganze Tag in Egion war von dem Gefühl geprägt, und sein Auge war geschärft wie nie für die lokalen Eigentümlichkeiten, aber anders als bei seinem ersten Besuch. Wie bereitwillig Jim die Arbeit für eine spontane Pause ruhen ließ, zum Beispiel. Ganz sicher ruhte in der Umgebung eine Menge Arbeit, und sie ruhte in Frieden. Auch der Fotoladen hatte geschlossen, in dem Irini auf dem Rückweg einen Film abgeben wollte. *Komme gleich wieder* hing in der Tür, und wahrscheinlich kostete das den Eigentümer weder Umsatz noch Ansehen; Irini kostete es nur ein Schulterzucken. Auf dem englischen Schild über dem Schaufenster fehlte nach all den Monaten noch immer das F. In der Auslage war das Nebeneinander von schwarz-weißen und Farbfotos noch immer gleich kitschig. Das Nebeneinander von uralten Motorrädern und neuen Mopeds bei Jim. Die täglich wiederbelebten Dinosaurier-Busse. Junge Leute unter alten Männern in alten Cafés. Ewig junge Devotionalien in tausend Jahre altem Design.

Auf der Rückfahrt nach Karfitsa war Kowalski sehr schweigsam. Er hatte sämtliche seiner Mordverdächtigen gleichzeitig im Kopf, und er fand sie alle verdächtiger als sich selbst, sogar Linakis und Irini, die aber beide im unteren Bereich der Skala rangierten. Irini hätte nicht mit ihm schlafen wollen, und Linakis hätte ihn schon längst in ein dunkles Verlies schmeißen können.

Er wollte ihr sagen, dass er sie vermissen würde, wenn man ihm nur eine faire Chance dazu gäbe, aber er wusste nicht wie. Und wie sie so schweigsam auf Karfitsa zusteuerten, sagte sie einfach:

„I will miss you, Kowalski."

Er sah sie an. Das Profil und die Weisheit einer griechischen Göttin am Steuer eines japanischen Kleinwagens.

„Daraus wird so bald nichts", sagte er.

„Ich glaube, du kommst bald nach Hause", versicherte sie.

Aus ihrem Mund vermittelten die Worte eine Zuversicht, die Kowalski nicht mehr empfunden hatte, seit er Dimitris Reisebüro betreten hatte. Noch vor Beginn der Heizperiode zurückzufliegen, der Gedanke nahm tröstliche Gestalt an, weil er nun bald ein halbes Jahr hier festsaß und weil sein Zimmer vielleicht die meisten Lebensmittel und die lauteste Toilettenspülung besaß, aber keine Heizung.

~

Irini setzte ihn bei Jorgos ab. „Ich bin noch die ganze Woche im Dorf", sagte sie zum Abschied, „komm mich besuchen."

Jorgos saß in seinem Foyer und betrachtete müde den verschneiten Bildschirm. Er grüßte freundlich wie immer. Es gab nichts Neues. Kowalski schlurfte mit seiner Zeitung nach oben.

Jorgos' Wortreichtum war dabei ungebrochen. Er war stets froh und glücklich, wenn er etwas mitzuteilen hatte, selbst wenn es mal wieder die Hitze und die Fußballergebnisse waren. Aber er hatte die heute Morgen schon verarbeitet, und wenn er Kowalski mit nichts weiter als den normalen Floskeln durch das Foyer ließ, so dass dieser auf dem Weg zur Treppe kaum den Schritt verlangsamen musste, so konnte es in der Tat nur ein weiterer Tag ohne Ereignis gewesen sein. Keins im Fernsehen und keins vor der Hoteltür. Kein Geständnis eines verzweifelten Griechen, Neffe eines gemeuchelten Kalavritaners. Kein Friedensschluss aller in Konflikten befindlichen Mächte der Erde, kein Verbot aller Gerichtsshows, keine Schlechtwetterfront, keine Visite von Kostas, keine Karte von Ruth.

In dieser Beziehung war auf Jorgos Verlass. Wenn nun etwa jemand zu Besuch gekommen wäre, um sich in den Gang oben zu kauern, bis Kowalski wiederkam, in eine dunkle Ecke bei seiner Zimmertür, um ihn zu erschrecken, gerade als er sie mit der inzwischen schlafwandlerischen Sicherheit öffnete, so hätte Jorgos sich auf die Neuigkeit gestürzt wie ein Falke und ihn unten wort- und gestenreich damit empfangen. Wie er hieß, wo er herkam, was er wollte, wie er aussah. Mit so etwas war also nicht zu rechnen. Deshalb traf ihn der Schreck bis ins Mark.

Dabei bemerkte er mit beinahe naturwissenschaftlichem Interesse, wie viele Gedanken einem in einer einzigen Schrecksekunde gleichzeitig durch den Kopf rasen konnten. Dass Jorgos von der Gegenwart des Mannes nichts wusste, zum Beispiel, war bemerkenswert, war es doch schließlich *sein* Flur in *seinem* Hotel, erreichbar nur durch *seine* Lobby. Der Mann hatte sich irgendwie hereingeschlichen, und das verhieß nichts Gutes. Der Mann verstand es zudem, Kowalski von Mal zu Mal näher zu kommen, erst getrennt durch eine Schlucht, dann in Reichweite seiner Lampe, jetzt praktisch schon in seinem Zimmer.

Die Häufung von Gedanken war eine Erfahrung, die Kowalski nicht zum ersten Mal machte, denn der hier war derselbe, der Tunnelmann, der Lampenmann, und er hatte keinen Bart.

In seiner plötzlichen Todesangst ließ er sofort die Zeitung fallen und beeilte sich, die Tür von innen zuzuschlagen. Das misslang, der Kerl hatte seinen Fuß dazwischen, und der Fuß war kräftig.

„Jorgo!" brüllte Kowalski aus vollem Hals, und trotz allem gesellte sich zu seinen vielen Gedanken noch der korrekte griechische Vokativ. Er drückte.

„Help me!" Und drückte.

Jorgos, der Falke, ließ nicht lange auf sich warten, aber die einzige Neuigkeit, auf die er sich stürzen konnte, war ein schweißgebadeter Kowalski, der verbissen versuchte, im Türspalt seine Zeitung zu zerquetschen.

~

Natürlich schenkte Linakis ihm keinen Glauben. Es stellte sich heraus, dass das Flurfenster geöffnet war, aber es gab keine Spur von einem Mann, geschweige denn von seinem Ein- oder Ausstieg. Dass es inzwischen ein glatt rasierter Unbekannter war, veranlasste Linakis nicht zu einer Großfahndung. Er schaute nur kurz vorbei, und mit den Worten „Du machst mir ernsthaft Sorgen, Kowalski" ließ er ihn sehr allein.

So verbrachte er in den nächsten Tagen sehr viel Zeit mit sich selbst. Fernsehen, Schwimmen, Bier trinken, kein Programm zu öde, keine Bahn zu lang, kein Glas zu kalt. Dazwischen verbrachte er viel Zeit damit, den Riegel des Flurfensters zu prüfen und den seines Zimmers und seiner Balkontür. Natürlich würde sein Mörder bald wiederkommen, wieder ein Stück näher, vielleicht nahe genug, um sein Werk zu vollenden. Würde er es wie einen Unfall aussehen lassen? Einen Badeunfall vielleicht? In seinem kleinen Radius beschrieb Kowalski eine prima Zielscheibe. Und falls man ihn nur einschüchtern wollte, das war längst vollendet. Für beide Fälle fehlte Kowalski das Warum.

Bei der Botschaft hatte er angerufen. Gerne versuche man ihm zu helfen. Einmischung in behördliche Ermittlungen sei nur leider sehr heikel. Man könne keine Verfehlungen der Beamten erkennen. Auf keinen Fall dürfe er auf eigene Faust handeln und gegen griechische Gesetze verstoßen. Kowalski müsse Geduld haben. Man habe viel zu tun.

Kowalski ertränkte also seine Angst gesetzestreu in seichtester Unterhaltung, Meerwasser und Bier. Er aß wenig. Er schlief schlecht. Was er auf eigene Faust unternehmen konnte, brächte ihn kaum mit dem Gesetz in Konflikt. Er konnte nur alles wieder und wieder wälzen, wachend und schlafend, aber auch beim hundertsten Mal vermochte er aus derselben Menge an Menschen, Spuren und Kombinationen keinen neuen Verdacht herauszudestillieren.

Morgens, beim Aufwachen, als die Puzzleteile seines letzten Traumes vor dem Wachzustand in alle Richtungen flüchteten, hatte er einmal das Gefühl, im Schlaf der Lösung nahe gewesen zu sein. Als Papiere und Fotos und

Lumbecks Leiche von Linakis' Schreibtisch geweht wurden und durch seine warme Büroluft flatterten, weil der junge, kräftige, rasierte Kerl aus dem Tunnel und dem Hotelflur dessen Tür geöffnet hatte, in Kostas' Uniform, die ihm viel zu groß war. Eins der Fotos wehte auf Linakis' Teller - auf Zucchini mit Ei und Zitrone. Linakis fand das zum Totlachen und schüttelte sich. Kowalski sah, dass auf dem Foto Irini und er beim Liebesspiel zu sehen waren. Schröder kam herein und zankte sich mit Linakis um die Seminararbeit des arabischen Studenten und erzählte ihm laut von Minimalpaaren, Satzbäumen, Hypersyntax und anderen Phänomenen der Linguistik. Jim und Spiros verbrannten im Hof eine SS-Uniform und betranken sich. Von Kowalski nahm keiner Notiz.

So nah war er also der Lösung. Schon beim Zähneputzen war von dem Panoptikum so gut wie nichts mehr übrig, Gott sei Dank.

29

Die Straße nach Diakopton war leicht kurvig und leicht abschüssig. Wenn Kowalski sie befuhr, tat er das nicht mit der Vorsicht, die sein Fahrrad gebot, alt, klapprig und schadhaft gebremst wie es war. Er passte sich dem technischen Standard im Land an, der eine beherzte Zuversicht forderte und sich auf Busse und Fähren genauso erstreckte wie auf privates Gerät. Und dass die Zuversicht nicht selten alkoholisiert war, schien die Polizei ja nicht weiter zu kümmern. Er hätte sich zurück in Deutschland an einiges zu gewöhnen, irgendwann.

Mittlerweile schrieb man Oktober, und es war noch heiß. Nach Tagen des Einsiedlerdaseins hatte er genug und wollte wieder unter Menschen. Irini war seine erste Wahl, aber die war nicht da, und so machte er sich auf zu Linakis zum Peilen des Ermittlungsstandes. Sein Mörder hatte ihm eine Pause gegönnt, aber seit Kowalski wusste, wie er aussah, beäugte er alles und jeden, ob bei Jorgos, am Strand oder auf der Straße. So ähnlich musste sich Verfolgungswahn anfühlen.

Gleich im ersten Auto, das ihm entgegenkam, glaubte er trotz flimmernder Sonne seinen Verfolger schwitzen zu sehen, auf dem Beifahrersitz, mit heraushängendem Ellbogen. Albern, bloß weil der Mann glatt rasiert war, und kräftig, und im Profil der Zwillingsbruder des Tunnelmanns und des Lampenmanns. Bloß weil seine rasierte Kinnlade sackte, als er Kowalski sah, und bloß weil die Fahrerin sogleich in die Eisen stieg, dass es kreischte. Albern. Schließlich glich das Auto dem von Irini und wurde gesteuert von einer Frau, deren Schönheit auch im Schatten des Innenraums so nah an Irinis heranreichte, wie es an sich nur ihr selbst möglich war. Verfolgungswahn eben, schon so ausgeprägt, dass er sich einbilden wollte, der Wagen würde nur seinetwegen so übereilt in vielen staubigen Zügen wenden.

Er konnte kaum erwarten, Linakis von dem Hirngespinst zu erzählen, das sogar seinen Namen kannte und durch die geöffneten Fenster hinter ihm her brüllte. Einfach weiter rasen, dachte Kowalski, gleich kommt die Abzweigung nach Diakopton. Und da kein Gegenverkehr kam, nahm er alle beherzte Zuversicht zusammen und zog kaum die verstümmelte Bremse, um mit irrer Schräglage beim Linksabbiegen das Hirngespinst abzuhängen. Leider streifte es mit der Stoßstange seinen Hinterreifen, der darauf die Haftung verlor, und Kowalski schmirgelte auf dem trockenen Staub bis kurz vor das Polizeirevier, sein Rad schaffte es sogar bis zur Tür. Das letzte, was er sah, bevor er hinein humpelte, war, wie die Irini-Doppelgängerin aus dem Auto stürzte und dem Tunnel-Doppelgänger hinter der Windschutzscheibe etwas zurief.

Der Doppelgänger hinter der Scheibe! Zwei Puzzleteile machten klick, oder was Puzzleteile so machen, als Kowalski sein blutiges Knie an die Polizeitheke zog. Es waren nur zwei Teile, aber sie waren so laut, dass sie ihn seine Schürfung vergessen ließen. Mitteilungsbedürfnis überkam ihn wie plötzlicher Harndrang. Er musste sich schnellstens entleeren und humpelte nervös auf der Stelle. Angst und Schmerzen konnten warten.

„Toli!" rief er.

Jannis, der einzige Polizist im Raum, nahm sich viel

Zeit, sich zu erheben und sich Kowalski zu nähern. Seine Miene verriet außer müßiger Neugier gar nichts. Kowalski kannte ihn und das Revier inzwischen gut genug.

„Κυριος Λινακις", erkundigte er sich bei dem Beamten der Form halber, während er auf die Treppe zu holperte, „ειναι εκει;"

Unter den Umständen bestimmt kein schlechtes Griechisch. Linakis erschien oben an der Treppe und staunte ein bisschen. Dich bringe ich noch richtig ins Staunen, dachte Kowalski.

Dank seines derangierten Auftretens suchten die Polizisten draußen nach den beiden in Irinis Auto, aber die hatten darauf nicht gewartet. Ein Kolonialwarenhändler von gegenüber hatte Kowalskis Unfall gesehen und beobachtet, wie danach eine Frau in einem hellen Auto abfuhr. Er schwärmte südländisch von der Schönheit der Frau. Da Kowalski in die Polizeiwache gegangen war, hatte der Mann darauf verzichtet, die Polizei zu rufen.

Linakis besorgte ihm erst einen Arzt aus der Nachbarschaft, der seine Wunden desinfizierte und bepflasterte. Das jagte höllische Schmerzen durch sein Bein und seine Hand. Dann besorgte er eine Flasche Ouzo mit zwei Gläsern und was zu essen. Kowalski entspannte sich minimal.

„Ein erneuter Anschlag auf dein Leben," resümierte Linakis mit wenig Überzeugung in seinem unverändert überfüllten Büro. „Diesmal von deiner Geliebten."

„Ich habe nicht gesagt, dass ich es verstehe", sagte Kowalski und legte sein Bein auf einen zweiten Stuhl. „Ich habe nur gesagt, dass sie es war." Irini mit dem Kerl im Auto zu sehen, schmerzte noch am meisten.

Linakis seufzte. „Mit *dem* Fahrrad auf *der* Straße bei *dem* Tempo, das ist ein Selbstmordversuch und nichts anderes. Du bewegst dich hier zu leichtsinnig. Die Rücksicht der Autofahrer gegenüber Fahrradfahrern ist in diesem Land nicht so ausgeprägt."

„Ist mir schon aufgefallen", sagte Kowalski. „Aber ich war wenigstens nüchtern." Er hatte seinen Trumpf noch nicht ausgespielt und konnte jetzt nicht mehr länger an sich halten.

„Toli, wo sind die Fotos?" Sein Tonfall sollte ein Höchstmaß an Folgsamkeit bewirken.

„Welche?"

„Lumbeck."

Folgsamkeit sah anders aus, aber Linakis fischte sie aus einer Schublade. So häufig, wie sie die Fotos hervorgekramt hatten, waren sie schnell gefunden.

„Hier." Er warf sie achtlos vor den lädierten Kowalski, die Jäger-Division, das Portrait, die Olympia-Hitlerjugend. „Und nun?"

„Nur das Gruppenfoto an der Eisenbahn, bitte", bestellte Kowalski.

„Aber da liegt es doch."

„Ich bin hier nur der Zeuge, nicht der Hauptkommissar."

Linakis war die Wertschätzung nicht sofort anzusehen. Trotzdem legte er das Bild vor sich.

„Was soll das Ganze?"

„Das wirst du sehen."

Allem Anschein nach wurde der Hauptkommissar hier vom Zeugen seiner kostbaren Zeit beraubt.

„Was siehst du?" fragte Kowalski erwartungsvoll.

Linakis guckte ihm ins Gesicht, auf die zerrissene Hose und wieder zurück. „Tut bestimmt weh, oder?" sagte er. „Junge, ich kenne das Bild auswendig. Sei ein guter Zeuge und sag mir einfach, was du willst."

„Ich zeige dir, wer der Kerl im Auto war."

Es gab eine halbe Regung in einer von Linakis' Augenbrauen.

„Auf dem Foto? Sind da auch all die anderen Kerle, die dich umbringen wollen?" fragte er müde.

„Ist ein und derselbe. Brauchst nur hinzusehen."

„Kowalski."

Kowalski hatte eine große Abneigung entwickelt gegen die Art, wie Linakis seinen Namen im Raum stehen ließ.

„Du hattest ein paar wirklich gute Ideen. Wirklich. Aber sobald du von diesem Attentäter anfängst - ach, was soll's."

Linakis nahm sich das Bild. Hätte Kowalski nicht bereits gewusst, warum kein Wirt hier Linakis je eine Speisekarte vorzulegen wagte, dieser Blick hätte es ihm verraten. Was soll mir das sagen, was ich nicht schon besser weiß, sagte der Blick.

„Was siehst du?" fragte Kowalski.

„Ich sehe dieselben Figuren wie immer", brummte Linakis. „Lumbeck. Soldaten. Zug, Gleise, Berge, Schnee."

„Was noch?"

Kowalski, bedroht, verletzt, verängstigt und mit Linakis' Blick gestraft, konnte nicht anders, als ihm seine sämige Ei-Zitronen-Taktik heimzuzahlen. Es sollte ihn treffen

wie der Blitz, damit er Kowalski endlich ernst nahm.

„Du willst es spannend machen?"

So konnte man es auch nennen.

„Also mal sehen. Spuren im Schnee. Hinten parkt ein Laster. Jemand im Laster?"

„Das ist es nicht."

„Dir ist klar, dass dein Mann hier noch nicht geboren war?"

„Ganz genau. Es passt alles zusammen, verstehst du?"

„Wie sollte ich?"

'Alles' war auch übertrieben. Zwei Puzzleteile brauchte man, um von Zusammenpassen zu reden.

„Guck genau hin."

„Tja, das ist nur ein paar Meter von hier. Da die Ecke vom alten Bahnhofsgebäude. Das steht nicht mehr."

„Stell dir vor, du wärst dabei."

„Bei der Aufnahme oder beim Gemetzel?"

„Bei der Aufnahme."

„Und bin ich Deutscher oder Grieche?"

„Was wäre dir lieber?"

„Kowalski."

Man konnte seinen Geduldsfaden unter der Belastung förmlich hören.

„Ich bin also jetzt mittendrin. Ich bin ungeboren, aber mittendrin."

„Na also."

„Kalavrita steht noch. Ich könnte versuchen, das Schlimmste zu verhindern", schlug Linakis vor.

„Nein, das brächte das Raum-Zeit-Kontinuum ins

Wanken."

„Was ist?"

„Nichts. Du sollst nur beobachten."

„Also schön. Die stellen sich auf. Irgendwann sagt einer 'bitte lächeln', aber das müssen die wohl überhört haben. Ich nehme an, hier schauen noch Leute zu. Spiegeln die sich irgendwo?"

„Du bist auf der richtigen Fährte."

„Doch einer im Laster? Ich kann keinen sehen. Die griechischen Fahrer haben wir identifiziert. So wie fast alle Helfer."

Kowalski rückte bedeutungsschwer sein Bein zurecht. „Ich gehe jede Wette ein, dass ihr eine Berufsgruppe vergessen habt", sagte er.

„Von denen, die für die Deutschen arbeiten mussten? Du machst es spannend."

Ein Kompliment, das ihm eine Speisekarte nie entlocken würde.

„Die meisten haben wir gefunden. Das heißt, ihre Nachfahren. Nicht alle Alibis kaufe ich denen ab, aber was soll ich machen. Wir haben alle Bahnleute, aber hier sind keine zu sehen. Hier sind gar keine Griechen. Außer mir natürlich, ich bin aber unsichtbar und ungeboren."

Er zwirbelte an seinem Schneuz herum.

„Polizisten? Den Polizeiapparat haben die Deutschen gebraucht, für Verwaltungsaufgaben. Aber die Angehörigen haben wir besonders gründlich befragt. Und meine Familie ist nicht von hier, wenn du das meinst."

„Meine ich nicht. Wen brauchten die Deutschen?"

Linakis hatte jetzt Spaß im Schnurrbart. Er suchte

die Lücke.

„Fahrer. Dolmetscher. Bahnleute. Frauen mussten kochen und saubermachen. Bauern mussten Lebensmittel liefern. Tavernenwirte, Ladenbesitzer. Aber wo soll sich hier ein Grieche verstecken?"

„Sieh dich um."

Und Linakis sah sich so gründlich um, dass er das Bild drehte und wendete. Er prüfte den Klang des alten Papiers. Er suchte sogar auf der Rückseite nach dem Geständnis, wo nichts war außer kaffeebrauner Flecken.

„Was sehe ich, was ich nicht schon hundert Mal –"

Da endlich schlug der Blitz ein. Aus der Tiefe des Raumes befreite er den Kriminalisten von einer schweren Last und entspannte all seine Gesichtsmuskeln und all die vielen Haare.

Du Teufelskerl! hätte er donnern sollen. *Ab nach Hause mit dir!*

„Kowalski", sagte er stattdessen. „Wieso bin ich nicht drauf gekommen?"

„Dich versucht keiner umzulegen."

Linakis zwirbelte gründlich. Gleich würde er mit den Brauen fortfahren.

„Von dem Mann haben wir keine Spur", sagte er. „Von dem wissen wir nichts. Erzähl mir, was du rausgekriegt hast."

Rausgekriegt. Das würde schnell gehen.

„Darf ich vorstellen", sagte Kowalski, „der Fotograf, ein ehrbarer Beruf. Immer am Ort des Geschehens, aber nie im Bild. Unsichtbarer Zeuge eines jeden Ereignisses, aber ermittlerisch vergessen und vernachlässigt. Hinterlässt seinem Nachkommen dokumentarisches Material, ein florierendes Geschäft in Egion und ein bildhübsches Rachemotiv. Demselben Nachkommen, dem ich mehrmals knapp entkommen bin."

Fertig. So schnell und sauber konnte die Lösung eines komplexen Kriminalfalles sein. Linakis signalisierte unverminderte Erwartung. Er nahm einen schnellen Schluck, als könne er damit Kowalskis Zunge lösen.

„Weiter, das ist doch nicht alles."

„Im Wesentlichen schon. Meine zwei Teile vom Puzzle."

Der Klang gefiel Linakis nicht. Darauf brauchte er noch einen Schluck.

„Könnten wir dann vielleicht zum Unwesentlichen übergehen, wie Name, Adresse, Motiv, et cetera", erkundigte er sich. „Wenn es dir nichts ausmacht. Nebensächlichkeiten, du weißt schon, wie hast du ihn erkannt, beim dritten Mordversuch, oder war es der vierte? Woher weißt du was über die alte Aufnahme, das wir nicht wissen? Wie hat er den alten Lumbeck erkannt, wenn er nur vom jungen Lumbeck ein Foto kannte? Ich nehme an, das ist deine Theorie." Er steckte sich einen von seinen Glimmstengeln an. „Und was will er von dir?"

„Also gut", dozierte Kowalski, „kommen wir zum Rest. Puzzleteile für die Polizei, wenn du mich fragst." Passenderweise wäre er auf und ab gegangen, aber das ließ sein Bein nicht zu.

„Wir haben hier einen Fotografen, der muss im Krieg die Deutschen aufnehmen. Findet selber heraus, wer er war und was aus ihm geworden ist. Ich denke, er war aus

Egion, und die Deutschen waren nicht eben nett zu ihm. Er hinterlässt seiner Familie die Aufnahmen und eine wahre Geschichte, die schauerlich ist und für ihn tödlich ausgeht. Seine Familie führt bis heute den Fotoladen und denkt an nichts Böses, als irgendwann Lumbeck, der Mörder ihres Großonkels oder Großvaters, wieder in die Stadt kommt. Wie wir wissen, ist er der Mörder vieler Großonkel und Großväter. Findet doch auch mal heraus, was der hier überhaupt wollte. Sein Großneffe oder Enkel fackelt nicht lange und bringt den Kommisskopp um, wie es viele hier getan hätten. Anstelle der vielen Großneffen oder Enkel verdächtigt ihr aber ausgerechnet mich. Wenn mir nun was zustößt, ist er fein raus, denn wenn es wie ein Unfall aussieht, legt ihr den Fall zu den Akten und er hat seine Ruhe. Ich war der Mörder, Deckel zu. Also versucht er solche Sachen wie mit der Draisine oder mit dem Auto oder was er sonst noch vorhatte. Heute habe ich ihn erkannt und ich lebe noch."

„Und lässt du mich noch daran teilhaben, wie dir das gelungen ist?" fragte Linakis eher resignativ. Von der Erleichterung, die sich zwischen seinen Haarwurzeln ausgebreitet hatte, dass er sich vielleicht schon bald wieder seinem eigentlichen Aufgabengebiet widmen könne, dem Vertilgen möglichst großer Mahlzeiten in Patras, war nicht mehr viel übrig.

„Ganz einfach. Ich habe ihn vor Monaten in Egion in seinem Fotoladen gesehen. Aber ich musste ihn erst wieder hinter einer Glasscheibe sehen, damit es klick macht."

Linakis sah auf das Bild, als hätte man ihm eine viel zu kleine Portion serviert.

„Deine These ist entweder sehr gut oder sehr

schlecht", sagte er.

„Den Fotografen habt ihr völlig übersehen."

„Vielleicht, weil sie einen Armeefotografen hatten. Wir haben nicht den kleinsten Hinweis, dass sie damals einen Griechen brauchten. Die Deutschen hätten vom Auftrag bis zur Pro-Forma-Rechnung alles abgeheftet. Alles was du hast, ist ein Mann hinter Glas."

„Dafür hast du kiloweise ungelesene Akten", sagte Kowalski.

Linakis nahm einen tiefen Zug. „Warum einen Fotografen aus Egion töten?"

„Warum ganze Orte niederbrennen?"

„Angenommen, da rächt einer seinen Großvater oder Großonkel nach sechzig Jahren und bleibt vollkommen unerkannt. Der verrät sich nicht durch die dummen Mordversuche an dir."

„Seit wann muss man intelligent sein, um einen Mord zu begehen? Das ist eben kein Profikiller, das hast du selber gesagt."

„Damit meinte ich, dass er gar nicht weiter mordet, und nicht, dass er dilettantisch weiter mordet, zum Kuckuck. Was hat Kostas' Cousine Irini mit der ganzen Sache zu tun?"

„Fragt sie selber."

„Müssen wir wohl." Linakis stand auf. „Deine Geschichten gefallen mir ja, Kowalski, sie sind lebhaft. Wenn ich nur nicht jedesmal gezwungen wäre, ihnen nachzugehen."

„Deine Artischocken-Verschwörung hat uns jedenfalls auch nicht weitergebracht."

„Abwarten, Kowalski. Jannis und ich fahren jetzt nach Egion zu deinem Fotografen. Wenn mit ihm wirklich was faul ist, weiß ich das innerhalb von zwei Minuten."

30

Sein Fahrrad konnte Kowalski getrost in Diakopton lassen, für immer. Es war den hartnäckigen Versuchen zum Opfer gefallen, ihn zum Schweigen zu bringen, und wenn Linakis ihm nicht bald glaubte, würde Kowalski denselben Weg gehen, für immer.

Er saß an seinem Steinstrand und warf Kiesel zwischen die unentwegt dümpelnden Boote. Selbst wenn man ihm ein haltbares Ersatzrad schenkte, säße er vorläufig hier fest. Mit dem geschürften und geprellten Bein war an Fahrradfahren nicht zu denken, er hatte ja noch nicht einmal zum Ilios zurücklaufen können. Schwimmen hatte auch nicht geklappt, wie wortreich ihm Jorgos auch die heilsame Wunderwirkung des Meerwassers gerade bei Schürfwunden ans Herz legte.

Linakis hatte ihn auf seinem Weg nach Egion abgesetzt, und Kowalski konnte nur hoffen, dass die entscheidenden zwei Minuten im Fotoladen zu seinen Gunsten abliefen, sonst würde er hier die perfekte Zielscheibe abgeben. Was für den einen eine lebhafte Geschichte, war für den anderen eine Frage des Überlebens und das Ticket nach Hause.

Die Steine plumpsten satt ins ruhige Wasser. Warum eigentlich saßen die Menschen so gerne am Wasser und warfen mit Steinen? Alle, schon immer. Gut Gelaunte taten es, schlecht Gelaunte auch. Kinder und Angeber machten einen Wettkampf daraus. Kreative suchten Inspiration, Gelangweilte versuchten, die Zeit zu beschleunigen, Verliebte versuchten, sie anzuhalten. Mordverdächtige versuchten, eine möglichst perfekte Zielscheibe abzugeben.

Man spielte mit schier unerschöpflichen Vorräten, aber in Wirklichkeit veränderte man nichts. Eine unüberschaubare Zahl von Verdächtigen blieb auch dann unüberschaubar, wenn man ein paar von ihnen ins Wasser schmiss.

Die Wahrheit, plumps. Wer hatte die Deutschen fotografiert? War derjenige wirklich mit dem Fotomann in Egion verwandt? Woran konnte der Fotomann den Alten erkennen? Konnte Linakis in zwei Minuten die Unendlichkeiten abwenden? Plumps. Was für eine Rolle spielte Irini?

Plock! Plumps. Er hatte ein Boot getroffen. Und wenn schon. Wenn es nicht sank, würde das die Weltordnung nicht wesentlich verändern. Wenn es aber doch sank, würde Linakis es bestimmt gegen ihn zu verwenden verstehen, und auch das änderte kaum noch etwas. Nur mit kleinen Steinen kam er bis zum Boot.

„Autsch! Kowalski!"

Im Wasser machten die Steine plumps. Auf Holz machten sie plock. *Autsch Kowalski* machten sie auf Irini. Sie reckte den Kopf aus dem Boot, das er mit dem letzten kleinen Stein erreicht hatte. Klar, dass ihr auch nasses Haar sehr gut stand.

„Tu mir nichts", sagte sie.

Das wollte er gerade sagen.

„Lauf nicht weg."

Das hatte er nicht vor. Mit dem Bein konnte er niemandem entkommen, auch nicht mit ein paar Metern Wasser dazwischen.

„Hör mich an."

Er hatte sich bereits dagegen entschieden, ihr etwas anzutun oder wegzulaufen. Was blieb ihm also übrig. Sie bat ihn hier um Dinge, um die er Menschen bei deren Ermordung nicht bitten würde.

„Ist er auch im Boot?" fragte er.

„Stavros?"

Er kannte ihn als rasierten Fotomann aus Egion, als Draisinenschubser und Lampenfuchtler. Nun eben als Stavros.

„Er ist nicht hier."

Selbst wenn das nicht stimmte, hätten sie es schwer, es am hellichten Tag in Karfitsa wie einen Unfall aussehen zu lassen.

„Keiner will dir was tun."

„Das soll ich euch glauben?"

„Mir sollst du es glauben."

Die Unterscheidung gefiel ihm ja.

„Kowalski, er wollte nur mit dir reden. Es ging jedesmal schief."

„Reden? Hat er den alten Lumbeck zu Tode geredet?"

„Das an der Zahnradbahn war ein Unfall."

„Ein Unfall? Und mich heute praktisch zu überfahren war auch ein Unfall?"

„Du bist so plötzlich abgebogen mit dem Fahrrad. Ich bin so froh, dass dir nichts passiert ist."

Er wusste, warum er ihr glaubte. Es war ihre Stimme, und ihr Haar war so schön nass. Aber warum vertraute sie dem, der jetzt Stavros hieß?

„Und worüber wollte er so dringend mit mir reden?"

„Er hat Angst. Er will nicht ins Gefängnis. Er muss

dir alles selber erzählen."

„*Er* hat Angst? Woher weißt du, dass er dir die Wahrheit sagt? Er hat einen Menschen auf dem Gewissen."

„Das war kein Mensch."

„Kennst du ihn so gut? Wieso glaubst du ihm?"

„Ich glaube ihm."

Es war ein großer Unterschied, ob Linakis Fragen nicht beantwortete oder Irini.

„Woher wusstest du, dass ich herkomme?"

„Du kommst immer her."

Das ließ er als Antwort gelten.

~

Die Griechen tranken viel Bier und viel Sprudel. Davon zeugte die große Zahl der Getränkekisten neben jedem noch so kleinen Kafenion. Ein unbedarfter Beobachter hätte glauben können, dass das Leergut nur selten abgeholt wurde, und vermutlich stimmte beides. Hinter dem Hotel Ilios stapelten sich die Kisten bis zum Flurfenster und luden die Übeltäter der Umgegend zum Ein- und Ausstieg. Kowalski selber hatte beim Leeren mitgewirkt.

Ein passender Winkel für jedes Treffen mit einem Mörder. Gleichzeitig ein großer Vertrauensbeweis Irini gegenüber, dass Kowalski ihr in die Geheimniskrämerei folgte und sich mit dem traf, der ihn in die Unendlichkeit geschickt hätte, während Irini nichts weiter mit ihm verband, als dass er ab und an ihre Fotos entwickelte. Sie erweckte den Eindruck, dass die Geschichte aus dem Munde des mordenden Fotomanns einen kleinen Nervenkitzel wert war.

Es trug immens zum konspirativen Charakter der Begegnung bei, dass der Mann im Schatten einer Säule getrunkenen Bieres blieb, als Kowalski hinter Irini herbei humpelte. Ob aus Angst, wie Irini behauptet hatte, oder aus Tücke, würde sich bald zeigen. Die von den Aromen im Leergut angelockten Insekten brummten.

Der Mann quittierte einen unterdrückten Zuruf Irinis mit einem, wie Kowalski fand, unbeholfenen Klirren und trat knapp aus der Deckung. Es schien, als bemühten sich beide um Distanz. Kaum erblickte er Kowalski, als Entschuldigungen in vier oder fünf Sprachen aus ihm heraus zu sprudeln begannen, von denen er eigentlich keine beherrschte, sondern bestenfalls die alltäglichsten Fotoladentheken-Floskeln aneinanderreihte. Dass Irini sie eifrig ins Englische übertrug, war zum Verständnis nicht nötig. Unter den Lichtverhältnissen sah Stavros für Kowalski nach Elektrorasur aus.

Als er seine Floskeln aufgebraucht hatte, dolmetschte Irini nur noch aus dem Griechischen, was sie bemerkenswert gut tat.

„Stavros wollte dir alles erklären, aber allein."

Dafür die passenden Rahmen zu wählen hatte er ganz bestimmt großes Talent bewiesen.

„Er wollte dich nicht in Gefahr bringen."

Eines seiner weniger gut ausgeprägten Talente.

„Wieso hat er es dann so gründlich getan?"

Zurück zu dolmetschen klappte auch ganz gut.

„Er hat sich hinter dem Schienenwagen versteckt, dabei hat er ihn angestoßen und ins Rollen gebracht. Er konnte ihn nicht halten."

Mit dem Halten hatte es Kowalski auch nicht leicht gehabt. Naiv von ihm zu glauben, bei griechischen Zahnrad-Draisinen würde die Entsprechung einer Handbremse oder eines Bremsklotzes Anwendung finden, wenn sie vor einer Gefällestrecke geparkt werden.

„Und was wollte er mir so Wichtiges sagen?"

„Es tut ihm sehr leid."

„Dafür bin ich fast zerstückelt worden?"

„Du verstehst nicht. Er würde dir sofort helfen. Aber er bittet dich, ihm zu helfen."

„Verstehe wirklich nichts."

Stavros' Verzweiflung beim Antworten wurde noch dadurch verstärkt, dass er so leise bleiben musste.

„In der Mordnacht wollte Stavros den alten Teufel zur Rede stellen, aber es gab sofort Streit. Er dachte an seine Großmutter und alle Witwen, und er hat die Nerven verloren, es ging alles sehr schnell. Dann hat er gelesen, dass sie einen Deutschen verdächtigen. Er wollte erstmal abwarten, aber die Polizei ließ dich einfach nicht wieder gehen."

„Das weiß ich doch alles."

„Er war auf dem Weg zur Polizei, als er mir über den Weg lief. Du musst ihm glauben."

„Ich glaube ihm sofort, dass ich keinen umgebracht habe. Er ist bei mir an der falschen Adresse. Das muss er der Polizei erzählen."

Als ob sie das nicht wüssten.

„Du sollst ihm glauben, dass er dich weder verletzen noch in Schwierigkeiten bringen wollte", sagte sie.

„Wenn ich ihm damit so sehr helfe, glaube ich ihm natürlich. Und jetzt ab zu Linakis damit."

Nicht alles musste sie dolmetschen. Auf Manches antwortete sie auch so.

„Mensch, Kowalski! Er will für den Dreckskerl nicht ins Gefängnis. Er würde wegen Mordes verurteilt. Er hat eine Frau und drei Kinder."

Kowalski ahnte, um welche Art von Hilfe sie ihn baten.

„Muss für den Mord büßen, wer weniger Frauen und Kinder hat?" fragte er.

„Er kann nichts dafür, dass sie dich verdächtigen. Du bist es nicht gewesen, sie können dir nichts beweisen. Sie werden dich freilassen, früher oder später."

„Früher oder später! Ich habe noch nicht mal eine Heizung."

„Was sagst du?"

Sie versuchte nicht, das zu dolmetschen. Sich nicht am Gespräch beteiligen zu können, machte Stavros noch nervöser, auch wenn er sicher sein konnte, sie auf seiner Seite zu haben.

„Er bittet dich, durchzuhalten."

„Meine Haltbarkeit als Zeuge ist praktisch unbegrenzt", murmelte er.

„Kowalski?" Sie konnte damit nichts anfangen.

„Ach, nichts."

„Ich hätte es auch getan. Selbst du hättest den getötet", sagte sie.

Bevor er lange rätselte, ob das ein Kompliment war oder eine Beleidigung, war Kowalski dafür, den Gastgeber der Runde wieder mehr zu beteiligen.

„Das Gruppenbild vor dem Zug - hat sein Großvater die Aufnahme gemacht?" fragte er.

„Diese und andere. Nach dem Massaker hat er sich geweigert, weiter für die Deutschen zu fotografieren. Lumbeck ließ ihn erschießen, als erzieherische Maßnahme, das haben sie extra noch verbreitet. Sie wollten unbedingten Gehorsam."

Unbedingten Gehorsam. Zu den Tugenden, die Kowalski nicht besaß, gehörte ganz gewiss unbedingter Gehorsam. Er hätte das gar nicht erst bei den Tugenden einsortiert. Eine weitere Tugend, die er nicht besaß, war Heldenmut bis zur Selbstaufgabe. Er würde doch nicht ewig den Backgammon-Sparringspartner für Linakis machen mit schwedischen Gardinen im Ilios, um einen Familienvater zu decken? Oder doch?

Stavros und er könnten erledigen, was sechzig Jahre misslungen war und für alle Zeiten darüber schweigen. Nur dass die Schultern vom kleinen Kowalski nie im Leben breit genug waren für solch eine Bürde. Er wollte nach Hause. Es blieben immer so verdammt viele Fragen.

„Wie hast du den Alten erkannt?" war nur eine davon.

Stavros klirrte nur unsicher.

„Warum hast du ihn so zu Brei geschlagen?"

Auch dazu wollte er verständlicherweise nichts sagen.

„Weißt du, warum er hierher zurückgekommen ist?"

Stavros wusste es nicht.

Um Linakis möglichst würdevoll zu vertreten, stellte Kowalski eine Frage, die entweder sehr gut war oder sehr schlecht.

„Stavros", sagte er. Dann ließ er ihn zappeln, das hatte er so gelernt. „Verrat mir eins. In den Bergen, hinter dem Tunnel, wolltest du dich entschuldigen. Du wolltest mir die ganze Geschichte erzählen. Allein."

Die Insekten brummten.

„In welcher Sprache?"

Schon von Berufs wegen konnte Kowalski stets eine gute von einer nicht so guten Frage unterscheiden. Einige Fragen der Literaturwissenschaft waren gerade deshalb so gut, weil sich keine abschließende Antwort fand. Im Augenblick befanden sie sich in Gegenwart einer solchen Frage, was auch Stavros nach kurzem Zögern erkannte. Er musste lachen, nicht wie ein Mörder, der zum durchgeplanten Morden keine gemeinsame Sprache brauchte, sondern vielmehr wie einer, der nichts durchgeplant hat und merkte, dass kurzentschlossen das Richtige tun zu wollen mächtig daneben gehen konnte. Auf manch eine schwerwiegende Frage war das noch die beste Antwort, fand Kowalski, und lachte mit, und steckte Irini an, denn es *war* zum Lachen, so absurd, man konnte gar nicht anders. Ein sauer verdientes, lange Zeit gestautes Lachen, das sie der Lösung des Dilemmas keinen Schritt näher brachte, befreite sich dreistimmig, als die markante Stimme des Apostolis Linakis um die Ecke dröhnte, hungrig zurück von seinem ganz ohne Zweifel ergebnislosen Stadtausflug, und auf ihre unnachahmliche Art für sofortige Ruhe zwischen den Sprudelkästen sorgte.

„Kowalski!"

Es war Teil der unnachahmlichen Art, von Jorgos' Terrasse nach einem Getränk und nach Kowalski zu brüllen, in der Reihenfolge und mit zwei Gläsern. Geduld schwang normalerweise nicht mit.

Kowalski konnte sich nicht daran gewöhnen, in diesem Land nahtlos von einem Dilemma ins nächste zu gleiten. So blieb keine Zeit für Entscheidungen, geschweige denn für Lösungen.

„Hier, mein Zimmerschlüssel", flüsterte er. „Seid um Himmels Willen leise."

Und bevor er um die Ecke bog, bemühte er sich, mit seinem Handtuch unter dem Arm als Ersatz für schauspielerische Fähigkeiten, um einen möglichst unbefangenen Auftritt.

„Toli, wie geht's denn so?" Nicht zu viel schlendern, nicht zu wenig. Das Hinken kam ihm sehr gelegen.

„Wo kommst denn du her?" fragte Linakis.

„Ich wollte schwimmen gehen."

„Hinterm Haus?"

Ob hungrig, ob satt, die Instinkte des Hauptkommissars waren stets hellwach.

„Ging nicht mit dem Bein. Backgammon?"

Damit ließ er sich manchmal ablenken. Wenn es gelänge, würde Linakis seine Bestellung bei Jorgos entsprechend erweitern.

„Jorgo! Tavli!"

Gut gegangen. Kowalski setzte sich zu ihm auf die leere Terrasse. Was hätte er normalerweise gesagt?

„Wann komme ich nach Hause?"

„Unser Mann war nicht in seinem Geschäft", war Linakis' Entgegnung. Er war nicht zum Scherzen aufgelegt. Nicht, dass Kowalski mit einer Antwort im engeren Sinn gerechnet hätte.

„Die Nachbarn sagen, es war in den letzten Tagen oft geschlossen. Seine Frau weiß nicht, wo er heute steckt. Beides ist für Griechen nicht ungewöhnlich. Er war nicht zufällig hier? Oder Irini?"

„Wäre ich dann noch am Leben?" fragte Kowalski mit aller ihm zur Verfügung stehenden Kaltschnäuzigkeit. War das noch der Kowalski von heute Vormittag? War er es für Linakis? Bevor er noch den schmalen Grat zwischen „Linakis Mustern" und „harmlos Steine auf dem Spielbrett Verteilen" beschritten hatte, rettete ein Radau die Situation, wie ihn leere Bier- und Sprudelflaschen unter Hotelflurfenstern machen, wenn sie als Leiter dienen müssen.

Linakis' Instinkte begannen sofort, Zusammenhänge herzustellen und bescherten Kowalski die nächste zu rettende Situation.

„Was ist da los?" fragte er.

„Was weiß ich. Eine Ratte. Jetzt würfel endlich."

Etwas mehr Besorgnis, vielleicht? Der Kowalski von heute Vormittag, mehrfaches Opfer einer blutigen Anschlagserie, hätte sich mehr um sein bedrohtes Leben als um das Spiel gekümmert. Diesmal rettete Jorgos die Situation, indem er mit einem abgewetzten Reisigbesen hinter sein Hotel lief. Man hörte, wie leere Bier- und Sprudelflaschen klangen, wenn jemand dazwischen eine Ratte verscheuchen will.

Linakis würfelte. Kowalski musste sich mehr in seine Rolle hineinfühlen, sonst konnte das hier nicht lange gut gehen, soviel war sicher. Er musste den Schein wahren. Dazu musste er vor allem irgendwas sagen, jetzt.

„Wart ihr auch bei Irini?"

„Sie ist nicht da", antwortete Linakis. „Kann schon sein, dass mit dem Fotomenschen in Egion was faul ist."

Er schmiss die wehrlosen Würfel vehement aufs Holz.

„Ich gönne dir bloß nicht, dass du alleine drauf gekommen bist."

Das entlockte seinem Schnauzer ein Grinsen.

„Ich habe Jannis und Kostas auf den Kriegsfotografen angesetzt, und den Mann in Egion treiben wir schon noch auf. Wenn zwischen den beiden ein Zusammenhang besteht, haben wir also bald einen neuen Zeugen. Ich hoffe, das geht schnell."

„Zeuge bin ich auch", sagte Kowalski. „Es wäre mir lieber, du würdest deine Zeugen nicht sammeln, sondern gegeneinander austauschen."

Wenigstens konnten Irini und Stavros seine Heuchelei auf Deutsch nicht verstehen. Er konnte spüren, wie ihre Blicke durch die Blenden in seinen Nacken stachen. Stavros zu verraten wäre keine Glanzleistung. Er half ihm, indem er den Mund hielt, und den Mund hielt er, indem er möglichst viel von dem sagte, was Linakis vom Kowalski von heute vormittag erwartete. Er konnte sich nicht erinnern, sich dafür in der gebotenen Ruhe entschieden zu haben.

„Langsam, Kowalski. Noch wissen wir nichts. Am Ende will er nur ein Autogramm von dir, schließlich bist du hier für einige sowas wie ein Held."

Das fand er besonders zum Grinsen.

„Wenn seine Geschichte halbwegs plausibel ist, sind

wir wieder da, wo wir angefangen haben. Erstmal auf dem Teppich bleiben."

„Teppich? Du glaubst doch selber nicht mehr, dass ich den Mord begangen habe."

Linakis verzog einen Mundwinkel, nur den einen. „Kowalski", fiel heraus. „Selbst du könntest ihn umgebracht haben."

Selbst ich, dachte Kowalski. Jorgos ging mit seinem Reisigbesen zurück ins Gebäude.

„Ja, ich habe begründete Zweifel. Der Aufwand, die Brutalität. Aber da haben sich schon die besten von uns getäuscht. Zu deiner Entlastung zählen die Fakten, die ich an die Staatsanwaltschaft weitergeben kann, wie du weißt. Mit *der könnte sowas nicht* oder *der hat so ein ehrliches Gesicht* sind die nicht zu überzeugen. *Der Fotomann hat gestanden* würde uns da schon weiterbringen. Aber ich rechne nicht damit."

Die Spielsteine klackten. Jorgos brachte Bier und Häppchen.

Kowalski überlegte, ob vielleicht die Artischocken-Theorie mit der Fotografen-Theorie zusammenpasste. Ob also Stavros nur deshalb wusste, dass Lumbeck Lumbeck war, weil ihm dessen Vorliebe für Ei und Zitrone überliefert worden war. Wie auch immer, bis jetzt hatte Stavros von den Behörden wenig zu befürchten. Einzig die Tatsache, dass er sich in Kowalskis Zimmer aufhielt, sah schlecht aus für ihn.

Er würfelte. Wie wurde man Linakis so schnell wie möglich los, ohne dass er Verdacht schöpfte? Er ließ sich nicht unter den Tisch trinken. Kowalski konnte versuchen, ihn so lange im Backgammon zu schlagen, bis er die Lust verlor, aber das konnte die halbe Nacht dauern. Kowalski konnte einen Lokalwechsel vorschlagen, aber es wäre das erste Mal. Dafür war bis jetzt immer Linakis zuständig, und eine Bevormundung des hauptkommissarischen Sitzfleisches konnte Verdacht erregen.

Seine Instinkte waren so eine Art Totalüberwachung. Durch das Klirren hinter dem Hotel war die Ermittlungsmaschine schon angesprungen, und Kowalski musste versuchen, sie im Leerlauf zu halten. Einen Müdigkeitsanfall vorzutäuschen oder Bier über Linakis' Hose zu gießen hätte sie gefährlich auf Touren gebracht. Er musste durchhalten, Backgammon spielen, trinken und möglichst belangloses Zeug reden. Das konnte er sonst ganz gut, schließlich hatte er so manchen Monat geübt. Stavros und Irini konnten sich solange bei Haltbarem und Verderblichem bedienen und schön leise kauen. In ein paar Stunden wäre der Spuk vorbei.

Wenn es Stavros war, den Irini eigentlich verführen wollte, empfand Kowalski keine Eifersucht. Vom Austeilen körperlicher Belohnungen hatte sie vermutlich genug. Falls aber nicht, sollten sie nicht gerade sein Bett nehmen, nicht jetzt, denn Irini war dabei eine Spur zu laut. Er spielte unkonzentriert und verlor eine sichere Runde. Linakis beäugte ihn.

Nimm dich zusammen. Entspann dich gefälligst. Sag mal wieder was.

„Ich vertrage nicht mehr so viele", kam heraus.

„Drinks?" fragte Linakis.

„Mordversuche."

Obwohl sie das Spielbrett zuklappten, gab es bei

Linakis keine Anzeichen für einen Aufbruch. Er bestellte noch was und steckte sich behaglich eine an. Das Meer plätscherte.

„Auch wenn sich herausstellt, dass er dir wirklich auf den Fersen war", rauchte er, „bin ich nicht überzeugt, dass er dich töten will. Das werden wir bald sehen."

Linakis' Instinkt war respekteinflößend. Merkwürdig nur, dass sein Instinkt ihm von allen Kieseln am Strand ausgerechnet Kowalski als Hauptverdächtigen vor die Füße gerollt hatte. Er sollte Linakis einfach zustimmen und nach oben gehen. Aber weder der extreme Meinungsumschwung noch der plötzliche Abschied wären unverfänglich genug. Leider gingen ihm die unverfänglichen Äußerungen aus. Um Zeit zu schinden, versuchte er so unverfänglich wie möglich, seinen Teller mit dem Saugnapf eines Oktopusarms anzuheben.

„Du glaubst also", sagte der Kowalski von heute Vormittag, „dass Stavros weder Lumbeck noch mir etwas getan hat. Du glaubst, er kennt nur eine alte Geschichte über seinen Großvater, die du auf deine Aktentürme legen kannst, und hat weiter mit der Sache nichts zu tun."

Wenn er Linakis davon überzeugen konnte, war Stavros so gut wie entlastet. Aber eher gewöhnte er Linakis das Rauchen ab. Der Grieche machte sich von allem sein eigenes Bild und war dabei von außen kaum zu beeinflussen. Während bei Kowalski Puzzleteile ihr Puzzleteile-Geräusch machten, schien es bei Linakis mehr wie Farben, die langsam ineinander liefen. Gerade jetzt zum Beispiel sah es ganz so aus, als vermenge sich hinter den vielen Haaren etwas untrennbar. Er hatte das Meer hinter sich, fixierte

Kowalski und nahm einen tiefen Zug. Der Mann stieß Rauchwolken aus wie große Denkblasen. Darin schwebte wie so häufig volle Zufriedenheit mit dem Denkprozess und wenig Zufriedenheit mit dem Ergebnis. Das kannte Kowalski inzwischen. Nur die Dauer des Prozesses machte ihm Sorgen, wollte er den Abend doch eigentlich verkürzen.

War ihm Linakis nicht eine Erwiderung schuldig? Um die Unterhaltung alleine zu bestreiten, reichte Kowalskis Repertoire an unverfänglichen Heucheleien und Belanglosigkeiten wahrhaftig nicht. Der Denkblasenausstoß nahm so viel Zeit in Anspruch, dass Kowalski kaum noch wusste, wo sie stehengeblieben waren.

„Also, was glaubst du?" reanimierte er das Gespräch.

Die deutlichste Reaktion kam von seiner Zigarette, die aufhörte zu existieren. Er befreite mit weit mehr als der gebotenen Gelassenheit seinen Mund erst von dem Stummel, dann von dichtem Rauch.

„Kowalski", bequemte er sich endlich. „Wann wirst du aufhören, mich an der Nase herum zu führen?"

Nichts Neues, dass er Kowalskis Frage einfach nicht beantwortete. Sein verdammter Instinkt. Kowalski wusste natürlich, dass er Recht hatte, wusste aber nicht, was er meinte. Dem hatte seine Schauspielkunst nichts entgegenzusetzen.

„Regel Nummer eins bei Falschaussagen", erklärte der Kommissar, „wenn du den Namen des Ladenbesitzers nicht kennst, darfst du ihn auch nicht nennen."

Verflucht. Verflucht. Als er Linakis gesagt hatte, dass er ihn nicht kannte, stimmte das noch. Wie lange war das her? Er hätte es doch in der Zwischenzeit erfahren können, von - Jorgos! Aber das würde ohne Absprache mit Jorgos nie funktionieren.

Und dann, ganz von selbst, brauchte es auch nicht mehr zu funktionieren. Das Schmierentheater fand ein Ende. Mit einem Mal wusste Linakis, dass Stavros und er unter einer Decke steckten. Weil es zu spät war. Weil man Apostolis Linakis mit derlei Balkenbiegerei nicht zu kommen brauchte. Weil ihm schon unzählige Male Geschichten aufgetischt worden waren, von besseren Lügnern, als Kowalski es jemals sein wollte. Vor allem aber wusste er es, weil in dem Augenblick, als Kowalski noch um Fassung rang, ein tosender Lärm die Terrasse füllte, der noch die Gläser auf dem Tisch zum Schwingen brachte, ein Lärm, gegen den die Elbmündung eine beschauliche Badebucht war und der so gar nicht wie eine Toilettenspülung klang.

31

Kowalski hatte keine Verdauungsprobleme. Er hatte Probleme satt, Probleme, von denen die allermeisten Menschen zeitlebens verschont blieben. Er steckte in einer Bredouille, tief wie ein Wurm im Watt, die jeder sofort gegen Verdauungsstörungen eintauschen würde. Seine Probleme mit diesem Land und mit beinahe jeder namhaften Institution ließen ihn um seine Freiheit, seine körperliche Unversehrtheit und seinen guten Ruf fürchten. Als Nebeneffekt konnte er die Frau seines Lebens verlieren, wofür er außer sich selbst niemanden verantwortlich machen konnte.

Umso erstaunlicher, wenn nun seine Schwierigkeiten, alle zurückzuführen auf den unsäglichen Lumbeck, Erleichterung erfuhren, als Stavros sich auf Kowalskis Toilette entleeren musste und sich damit nichtsahnend selbst verriet. Jorgos, der nie die Dichtung oder den Schwimmer ausgewechselt hatte oder was auch immer da auszuwechseln war, als ahnungsloser Hilfssheriff, und der Spülkasten als Lügendetektor, das hatte zwar keinen Stil, aber es schloss sehr hübsch den Kreis.

Stavros ließ sich mit Irini von dem empor stürmenden Linakis im Hotelzimmer stellen, ohne noch einen Abgang über die leeren Flaschen zu versuchen. Er war sehr schweigsam, als er neben Linakis durch die Lobby schritt. Der Kommissar trieb die vier ohne Umschweife zur Mitfahrt in sein Auto, drei schlechte Gewissen und Jorgos, der mit Irini im Duett zeterte, was das Zeug hielt. Er zeterte reinen Gewissens, wie Kowalski wusste, dass er nicht zum Kreis der Beteiligten und damit nicht in das Polizeiauto gehörte, auch wenn es sein Hotel war, in dem es sich der

Beteiligtenkreis bequem zu machen schien. Sie zeterte voller Überzeugung, wie Kowalski wusste, dass Stavros abzuführen einer Schande gleichkäme.

Linakis gab allen nur knapp zu verstehen, einzusteigen und sich anzuschnallen, wobei er zuletzt Stavros, gesenkten Hauptes, um das Auto herumführte. Als sie zu dritt mit geschlossenen Gurten auf der heißen Rückbank schmorten, dachte Kowalski in der Mitte daran, wie sich Stavros fühlen mochte. Davon abgesehen, dass er Kowalski in seinem Superheld-Status ablösen würde und zum Zeichen der Verehrung viele verderbliche und haltbare Sachen in seine Zelle bekäme - sein Leben weggeworfen für einen Moment der Unbeherrschtheit, für einen Widerling, den zwar „Selbst Du" Kowalski getötet hätte, vielleicht auch nicht, der es aber in keinem Fall wert war, Frau und Kinder und Fotoladen gegen Gerichtssaal und Gefängnis einzutauschen. Dasselbe stand ihm ins Gesicht geschrieben, als er die zum Transport nötigen Handschellen erblickte, die Linakis mit Verrenkungen aus dem Handschuhfach fischte, während er mit der anderen Hand den stehenden Stavros im Griff hielt.

Um sich loszureißen, hätte er keinen besseren Moment wählen können.

Linakis brauchte Zeit, um aus der Verrenkung heraus zu reagieren, was Stavros einen sportlichen Vorsprung bescherte. Er spurtete am Hotel vorbei ins Grüne. Linakis' Rücken war alles, was die Autoinsassen von ihm zu sehen bekamen, aber selbst dem Rücken war die Begeisterung anzumerken, ihm nachsetzen zu müssen. Stavros war weniger schwer, weniger satt und weniger angetrunken als Linakis, was seinen sportlichen Vorsprung noch ausbaute. Die Männer verschwanden nacheinander in den Weinstöcken hinter dem Hotel, und im Polizeiauto kehrte Ruhe ein, als die drei sprachlos hinterher starrten.

Sicherlich unüberlegt von Stavros, denn es würde seine Situation nur verschlimmern. Kowalski hatte nicht weit von hier eigene Erfahrungen sammeln dürfen mit unüberlegten Handlungen, die seine Situation verschlimmerten. Stavros verschlimmerte die seine noch zusätzlich, indem er an der anderen Seite des Hotels wieder zum Vorschein kam, in Jorgos' Auto hechtete, das Jorgos wie immer offen an seinem Stammplatz geparkt hatte, und die Zündung mit dem von Jorgos an seinem Stammplatz, dem Zündschloss, belassenen Schlüssel betätigte. Der Motor sprang sofort an und ließ die Hinterräder auf dem schottrigen Untergrund große Mengen an Straßenstaub durch Linakis' offene Autofenster in drei offene Münder schaufeln.

Schon brach der Hauptkommissar durch die Wolke aus Staub und Abgas und brüllte die drei an, noch bevor er seinen Wagen erreicht hatte. Unmissverständlich wollte er sie sofort von der Rückbank haben. Irini und Jorgos reagierten unbewegt mit einer auf den Punkt gleichzeitigen Fortsetzung des Gezeters, von der Kowalski aufschnappen konnte, dass Irini Stavros beistehen wollte, dem hier bereits genug Unrecht geschah, während Jorgos erwartete, dass die Polizei in Gestalt von Hauptkommissar Linakis sein Auto, einen für die Gegend recht neuen Pick-Up, so umgehend wie unversehrt an seinen Stammplatz zurückbeförderte. Beide schienen jeweils überzeugt, dass ihr Verbleib im Auto dabei eine große Hilfe war.

Kowalski dagegen hatte sich selten hilfloser gefühlt und wäre zu gerne ausgestiegen, schon weil es eine Polizeianweisung war und er gar nicht neugierig auf den Verlauf der folgenden Fahrt, aber da war in seiner eingekeilten Lage nichts zu machen. Während er darauf verzichtete, das Gezeter noch mit entsprechenden Verzweiflungsrufen zu verstärken, hielt sich Linakis keine Sekunde damit auf, angeschnallte Widerwillige von den Sitzen zu zerren, sondern sprang so behende wie er konnte hinters Lenkrad und gab Gas.

In den Büchern, mit denen sich Kowalski beschäftigte, kamen polizeiliche Verfolgungsjagden so gut wie nie vor. Aber auf der Leinwand und auf dem Bildschirm hatte ein Mann in seinem Alter so manche miterlebt. Quietschende Reifen, fliegende Radkappen, waghalsige Manöver, die eine Schneise der Verwüstung und des Blechschadens hinterließen. Die meisten gingen im Sinne des Helden aus, weil der Held fast immer der bessere Fahrer und viel entschlossener bei der Sache war. Vielleicht machte einen das zum Helden - gut und entschlossen fahren, egal ob Verfolgter oder Verfolger, Räuber oder Gendarm. Keine der Verfolgungen hatte sich aber je so angefühlt wie das hier. Keine hatte die Hitze verströmt, Abgas und Staub in Mund, Nase und Auge, das wehrlose Gefühl, hin und her geworfen zu werden und einem Fahrer ausgeliefert zu sein, der, von den Wolken des Verfolgten selber blind, der Maschine alles abverlangte, wild entschlossen, seine körperliche Unterlegenheit von soeben durch heroische Fahrweise wieder gut zu machen. Seinem Fahrstil war nicht zu entnehmen, ob er genauso urplötzlich ausgenüchtert war wie Kowalski oder eben nicht. Wenn der gute Fahrer der Held war, dann disqualifizierten sich Linakis und Stavros gleichermaßen für den Titel, auf Lebenszeit.

Hühner stoben in Todesangst beiseite und ließen Federn, als Linakis durch die enge Dorfgasse preschte. Kowalski fühlte mit ihnen. Jorgos' Auto war zwar nicht zu sehen, aber dies war der direkte Weg zur Hauptstraße, und die Staubfahne hing noch in der Luft. Jorgos und Irini schimpften laut, etwas lauter noch als die Fahrgeräusche aus hohem Drehzahlbereich. Linakis hupte dauerhaft mit der flachen Hand. Dabei hantierte er bemüht mit dem Mikrofon seines Funkgeräts, dem er griechische Anweisungen gab. Er musste es zwischendurch fallen lassen, um ein Desaster im dörflichen Straßenverkehr zu verhindern, indem er seine Hände statt zum Hupen und Funken zum Lenken benutzte. Er musste die Anweisungen mehrmals wiederholen, weil sie seinem Gegenüber unter den Bedingungen schwer verständlich waren. Das Geschimpfe von der Rückbank ließ nicht nach.

Linakis entschloss sich, wenigstens eine der Belastungen abzustellen und machte am Ortsausgang, kaum dass Stavros sichtbar wurde, auf gerader Strecke eine Vollbremsung. Er brachte den Wagen nicht zum Stehen, er ließ es nur so lange quietschen, dass die Rückbankbesetzung stramm in den Gurten hing und verstummte. Dann gab er wieder Vollgas und schrie eine griechische Drohung nach hinten, die ihre Wirkung tat. Die beiden hielten den Mund.

Irini warf Kowalski von links einen unheilvollen Blick zu. Kaum, dass er seiner kriminalistischen Entlastung nahekam, dachte er, saß er auch schon in der nächsten

Klemme. Es stand ihm zu, dass die Griechen vor ihm zu Kreuze krochen und ihn nach Hause flogen. Stattdessen konnte er froh sein, dieses Auto jemals lebend zu verlassen. Ähnliche Gedanken bemächtigten sich wohl auch seiner Sitznachbarn, ungeachtet dessen, was ihnen juristisch bevorstand.

Richtige Angst hatten sie aber nicht. Das kam ihnen nur so vor. Richtige Angst lernten sie erst kennen, als Stavros die Hauptstraße erreichte, wo er rechts einbiegen wollte, ohne die Fahrt zu verlangsamen. Man konnte sehen, wie er auf der linken Straßenseite Schwung holte, gerade als zwei Autos von links auf der Landstraße erschienen, um hintereinander die Ausfahrt nach Karfitsa zu passieren. Da rechts Abbiegen einen Zusammenstoß ergeben hätte und Bremsen, falls überhaupt noch möglich, eine Verhaftung, riss Stavros das Steuer herum und brachte das Auto in eine bedrohliche Pendelbewegung. Von der Rückbank des Polizeiwagens sah es aus wie ein hoffnungsloses Himmelfahrtsmanöver, aber es brachte Stavros nach links auf die Schotterpiste neben der Hauptstraße, die eigentlich die Ausfahrt war, und von da unmittelbar hinter den beiden Fahrzeugen auf die Straße, begleitet von deren im Dopplereffekt tiefer leiernden Hupen. Außer einer dichten Dreckwolke war danach nichts mehr zu sehen, was Linakis ermutigte, mit viel Tempo, viel Hupen und wenig Eleganz die Linkskurve zu nehmen. Sein Auto war spürbar träge durch die Last der vier Personen. Wie durch ein Wunder begegneten sie anderen Verkehrsteilnehmern nur in Gestalt von weiteren Dopplereffekten und rasten hinter Stavros her.

Das mit dem Dopplereffekt war ein klares Signal

der Außenwelt an Linakis, dass sie und andere Unbeteiligte sich in unmittelbarer Lebensgefahr befanden. Soweit sich Kowalski entsinnen konnte, ging es dabei um die Bewegung der Schallquelle im Verhältnis zu den statischen Ohren, und speziell um den akustischen Unterschied zwischen dem Nähern und dem Entfernen der Quelle. Beruhigend dabei war, dass die Schallquellen in Bewegung blieben, denn sie hätten sehr gut auch abrupt in Linakis' Auto versiegen können. Physikalisch lehrreich für Kowalski war, dass der Effekt auch bei nicht statischen Ohren auftrat, denn seine Ohren waren mit hohem Tempo unterwegs, und sein daran hängender Körper auch. Kowalski blickte im Rückspiegel in sein Gesicht. Es war grün wie eine Ampel. Irini und Jorgos färbten sich ähnlich.

Aus dem Funkgerät, einem nachträglich unter das Armaturenbrett geschraubten schwarzen Kasten, krächzten verzerrte griechische Silben. Zwar krächzte Linakis etwas zurück, aber ohne sein Mikrofon zu benutzen, und so sollte es für die Zentrale ungehört bleiben. Obwohl er also beide Hände zum Fahren benutzte und obwohl sie sich immerhin auf einer befestigten Straße befanden, trennte sie vom sicheren Tod weiterhin so gut wie gar nichts. Die Straße näherte sich in zahlreichen Windungen bei leichter Steigung dem tiefblauen Meer. Kowalski hätte die hübsche Küstenpassage genossen, wenn er sie mit einer Geschwindigkeit erlebt hätte, die den 50 Kilometer pro Stunde auf dem gerade vorbeisausenden Schild auch nur nahe gewesen wäre. Stattdessen heizte Linakis mit einem Vielfachen dessen über den alten und sehr glatten Asphalt, der den in schrillen Tönen schimpfenden Reifen mehr als ein Minimum an Bodenhaftung einfach nicht bieten konnte. Kowalski nutzte die letzte Minute, bis der Wagen außer Kontrolle geraten würde, um sich Maßnahmen in Erinnerung zu rufen, wie man sich und andere unter Wasser aus einem Auto befreite. Die Türen würden sich zunächst nicht öffnen lassen, man musste in der eingeschlossenen Luft Ruhe bewahren, bis der Innenraum vollgelaufen war. Vorausgesetzt, die Türen waren vom Unfall nicht beschädigt und alle Insassen bei Bewusstsein.

Vom Fluchtauto war nur gelegentlich das Heck zu sehen, und die angestrengten Bemühungen von Linakis, sie alle umzubringen, konnten doch den Abstand nicht nennenswert vermindern. Allein die saftige Geschwindigkeitsüberschreitung müsste Stavros schon eine Haftstrafe einhandeln, zusammen mit einer Liste anderer Vergehen, die ihm seine Flucht einbrockte. Wieder brachte Stavros ihn in Lebensgefahr, und wieder versehentlich. Inzwischen würde aber Kowalskis Tod die Geschichte für Stavros nicht mehr versehentlich beenden, dafür war es zu spät. Was war sein Ziel? Hatte er eins? Vermutlich nicht. Sein Abbiegemanöver Richtung Egion war fehlgeschlagen, und so brachte er nur noch zum Ausdruck, dass er nicht ganz so gerne festgenommen werden wollte. War eben nicht jeder so genügsam wie Kowalski gegenüber der Arbeit der Polizei am eigenen Schicksal. Kowalski dachte, sein halbes Jahr Genügsamkeit solle aber wenigstens mit dem Überleben belohnt werden, bitte bitte.

Auf der ersten längeren Geraden trat Linakis das Gaspedal ordentlich durch. Dasselbe tat auch Stavros vor ihnen. Eine Bodenwelle, die den Pick-Up kurz in die Luft hob, quittierte der volle Dienstwagen mit einem ungesunden

Rumpeln. Es rumpelte bis in Kowalskis Magen. Dahinter wurde es eng. Ein sirenenbestücktes Polizeiauto kam Stavros entgegen, auf seiner Fahrbahn. Er sollte sich jetzt lieber geschlagen geben, fand Kowalski. Vielleicht war ja der Bremsweg gerade noch ausreichend. Vor allem Linakis sollte aber ruhig schon mal die Verzögerung einleiten, denn sein Kollege stoppte und formte eine undurchdringliche Sperre, indem er den Streifenwagen an einer schmalen Stelle quer stellte. Der Hauptkommissar war mit irgendwas nicht zufrieden, nörgelte in sein Mikrofon und ging immerhin schon mal vom Gas.

Stavros bremste, dass es nur so qualmte. Das Auto geriet dabei etwas aus der Spur und fing sich erst wieder, als seine Bremslichter wieder erloschen. Er rollte noch immer bedenklich schnell. Falls er sich als Rammbock versuchen wollte, würde er noch Sachbeschädigung, zumal von Staatseigentum, auf seine Liste laden. Versuchten Polizistenmord. Wenn er aus dem Krankenhaus je senkrecht herauskäme. Kowalski fand, dass Stavros die Geringschätzung gegenüber seiner Verhaftung nun ausreichend deutlich gemacht hatte. Hier war eben Endstation.

Das sollte auch endlich Linakis begreifen, dessen Tempo selbst Jorgos von den Sorgen um sein rollendes Eigentum ablenkte, seiner Gesichtsfarbe nach zu urteilen. Das blieb auch so, als Stavros, der Mann fürs Verschlimmern, mit Jorgos' Eigentum kurz vor der Sperre die Straße verließ, nicht um fünfzig Meter tief ins Meer zu stürzen, sondern um auf der bergseitigen Böschung ein paar Büsche platt zu walzen und an dem Polizisten vorbei zu holpern. Die in rasanter Annäherung größer werdende Form des

Kollegen war die von Kostas. Hinter der Sperre gab es kein Zurück auf die Straße. Wenn sein Schwung reichte und er noch Haken um ein paar Bäume schlagen konnte, müsste Stavros auf die Bergstraße nach Kalavrita purzeln.

Während Stavros einen vierradgetriebenen Pick-Up mit viel Bodenfreiheit gestohlen hatte, der sich da wacker durchkämpfte, würde Linakis seine Dienstlimousine auf derselben Piste umgehend hinrichten. Für Kowalski hatte der Gedanke durchaus Charme im Vergleich zu dem, was Linakis stattdessen versuchte. Noch immer in Fahrt, beschwor er Kostas per Mikrofon, den Weg frei zu machen. Leider hatte der in der Eile Schwierigkeiten mit der Koordination. Das hier war nicht Teil des polizeilichen Fahrlehrgangs. Als Linakis heranpreschte, war die Lücke noch im Entstehen. Kowalski kniff die Augen zusammen. Dann riss er sie wieder auf.

Als er das metallischste aller ihm je zu Ohren gekommenen Geräusche hören musste, tief aus der Schrottpresse der Hölle, wusste er, dass er es Zeit seines Lebens nie würde vergessen können. Die Zeit seines Lebens bemaß er ohnehin kurz. Die drei auf der Rückbank schrien wie verabredet los, sie waren aber kaum zu hören. Der Wagen kreischte mit seiner Linken an der dünnen, wackligen Leitplanke entlang, dass Funken ins offene Fenster drangen und verbrannter Gestank. Mit dem rechten Kotflügel touchierte Linakis Kostas' Streifenwagen und stieß ihn beiseite. „Touchieren" hieß, es riss Linakis den kompletten Kotflügel weg samt Scheinwerfer. Kowalski konnte ihn fliegen und auf der Straße landen sehen, zerknüllt wie ein Blatt Papier. Es wurde eine teure Liste für Stavros. Womöglich würden sie noch die Leitplanke drauf setzen.

Linakis hielt den Fuß auf dem Gas, als sie sich wieder von der Leitplanke lösten. Die Abzweigung nach Kalavrita, diejenige für Straßenfahrzeuge, kam in Sicht. Das Chris Paul Hotel verwies hier prominent auf seine Klimaanlage. Linakis nahm die Kurve, als wolle er die verbliebenen drei Kotflügel auch noch abwerfen, um Gewicht zu sparen. Kowalski kannte die Serpentinenstrecke, auf die sie zu steuerten. Dagegen waren die Jagd bis hierher und Kowalskis Räuber- und Gendarm-Filmchen mit fliegenden Radkappen die reine Butterfahrt.

„Toli, lass uns raus!" rief Kowalski endlich.

„Das hättest du dir vorher überlegen müssen", blökte der beim Hochschalten zwischen zwei Gängen.

„Du bringst uns alle um!"

„Bedank dich bei deinem Fotografen-Kumpel."

Das Gespräch wurde von einem blinden Überholmanöver unterbrochen in einer der ersten scharfen Kurven. Gleichzeitiges Lenken und Hupen machte die Sache für Linakis nicht einfach. Er konnte die Spur kaum halten. Er musste sich hörbar machen, denn sehen konnte man von der Gegenfahrbahn nichts.

Kowalski kam nach dem Einscheren wieder zu Atem. „Was hast du vor? Er kann euch doch gar nicht entkommen. Lass ihn in Kalavrita festnehmen, fahr mich zum Flughafen und das Auto in die Werkstatt."

„Vorschrift", erklärte der Hauptkommissar. „Bis Kalavrita kommen noch Abzweigungen. Ich muss ihn zum Aufgeben bringen. Wenn er nur ein Autodieb wäre, egal, aber er ist mordverdächtig. Wenn er Mist baut, bloß weil er zuviel Spielraum hatte, bin ich verantwortlich."

„Überlass das lieber Kostas im Streifenwagen und lass uns am Leben."

Linakis kurbelte heftig am Steuer. Lautes Quietschen und Schwerpunktverlagerung. „Und siehst du den vielleicht irgendwo?" fragte er.

Tatsächlich hatte er sich seit dem Aufprall nicht mehr blicken lassen.

„Hast du ihn etwa außer Gefecht gesetzt?"

Linakis antwortete nicht. Er musste schnellstens eine dürftig gesicherte Baustelle umfahren, an der mit schwerem Gerät Asphalt ausgebessert und neue Leitplanken eingesetzt wurden. Kowalski wusste, dass von der Sorte noch mehr kommen würden.

Linakis' Motor hatte schwer mit der Beschleunigung zu tun, vier Erwachsene bergauf. Es wurde noch kurviger und steiler. Die Chris-Paul-Schilder wurden seltener. Von Stavros war nichts zu sehen.

„Du solltest uns rauslassen, damit die Kiste leichter wird", schlug Kowalski vor. Sie fuhren im Schritttempo, da fiel ihm kein Gegenargument ein. Linakis schon.

„Ihr hattet eure Chance. Ich habe euch eingesammelt, weil ich mit euch ein Hühnchen zu rupfen habe", sagte er. „Wenn ich euch jetzt rauslasse, macht ihr euch dünn. *Eine* Verfolgung reicht mir völlig."

Er marterte den zweiten Gang. Froh über den minimalen Schwung, nahm er die nächste Haarnadelkurve viel zu schnell und schredderte mit den Rädern über die Bankette, dass das Auto in Schieflage und die ganze Rückbank ins Wehklagen geriet. Trotz eingeschlagener Lenkung schob sich der Wagen geradeaus Richtung Abgrund. *Untersteuern* nannte das mein Fahrlehrer, dachte Kowalski. Linakis fluchte, als das Auto rutschte. Der sollte mal nicht so überrascht tun. Ihre Fallhöhe war inzwischen tödlich, und gegen seinen Vollstrecker-Fahrstil hatte kein Auto und keine Bankette eine Chance.

Kowalski war wie gelähmt, während sie dem Zerschmettern entgegen glitten. *Bankette nicht befahrbar*, schoss ihm durch den Kopf. Keine Bankette hinter all den übervorsichtigen deutschen Verkehrsschildern konnte je so unbefahrbar sein wie diese hier von der Breite einer Luftschlange. Dass die Leitplanke noch fehlte, erlaubte ihm einen letzten intimen Blick über das entblößte rechte Vorderrad und den Stoßstangenstumpf ins gewaltige Tal.

Aber Linakis schaffte es knapp, einige Naturgesetze zu ignorieren und sie wieder auf die Piste zu bringen. Noch so eine Kurve bei dem Tempo, und sie alle würden Teil des Tales und seiner Nahrungskette werden. Ein Großteil ihrer Überreste wäre für immer verloren zwischen dem steilen schroffen Fels und den würzigen Bergkräutern.

„Toli, halt an, du kriegst den sowieso nicht mehr!"

Aber das Wehklagen von der Sitzbank rührte Linakis nicht im Mindesten. Er spielte den stummen Helden, disqualifiziert oder nicht. Er versuchte, einen alten Laster aus dem Weg zu hupen, der die Sicht versperrte und röhrend die schwärzesten Abgase hinterließ. Der Lastwagenfahrer konnte kaum ahnen, dass es sich bei dem irren Gehupe um die Polizei bei einer aussichtslosen Verfolgung handelte. Trotzdem ließ er sie an einer breiteren Stelle vorbei und ließ seinerseits eine Orgel von einer Hupe ertönen.

Linakis' Motor ackerte. Auch Linakis schwitzte. Nach dem Laster, auf einem kurzen geraden Abschnitt, konnte man weit über das Tal blicken. Einer der höchstgelegenen Hinweise auf das bekannte klimatisierte Hotel protzte herüber. Auf der anderen Seite, am übernächsten Berg, sah Kowalski die gewundene Fortsetzung der Straße, darauf Jorgos' Auto, darin Stavros. Nach allen Regeln der Wahrscheinlichkeit jedenfalls konnte der kleine Schatten im Fahrerhaus nur Stavros sein. Er hatte einen mächtigen Vorsprung.

Aber er bewegte sich nicht von der Stelle. Er steckte reglos in einer Unzahl weißer Knäuel, die wie Maden um ihn herum glitten. Eine Ziegenherde. Gewiss wäre zartes Geläut herüber bis ans Ohr geweht, würde Linakis nicht weiter mit Vollgas Motor und Getriebe zerlegen. Auch der Kommissar hatte Stavros zwischen den Tieren gesehen und seine einzige Chance gewittert.

Also Gas geben.

Ein nicht ganz so steiles Stück folgte, und sie kamen sogar noch ordentlich in Fahrt. Geschwindigkeit war jetzt alles, was für Linakis zählte. Sicherheit, Rücksicht oder die Grenzen der Physik waren wertlose Begriffe, unnütze Hindernisse auf den nächsten tausend Metern, die es plump zu überrollen galt. Die Kurven kamen wieder. Irini und Jorgos krallten sich unwillkürlich an alles, was Halt vorgaukelte, Türgriff, Gurt, Vordersitz, Kowalskis Bein. Kowalski tat dasselbe.

Während Kowalski die Insassen der zwei oder drei entgegenkommenden Fahrzeuge um ihr Schneckentempo und ihre lange Lebenserwartung beneidete, wurde die Fahrt unterschwellig noch bedrohlicher, noch unerträglicher. Die Anspannung, ob die Ziegen lange genug ihre Bürgerpflicht täten und Stavros festhielten. Eine Sache von wenigen Minuten, dann wäre die Jagd beendet. Andernfalls könnte Stavros im letzten Moment freikommen, und wenn Linakis seinerseits in der Herde auch nur halb so lange feststeckte, würde sich das auf seinen Fahrstil danach todbringend auswirken. Die Ziegen hatten vier Menschenleben in der Hand.

Die Anspannung konnte man förmlich hören. Kowalski war so überreizt, dass ihm die Raserei noch aberwitziger vorkam, die Fahrgeräusche ein Gebrüll, die Schwingungen unwuchtig, als wehre sich das Auto gegen die schlechte Behandlung. Erst als Irini und Jorgos nach langem Schweigen mit einem Mal laut zu protestieren begannen, erwachte Kowalski langsam aus seiner verkrampften Trance und wurde der Tatsache gewahr, dass das Auto Ernst machte und sie tatsächlich ungesund laut durchschüttelte. Das Radlager oder die Felge oder beide machten darauf aufmerksam, dass sie den Verlust des Kotflügels und Linakis' Belastungstests nicht unbeschadet überstanden hatten. Die Stoßstange schien am Vorderreifen zu hobeln. Mit jeder Umdrehung steigerte sich das Poltern, als führen sie über Eisenbahnschwellen. Linakis hatte Mühe, das Lenkrad zu halten, und fluchte.

Die Lautstärke, mit der die Aufhängung brach, traf Kowalski unvorbereitet, weil ihm solch eine Panne bisher erspart geblieben war. Er hätte nicht gedacht, dass berstendes Metall einen dermaßenen Knall bewirken konnte, der jede Ziegenherde auf dem Peloponnes in panischen Galopp versetzen musste. Es spielte allerdings keine Rolle mehr, ob noch eine Ziegenherde oder sonstwas die Straße herunter gedonnert kam, weil sie die Straße gerade verließen. Linakis versuchte alles, um der Lenkung noch eine brauchbare Reaktion abzuringen, aber das Auto gehorchte ihm nicht mehr. Die letzte Hoffnung, die Verfolgungsjagd könne doch noch im Sinne des Helden ausgehen, preschte mit ihnen über die Böschung ins Nichts, in den Tod, die Rückbank bang und bänger schreiend, der Fahrersitz derbe fluchend, und es blieb noch nicht mal die Zeit, das Leben noch einmal Revue passieren zu lassen.

32

Kowalski war kein gläubiger Mensch. Zwar hatte er keine Ahnung, wie er sich oder anderen die Wunder des Planeten und des Universums ohne einen Allmächtigen erklären sollte. Andererseits hatte ihm auch noch keiner erklärt, wozu derselbe Allmächtige Existenzen wie Lumbeck oder Orte wie Sachsenhausen geschaffen hatte. Er wusste, dass er mit diesem Zwiespalt, so oder ähnlich, nicht allein war. In seinem Fall wäre noch der Zwiespalt entstanden, sich für eine Religion zu entscheiden und diese zu praktizieren, aber dazu kam es nie; von Hause aus spielte das Thema Religion bei ihm keine große Rolle.

Er fand die Idee sympathisch, nach der zum Beispiel die alten Griechen mehrere Götter hatten. Da gab es verschiedene Zuständigkeiten und Mentalitäten, und die Götter machten Späße und Fehler, konnten Wein trinken und auch mal schlechte Laune haben. Am Tag der Erschaffung von Lumbeck war dann eben der verantwortlichen Gottheit eine ziemliche Laus über die Leber gelaufen. Und für Schmetterlinge und Eichhörnchen war ja jemand ganz anderes zuständig. Aber diese Glaubensrichtung war seines Wissens schon eine Weile nicht mehr im Angebot, und die Tempel waren allesamt Ruinen.

Unglaublich also, wenn ein eigentlich Ungläubiger wie er in den Genuß des Lebens nach dem Tode kam. Der Flug mit dem Auto war kurz, der Lärm vom Aufprall fies, selbst durch sein vom Achsbruch betäubtes Trommelfell, und das Ausmaß der Zerstörung war gründlich.

Wie lange zwischen seinem Tod und seinem Aufwachen an irdischer Zeit vergangen war, vermochte er nicht zu sagen, aber Verwesung hatte noch nicht eingesetzt. Die reglosen Leiber der anderen Toten hingen verrenkt in dem Torso von einem Auto. Überall, auch auf den Leichen, lagen die Krümel vom Sicherheitsglas. Erschlaffte Airbags, blutbeschmiert, bizarr verformtes Metall. Wo das Armaturenbrett gewesen war, ragte ein solider Baumstamm durchs Wageninnere. Der Motor rauchte still vor sich hin. Er tat das in wenigen Metern Entfernung, deformiert auf einen Felsblock gelehnt.

Das Vogelgezwitscher war laut und friedfertig. Nur einige Frequenzen wurden durch das dauernde Fiepen rausgefiltert. Im Jenseits fühlte man sich unbeschwert und gelöst, stellte er fest, irgendwie schwummrig. Man nahm es gelassen, tot zu sein. Wie es wohl sein würde, sich selber hier liegen zu sehen. Ob er wohl den Seelen der anderen noch begegnen würde. Es war an der Zeit, sich mit den jenseitigen Flugtechniken vertraut zu machen. Körper loslassen, und ab.

Der erste Versuch mit dem Loslassen barg noch seine Tücken. Kowalski hing in dem steil nach unten weisenden Autowrack im Gurt und bewegte seinen Kopf. Als letzte Reminiszenz an das Diesseits spielte ihm sein alter Nacken noch einen Phantomschmerz vor. Auch sein Becken und seine Brust meldeten sich laut, da, wo der Gurt ihn hielt. Kowalski war gerührt von dieser letzten sämigen Verbindung zum Irdischen, die bald immer dünner werden würde wie der Faden geschmolzenen Käses an einer Pizzaecke.

Er überlegte, ob das Diesseits im Jenseits denn Diesseits genannt wurde oder nicht vielmehr aus dem Jenseits betrachtet zum Jenseits wurde. Letztlich eine Frage der Perspektive. Vielleicht konnte ja mal jemand vorbeischweben und ihm das erklären und ihm eine Flugstunde geben, dann hätte er Totsein auf Anhieb nicht als so einsame Angelegenheit empfunden. Er nahm aber an, dass er im ewigen Leben noch Zeit genug zum Lernen haben würde. Zeit dürfte in der Ewigkeit keine Rolle mehr spielen, wie Schmerzen oder Ohrenfiepen war sie eine Sache des Diesseits. Des Jenseits. Der anderen Seite.

Eine gewaltige Dissonanz erschreckte ihn, wie eine übel verstimmte Kirchenorgel. Lärm und Schrecken würde er auch noch auf der anderen Seite lassen. Als Kowalski herumfuhr, hatte der heiße Schmerz an den Gurtstellen nichts mehr vom sämigen Käsefaden. Er steckte nun im brodelnden Fonduetopf. Sein Dauerfiepen ließ dabei ein sehr dominantes Knarzen und Knacken durch, Metall auf Holz, wie es schien.

Als er rückwärts steil nach oben blickte durch das offene Loch im Heck, sah er, dass er vielleicht zwanzig Meter von der Straße entfernt war. Die Schmerzen erlaubten ihm keinen langen Blick, aber die Umrisse des Lastwagens von vorhin mit der lauten Hupe waren gegen den strahlend blauen Himmel deutlich, wie auch die von zwei Männern. Die Männer konnten keinen Schritt weiter.

Das Wrack hing am einzigen Baum im Umkreis, einer kräftigen Kiefer, die zwischen den toten Insassen und der Tiefe stand. Da der Hang beinahe senkrecht war, klemmten sie im spitzen Winkel an dem Stamm, und das Knarzen verhieß, dass das Metall auf dem Holz arbeitete und ihre Lage nicht stabil war.

Das Paradies hatte sich Kowalski anders vorgestellt.

Sollte es am Ende wahr sein, dass er gar nicht tot war, so konnte das bedeuten, dass von den anderen auch noch einer lebte. Er beugte sich zu Irini herüber, deren Oberkörper halb auf der Lehne des Vordersitzes lag, bewirkte dadurch eine hörbare Bewegung der Karosse und verlagerte sich schleunigst wieder zurück.

Das verdammte Ding reagierte auf alles.

Kowalski konnte sich in der Lage nicht mehr lange halten. Wenn er nicht sofort den Gurt ablegte, würde der ihn zerschneiden wie ein Eierschneider das Ei. Der Verschluss ließ sich unter Spannung nicht öffnen, und Kowalskis Gezerre führte zu weiteren Schmerzattacken und zum weiteren Abrutschen des Autos. Kowalski erstarrte. Mit jedem Rutschen wurde die Position noch instabiler und noch anfälliger für Schwerpunktwechsel. Eine falsche Bewegung, und er wäre so gut wie tot. Unter den Bedingungen fand er das Totsein von vorhin angenehmer als so gut wie tot zu sein. Das Leben war endlich, und Kowalskis besonders. Kaum gestorben, war er schon wieder in Lebensgefahr.

Er stemmte sich mit allen verbliebenen Reserven nach oben, um den Gurt zu entlasten und schaffte es, ihn im Zeitlupentempo zu öffnen. Er kroch auf den Baum, der zwischen den Vordersitzen steckte und bewirkte noch mehr von dem bedrohlichen Ächzen. Einmal auf dem Stamm angekommen, spielte Kowalski dann für die Gewichtsverhältnisse im Auto zwar erstmal keine Rolle mehr, steckte aber immer noch drin. Die Schmerzen wurden erträglich.

Bleiben konnte er hier nicht. Die Frage war, wie ein

erwachsener Mensch aus der Schaukel entkommen sollte, wenn jede halbwüchsige Hummel sie zum Absturz bringen konnte. Die Frage war auch, wohin man auf einer fast senkrechten Wand aus Felsen und Kräutern zu entkommen gedachte. Besser, sie wären ins Meer gestürzt.

Irini jedenfalls schien zu atmen. Linakis schien zu schnarchen. Bei Jorgos war sich Kowalski nicht sicher.

Linakis begann sogar, zu japsen und zu grunzen. Er hob seinen Kopf, an dem Blut klebte, und blickte sich blinzelnd um. Um ihn herum war nur Zerstörung, direkt neben ihm die Rinde der Kiefer, auf der er Kowalski zunächst nicht sehen konnte.

Halb betäubt langte er nach der Tür.

„Toli!" zischte Kowalski, aber das Ding klemmte gottlob sowieso. „Du darfst dich nicht bewegen. Sonst stürzen wir ab."

Selbst Sprechen schien den Wagen in ächzende Bewegung zu bringen. Kowalski konnte das Geräusch nicht ertragen.

„Halt um Himmels Willen still."

„Was ist hier los?" lallte der Todesfahrer.

„Wir haben ein kleines Gleichgewichtsproblem. Du hast Jorgos umgebracht und Irini verkrüppelt. Bist du noch ganz?"

„Kann ich noch nicht sagen. Wie kommen wir hier raus?"

„Jede Bewegung kann unsere letzte sein. Wir brauchen Hilfe. Dein Funkgerät habe ich länger nicht gesehen."

Dessen Platz hatte der Baum eingenommen. Kowalski vermutete, dass die Masse der vier Personen ihre

Flugbahn beim Dahinschießen so stark gekrümmt hatte, dass sie nur deshalb auf den Baumstamm getroffen waren. Ein leichteres Auto wäre darüber hinausgeflogen oder durch die Krone gekracht. Durch das Verweilen auf der Rückbank hatten sie Linakis' Leben gerettet - wie es aussah, aber nur vorübergehend. Sie konnten nichts tun. Sie durften nichts tun. Da öffnete Irini ihre Tür.

Warum sich das verbeulte Stück Schrott überhaupt öffnen ließ, war Kowalski augenblicklich vollkommen egal. Seine Aufmerksamkeit galt nur der Balance des Wracks, und die war leider sehr sensibel und verabschiedete sich unter lautem Protest. Es war ihr gleichgültig, dass Linakis und Kowalski beide zugleich „Irini!" schrien.

In ihrer unnatürlichen Position flog die Tür so schnell nach unten auf, dass ein böser Ruck durch das ganze Auto ging, als sie ihren Anschlag im Bruchteil einer Sekunde erreichte. Als die Tür vor Jahren in Japan zusammengeschraubt worden war, hatte man die Rechnung ohne Linakis und die griechische Berglandschaft gemacht. Gegen die beiden hatten die fleißigen japanischen Schrauber keine Chance. Noch ein Sekundenbruchteil, und das, was mal die Tür war, krachte ohne Zwischenstopp aus den Angeln und trat scheppernd seine Reise in die Tiefe an, als wolle es das Unvermeidliche schon einmal hinter sich bringen. War Irini erst noch benommen, so war sie nun augenblicklich hellwach. Sie erstarrte.

Das Auto, erschüttert und seiner Balance jäh beraubt, neigte sich nach links, um der Tür zu folgen, und machte auf dem Holz das quietschende und knackende Getöse, das sonst Bäume machen, wenn sie gefällt werden.

Kowalski, der auf dem Baum hockte, wollte die Karosse unwillkürlich festhalten, aber das waren auch ohne Motor ein paar hundert Kilo zu viel. Da es nichts zu verlieren gab, warf er sich von dem Stamm auf den Beifahrersitz, so weit nach außen wie nur möglich.

Durch die Erschütterung hielt das Auto tatsächlich inne. Irini und Linakis starrten ihn flehentlich an. Nach ein paar viel zu kurzen Sekunden begann langsam wieder ruckweises Rutschen. Die sensible Balance hatte sich zum Abschied nur noch mal kurz umgeblickt. Linakis konnte nicht an der Kiefer vorbei, Irini nicht aus ihrem Gurt. Kowalski, einzig bewegliches Gewicht an Bord, presste sich so flach wie nur möglich an die Beifahrertür. Er presste. Es knarzte. Er biss die Zähne zusammen. Er wurde eins mit der Tür. Es knarzte weiter.

„Irini, mach dich los und komm hier rüber!" brüllte er - als urplötzlich die Beifahrertür nachgab.

Kowalski war nicht der Mann mit den schnellsten Reaktionen. Er trieb keinen Ballsport, und wenn ihm ein Bleistift hinfiel, dann ließ er ihn meist einfach fallen, denn beim Versuch, ihn noch zu fangen, gab er sich in der Regel die Blöße. Er fand auch Bücken nicht so schlimm. Entglitt ihm aber ein Glas oder ein Teller, so hatte er nicht selten mit traumwandlerischer Sicherheit die perfekte Handbewegung zur Rettung parat, die ihn selber überraschte. Sein Unterbewusstsein und seine Arme waren irgendwann direkt in Kontakt getreten, um kurzschlussartig festzulegen, ob sich die Anstrengung und die mögliche Blamage denn lohnten.

Für Kowalskis Unterbewusstsein war die Autotür

aus feinstem Porzellan. Er konnte spüren, wie sein Körper große Teile seines Verstandes, seines Bewusstseins, seiner Ängste, seines Wissens umging, einfach aussparte, um nur noch Körper zu sein und diesem lästigen ungeschickten Kowalski aus dem Weg zu gehen. Für die bestmögliche Reaktion unter Berücksichtigung des jüngsten Schicksals von Irinis Tür, des möglichen Gewichtes der Beifahrertür, seiner Position, seiner Kraft und der fleißigen japanischen Schrauber konnte sein Körper ihn schlichtweg nicht gebrauchen.

Im Moment des Öffnens hielt er ohnehin den Türgriff umklammert, mit der Linken schnellte er zum Haltegriff im Wageninneren unter dem Dach. Sein Körper verlagerte den eigenen Schwerpunkt so, dass er der Tür etwas entgegenzusetzen hatte und nicht mitgezogen wurde. Es riss ihm beinahe den Arm ab, aber die Tür blieb offen stehen. Sie hielt. Durch ihr heiles Fenster sah er zwischen nadeligen Büscheln der Kiefer in den braun-grünen Kräuterabgrund.

Wieder kam das Auto durch das Gegengewicht zum Stillstand, aber wieder nur für ein paar Sekunden. Es schien noch minimal aus dem Gleichgewicht und rutschte noch ein Stück. Irini, die nicht wissen konnte, dass hier nicht Kowalski, sondern nur Kowalskis Körper in Aktion getreten war, legte in ihren Blick alle Hoffnung dieser Welt. Linakis, kaum zu sehen, verstrahlte Zorn, dass er nichts machen konnte.

Kowalskis Körper war es, der sofort erkannt hatte, dass nur die offene Tür noch das Zünglein an der Waage spielen konnte, nicht aber die abgestürzte Tür.

Da das Auto nur noch sehr gemächlich nachgab, in

winzigen auseinander liegenden knackenden Schüben, zog sich sein Unterbewusstsein wieder zurück, denn es war nur für die plötzlichen Reaktionen mit kostbarem Porzellan zuständig. Nun war wieder der ganze Kowalski gefragt, und dessen Überlegungen machten ihm panische Angst vor dem, was er als nächstes tun musste.

Er musste das einzige, was zur Verfügung stand, sein Körpergewicht, so weit nach rechts außen bringen, dass der Schrotthaufen endlich zum Stillstand käme. Dazu galt es, auf die wie ein Sprungbrett ins Freie weisende Tür zu kriechen und sein Leben und das der anderen in die Hände des japanischen Schraubers zu legen, der auf der rechten Seite der Fertigungsstraße gewirkt hatte, hoffentlich mindestens so konzentriert und qualitätsbewusst wie sein Kollege von der linken, dessen Arbeit eben auf das Undankbarste zunichte gemacht worden war.

Kowalski zögerte. Aber ein weiteres Rutschen des ganzen Apparates, und schon lag er flach auf der Tür, festgekrallt am Griff auf der Innenverkleidung. Die Angst, mit dem ganzen Wrack nach links zu kippen, besiegte die Angst, rechts herunter zu stürzen, mit Tür oder ohne.

Um ihn herum war nur noch Bergluft. Das unerträgliche Geknarze hörte immer noch nicht ganz auf, was ihm befahl, sich noch weiter raus zu wagen. Das war gut für das Gesamtgleichgewicht, aber schlecht für die Tür, denn je mehr er zum Ausgleich beitrug, desto übler wurde die Türbefestigung belastet. Als er sich so weit vorgearbeitet hatte, dass er außen parallel zum Fahrgastraum lag, linke Hand am Griff, rechter Arm um den äußeren Türrand, Kopf und Beine im Freien, hörte zum ersten Mal das widerwärtige

Geräusch vom Baumstamm für längere Zeit auf. Irini und Linakis hielten die Luft an. Sein Leib schmerzte.

Dafür beschwerte sich nun die Metallschiene, die am Türgelenk den maximalen Öffnungswinkel der Tür festhielt. Sie erzählte davon, dass sie ursprünglich nur gegen den gewöhnlichen Schwung beim Öffnen oder einen mittleren Windstoß gefertigt war, und dass weder ihre deutlich sichtbaren 10mm-Sechskantschrauben noch sie selbst der Belastung, immerhin der Verantwortung für drei bis vier Menschenleben, lange würden standhalten können. Kowalski verhielt sich mucksmäuschenstill, musste sich aber diese hässlichen, lauten, metallenen Beschwerden aus nächster Nähe anhören. Vielleicht würden noch vor der Schiene oder dem Schraubenkopf seine Nerven reißen und ihn wiehernd und gurgelnd vom 500-Meter-Brett springen lassen.

Jemand rief etwas von oben. Kowalski wagte keine Kopfdrehung, war sich aber bewusst, dass sie hier eine mitleiderregende Vorstellung abgeben mussten. Hilferufe, gleich in welcher Sprache, überflüssig.

Kowalski glaubte, die Stimme von Stavros zu erkennen, dem er schon mal länger zugehört hatte - wie lange war das her, ein Leben oder zwei? Womöglich begann er schon, sich Dinge einzubilden. Der eine war im Gespräch mit einem anderen Mann, der offenbar wenig Gefallen an dem fand, was Stavros, oder der mit seiner Stimme, ihm sagte. Kowalskis Blickfeld reichte höchstens bis Irini im Wagen. Es grüßten ihn die Stummel der Aufhängung, wo Vorderrad und Kotflügel gewesen waren. Von Linakis konnte er hinter der Kiefer nur Büschel ahnen. Neben den einzigen Geräuschen - Vogelgesang, Glocken der Ziegenherde, Schrauben kurz vor dem Bersten - versuchte er herauszuhören, was oben vor sich ging.

Nach weiterem Streitgespräch begann es am Abhang zu rieseln, und kleine und nicht ganz so kleine Kiesel trommelten gegen den Wagenboden. Kowalski konnte die Vibration in der Autotür spüren. Das gefiel ihm ganz und gar nicht.

„Toli, was ist da los?" flüsterte er, als könne seine Stimme eine Lawine auslösen.

„Ich kann kaum was sehen", war die Antwort, „aber jemand klettert an der Böschung herum. Wenn uns jetzt einer aufs Auto fällt, ist alles aus."

Er sprach mit Irini, und sie rief etwas hinauf, sie blieb aber auch unwillkürlich im Flüstern und erhielt als einzige Antwort eine weitere Ladung Steine gegen den Boden. Noch blieben sie im Gleichgewicht, aber das konnte sich mit jedem Bröckchen ändern. Kowalski fand es unfair, ihren fragilen Balanceakt mit Steinen zu bewerfen.

„Irini, die müssen vorsichtig sein", flüsterte er.

Sie erhob ihre Stimme durch das Loch, in dem sich die Tür befunden hatte. Kowalski glaubte auch diese Vibration unter sich zu spüren.

Das Rieseln ließ langsam nach. Der Mann entgegnete etwas mit Stavros Stimme, und sie war näher als vorhin.

„Er kommt uns helfen", sagte Irini.

„Er muss sich von uns fernhalten", sagte Kowalski. „Er kann nichts machen. Er soll Profis holen."

Tatsächlich wusste Kowalski, wie er sich so an die Tür krallte, nicht, welche Art von Profi jemanden aus solch einer Lage bergen sollte. Bergsteigende Kranfahrer. Trapezkünstler mit Hubschrauberlizenz. Dressierte Ziegen mit Ouzofaß um den Hals. Jedenfalls zweifelte er an den entsprechenden Talenten des mordenden Fotografenenkerls, wenn er es überhaupt war.

Der Steilhang war zwar von Kowalskis Füßen gar nicht weit weg. Der Baum aber war für sie alle unerreichbar. Sie konnten sich noch nicht mal rühren.

Falls an Stavros Stelle doch bald ein Team von Multitalenten anrückte, müsste es sie alle gleichzeitig retten, denn nur einen heraus zu angeln würde aufgrund der Gleichgewichtsverhältnisse zwangsläufig den Absturz der anderen bedeuten.

Obwohl Irini noch etwas heraufrief, begann es wieder, Bröckchen zu hageln.

„Er muss da weg!" flehte Kowalski.

„Er hat ein Seil", sagte Irini, als sei das eine passende Entgegnung.

Kowalski gab nicht auf: „Er wird uns umbringen! Du musst ihn stoppen!"

„Kowalski, es ist Stavros!"

Wirklich berauschend. Wenn er doch nur weiterleben dürfte, dann würde er diese Schätze der Pragmatik feierlich seinen Kollegen von der Sprachwissenschaft überliefern.

„Sieh dir das an", sagte Irini.

„Das kann ich nicht!" zischte Kowalski. „Wenn ich mich umdrehe, sind wir tot. Verstehst du - tot. Wenn du nach dem Seil greifst, sind wir tot. Wenn er auf dem Auto landet, sind wir tot."

Wie um die Aufstellung zu vervollständigen, schlugen wieder Steine gegen das Bodenblech. Nochmal laut geknarzt, sehr laut sogar, aber sehr kurz. Die Tür war unter ihm zu Ende, trotzdem rückte Kowalski noch ein Stück ins Nichts.

„Was macht er da? Sag ihm, er soll wieder rauf klettern!"

„Kowalski! Er schafft es!"

„Schafft was? Toli, sag du ihm, dass er sich verziehen muss!"

Kowalski kannte Linakis' Tonfall, wenn er etwas getan oder unterlassen sehen wollte. Das kam auch dann rüber, wenn man kein Griechisch verstand. Was er jetzt sagte, klang aber gar nicht so. Entweder hatte er auf der Polizeischule gut aufgepasst, als es in der Psychologie-Stunde um das Überreden von Selbstmördern, Attentätern und sonstigen Wahnsinnigen ging und verhieß Stavros blumig den Himmel auf Erden, wenn er nur von seinem Plan abließe. Oder hinter Kowalskis Rücken ging ganz etwas anderes vor. Etwas ganz anderes, wie zum Beispiel Kowalski zu opfern, um die beiden Insassen zur Linken zu retten. Oder Stavros handelte sein Strafmaß herunter - *ein Jahr auf Bewährung oder ich gebe dem Auto einen Tritt* - und Linakis sagte blumig nein.

In jedem Fall stand die Weichspüler-Stimme Linakis überhaupt nicht gut. Er sollte Stavros gewohnt grobschlächtig des Hanges verweisen. Drehen und Sprechen schienen auch dem Kommissar nur unter Anstrengungen möglich.

Kowalski hatte sich noch nie so sehr auf sein Gehör konzentriert. Das Geröll wurde wieder leiser, dafür kam ein leichtes Kratzen vom Heck, und irgendein schnappender

Laut. Beides übertrug sich unbequem auf Kowalskis Tür. Stille. Stavros brüllte ein griechisches Brüllen. Stille. Er brüllte dasselbe nochmal. Der Diesel des Lastwagens wurde angelassen und nagelte im Leerlauf, bevor der Fahrer etwas Gas gab.

„Kowalski, halt dich gut fest", rief Linakis.

Was denn sonst?

„Toli, was machen die?"

Eine Erschütterung durchfuhr das ganze Auto, dass Kowalskis Tür heftig wippte. Er umklammerte instinktiv den Griff, wusste aber, dass der Griff genau wie die Tür genau wie sie alle gerade den Todesstoß bekommen hatte. Das war's. Es widerfuhr ihnen nun das Unausweichliche, das ihnen sofort beim Verlassen der Straße bereits hätte widerfahren müssen. Der ganze Schrotthaufen fiel, und blieb nur noch einmal kurz an irgendwas hängen, um Kowalski beinahe abzuwerfen.

Die Tür hielt. Und Kowalski hielt die Tür. Was nicht hielt, war die Kiefer. Sie verabschiedete sich ins Tal und rutschte noch vor ihnen weg, mit viel Lärm und viel Geröll, knapp oberhalb der Wurzel gekappt. Sie fiel schneller als das Auto, und auf dem Weg nach unten vergrößerte sich der Abstand. Kowalski sah aus nächster Nähe, wie sich der Baum überschlug und zerbrach, und dieses Schicksal vor Augen, brauchte er sich auch nicht mehr an die unheilbringende Autotür zu klammern. Er hatte so viel Angst ausgestanden, jetzt entspannte er sich. Bald würden alle Strapazen ein Ende nehmen.

Es dauerte, bis er bemerkte, dass sich der Abstand nur deshalb vergrößerte, weil sie mit dem Auto ebendort am

Berg verharrten, einfach so, wie festgeklebt, aus keinem erkennbaren Grund. Kowalski konnte wieder bis zu Linakis durchblicken, der nur abgekämpft zurücksah. Irini starrte stumm und leer in die Tiefe.

Die Karre hielt, bloß wie? Waren sie jetzt alle des Todes oder doch nicht? Es war, als hätte man einem Bahnsteig bei der Abfahrt zugesehen.

Kowalski riskierte eine kleine Drehung. Auf dem Heck saß Stavros, eine Hand an einem straffen Drahtseil, das mit einem Karabiner um einen der Holme geschlungen war und steil zum Laster auf der Straße führte.

Anstatt auf ein Profiteam zu warten, das nur noch für den Transport ihrer geschundenen Körper zum Friedhof hätte sorgen müssen, hatte er kurzentschlossen das Richtige getan. Sie waren ihm auf ewig zu Dank verpflichtet. Ihm und dem Drahtseil, das der Lasterfahrer dabeigehabt hatte.

Als Kowalski den Baum tief unten in der Talsohle liegen sah, an mehreren Stellen zerborsten, seiner friedlichen Existenz frühzeitig und unverdient beraubt, empfand er auch für das Gewächs große Dankbarkeit, das sein Leben für das ihre gegeben hatte.

33

Jorgos war nicht gestorben. Er saß mit einem wenig kleidsamen Verband, der den größten Teil seines Kopfes bedeckte, auf der Wache und sah elend aus. Auch die anderen im Raum waren an verschiedenen Körperteilen verhüllt. Linakis hatte einen fetten Gipsverband um das rechte Bein, das er auf einen Stuhl gelegt hatte. Stavros' Hand war fast bis zum Ellbogen verbunden, und nur die Finger blieben frei. Unter Kowalskis Hemd beulten sich die Mullbahnen, die seine armen Rippen mit Salbe versorgten. Mancher Ärmel und manches Hosenbein mussten einem Verband weichen.

Pflaster hatten Konjunktur. Jeder trug ein paar in unterschiedlichen Größen, von der Stirn bis zum Schienbein. Eine große Zahl geprellter und geschürfter Stellen lag zudem bloß und vervollständigte das Bild des Jammers. Eine Versammlung, die augenscheinlich nur mit knapper Not dem Tod entronnen war. Einzig Irini machte eine gute Figur. Sie trug den Arm in einer Schlinge, einem blumigen Tuch, das um ihre nackte Schulter geknotet war und ihr die typische Anmut verlieh. Ihre Verletzung wirkte mehr wie ein zeitloses Accessoire, und selbst das blaue Auge stand ihr irgendwie gut.

Linakis saß am Schreibtisch und sprach Englisch, und das gar nicht schlecht:

„Ich danke allen, dass sie sich freiwillig hier versammelt haben, obwohl noch nicht alle genesen sind. Das gilt übrigens auch für mich, wie Sie sehen. Nachdem wir inzwischen die Einzelaussagen haben, wollen wir im Interesse aller nicht unnötig Zeit verlieren und die Sache zu

Ende bringen, wenn es möglich ist."

Obwohl niemand etwas erwiderte, lag Einverständnis im Raum. Auch Stavros konnte noch folgen.

„Wie schon angekündigt, habe ich inzwischen mit der Staatsanwaltschaft gesprochen. Wir sind uns einig, dass hier besondere Umstände vorliegen. Um ehrlich zu sein, sind mir vergleichbare Umstände noch nicht begegnet. Und damit meine ich die ganze verfluchte Geschichte vom Charakter des Opfers bis zur Ergreifung des Täters."

Er nahm eine Schmerztablette und einen großen Schluck Wasser. Kowalski erkannte die Pille sofort, schließlich hatte er wie auch die anderen im Krankenhaus reichlich davon bekommen. Noch vor wenigen Tagen hätten sie die Sitzung im Krankenhaus halten müssen.

„In einigen Punkten betrachten wir die Ermittlungen als beendet."

Linakis sah erst Irini, dann Jorgos ins Auge.

„Sie beide haben die Polizeiarbeit massiv behindert und sich damit auch selbst in große Gefahr gebracht. Sie wollten den Hauptverdächtigen in einem Mordfall schützen, das ist ein schweres Vergehen."

Er legte eine gehörige Schärfe in seinen Ausdruck:

„Außerdem sind Sie mir damit furchtbar auf die Nerven gegangen, und schon dafür sollten wir die Höchststrafe verhängen. Rechnen Sie es uns also hoch an, dass die Staatsanwaltschaft nach unserem Unfall von einer Anzeige absehen wird."

Wer einmal Linakis' Fahrweise durchgestanden hat, den kann man eben nicht mehr bestrafen, dachte Kowalski. Prompt wandte sich Linakis jetzt ihm zu, soweit sein Bein ihm Wenden erlaubte.

„Dasselbe gilt natürlich für dich", sagte er auf Deutsch. „An der Nase wolltest du mich herumführen. Zum Narren halten. Du könntest schon längst zu Hause sein, wenn du nicht solche dämlichen Faxen gemacht hättest. Zu meinem Bedauern bestraft die griechische Justiz Dämlichkeit bisher aber nicht. Weil du uns das Leben gerettet hast und ein halbes Jahr hier festgesessen hast, vergessen wir die Anklage."

Sollte er dafür nun dankbar sein? Kowalski dachte eigentlich, dass man ihm mehr schuldete als das.

Irini und Stavros wollten nun auch wissen, worum es gerade ging. Linakis sprach Griechisch mit ihnen über die Dämlichkeit und die Justiz. Dann nahm er sich Stavros einzeln vor.

Klar, dass Stavros ihnen allen auch das Leben gerettet hatte, dachte Kowalski, sogar ohne selbst in Lebensgefahr gewesen zu sein. Das dürfte sich stark strafmildernd auswirken. Je nach Sicht der Dinge hatte zwar erst Stavros sie überhaupt in Gefahr gebracht, je nach Sicht der Dinge aber war das doch eigentlich Hauptkommissar Linakis gewesen oder, je nach Sicht der Dinge, Irini, Jorgos und Kowalski, die berüchtigten drei. Um die Anklage gänzlich fallen zu lassen, dürfte es in Stavros' Fall aber nun lange nicht reichen. Die Leiche war zwar nur Lumbeck, aber sie war tot.

Linakis machte nicht den Eindruck, als vermittele er ihm die Milde der griechischen Behörden und seine persönliche Dankbarkeit. Sein Gesicht war auf eine Weise düster verbüschelt, die Kowalski sehr gut kannte, und Stavros fühlte sich ganz gewiss nicht wohl in seiner Haut.

Wenn der Fall dann aber gelöst war und Stavros mit allem Entgegenkommen rechnen konnte, was trieb Linakis die Brauen in die Augen? Stavros hatte es schwer genug, auch ohne Moralpredigt. Linakis sollte ihm lieber Mut machen für die Zeit im Gefängnis, ihn regelmäßig besuchen und ihm Kuchen bringen.

Stavros hatte Kowalskis Mitgefühl und seine Dankbarkeit, aber wie man es auch drehte, er hatte einen Menschen auf dem Gewissen. Keine niederen Beweggründe, kein Vorsatz, keine Vorstrafen, große Reue, Frau und Kinder, Lebensretter - trotzdem würde Stavros Jahre schmoren.

„Was ist mit Linakis los?" fragte Kowalski Irini. „Wieso nimmt er Stavros so ran?"

Linakis warf einen schattigen Blick herüber. Er wollte offenbar keine Störung beim Rannehmen.

„Irgendwas mit seiner Aussage", sagte sie. „Er versteht die Brutalität nicht. Ihm fehlen Details zu den Mordwaffen und -"

Linakis brachte sie mit einem kurzen Kommando zum Schweigen.

Aber das musste Kowalski genauer wissen. „Was soll denn das heißen?" flüsterte er. „Das Geständnis reicht ihm nicht? Glaubt er, Stavros gesteht einen Mord, den er nicht begangen hat?"

„Kowalski", zischte Linakis, und wie so oft wollte er dem nichts hinzufügen.

Stavros sah das anders. Er wollte jetzt vom Kommissar wissen, was sie besprochen hatten, des Englischen zwischen Kowalski und Irini und des Deutschen zwischen Kowalski und Linakis nicht mächtig genug.

Linakis warf ihnen noch einen wuchernden Blick zu und übersetzte ihm kurz. Kowalski aber gab sich damit nicht zufrieden.

„Toli", fragte er, „was willst du noch mehr? Ich hätte gedacht, dass dir ein Geständnis reicht."

„Würdest du mich liebenswürdigerweise meine Befragung führen lassen?" fragte er gar nicht liebenswürdig. Darauf meldete sich Stavros wieder zu Wort. Verständlicherweise wollte er im Moment alles ziemlich genau wissen. Linakis kommentierte mit einem Blick, gefährlicher als eine Autofahrt mit ihm, bevor er Stavros antwortete. Ob er ihm Kowalskis Bedenken korrekt übersetzte, bezweifelte der.

Kowalski wurde bewusst, dass er hier bald nur noch geduldet war. Vorausgesetzt, Linakis ließ freundlicherweise das Geständnis des Mörders gelten, neigte sich seine Rolle in diesem ganzen Zirkus dem Ende. Daher war ihm sehr daran gelegen, dass die Voraussetzung auch wirklich erfüllt war. Er wollte, solange er dem elitären Zirkel noch angehörte, möglichst viele Bestätigungen seines ungewohnten Status als unbescholtener Bürger. Zum ersten Mal seit Langem nahm der Gedanke an die Rückreise eine Gestalt an, die mehr war als ein nebulöses Versprechen. Wenn das verfrühte Hoffnungen waren, weil Linakis bei *ich bin der Mörder* auf die Einhaltung irgendwelcher Formalia bestand, würde ihn das überfordern.

„Wie komme ich nach Hause?" fragte er. Er fragte sich das seit einem halben Jahr, und erstmals konnte er auf eine Antwort hoffen.

Sie kam prompt. „Mit den Füßen zuerst, wenn du nicht sofort den Kopp dicht machst", lautete sie. Linakis bediente sich nur selten eines solchen Hafenjargons.

Stavros forderte wieder eine Übersetzung. Er wurde dabei lauter und schlug inzwischen einen Ton an, wie Kowalski ihn unter Griechen oft gehört hatte. Es war ein Ton, den Linakis mindestens ebenso gut beherrschte. Für das deutsche Ohr klang er vorwurfsvoll und gereizt, war aber von Vorwurf oder Gereiztheit unabhängig. Der Ton ließ keinen Zweifel daran, dass Linakis mit seiner Befragung keinen Schritt weiterkam, was auch immer sein Ziel war.

Ihm war bewusst, dass er Linakis' guten Willen arg strapazierte, trotzdem konnte Kowalski nicht lockerlassen. Es war schließlich möglich, dass dem Hauptkommissar das Wie seiner Heimreise noch unklar war.

„Aber wann, Toli, wann komme ich weg?"

Kowalski platzierte die Frage unmittelbar nach der nächsten Frage des Kommissars an seinen Täter, also geradewegs in den Spannungsbogen hinein, der zwischen Frage und Antwort lag. Durch die Überschneidung der zwei Bögen riskierte er einen Kurzschluss. Kein Zweifel, dass Linakis das als Unhöflichkeit wertete. Er konnte sich nicht erheben, aber er rang um Fassung, und er rang nach Worten, beides seltene Schauspiele an der Figur des Hauptkommissars.

„Kowalski", sagte er dann leise, und diesmal verkörperte die Nennung seines Namens nicht bereits die gesamte Aussage, sondern war unmissverständlich die Einleitung zu einem konzentrierten Exkurs, einem Destillat von allem, was zum Thema Kowalski jetzt und später zu sagen war und das, einmal zu Ende gebracht, keinen Deutungs- oder Handlungsspielraum mehr hinterließ und für Ruhe sorgen würde. Völlige Ruhe.

Er holte gerade Luft, als Stavros seinen griechischen Ton wieder anschlug. Die Sprachverwirrung passte ihm als Täter natürlich überhaupt nicht, er wollte jedes Wort verstehen. Linakis atmete wieder aus.

Er vernachlässigte Kowalski kurz und neigte sich zu Stavros hinüber, um ihm etwas zu erwidern. Seine Lippen formten zwischen viel Bart den Anfang des ersten Wortes, als unvermittelt Jorgos, eigentlich längst raus aus der Sache, etwas zu sagen hatte. Für Kowalski klang es, als verstünde Jorgos ja auch nur die Hälfte und wolle lieber schon mal gehen, und sein Hotel warte auf ihn.

Linakis hockte auf dem Schreibtischstuhl mit dem Gipsbein als Gegengewicht zu seinem geneigten Oberkörper, auf seinen Lippen etwas wie ein tonloser O-Laut, den er für Stavros geformt hatte. Gerade als seine Augen sich als einziges Richtung Jorgos bewegten, gab es einen Radau an der sich öffnenden Tür, und Kostas kam herein, ohne Pflaster, vor sich Maria Diamantopoulou, die Dolmetscherin, die eigentlich keine war, und die sofort ihr Mundwerk einschaltete.

Sie dolmetschte auch kein bisschen, sondern schimpfte in hohen und klagenden Tönen Linakis an, Linakis, dessen Aufmerksamkeit bei Kowalski war, Oberkörper und Oberlippe bei Stavros, die Augen bei Jorgos, Linakis, der einer Zunahme der Kakophonie keine Körperteile mehr zur Verfügung zu stellen hatte.

Ein Außenstehender hätte Linakis' vielfaches Verharren nun als Kapitulation vor dem Lärmpegel aus zu vielen Richtungen missdeutet, weil er eben das Glück hatte, ein

Außenstehender zu sein. Von der Sorte gab es nicht mehr viele; Kowalski fand, dass hier nur noch Spiros, Jim, Irinis Großmutter und Schröder fehlten, außerdem befand sich noch heute Morgen die ganze Region unter Verdacht, Außenstehende mussten erst wieder nachwachsen.

Kowalski, Insider Nummer eins, wusste sofort, dass, was wie Kapitulation erscheinen konnte, in Wahrheit ein Entschluss war, nämlich auf sie alle zu verzichten, und sie stattdessen mit einer Ausnahme, Stavros, augenblicklich rauszuwerfen, und das mangels Beweglichkeit nur kraft seiner Stimme.

„Raus, alle raus!" brüllte er, dass sich die Luft bewegte. Er brüllte es auf Deutsch, aber alle verstanden es auf Anhieb, und Stavros verstand sich auf Anhieb als Ausnahme. Alle außer ihm pressten sich durch die Tür wie Weintrauben durch die Kelter.

Linakis verriegelte die Tür hörbar von innen. Kowalski würde so bald keine Antwort auf seine Frage nach dem Wann bekommen. Erstmal müsste die sonderbare Befragung von Stavros hinter verschlossener Tür zu Ende gehen. Der würde sicher viel darum geben, seinen Ausrutscher rückgängig machen zu können und wieder so unbescholten zu sein wie vorher. Kowalski verdankte dem Mann sein Leben.

Er lehnte sich unten an die Theke und dachte daran, wie Stavros unbescholten in seinem Laden stand, zusammen mit seiner unbescholtenen Frau, und an die kitschigen Fotos im Schaufenster, die alten und die neuen, und an das verwitterte Schild darüber, dem schon ewig das „F" fehlte. Das drängte keinen zu eiliger Reparatur, verbanden doch die Leute in Egion die alte Front des Hauses seit vielen Jahrzehnten mit unbescholtener Fotografie, mit oder ohne F.

Ohne F aber ... Kowalski trat einen Schritt von der Theke weg. Er sah so plötzlich klar, dass er sich die Faust an die Stirn presste. Unfassbar, jeder Linguist hätte den Zusammenhang sofort gesehen. Er als Literaturwissenschaftler brauchte Monate länger.

Entgegen seinem ersten Impuls brauchte er gar nicht erst zu versuchen, an Linakis' Tür zu klopfen. Er packte stattdessen Kostas mit beiden Händen an den Oberarmen.

„Kosta, du musst mich fahren", befahl er.

Kostas verstand so viel, wie zu erwarten war. Kowalski ließ ihn los und drängte Irini und Maria, ihm zu helfen.

„Wo willst du hin?" fragte Irini.

„Ich weiß, was Stavros verschweigt. Kostas muss mich sofort hinfahren. Versprecht ihm die Beförderung, die Belobigung. Schaltet euren Charme ein. Aber macht schnell!"

Verstehen konnte Irini das auch nicht, aber weil sie Irini war, wusste sie das Richtige zu tun. Eine Minute lang füllten die Frauenstimmen den Raum, bevor Kostas seine Mütze aufsetzte. Er war ahnungslos, worauf er sich einließ, aber bei der gegenwärtigen Stimmung seines Chefs konnte er getrost riskieren, den Fall voran zu bringen.

Ob es das war, was in ihm vorging, oder ob Irini vielleicht nur mit gemeinsamen Verwandten gedroht hatte, erschloss sich Kowalski nicht. Wer wusste schon, was in

Kostas vorging. Entscheidend war, dass er sich von Kowalski durch die Gegend lotsen ließ und seine Uniform anhatte, damit er Kowalskis Besuch den erforderlichen Unterton verlieh.

~

Als sie zurückkamen, waren sie zu dritt. Kostas' Uniform hatte den richtigen Ton angeschlagen, dem Kowalski nicht mehr viel hinzufügen musste. Die Rückfahrt geschah wortlos. Ihr Passagier war zum Reden mitgekommen, aber noch war ihm nicht nach Reden zumute. Kostas war still wie meistens, und Kowalski beschäftigte sich damit, wie man wohl Linakis' Aufmerksamkeit zurückgewinnen konnte, ohne das Opfer eines hauptkommissarischen Zornesausbruchs zu werden ...

Ein holzgetäfelter Raum mit offenem Kamin und vielen Büchern. Karaffen und Gläser auf einer Anrichte. Alle bis zu Irinis Großmutter sind versammelt und auf Ledersessel verteilt. LINAKIS bedient sich an der Anrichte. KOWALSKI stolziert unter dem Ensemble hin und her und präsentiert einem verblüfften Hauptkommissar den Tathergang. Die Zusammenfassung aller grausigen Einzelheiten gipfelt in einer triumphalen detektivischen Rekonstruktion, die Bewunderungsrufe und Ohnmachtsanfälle auslöst. Riechsalz, Vorhang.

Wie weit er wohl würde fahren müssen, um ein holzgetäfeltes Kaminzimmer zu finden - bis Patras oder Athen. Viel wichtiger war es jetzt, zum verbarrikadierten Linakis durchzudringen, um Stavros zu helfen. Wie konnte man den stursten Bock unter den Hauptkommissaren ablenken?

Olivenbäume rauschten an ihm vorbei. Linakis würde seine Befragung erst beenden wollen, bevor an ein Aufschließen seiner Tür zu denken war. Das würde sich aber hinziehen, denn erst Kowalski konnte mit seinem Passagier das Ende der Befragung herbeiführen. Kowalski kannte seine Bockigkeit inzwischen gut genug um zu wissen, dass schon einmal Klopfen gut mit einer Massenverhaftung enden konnte, Kostas eingeschlossen, wenn nicht mit einer Schießerei. Vielleicht kannte er ihn auch gut genug, um ihn zu entwaffnen. Wie entwaffnete man Apostolis Linakis?

„Kosta", bat er den Uniformierten, „fahren wir doch bitte da vorne rechts ran."

~

Ihr Passagier war bereitwillig mitgekommen. Es hatte nur einer Uniform und ein paar Sätzen der Erklärung bedurft, bevor er sich ins Auto setzte. Kowalski fand es passend, dass gerade er das Tablett trug. Er kam der Rolle vom falschen Zimmerkellner, dessen Tarnung die sonst unpassierbare Tür öffnet, sehr nah. Auf dem Tablett duftete eines der vielen Leibgerichte des Hauptkommissars, Lamm aus dem Ofen, frisch von einer der besten Tavernen an der Straße.

Vor Linakis' Büro ließen sie den Aromen freien Lauf. Sie krochen unter der Tür hindurch und schwebten durch das Schlüsselloch und tanzten zu beiden Seiten der Tür den Tanz der Verlockung. Kowalski jedenfalls bekam mächtig Appetit, als hinter der Tür Linakis' Gemurmel erstarb. Dies war der Zeitpunkt.

„Φαγητο!" rief Kostas durch die Tür.

Wenn Kowalski hier eins gelernt hatte, dann das griechische Wort für Essen.

„Τι φαγητο;" wollte Linakis wissen. Aber wenn alles nach Plan lief, war er seinen Instinkten längst ausgeliefert. Ohne Antwort von Kostas wurde Stühlerücken hörbar. Die Umstände wollten es, dass Linakis Platz behielt und Stavros selber den Schlüssel drehte. Als die Klinke sich senkte und die Tür sich langsam öffnete, standen sich Stavros und der falsche Zimmerkellner im Lammaroma gegenüber. Nichts passierte. Niemand rührte sich, niemand sagte etwas. Linakis blickte unschlüssig vom falschen Kellner zum echten Lamm und zurück. Der Anblick der großen Kartoffelstücke, Kräuter und Knoblauchzehen konnte nicht wirkungslos bleiben, nicht bei Apostolis Linakis. Tatsächlich zückte er nicht seine Waffe, um keine Schießerei zwischen sich und das Lamm zu bringen.

„Ich hoffe", sagte er, „ihr habt eine sehr gute Erklärung."

Dass er das auf Deutsch sagte und also in erster Linie Kowalski meinte, bewies einmal mehr die Qualität seiner Nase.

„Du solltest dir klar machen, dass es in deinem Interesse ist, wenn der Fall bald lückenlos aufgeklärt und abgeschlossen ist", fuhr er leise fort, „denn erst dann bist du vollständig entlastet. Je mehr du herumkasperst, desto länger wird es dauern. Und je mehr du herumkasperst, desto weniger Interesse habe ich an deiner Entlastung. Ich kann Stavros nach Hause schicken und dich zum Täter erklären, nur um endlich meine Ruhe zu haben. Falls wir juristisch von Mord reden" – er zeigte mit der flachen Hand auf Stavros – „das hier ist bisher nur der mutmaßliche Mörder von Karl Lumbeck."

Kowalski hielt die Zeit für gekommen, zeigte mit der flachen Hand auf seinen kellnernden Passagier und sagte: „Gestatten, der mutmaßliche Mörder von Karl Lumbeck."

~

Ein keineswegs holzgetäfelter Raum, ohne Kamin und ohne Bücher. Schiefe Kabel auf nackten Betonwänden. Ein mit Akten prall gefülltes Sperrholzregal, ein Sperrholzschreibtisch schräg vor dem Fenster. Auf dem Schreibtisch und auf dem Boden weitere Aktenstapel. KOWALSKI, STAVROS und DER PASSAGIER sitzen auf sichtbar unbequemen Stühlen. LINAKIS sitzt mit einem Gipsbein am Schreibtisch und beendet den Verzehr eines Lammgerichtes.

LINAKIS (kauend): „Ausgezeichnet. Ich sitze also mutmaßlichen Tätern gegenüber. Mein Beruf. Ich sitze gleich drei davon gegenüber. Meine Strafe für zu viel Nachsicht mit mutmaßlichen Tätern, nehme ich an. Aber drei mutmaßliche Täter für ein und dasselbe Tötungsdelikt? Nicht zu glauben! Was habe ich bloß verbrochen? Ich will zurück nach Patras, wo ich hingehöre."

Kowalski konnte das gut nachempfinden.

„Sind dir zwei Geständnisse noch immer nicht genug?" fragte er. „Du kannst mich getrost von deiner mutmaßlichen Liste streichen. Das verkürzt sie aus dem Stand um ein sattes Drittel und bringt dich schneller nach Patras."

„Mit dir bin ich nicht fertig", konterte Linakis.

„Hier verkürzt sich gar nichts, bevor ein für alle Mal die Wahrheit auf den Tisch kommt."

Er stellte das Tablett auf den Boden.

„Ihr beantwortet jetzt alle meine Fragen, und damit meine ich, ohne dass ich sie überhaupt stellen muss. Ihr erzählt mir alles, was ihr wisst. Andernfalls versenke ich euch höchstpersönlich im Golf und ruiniere euren Ruf für alle Zeiten."

Die beiden anderen saßen geduldig herum wie zwei, die nichts verstehen, aber alles schon wissen. Kowalski sollte mit dem Beantworten nicht gestellter Fragen beginnen. Keiner hatte etwas dagegen. Linakis holte das Aufnahmegerät aus der Schublade, richtete es aus und schaltete es ein.

Kowalski räusperte sich. „Weißt Du, was ein Minimalpaar ist?" begann er.

Linakis schaltete wieder aus.

„Nein, das weiß ich nicht", seufzte er, „aber stell dir vor, das meinte ich nicht mit *erzähl mir alles*. Ich bin müde, Kowalski. Ich habe nicht genug Tonband für deine Scherze. Gib mir deine Kurzform des Falles und reiz mich nicht."

Er spulte zurück und schaltete wieder ein.

„Ein Minimalpaar besteht aus zwei Ausdrücken, die bis auf ein Phonem genau gleich lauten", fuhr Kowalski unbeirrt fort.

Recorder aus.

„Du weißt schon, *Tisch* und *Fisch*, *Gepäck* und *Gebäck*, *Astronomie* und *Gastronomie*."

„Was soll ich mit dem literaturwissenschaftlichen Gerümpel?" stöhnte Linakis.

„Sprachwissenschaftliches Gerümpel. Versteh doch

- *Foto* und *Moto*."

Pause. Recorder ein.

„So bin ich drauf gekommen. Mensch, Toli, wir haben uns das Hirn zermartert, wer die Verbindung zwischen jungem Lumbeck und altem Lumbeck herstellen und dabei unerkannt bleiben konnte. Artischocken mit Ei und Zitrone - lächerlich! Ein Minimalpaar musste her - Stavros und Nikos."

Stavros und Nikos sahen kurz auf. Sie wussten nichts davon, dass sie ein Minimalpaar waren. Nikos hatte wie immer ölbeschmierte Finger von Jims Motorrädern.

Linakis begriff, worauf das Ganze hinauslief, trotzdem wollte Kowalski weiter resümieren. Da das Band einmal für ihn lief, wollte er sich das Finale nicht nehmen lassen.

„Als Lumbecks Brieftasche bei Jim landete, warf Schrauber Nikos einen Blick hinein. Er kannte das alte Foto durch seinen Kumpel Stavros und erkannte es sofort wieder. Die Brieftasche verriet ihm Lumbecks Aussehen, seinen falschen Namen und sein Hotel. Ihr habt Nikos zwar überprüft, aber die Verbindung zu Stavros und dem Foto konntet ihr nicht finden. Auch Nikos hat Vorfahren in Kalavrita verloren. Zu seiner Familiengeschichte musst du ihn selber fragen, aber ich schätze, als er Lumbeck entdeckt hat, ist bei ihm eine Sicherung durchgebrannt. Er holte Stavros ab, sie fuhren rauf, trafen Lumbeck, und wie er nun mal so war, machte er es den beiden nicht gerade leicht, ihn am Leben zu lassen. Es gab Streit und peng! Und weil es der Polizei so gut gefiel, Kowalski zum Täter zu machen, konnten sie viele Monate unerkannt bleiben. Ich denke sogar, wenn ich nicht in der Klemme gesessen hätte, hätte Stavros sich nicht gerührt und ihr hättet noch immer keine Ahnung."

„Die Strafmilderung überlass mal uns", sagte Linakis. „Aber langsam verstehe ich. Das ist mal wirklich gediegen."

Sein Finger schwebte über der Stopp-Taste, aber er zögerte.

„Wenn du zur Tatzeit im Bett warst, kannst du mir zum interessantesten Punkt vermutlich nichts sagen."

„Der interessanteste Punkt?" fragte Kowalski, obwohl er wusste, welcher für Linakis der interessanteste war.

„Es gab Streit und peng!" zitierte Linakis.

„Ich weiß, dass sie ihm keine Gewalt antun wollten, als sie zu ihm fuhren. Er hat sie provoziert. Du willst wissen, wer zugeschlagen hat und wer zugestochen."

„Wirst du es verraten?" fragte Linakis, aber er klang nicht wirklich neugierig.

„Muss ich es verraten?" fragte Kowalski mit derselben Neugier.

„Gediegen", murmelte Linakis. Er zwirbelte einen Bartwipfel. „Zu wissen, wer welche Verletzung zugefügt hat, nützt uns nur in Verbindung mit der Reihenfolge."

Kowalski wusste nur zu gut von der Spezialbehandlung der Leiche durch Linakis' Spezialkollegen. Er wusste, dass sie die Todesursache nicht mehr feststellen konnten. Auch Lumbeck konnte nur einmal sterben. Bei zwei jeweils sofort tödlichen Verletzungen war eben die erste diejenige, die den Tod verursacht hatte. Der Versuch, Nikos und Stavros zu dieser Auskunft zu bewegen, wäre reine Tonbandverschwendung.

„Wirklich gediegen, Kowalski", sagte Linakis noch einmal. Mehr nicht. Sein Finger landete mit lautem Klack auf der Taste.

34

Leo Kowalski war kein Schriftsteller. Schließlich war er ja Dozent. Er fand einfach Gefallen daran, Worte in eine ihm angenehme Reihenfolge zu bringen. Wenn der Schriftsteller, der er nicht war, doch mal von seinem *Buch* schrieb oder von seinem *Roman*, dann stets vorsichtig und so kursiv, wie es nur ging. Die Begrifflichkeit kam ihm in Bezug auf seine Person äußerst schräg vor. Selbst wenn er davon sprach, hatten die Buchstaben einen hörbaren Neigungsgrad. Er und seine *Arbeitsweise* entsprachen nur unzureichend den gängigen Vorstellungen von einem Autor. *Autoren.*

Wenn er sich zum Schreiben zurückzog, saß er nicht aufrecht vor dem Bildschirm, hackte unablässig druckreife Schmuckstücke und schaute dabei knapp freundlich, aber ausgesprochen brillant in die zufällig für den Klappentext bereitgestellte Kamera. Vielmehr verbrachte er viel Zeit damit, die Wippfunktion seines Holzstuhles zu testen, deren Erfindung, da gab es keinen Zweifel, so manchem Knüller der Weltliteratur erst den nötigen Schwung verliehen hatte. Er suchte Inspiration in der Maserung der Tapete, dem Zustand seiner Fingernägel oder dem schmalen Himmelswinkel, den eine leichte Drehung des Stuhles zum Fenster, eine weitere weltliterarisch unterschätzte Funktion, in sein Blickfeld brachte. Er gönnte sich eine weitere Tasse Kaffee und noch eine auf der Suche nach dem treffendsten Vergleich. Er versuchte auch mal Wein, mal Whisky, in der Hoffnung auf den ultimativen Einfall.

Sollte er „aber" schreiben oder lieber „jedoch", sollte er seinen Protagonisten, einen Kerl mit einem polnischen Namen, noch länger mit der Gegenwart seines Widerparts peinigen oder den besser umlegen - womit aber die Schwierigkeiten erst richtig anfingen, die von Kowalski und die vom Protagonisten. Würde ihm den Kommissar jemand abkaufen, so wie er war, wie schrieb man eine erotische Szene, wenigstens halb so heiß wie sie war, wie finge das nächste Kapitel an, wo waren seine Notizen, er konnte so nicht arbeiten.

Warum ihm diese Tätigkeit Spaß machte, vermochte er nicht genau zu sagen. Ab und zu, während er im Text vor und zurück waberte oder auf der Stelle trat, gerade so, wie er oft und lange im Zimmer umherging und wieder stehen blieb, hatte er einen Einfall von der guten Sorte. Die gute Sorte befand sich bereits nach wenigen Revisionen in einem Zustand, den er später Schröder vorzulegen wagte. Er mutete ihm das nur zu, weil der ihn leichtsinnigerweise mal dafür gelobt hatte, und das hatte die Tapete, der Fingernagel, und selbst der Wippstuhl noch nie getan.

Alle Autoren, die jemals über ihre Arbeit geschrieben hatten, hatten von der Mühsal, der Qual und der Einsamkeit berichtet. Sie hatten recht. Keiner, von dem Kowalski wusste, hatte jedoch verraten, wie es gelang, in der kurz bemessenen Zeit eines einzigen Lebens auch nur ein *Buch* fertigzustellen, wovon man die Jahre, bis man erstmal Lesen und Schreiben gelernt hatte, und die Jahre, bis man etwas zum Beschreiben beisammenhatte, schließlich noch abzuziehen hatte.

Die Grenze von der schrägen zur aufrechten Schreibweise verlief - ja, wo? Hinter der Fertigstellung eines zusammenhängenden Textes? Bei der Veröffentlichung? Der Kritikermeinung? Dem ersten neuen Schreibtisch? Ruhm und Reichtum? Kowalski vermied es, solche Fragen vor sich her zu wälzen, aber als gern gesehener Gast der einschlägigen Talkshows hätte er sich wichtig zurückgelehnt und das Tabu der Wippstühle und Fingernägel gebrochen, so viel war sicher.

Schräg wie seine Arbeitsweise waren die Erlebnisse, die er versuchte niederzuschreiben, und viel zu schräg, um es nicht zu tun. Bei aller künstlerischen Freiheit und Ausschmückung, die nötig war, um einen *Roman* zusammen zu kriegen, verband das Ganze Begebenheiten und Personen, die Kowalski sich nicht hätte ausdenken können, nicht so.

Lohse. Wer wollte schon von Lohse schreiben, geschweige denn von ihm lesen. Und doch fand Kowalski, dass die Geschichte ohne ihn nicht vollständig war. Dass er ein Gerichtsshow-Junkie war, schadete seinem Ruf nicht wesentlich, wie auch? Für Lohse änderte sich nur, dass Kowalski sich von ihm nicht mehr bedroht oder eingeengt fühlte, denn inzwischen hatte er wirkliche Bedrohlichkeit und Enge durchgemacht und hinter sich gelassen. Zumeist merkte Lohse von dieser Änderung nicht viel, aber Kowalski war mit einem nicht gekannten Enthusiasmus bei der Sache. Schon die Tatsache, dass an der Universität jeder sofort wusste, was ein Dozent war, empfand er als Ansporn.

Schräg war schon der Umstand, dass Ruth noch da war. Weil auch sie sein Geschreibsel vorgelegt bekam, wollte Kowalski dringend vermeiden, dass sie von einem personalen Erzähler die Wahrheit erfuhr, zu einem Zeitpunkt, der von seiner *Arbeitsweise* abhängig war. Während er bis zuletzt das Rätsel wälzte, wie er ihr seine Untreue so gestehen sollte, dass sie sie nicht als Untreue wertete, oder wenn doch, dann nicht als genug Untreue, um ihm den Laufpass zu geben, oder als spezielle Form, die ihm strafmildernd angerechnet würde, während also seine Rückkehr und ihr Wiedersehen und jedes weitere Kapitel mit einer beträchtlichen Spannung verbunden war - hatte das Objekt seiner Untreue, die Versuchung, der er hatte erliegen müssen, die Spannung hinterrücks selbst gelöst. Irini hatte mit Ruth gesprochen, einmal in Ruhe, und Worte gewählt, die Kowalski nicht kannte und deshalb wenigstens nicht auch noch aufzuschreiben hatte, die aber die angemessenen waren, um in Ruths Augen im entscheidenden Moment einen friedlichen Ausdruck zu legen, den zu beschreiben Kowalski gar nicht erst versuchte. Bevor er noch wusste, ob er mit „ich muss dir was sagen", „dir was erklären" oder „dir was beichten" beginnen sollte, hatte Ruth ihm praktisch schon verziehen.

Mehr als schräg war der Kriminalfall, Kernstück seines *Werks* und in der Niederschrift eine echte Herausforderung. Je mehr er sich an die Fakten hielt, desto unglaubwürdiger wurde die Geschichte. Er musste sich damit abfinden, dass bei der Wahrheit zu bleiben bedeutete, dem potentiellen *Leser* - gerade dieser Ausdruck strapazierte für ihn den Winkel der Lettern bis zum Umfallen - einiges an Schieflage zuzumuten.

Kowalski fand es grotesk, dass zu den glaubwürdigsten Elementen seiner Handlung die Tatsache gehörte, dass es einen wie Lumbeck gegeben hatte, der Hunderte von Menschen getötet hatte und selber steinalt wurde. Wie sich herausstellte, hatte dieser glaubwürdige Charakter seit

Jahrzehnten immer mal wieder Reisen nach Griechenland unternommen, meist auf die Inseln, ein Privileg, das in der DDR nicht jeder genoss. Selbst unter seinem richtigen Namen hätte ihn dabei nie jemand behelligt. Es war dies aber sein erster Besuch zum Ort seiner Tat, und entgegen allen Theorien, die Linakis und Kowalski gequält hatten, fanden sich nie Artischocken oder eine Geliebte als Anlass.

Gerüchte, dass er einen Nazi-Schatz holen wollte, sind nie verstummt. Stavros selber hatte damit angefangen. Natürlich sagte er nie, ob er vor oder nach Nikos gewalttätig wurde, aber er beschrieb ausführlich, wie sie gemeinsam hinauf fuhren, wie sie Lumbeck zur Rede stellten, wie der in dem brüchigen Griechisch, das er noch immer beherrschte, forderte, in Ruhe gelassen zu werden, als unschuldiger Mann, den niemand verfolgte und niemand anklagte, und wie er auf das Recht pochte, sich frei zu bewegen, und das Recht, sich zu holen, was ihm gehörte. Nun war Stavros weiß Gott nicht gut darin, jemanden unverletzt zu lassen, und angesichts solcher Provokationen gelang ihnen beiden das bei Lumbeck nicht mehr. So fiel die Antwort auf die Frage, was er sich zu holen gedächte, und wo, ihrem Unvermögen zum Opfer, und das sehr zum Leidwesen der armen Bauersfrau, die ihn wenige Stunden später finden musste.

Für Kowalski, der Lumbeck leider besser kannte als Stavros, war die Antwort frische Bergluft oder bunte Souvenirs, nicht aber Goldbarren. Die Gerüchte konnten ihn nicht überzeugen. Schließlich lag angeblich in jedem zweiten deutschen Baggersee ein Panzer „Tiger“ (immer war es ein Tiger) und in jedem Bergsee ein Flugzeug (fast immer eine

„Stuka") mit Schatzkisten, die auch nie gesichtet und nie gehoben wurden. Kowalski vermutete, Lumbeck war schlicht auf Urlaub da, und das nicht aus Habgier oder Reue, sondern aus Sorglosigkeit.

Richtig unglaubwürdig wurde es erst mit dem Auftritt solcher Phantasiegebilde wie Kowalskis Pendant als ewiger Zeuge, Linakis' Pendant als nimmersatte Ermittlungsmaschine, den Pendants zu Irini, Kostas und nicht zuletzt Nikos und Stavros, dem menschlichen Minimalpaar.

Was Kowalski insgeheim gerecht fand, wäre für einen Unbeteiligten nicht mehr als die Ohnmacht der Justiz im Angesicht mangelhafter Spurensicherung. Die Polizei war gefordert, das Minimalpaar auseinander zu zerren. Wer war F und wer war M? Wer der Fels und wer das Messer? Hatten sie in alphabetischer oder umgekehrter Reihenfolge gehandelt? Doch die Polizei hatte versagt. Sie selbst hatte erst dazu beigetragen, beide untrennbar und gleichwertig zu machen, der Gleichheit vor dem Gesetz einen neuen Beiklang zu geben, und dem Minimalpaar, das vom Recht auf Aussageverweigerung Gebrauch machte, die Minimalstrafe zu geben. Kowalski war vollkommen im Reinen damit, seinerseits dazu zu schweigen.

Da man die Buchstaben des Verbrechens nicht mehr in die richtige Reihenfolge bringen konnte, ergab sich nach den Buchstaben des Gesetzes ein kleinster gemeinsamer Nenner aus versuchtem Totschlag, Beihilfe und Leichenschändung. Die mildernden Umstände reduzierten das Strafmaß auf zwei Jahre auf Bewährung.

Was Linakis gediegen fand, fand Kowalski angemessen, und zwar die Tatsache, dass für Lumbeck keiner einen Tag im Gefängnis würde sitzen müssen. Für einen Juristen war das banal, für einen Anglistik-Dozenten war es eine Erkenntnis.

Persönlich war das Ende für ihn ein halbes Jahr der Entbehrungen wert. Literarisch, fanden jedenfalls Ruth und Schröder, schwebte es irgendwo zwischen Meisterleistung und Zumutung.

ISBN 978-3-7502-4578-5
www.epubli.de